Genel Yayın: 767
Edebiyat Dizisi: 340

Meşelik Sokağı 2/3 Beyoğlu 34433 İstanbul

Yayın Danışmanı Mürşit Balabanlılar
Editörler Defne Asal Er, Handan Akdemir

Düzelti Alev Özgüner
Tasarım ve Uygulama Tipograf (0212) 249 01 01
Birinci Basım Ekim 2003, İstanbul
İkinci Basım Ekim 2003, İstanbul
Üçüncü Basım Ekim 2003, İstanbul
Dördüncü Basım Kasım 2003, İstanbul
Beşinci Basım Kasım 2003, İstanbul
Altıncı Basım Kasım 2003, İstanbul
Yedinci Basım Kasım 2003, İstanbul
Sekizinci Basım Kasım 2003, İstanbul
Dokuzuncu Basım Kasım 2003, İstanbul
Onuncu Basım Kasım 2003, İstanbul
On Birinci Basım Kasım 2003, İstanbul
On İkinci Basım Kasım 2003, İstanbul
On Üçüncü Basım Kasım 2003, İstanbul
On Dördüncü Basım Aralık 2003, İstanbul
On Beşinci Basım Aralık 2003, İstanbul
On Altıncı Basım Aralık 2003, İstanbul
On Yedinci Basım Aralık 2003, İstanbul
On Sekizinci Basım Aralık 2003, İstanbul
On Dokuzuncu Basım Aralık 2003, İstanbul
Yirminci Basım Aralık 2003, İstanbul
Yirmi Birinci Basım Aralık 2003, İstanbul
Yirmi İkinci Basım Ocak 2004, İstanbul
Yirmi Üçüncü Basım Ocak 2004, İstanbul
Yirmi Dördüncü Basım Ocak 2004, İstanbul
Yirmi Beşinci Basım Ocak 2004, İstanbul
Yirmi Altıncı Basım Ocak 2004, İstanbul
Yirmi Yedinci Basım Ocak 2004, İstanbul
Yirmi Sekizinci Basım Ocak 2004, İstanbul
Yirmi Dokuzuncu Basım Ocak 2004, İstanbul
Otuzuncu Basım Şubat 2004, İstanbul
Otuz Birinci Basım Şubat 2004, İstanbul
Otuz İkinci Basım Şubat 2004, İstanbul
ISBN 975-458-493-1
OTM 11034032
Basımevi Ayhan Matbaası (0212) 629 01 65
Yüzyıl Mahallesi MASSİT 5. Cadde 47 Bağcılar 34204 İstanbul

TÜRKİYE İŞ BANKASI
Kültür Yayınları

başucumda müzik

Kürşat Başar

Roman

Bazen kendimizi bir hayalin içinde sanırız ama aslında yaşadıklarımız gerçektir. Bazen de herşeyi gerçek sanırken aslında yalnızca hayal gördüğümüzün farkına varmayız. Bu kitapta yazılanların hepsi gerçektir. Ama aynı zamanda hepsi yaıandır. Çünkü onu ben yazdım.

Annem'e

Başucumda müzik olmadan uyuyamam. Çocukluğumdan beri.

En azından şu küçük müzik kutusundan gelen o eski aşk şarkısı mutlaka çalar, beni çok uzak günlerin unutulmaz resimlerine taşır.

İnsan belleği ne tuhaf!

O resimler sanki birden canlanır, renkleri yeniden seçilir, bozulmuş bir zaman makinasına girmiş gibi yıllar içinde sizi oradan oraya savurur. Görüntülerle zamanlar birbirine karışır. Hangi kokunun hangi anıya ait olduğunu bilemez insan. Yalnızca belki de kendiliğinden, hangisinin onun için değerli olduğunu bilir ve kimi zaman belleğin o karmaşık düzeneğinde savrulurken, görüntüler sanki hızla giden bir trenin camlarından geçermiş gibi akarken, içlerinden biri kısacık bir an için parıldar ve o an'a, o resme, o, yaşandığı zaman farkına bile varılmamış biricik duyguya dönmeyi dünyada hiçbirşeyi istemediğiniz kadar çok istersiniz.

Bazı insanların evi yoktur.

Hayatım oradan oraya taşınmakla, geçici yerleşilen evlerde, otel odalarında, misafirhanelerde, yollarda geçti. Şimdi dünyanın bambaşka köşelerindeki o evleri pek hatırlamıyorum.

Hatırlamak güzeldir derler. Hayır, değildir.

Anılar bir an için bizi gülümsetse bile hemen sonra elimizi uzatıp tutmaya çalıştığımızda silinip giderler ve ne yaparsak yapalım ancak acı verirler.

Eşyaya düşkünlüğüm yok. Anıları saklamak gibi alışkanlığım da...

Çoğu kez resimleri belleğime kazımaktan bile kaçınırım. Ama neye yarar! İşte bütün bir hayatın resimleri benimle gelmedi mi buraya kadar?

Çocukluğumdan beri hep o kayıt düzeneğine şaşarım. Görüntüler, renkler, yüzler, manzaralar, fotoğraflar, evler, yollar, giysiler, sonra kokular, sesler, duygular sonsuz bir hızla kaydediliyor belleğe... Bir kez daha karşılaştığınızda –onunla ya da benzeriyle– yeniden hatırlanması için...

O karmakarışık, gitgide büyüyen, biriken arşivin içinde gezerim bazen, bir türlü yakalayamadığınız, birbiri içine geçmiş, sürekli çılgınca dönüp duran sayısız çemberin arasında kaybolurum. Bir anıyı, bir duyguyu, yaşanmış bir an'ı hatırlayıp izlemek isterken bambaşka zamanlara, mekânlara geçerim. Nasıl olup da çocukluğun odalarındaki bir konuşmanın yarısı silinmiş kayıtlarını duyarken birdenbire kendimi yıllar sonra bambaşka bir yerde, bir deniz kıyısında ya da beklenmedik bir baharın kokusunu duyarken bulurum, bilmem.

Artık uzayda yolculuk mümkün ama zamana yolculuk ancak belleğin bilinmez kentlerinde, kendi içimizde yapılabiliyor...

Uzayda yolculuk...

Şimdi hatırladığım o günlerde henüz bu sözcük bizim için bir masalın gizemli dünyasını çağrıştırıyordu. Ve biz sıradan insanlar için dünyanın sınırlarının ötesinde inanılmayacak şeyler vardı. Sonsuz hayal gücünün yarattığı yeni dünyalar... Boşlukta, bilinmez bir evren parçasında birdenbire karşımıza çıkacak ürpertici canlılar... Korku... Heyecan...

Bilinmezliğin yarattığı düşler...

Kendi sınırlarını yıkıp sonsuz evrenin karanlığına çıkmanın o eşsiz duygusu...

Kimbilir neler bulacaktık? Kimbilir ay'ın yüzeyine ilk insan ayak bastığında neler olacaktı? Bizi izleyip, zaman zaman gizlice dünyamıza gelen o yaratıkların evreni gerçekten de çok yakında mıydı?

Hayatın sırrını çözmek için dünyanın sınırlarını aşmak yetecek miydi acaba?

Korkunç bir merakla bekliyorduk.

Sonra gittiler... Birbiri ardınca uzayın karanlığında ateş saçan roketler yollandı. Derken bir gün, ay'ın soluk yüzünde, kraterlerin üzerinde çocuklar gibi sıçrayarak yürüdüklerini gördük. Evet gördük. İnanılmaz birşeydi. Gerçekten. Yalnızca masal kitaplarının karalamalarında, çizgi romanlarda, filmlerde gördüğümüz şey gerçek olmuştu. Oradaydılar ve biz buradan, oturduğumuz yerden onları izliyorduk. Bomboş bir yerde, ayak basılmamış gizemli bir ülkede, kraterlerin arasında komik kuklalar gibi sıçrayıp zıplıyorlardı.

Evet gittiler ama aynı zamanda hayallerin de sonu geldi. Ne beklenmedik yaratıklar ne gizli mesajlarımıza cevap veren uzak ülkeler vardı... Biz gittikçe evren bizden kaçıyor, uzaklaşıyordu sanki. O sonsuz karanlık bizi içine aldıkça daha da derinleşiyordu. Ve yalnızca kendi kendisine birşeyler kanıtlamaya çalışan çocuklar gibi yapayalnız, kırışık yüzlü bir gezegene bayraklar dikip geri döndük. Hepsi bu. Kimselerin gelmediği yapayalnız bir yıldızda dalgalanan renkli kumaş parçaları... Çocuksu bir gururun sonsuz gökyüzüne bırakılmış izleri...

Eğer orada, bizi izleyen biri varsa, yaptığımız bu komik, anlaşılmaz şeye herhalde çok gülmüştür.

Böyle ne çok şey geçmiş. Yaşarken pek farkına varamadığımız, kendi dışımızdaki dünyadan bize ancak gazete başlıklarıyla ulaşabilen yıkımlar, savaşlar, buluşlar, hiç bitmeyen bir dönüşüm onca yılda yanımızdan geçip gitmiş.

Sanki dünya da bizim gibi büyümüş ve sihrini kaybetmiş.

Çünkü oradan, çok uzaklardan, bambaşka bir yerden kendimize baktık ve sonsuzluğun içinde yalnızca bir toz tanesi olduğumuzu anladık.

Sonsuz evrenin içinde bir toz tanesi...

Anlayabildik mi gerçekten?

Küçük bir kız çocuğu olduğum günlerden beri bana hep aynı şeyi söylediler: "Gerçekleri gör!"

Evet ama beni mutsuz eden gerçeği görüp de ne yapayım?

Siz ne isterseniz düşünün, ben yalanları severim. Hayalleri, düşleri, kimseye zararı olmayan yalanları...

İnsan işte böyle bir evin içinde oturup bunca yıldan

sonra yalnız gerçekleri düşünse ancak hayatının neden bu denli uzun olduğuna şaşabilir... Canı sıkılır.

Hem kim bütün bu hayatın bir rüya değil de gerçek olduğunu söyleyebilir ki?

İşte başımı yastığa koyup o müziği bir kez daha duyduğum an, kimsenin asla açıklayamayacağı rastlantıları arka arkaya dizip bunun ancak bir kader, bir kurgu, doğduğumuz an alnımıza yazılmış bir yazı olduğuna inanabilirim.

Ve kimbilir belki de gerçekten öyledir.

Hatırlamak yorucudur.

Ama başarabilirseniz, hiç unutmazsanız, kaybettiklerinizi, resimleri, ayrıntıları, yüzleri, kokuları, sesleri hep yanınızda taşırsanız artık onları hatırlamanız gerekmez, çünkü onlar hep sizinle kalır.

Birer anı, kaybolup gitmiş hayatınızın silik, yıpranmış parçaları, yeniden yaşanıp değiştirilmesi mümkün olmayan soluk fotoğraflar değil, hep şimdiki zaman gibi sizinle beraber gelen hayatın ta kendisi olur.

Bazı şeyler unutulmaz. Yanınızdayken bile özlediğiniz, yanınızdayken bile hatırladığınız biri gibi...

Onun için burada oturduğum bu yaz öğledensonraları, kendi kendime bu tuhaf hikâyeye her keresinde başka bir yerden başlayabilirim.

Ve bana öyle gelir ki, bütün o dağınıklığa, bütün o bölünmüşlüğe, bütün o hüzne, ayrılışlara, bekleyişlere, bütün o yalnızlıklara ve ne yaparsam yapayım anlatılması, tanımlanması mümkün olmayan özleme rağmen bu, dünyanın en güzel hikâyesidir.

Elbette her keresinde başka türlü anlatacağım, her keresinde unuttuğum şeyler ekleyeceğim, ne fark eder...

İşte bir bahar sabahı, buradan çok uzakta, o ışıklar kentinde, birdenbire açan güneşin çalar saatiyle uyanıyorum, sevimli, küçük bir otel odasında ve o şarkıyı duyuyorum, bir daha asla unutmayacağım o şarkıyı... Sanki hâlâ rüyamın içinden gelir gibi...

Sanki rüya devam ediyor, işte tıpkı şimdiki gibi, bunun bir rüya mı olduğunu, uyanıp uyanmadığımı önce anlayamıyorum. Sonra pencereye koşuyorum, açıyorum, sabahın serin esintisi yüzüme çarpıyor ve kör bir adam aşağıda, kapının önünde akordiyon çalıyor.

Orada, –ne çok zaman geçmiş... 40 yıl mı? Daha çok mu? Boşver!– o sabah, kör bir adam, *"herşey silindi ve artık yalnız sen varsın"*ı çalıyor ve ben bundan böyle herşeyi birbirine karıştıracağımı, gerçekle rüyayı artık asla ayırdedemeyeceğimi bilmeden şaşkınlıkla ona bakıyorum.

Çünkü hangimiz günün birinde karşımıza çıkan beklenmedik bir rastlantının, masallarda küçük kahramanımızın karşılaştığı ve bütün macerayı başlatan o sihirli işaret olduğunu anlayabiliriz ki?

Bunun nasıl bir rastlantı olduğunu düşünüyorum ve kalbim deli gibi çarpıyor. Sanki yanlış birşey yapmışım gibi... Sanki hep beklenen ama ne olduğu bilinmeyen bir müjde gelmiş gibi... Sanki bir anda kalabalığın karşısında çırılçıplak kalmışım gibi...

Sonra kapı çalınıyor ve anlıyorum ki hiçbiri rastlantı değil. Uzun saplı, rengârenk güller taşıyan üniformalı oğlanlar giriyor odaya birbiri ardına... Küçük odanın her tarafı kırmızı, beyaz, sarı, pembe, mor, turuncu güllerle doluyor. Kör şarkıcı hiç durmadan o şarkıyı çalıyor:

"Senden ayrı olduğum bir tek an yok,
çok uzaklarda olsan bile
seni taşıyor herşey
kokular, sesler, seslenişler,
ne zamandır görmüyor gözlerim,
unuttum tanıdığım ne varsa,
bir tek senin yüzün,
çok uzaklarda olsan bile..."

O ilk an ve sonra, hiç unutmadığım bu şarkı hep içime dokunuyor. Beni hem coşkuyla dolduruyor, mutlu ediyor hem aynı anda derin bir acıyla ağlatıyor.

Şarkının sözlerini çözmeye çalışırken gülleri kokluyorum.

Güllerin içinden onun el yazısı çıkıyor: "*Çiçekleri aldığın zaman asla unutmayacağımıza söz verdiğimiz şarkıyı duyacaksın. Uzaklıkların bir anlamı yok... Eğer gerçekten de aramızda, senin bir keresinde söylediğin gibi gizemli bir bağ varsa, onu taşıyacağını sandığım bu güzel şarkıyı dinle... Seni bana getirdiği gibi beni de sana getirsin. Ne düşündüğünü bilmiyorum. Ama nereye gidersen git peşinden geleceğimi bil. Bazı rastlantılar alınyazısından başka birşey değildir ve söyle bana onu kim değiştirebilir?*"

Elbette ezberimde.

Bütün yazdıkları gibi... Bütün buluşmalar gibi... Bütün tarihler, bütün yerler, bütün telefonlar gibi...

Kadınlar unutmaz.

Ve gerçekten de bazı rastľantılar alınyazısından, hayatın bize beklenmedik bir hediyesinden başka ne olabilir?

Bilemeyeceğimiz, asla anlayamayacağımız şey, yazgımızın neden böyle olduğu, neden bizi bambaşka bir yere taşıyabilecekken, tam olarak bilemediğimiz küçük bir ayrıntının, beklenmedik bir sürprizin, kaderin küçük oyununun bizi hiç ummadığımız bir yere atıverdiği... O birkaç saniyelik hayat diliminin bütün bir ömrü nasıl belirlediği...

Ne garip bir oyun!

Herkes aynı oyunu her keresinde yeniden öğrenmek, aynı hataları yapmak, kendini korumak zorunda. Kimse bu oyunu gerçekten bildiğini söyleyemiyor, bir başkasına nasıl oynayacağını anlatamıyor.

Bir kenarda durup yalnızca seyretme şansınız da yok, seyirci bile olsanız oyunun içindesiniz, bir biçimde onun parçası olmaktan başka hiçbir seçeneğiniz yok.

Peki ama en azından bir yerde durup, oynadığınız rolü değiştirebilir misiniz?

Bu yalnızca cesaretle mi ilgili? Yoksa rastlantıları yönlendirdiğinizi sanırken aslında onlar mı belirliyor rolünüzü?

Hiçbirşeyi bilmeden başlamak ve bütün kuralları kendi başımıza öğrenmek zorundayız. Attığımız her adımın, yıllar sonrasını, bilinmeyen bir geleceği belirleyebileceğini düşünsek yaşayamayız.

Haksızlık değil mi bu?

Kimlerin girebileceğini bile belirleyemediğiniz bir

oyunda asla tekrar şansınız olmadan yer almak zorundasınız.

Hiç değilse bir şans daha verilseydi. Hiç değilse bir yol ayrımında verdiğimiz kararı değiştirip yeniden başlayabilseydik...

Biliyorum, olmuyor.

Şimdi bir anının içinden başka bir anıya gidiyorum. Hadi gelin!

Bana, kaderimi belirleyen şeyin ne olduğunu soruyorsanız, işte o şarkıdır.

Evet, rüyamın içinde çalan bir şarkı.

Eğer günün birinde, gerçekten de bir başkasına, *"herşey silindi ve artık yalnız sen varsın"* diyebildiyseniz ya da bunu gerçekten hissettiyseniz, bunun yalnız ayaklarınızı yerden kesen değil aynı zamanda ne korkunç bir duygu olduğunu da bilirsiniz.

İnsanın sihirli bir değneğin dokunuşuyla bir anda tümüyle unutmak için herşeyini verebileceği ama –ne tuhaf– aynı anda bu mümkün olsa bile unutmaya kıyamayacağı bir duygudur bu...

Her zaman sizin dediklerinizi yapacağını sandığınız içinizdeki benliğin birdenbire kendi başına, sizi dinlemeden, asi bir çocuk gibi çılgınca davrandığını farketmenin çaresizliği, onunla başa çıkamadığınızı görmenin verdiği şaşkınlık ve aynı zamanda onun peşinden giderek başka hiçbirşeyde bulunmaz bir heyecan duyduğunuz o maceranın vazgeçilmez çekiciliği...

Bildiğim diller var ama hiçbir dilde o an içinde bulunduğunuz duyguyu anlatabilecek sözcükler yok.

Ama durun, o bozulmuş zaman makinası beni şimdi savuruyor ve çocukluğun, yaşandığı sırada hiçbir önemi olmayan ama sonra beklenmedik bir biçimde hayatı belirlediği anlaşılan sıradan anlarından birine taşıyor.

Orada, tepede asılı duran ama küsmüş gibi soğuk güneşin parladığı o kış sabahına...

Ondört yaşımın Ankara'sına...

Acaba çocukluk mu kentleri güzelleştirir anılarda?

Yoksa gerçekten de yıllar geçtikçe bozuyor muyuz onları?

Sonradan ne zaman gitsem sanki o güzel, güneşli günleri bile yitirmiş, eskimiş, hoyratça tıka basa doldurulmuş çirkin bir kent gördüm yalnızca...

O büyük bulvarların, düzenli yeni binaların, büyük boşlukların, güneşli tepelerin, bahçeli, güzel evlerin yerini zevksiz, sıkıcı, içinde oturmanın bile bezdirici olduğu sıradan apartmanlar aldı...

Kimbilir belki de bozkır, pek görkemli sandığımız yeni uygarlığın simgeleriyle başlayan bu zamansız kuşatmayı reddediyordu.

Sonraları, kaledeki o eski evlerin yanında yol boyunca tepelere yaslanmış fukara semtleri, iğreti, kırık dökük hayatları gördükçe kendi kendime, bunca yılda büyük umutların başkentinde başarabildiğimiz bu mu diye düşünmekten kendimi alamadım.

Bu kentin simgesinin Rasat Tepe'deki o soğuk anıtmezar olması bana hep derin bir hüzün veriyor artık.

Keşke, yaşamdan sonra sonsuz bir hayat bekleyen eski firavunların geleneğini izlemek yerine, O'nun burada, yepyeni bir ülkenin umutlarını taşıdığı günlerdeki alçakgönüllü, sıcak evini korusaydık, ölümü değil de hayatı bu kentin simgesi yapabilseydik. Ve keşke, bütün bu evlerden O'nun gibi pek çok insan çıkabileceğine inansaydık.

Evet artık Ankara'yı sevmiyorum. Zaten yıllardır hiç gitmedim.

Diyorum ya belki de çocukken herşey başka türlü görünüyor.

Belki de bahar güneşinin bile değiştiğini sanmamın nedeni kent değil de benim yorgun gözlerimdir. İnsanların bile üzerini kaplamış sandığım o pus belki gerçek değil de benim gözlerime inen bir perdedir.

Ama sanki o küçük, bahçenin içindeki evimizden çıkıp bisikletle gezip durduğum ya da kızakla, okuldan çıktığımız kimi günlerde çantalarımızla şimdi yerine büyük cam binalar, oteller yapılan yokuşlardan aşağı kaydığım kent, bu kent değil.

Keşke çocukluğumun Ankara'sından aklımda kalan görüntüleri saklayabilseydim, yeniden, yeniden geri dönüp onların tek tek silinmesine, yerlerini yenilerinin almasına izin vermeseydim...

Yazık ki belleğin huyu böyle. Zamanlarla birlikte görüntüler de karışıyor. Üstüste gelen görüntüler, sesler birbirinin yerini alıveriyor. İşte evde birşeylerle oyalanırken birden o eski, güzel şarkıların yerine televizyonlarda hiç bıkmadan çalıp durdukları bu yeni, berbat nakaratları söylerken yakalamıyor muyum kendimi?

Ne yapalım, eskiyen yalnız aynadaki yüzümüz olmuyor.

Ayla'yla bahçede lastik oynadığımız o sakin yaz öğledensonraları şuralarda bir yerlerde...

Bize o zaman, bir gün hatırlamaya çalıştığımızda ne kadar uzakta olacağını, onu çabucak yitireceğimizi ve yerine onun kadar saf, onun kadar güzel, onun kadar mutlu, onun kadar güven dolu hiçbirşey koyamayacağımızı söylemediler ki...

Hayır, hiç söylemediler.

Aa, işte annemin sesini duyuyorum, bizi çaya çağırıyor, sıcacık cevizli böreklerin, elmalı kurabiyelerin kokusu buraya kadar geliyor.

İçeri gireceğiz ve loş sofanın sanki bir tek o eski evlerde bulunan huzur dolu havası bizi sarıp sarmalayacak, eskimiş yüzü kirlenmiş koltuklara kendimizi atıp çaylarımızın gelmesini bekleyeceğiz.

Ne zamandı, Ayla elinde bir kitapla gelmişti yine, "Hatırlar mısın," dedi, "yıllar önce bir gün, bir dergide bana bir şiir göstermiştin, bu adam büyük bir şair olacak, demiştin..."

"Nereden hatırlayayım," dedim, "olmuş mu?"

Güldü. "Bilmem, al bak, yeni kitabı çıkmış, çok sevdim ben..."

O gece okudum o kitabı. Bir yerinde diyordu ki, *"Gökyüzü gibi birşey bu çocukluk / hiçbir yere gitmiyor."*

Sahiden de bir yere gitmiyor çocukluk.

Elimizden tutmuş gibi her yere bizimle geliyor.

Ayla'da vardı o resimler... "Kızım gösterme kimseye bunları, bu halini gören adam seni alır mı hiç?" derdim ama dinlemezdi.

İkimiz de oğlan çocuklarına benziyoruz. Saç baş dağılmış, yara bere içinde, üstümüzde ekose pantolonlar, tulumlar, ya boğuşurken ya bir yerlere tırmanırken ya ağaçtan atlarken...

Ne garip, o izlerin çoğu benimle kaldı... Dizlerime, dirseğime, ayağıma bakarım bazen, işte derim, şu, Ayla'yla dut toplarken ağaçtan düştüğüm gün, şu, bisikletle yuvarlandığım sabah... Kendi küçük tarihimin izleri, bölüm başlıkları gibi...

Eğer, hayatınızın herhangi bir an'ına gidip orada sonsuza dek kalacaksınız deseler yalnızca iki şeyden birini seçmek isterdim.

Biri, o çocukluğun bahçesindeki ağacın dalına asılı salıncakta sallanırken...

Öteki, bütün hayatım boyunca en çok sevdiğim adamla öpüştüğüm ilk gün...

O zaman bilmiyordum ama şimdi anlıyorum ki hayatımızda bir yerde, anlaşılmaz biçimde bize gelen bir duygu sonradan hep bizimle kalıyor.

Salıncağa bindiğim zaman hissettiğim o heyecanı, içimdeki o çekilmeyi, hayatımın bu en güzel öpüşmesinde de duydum. Ve belki de o anda, yıllarca farkında olmadan aradığım şeyle yeniden karşılaştığımı anladım.

Bütün o kitaplarda, filmlerde, şarkılarda, şiirlerde aşkı anlatıyorlardı.

Yalnız onlarda değil, çok daha eskilerde, elimize geçen en eski yazılarda, efsanelerde, masallarda, duvarlara kazınmış resimlerde de...

Gizemli bir duygunun sizi alıp götürdüğü maceraları yaşamayanlar bile onun coşkusuna kapılıp bambaşka bir âleme gidiyordu.

Kitaplar yazıp, deneyler yapıp, neredeyse bilimsel

denklemlerle bu duyguyu tanımlamaya uğraşanlar çıkmıştı.

Herkes âşık olmanın ortak dilini bulup yazmaya çalışıyordu.

Ama aslında bu kadar basitti işte: Birini öptüğünde salıncakta sallanır gibi hissediyorsan âşıksın.

II

Görüyorsunuz işte aklımı toplayamıyorum ki bütün bunları sizin de kafanız karışmadan anlatayım...

Perili bir evin eski eşyalarla tıka basa dolu tavanarasına girmiş küçük bir çocuk gibi şaşkın, her gördüğümü karıştırıyorum, elime alıp bakıyorum, içini açıyorum, tam onunla oynarken bir başka şey gözüme çarpıyor...

Öylesine orada unutulmuş bir kutu, kırılmış tahta bir at, kırmızı boyaları silinmiş, yalan söyledikçe burnu uzayan kukla, kimbilir ne yazılı, eskimiş, kurdelelerle sıkıca bağlanmış, sararmış mektuplar, artık hatırlamakta zorlandığım insanların resimleri, tozlanmış kitaplar, bacakları kopmuş bebekler, çalışmayan çalar saatler, teneke kutular, orasından burasından seramikleri dökülmüş, çatlamış biblolar...

İşte şu, çocukluğumdan hatırladığım en eski şey değil mi: Ağabeyimin kırmızılı, yeşilli çelik trenleri... Rayların üzerinde giderken lokomotifinden duman çıkmasına hayranlıkla bakıyorum. Tren istasyona geldiği zaman mantosunu giymiş, şapkasını takmış, kolunda çantasıyla bir kadın, üniformalı bir adam (istasyon şefi?), ellerinde tahta bavulları olan birkaç kişi bekliyor. Trenin kapısı kendiliğinden açılıp biri aşağı iniyor. Sonra tren giderken makas değiştirilip bir köprüye sokuluyor ya da bir tünelden geçiriliyor. Bütün bunları, odanın ortasına kurulmuş rayların etrafında, dizlerinin üzerinde dönerek, birtakım kolları çekerek ağabeyim yapıyor, üstünde o kısa pantolonlu açık kahverengi tulumu ve ikide bir düşen askılarıyla ve ben o karışık renkli, desenli eski Erzurum halısının üzerine yüzüstü yatmış, dirseklerim yerde, ellerim yanaklarımda, hep ona, "Hadi düdük çalsın, duman çıksın..." deyip duruyorum...

Eski bir fonografın kolunu çevirince birdenbire eski bir sevgiliye rastlamış gibi insanı alıp götüren o müzik başlıyor sanki...

(Eski bir sevgili mi dedim? Benim eski sevgilim yok. Benim bir tek sevgilim var.)

Bütün bu eşyanın arasından boyaları yer yer dökülmüş, parlak yerleri paslanmış, kırmızı bir bisiklet buluyorum, elimle tozlarını siliyorum, sıkışmış zilini sonunda çevirmeyi başarıyorum ve bir işaret gibi, zilin çalmasıyla birlikte sanki bisiklete binip kendimi zamanın içinde bırakıyorum... Birdenbire kendimi tepeden aşağı deli gibi inerken buluyorum. O benzersiz kış gününe doğru...

Ondört yaşımın Ankara'sına...

Avare günlerimin birinin serin, mutlu sabahına...

O yokuş doğruca bizim evin sokağına iner. Oraya kadar zar zor çıkıp sonra büyük bir hızla, hem korkmuş, yüreğim ağzıma gelmiş, hem de içimdeki o uçma hissiyle aşağı inmeye bayılırdım. (Yıllar sonra bir film gördüm, küçük bir çocuk bisikletle böyle hızla gidiyor, gidiyor ve sonunda göklere, bulutların üzerine yükseliyor, uçuyor... İşte orada, o yokuştan aşağı inerken benim içimden gelen de aynı böyle birşeydi.)

Yine öyle son hızla inerken sokağın köşesinde ağabeyimi görüyorum. Uzun boylu, tanımadığım bir adamla konuşuyor.

Saçlarım dağılmasın diye kocaman bir kasket takıyorum. Babamın kasketi. (Herşeyi atarım da onu kıyıp atmamışım, geçenlerde bir yerden çıktı, bir an sevinsem mi, üzülsem mi bilemedim, oracığa oturup kucağımda kasketle ağladım.)

Yukarıdan bulutlar geçiyor. Üzerlerine binip uzaklara, bilmediğim yerlere gidebileceğimi düşündüğüm beyaz toparlak bulutlar...

Yanlarına hızla geliyorum ve bir an onlara çarpacağımdan korkup bisikleti döndürmeye çalışırken kayıp yere düşüyorum.

Kalkıp üstümü başımı toparlamaya çalışırken ağabeyim gülerek ona dönüp, "İşte bu da benim küçük kardeşim..." diyor. Yanaklarım kızarıyor. Önüme bakıyorum.

Film yıldızlarına benziyor bu adam. Şakaklarına yeni yeni ak düşmüş, lacivert gözleriyle tuhaf bir uyum yaratıyor. Yakası derili, kahverengi, haki bir ceket giymiş. İçinde açık renk kalın, boğazlı bir kazak var. Başımı kaldırıp ona bakıyorum. Sert mi yumuşak mı, tatlı mı şeytansı mı anlaşılmaz, size mi, uzaklara mı baktığı bilinmez gözleri kış ışığında parlıyor. Ağabeyime dönüp, alaycı bir gülümsemeyle, "Kızımız biraz yaramaz galiba..." diyor.

Ondan ilk duyduğum sözün "yaramazlığım" olması komik mi?

Öyle oldu.

Kim bilebilirdi ki...

Eve dönerken, "Ne soğuk adam bu," dedim ağabeyime...

"Soğuk mu," diye güldü, "Fuat bey mi? Sen ne anlayacaksın, Ankara'nın bütün kadınları ona âşıktır..."

O gece karanlıkta, soğuk odada, kocaman yorganların altında uyurken onu düşündüğümü hatırlıyorum.

Günün birinde karşısına çıktığımda şaşırıp kalmasını ve ona hiç ilgisini çekmemiş, oğlan çocuğuna benzeyen o küçük, yaramaz kızın ben olduğumu söylediğimde ne yapacağını kuruyorum.

Güzelliğim karşısında şaşkın kaldığını, ne yapacağını bilemediğini...

Gerçekten bunları düşünüp düşünmediğimi merak ediyorsanız söyleyeyim. Gerçekten bunları düşünmüştüm. Bir film gibi o sahne gözlerimin önünde.

Ama garip olan ondört yaşında bir kızın böyle bir hayal kurması değil, sonradan olacaklar...

Yorganı başıma iyice çektim.

Bütün kadınların âşık olduğu adam, öyle mi?

Ama elbette bu yalnızca bir gecelik bir hayaldi. Küçük bir kızın, kimselerin bilmediği o benzersiz hayallerinden, kendi yazdığı bir masaldan, kendi kafasında yarattığı bir filmden başka birşey değildi.

Yalnız şimdi parçaları yerleştirip biraz geri çekilelim ki resmi daha iyi görebilin.

Okul yılları boyunca hep, "Ayakları yerde değil," dedi babam benim için. Arkadaşlarım hep şaşırdılar yaptıklarıma. Ve sahiden de ayaklarım yerde değildi. Hâlâ da öyle. Bir tek kanatlarım yok sanki. Nasıl olup da başkalarının önemsediği, kendilerini ille de içine sokmak için uğraşıp durdukları o kurallar beni hiç ilgilendirmedi, bilmiyorum.

Okuduğum kitaplarda başkalarının yapamadığı şeyleri yapan kadınlara hayran olurdum ben. Yoksa zaten bir kitabın kahramanı olamazsınız. Ancak o kahramanın hayatını okuyanlardan biri olabilirsiniz.

Hayır, ben onlardan biri olmak istediğimi biliyordum. Başkalarının hayatını okuyup hayaller kuran değil, o hayallerin kahramanı olan, hayallerini gerçekleştiren biri...

Hem de küçücük bir çocukken. İşte o hayalleri kurduğum gecelerden beri...

İnsan kendi kaderini değiştirebilir mi? Ben kendi kaderimi kendim yazmaya karar verdim. Onun için kimsenin beklemediği şeyler yaptım. Kendime istediğim geleceği kurmaya kalkıştım. Belki de onun için oldu bütün bunlar. Bazen öyle düşünürüm. Sanki meydan okuduğum o güç bana alınyazısını ancak kendisinin yazabileceğini söylemek istedi...

Hayat zormuş.

Ben tabii bunu sonradan öğrendim. Yoksa hayata atılmakta hiç bu kadar acele eder miydim?

Son sınıftaydım. Bir gün eve geldiğimde annem bana dedi ki: "Kızım yarın Süheyla teyzenler bize geliyor, yanlarında misafir getiriyorlar. Oğulları hariciyeciymiş, tayini Amerika'ya çıkmış, galiba seni uzaktan görmüş..."

"Ne yani, beni istemeye mi geliyorlar?" dedim, şaşırdım.

"Evet ama ben bu işten taraf değilim. Sen daha küçüksün. Hem o kadar uzaklara gitmeni de istemem. Ama gelmeyin denmez, gelsinler, biz de bir vakit ister sonra usulen bir cevap veririz..."

"Ben kimseyle evlenmeyeceğim. Ne diye evlenecekmişim. Nereden çıkartıyorsunuz bunları," dedim, kızdım.

"Kızım zaten evlen diyen yok, bu işler böyledir, artık belli bir yaşa geldin, arayan soran olacak, alış..." dedi.

"Hiç de alışmam..."

Duvarımda İsmet Paşa'nın imzasıyla bir dünya haritası asılıydı. Büyük, eski bir harita. Babam vermişti bana. Gittim orada baktım. Amerika o kadar uzakta ki... Hayal gibi... Denizlerin, okyanusların arkasında. Yıldızların ülkesi... Nasıl gidiliyor ki oraya? Bu kadar yol neyle geçilir?

"Neyle geçilecek, gemiyle tabii..." dedi ağabeyim.

"Aman kimbilir ne kadar uzun sürüyordur, hem beni vapur tutar..."

"Bana bak yoksa senin niyetin var da bize mi rol kesiyorsun, ben yaramaz kardeşimi kimselere vermem haberin olsun, hele öyle dünyanın bir ucuna zor gidersin biraz..."

"Aman ağabey sen de benimle eğleniyorsun. Meraktan sordum işte. Ne işim var benim elin adamıyla. Bu devirde böyle görücü usulü mü evleneceğim? Hem de ben! Unuttun mu ben Türk Kuşu'na gireceğim, tayyare pilotu olacağım. Tayyaremle gelip sen ata binerken üstünden geçeceğim."

"Eh zaten senden de bu beklenir. Yoksa gözümle görsem mutfağa girip de imambayıldı yaptığına inanmam..."

"Aman Allah saklasın..."

Evimizin ışıkları hep yanardı. Hâlâ da yanar. Benim oturduğum her yerde ışıklar yanar. Savaş günlerinden kalma bir sıkıntı mı? Belki.

Annem hep, "Bu ne böyle canım, fener alayı gibi yanıyor her yer yine..." diye söylense de babam söndürmezdi.

Işıkların yanması bana hep o güzel yılları getirir. Sanki hep oradaymışım, annem, babam yanımdaymış, ağabeyimle şakalaşıyormuşum hissini verir. Bana yalnız olmadığımı hatırlatır.

Ben yalnızlıktan korkarım.

Işıkların yanmadığı yerlerde uyuyamam.

Hiçbir zaman yalnız kalmak istemedim. Ama kaldım. Belki de dünyanın en kalabalık insanıyken bile yalnız kaldım. Yapayalnız, bütün ışıkları yakıp geceler, günler geçirdim. Çünkü hayat böyledir. Eğer yalnız kalmaktan korkuyorsanız herkese iyi davranın, başkalarının dediklerini yapın, yoksa sizi tek başınıza bırakırlar.

Yine ışıklar yanıyordu. Benim uzun, işlemeli elbisemle ağabeyim çok eğlendi.

"Aman aman bizim ufaklık meğer bir hanımefendiymiş de biz bilmiyormuşuz, bu topuklu ayakkabılar da pek yakıştı, bir de yürümeyi becerebilsen..."

Aynanın karşısında kendime baktım. Saçlarım taranmış, uzun, omuzlarıma akıyor. Annem kirpiklerime rimel sürmüş. Yakalı, uzun, önden düğmeli, soluk kırmızı elbisenin hafif, incecik kumaşı çok güzel.

Annem odaya girip beni öyle görünce bana değil aynaya baktı bir süre. Sonra aynada gözgöze geldik.

"Canım kızım, bu kadar büyüdün mü sen sahiden, gözümüzün önünde farkına bile varmadık mı?" dedi, gözleri doldu. Zaten annem herşeye ağlardı. Ben ağlamam.

Ama babamla karşılaşınca yanaklarım kızardı, önüme baktım. O elimden tutup beni şöyle bir çevirdi, "Aman aman benim küçük kaplanıma bakın, kocaman kız olmuş, vallahi kıskandım..." dedi.

O akşam hepimiz benim bu süslü bebek halime gülüyorduk.

Sonradan Turgut dedi ki, "Ben o gece kapıdan girip de seni görünce neye uğradığımı şaşırdım. Pantolonlu, kasketli, avrupai, sıska bir kız beklerken böyle bir güzellik görünce kalbim yerinden çıkacak gibi çarpmaya başladı..."

Halbuki benim onu görünce kalbim çarpmadı.

Bir tek sesinin ne kadar güzel olduğunu, ne güzel konuştuğunu düşündüm sonra. "Radyo gibi konuşuyor," dedim ağabeyime...

Daha çok önüne baktı. Gözgöze ya bir kere geldik ya gelmedik. Sonra ben içeri gittim, ağabeyimle koridordan dinledik, "Sebebi ziyaretimiz..."

"Şapşal, tuzlu kahveyi afiyetle içiyor," dedim, güldük, içeri kaçtık.

"Tabii farkettim ama ne yapayım, böyle muzırlığın da hoşuma gitti," dedi Turgut sonradan...

Yok canım, kimsenin aklına benim böyle bir evliliği kabul edeceğim gelmiyordu. Hatta bir iki gün bu konu konuşulmadı bile evde. Sonra araya başkaları girdi. Babamın hatırını saydığı kimseler gelip gitti.

Ayla bana bütün merasimi film gibi anlattırdı durdu. Biz kıkır kıkır bunları konuşup gülerken annemden azar işittiğimizi bile hatırlarım.

"Bizde evlenecek göz var mı?" diyordu Ayla, "Hiç çekemem başımda kazık gibi adamın birini... Ben canım ne isterse onu yapacağım. Kendim çalışıp kendim yiyeceğim. İşte o kadar."

Onunla kurduğumuz hayaller vardı. Herşeyden önce karış karış Anadolu'yu gezecektik. Sonra da dünyayı... Babamın söylediği gibi erkekleri geçip en ön sıralarda oturacaktık.

Sonra bir akşam babam beni çağırdı. Oturma odasında yine bütün ışıklar yanıyordu. "Gel şöyle karşıma otur bakalım küçükhanım," dedi. Ben de geçtim, ağır, açık kahverengi kadife koltuklardan birine oturdum.

İnce cam bardaktaki çayını her zamanki gibi kuru üzümle içiyordu. Bir yudum aldı, bardağı tabağa koydu, arkasına yaslandı.

"Kızım sen bu çocuğu gördün, söyle bakayım, ne diyorsun, benim diyeceğim belli ama sana yine de bir soruyorum..." dedi.

Ağabeyim gazete okuyor, annem bir tabağa her akşamki gibi meyve doldurmuş yanımıza geliyordu.

Koltuğun ucunda oturuyordum. Babamın karşısında ciddi birşey konuşacağım zamanlarda gözlerine bakamazdım. Yine öyle, yere bakıyordum.

"Ben kararımı verdim," dedim.

Pencereden salonun ışıkları, bizim yansımalarımız görünüyordu. Gözlerim dalmış gibi uzaklara baktım.

"Eeee..." dedi babam.

"Evleneceğim..." dedim.

Annem elindekileri düşürdü, yeşil, kırmızı elmalar yerlerde yuvarlandı, ağabeyim gazeteyi atıp yerinden fırladı, babamın yüzü değişti.

"Aaaa ne diyorsun sen kızım..." dedi annem, "yok yok, yine eğleniyor bu bizimle..."

"Yok, eğlenmiyorum, evleniyorum," dedim gülerek.

"Delirmiş, başka birşey değil, delirmiş," dedi ağabeyim.

"Bir durun bakalım," dedi babam, " kızım, bu şakası yapılacak şey değil, ben senin istemediğini düşündüğüm için üstünde bile durmadım, şimdi de âdet yerini bulsun diye sordum, çünkü artık bir cevap vermek lazım, sen ne diyorsun, sahiden istiyor musun?"

Sesi titrer gibiydi. Çok şaşırdığı belliydi.

"Evet istiyorum, kararımı verdim."

Annem ağlamaya başladı.

Ben birşey söylediğim zaman yapacağımı bilirlerdi.

"Hep bunlar senin başının altından çıkıyor," diye anneme kızdı babam.

"Dünyanın öteki ucuna mı gidecek şimdi bu, hem de tanımadığı adamın biriyle, anne birşey söylesene..." dedi ağabeyim. Sonra babamın bakışıyla sustu.

"Bir yere gittiği yok. Şimdi kapatalım bu konuyu, yarın konuşuruz, zaten geç oldu..." dedi babam.

Kendi kendime dedim ki, "Sakın bu konuda fazla düşünme, kararını verdin, bitti..."

Bir konuda fazla düşünürseniz hiçbirşey yapamazsınız.

Ama ağabeyim bana küstü. Yatmadan önce odama gelip, kapıdan başını uzattı. "Ben de seni akıllı sanırdım, ne oldu hani tayyare hevesleri... Köylü kızları gibi ilk gelene varıyorsun demek, aferin..." dedi.

Annem odama geldi, saçlarımı okşayıp uzun uzun konuştu benimle. "Sen daha çok küçüksün, ev işi bilmezsin, idare bilmezsin, adamı tanımıyorsun, biz yanında yokuz, uzakta, tanımadığın bir yere gideceksin. Bunlar çocuk oyuncağı değil. Sonra üzülürsen, sıkılırsan ne yaparız. Herkes senin bu şımarıklıklarına katlanmaz. Oralarda rezil olursunuz vallahi... Hay Yarabbim nereden kabul ettim de çağırdım bunları ben... Hep benim kabahatim... Gerçi iyi, munis bir çocuğa benziyor ama..."

Ah anneciğim! Annelerin herşeyi hemen anlayabildiklerini ben çok sonra farkettim. Tam dediğin gibiydi: İyi, munis bir adam.

Fakat içinde fırtınalar esen bir kadın, iyi, munis bir adamla ne yapar?

Tabii o zaman bunları bilmiyordum, anlamıyordum da...

Ayla bunu duyunca dili tutuldu. Ne diyeceğini bilemedi. İnanamadı. "Senin kaçığın biri olduğunu biliyordum ama bu kadarını bilmiyordum, bari beş tane de çocuk doğur da beraber oynarsınız," diyor, benim onlarla eğlendiğimi, birkaç gün sonra vazgeçeceğimi düşünüyordu.

Ağabeyim beni vazgeçirmek için alay ederek başa çıkamayınca bu sefer başka bir yol buldu. "Hiç değilse bir iki defa görüşsünler, bir yemek yesinler, huyları uyar mı, konuştuklarını anlarlar mı görsünler, bu ne biçim şeydir, hiçbirinizin sesi çıkmıyor, sanki bulunmaz hint kumaşı, hepi topu hariciye memuru, nedir bu aceleniz, hadi bunun aklı havada, sizinkine ne oldu..." diye bütün gün annemin başının etini yiyordu.

Sonunda bir akşam Turgut, ağabeyim, ben, hep beraber yemeğe gittik.

O bize hikâyeler anlattı, Amerika'da nasıl bir hayatımız olacağını söyledi, büyük adamlardan, olaylardan bahsetti. Orada dünya yeniden kuruluyordu, biz de onun içinde yer alacaktık. Benim için de çok iyi olacak, dilimi geliştirecek, okuyacak, çevre edinecektim. Bunlar gelecekteki hayatımızda hep işimize yarayacaktı. Böyle bunları uzun uzun anlatıyordu. Ben fazla konuşmadım, ağabeyim önce soğuk soğuk oturdu sonra dayanamayıp konuşmaya katıldı. Onlar erkek erkeğe gayet güzel anlaştılar.

Yemekten sonra ağabeyimin düşüncesi değişti mi bilmiyorum ama en azından artık direnmekten vazgeçti.

Günler boyunca bizim eve gelen giden eksik olmadı. Annem, teyzem, halam hep beraber gelenleri ağırlıyor, bir yandan bu "hayırlı iş"ten memnun görünüyor, bir yandan yalnız kaldıklarında fısır fısır kendi aralarında tartışıyor, birbirlerine demedik laf bırakmıyorlardı.

Evlenmeyi kabul ettiğim geceyi hatırlıyorum. Kendi kendime, "Sen romantik saçmalıklarla zaman harcayacak, bütün hayatını bir adamın gün boyu değişen davranışlarını izleyip manalar çıkartarak geçirecek bir kız değilsin, aradı mı aramadı mı, seviyor mu sevmiyor mu, niye öyle dedi de böyle demedi diye elinde mendil yaşayamazsın, onun için senin âşık olduğun değil, seni sevecek biriyle evlenmen en iyisi..." diyordum.

Ne acayip! Herhalde bunları o zamanlar okuduğum romanlardan çıkartmış olmalıyım.

Ah, kendini pek akıllı sanan, inanmadığı kaderi kendi elleriyle yaratacağını düşünen zavallı insanlar...

Yatakta, karanlıkta gözlerim açık yatarken, uzak bir ülkede, istediğim herşeyi yapabileceğim bir hayata gittiğimi, mutlu olacağımı düşünüyordum. Ağabeyim bile her zaman, "Sen buraya göre değilsin, şimdi küçüksün ama biraz daha büyüdüğün zaman yaptıklarını böyle gülerek karşılamayacaklar, haberin olsun..." demez miydi?

Niye yaşıtlarım romanlarda okudukları hayallerle beyaz atlı prenslerini beklerken ben neredeyse isteyenlerin bile ummadığı bir kararı verip evet demiştim acaba?

Benim gibi dikbaşlı, asi, aklı beş karış havada bir kızın, bir erkekle el ele bile tutuşmadan ilk görücüye gelenle evlenip dünyanın öbür ucuna gitmeye kalkışmasına kim şaşmaz?

Şimdi düşününce ben bile şaşıyorum.

Herşey aceleyle oldu.

Gelinlik bile dikilmedi. Teyzemin gelinliğini terzi Vesile kesti, biçti, bana uydurdu. Kafama çiçekli bir taç taktık. Çiçekleri annem kendi eliyle tek tek yerleştirdi. Aynada bana bakıp, bir yandan çiçekleri takarken bir yandan hiç durmadan ağladı. Ayla kendini tuttu, tuttu ama sonunda tam artık veda ederken bana sımsıkı sarıldı, dayanamayıp o da hıçkıra hıçkıra ağlamaya başladı. Yavaş yavaş ne yaptığımın farkına varıyordum. Belki de çok uzun bir zaman onları göremeyecektim. En sevdiğim arkadaşımı, ağabeyimi, annemi, işte belli etmese de, gözleri dolu dolu, benden ayrılacağına hâlâ inanamayan babamı...

İtiraf edeyim ki bütün gün dişlerimi sıktım. Ellerimi yumruk yaptım. Yüzüme yapışmış garip bir gülümsemeyle herkese, "Yakında görüşeceğiz, sayılı gün çabuk geçer," gibisinden birşeyler saçmalayıp durdum.

Herkes bebeklere benzediğimi söylüyordu. Zaten annem de bana yanımda götürmem için gelinlik giymiş kocaman bir bebek almıştı. Ayla onu elinde gezdiriyordu. (O bebek, her zaman değişmeyen gülümsemesiyle, boncuk gözleriyle her yere benimle geldi, hep benimle kaldı. İşte şurada duruyor, biraz kirlenmiş gelinliği artık.)

Pek fazla davetli olmayan bir nikâhtan sonra kayınvalidemin evine gittik. Eve girince, işte bir tek o zaman bana birden bir sıkıntı geldi. Kendi kendime, "Ah, ben ne yaptım, ne yaptım..." diye söylenmeye başladım. Gözlerim doldu, birisi dokunsa ağlayacağım, oradan kaçıp eve dönmek mümkün olsa hemen yapacağım. O an tek istediğim yeniden kendi odamda, yatağımda olmak, yumuşacık yorganların altına girmek, sabah yine eski hayatıma uyanmaktı.

Hatta bir iki defa oturduğum koltuktan kalkıp bu rüyadan uyanacakmış gibi yüzümü yıkamaya gittim, kapıdan kaçıp eve dönmekten zor vazgeçtim.

Sonra bizi götürüp odamızı gösterdiler. Valide hanım havluları, pijamaları, terlikleri getirip bıraktı. Sonra da kapıyı örtüp çıktı.

Kocaman bir yatağın başında öylece kalakaldık.

O rahat, avrupai, dünya umurunda olmayan çocuk gitti, yerine ne yapacağını bilmeyen, dili tutulmuş bir zavallı geldi. Kendi halime kendim şaşıyordum. Böyle biz en aşağı yarım saat karşılıklı hiç konuşmadan oturduk. Yatağın üzerinde o iğreti oturuyor, ben koltukta... Yatağın yanındaki sürahiden habire su doldurup içiyor, sen de ister misin diye arada soruyor. Böyle bir sürahi dolusu suyu içti, bitirdi. Sonra nihayet, "Hadi artık gelinliğini çıkart yatalım, yarın yola çıkacağız" dedi.

Birden kıpkırmızı oldum.

Bu ne acayip âdet. O güne kadar kimsenin yanında soyunmamışım. Ağabeyim bile beni gecelikle görmemiş. Şimdi hiç tanımadığım bir adamın koynuna ne diye girecekmişim? Üstüme bir ter bastı. Birden sinirlendim. "Bana bak Turgut bey, sen şimdi içeri git, sigaranı iç, ben giyinip yatarım, sen de biraz sonra gelirsin, anlaşıldı mı?" dedim.

Benim böyle otoriter konuşmama şaşırdı ama güldü, "Peki, emredersiniz..." dedi, çıktı.

Ben de üstümdekileri çıkartıp o aptal fırfırlı geceliği giydim. Yatağa girip tonlarca ağırlıktaki el işlemesi yorganı üstüme çektim.

Heyecandan hiç uyuyamayacağımı sanıyordum ama daha bizimki odaya gelmeden dalmışım. O da beni uyandırmaya kıyamamış. Biz böyle ilk gece hiçbirşey yapmadan yatıp uyuduk. Neyse ki sabahın kör şafağında yola çıkıyorduk.

Önce Londra'ya gittik. Hayatımda ilk kez başka bir ülke görüyordum. Herşey bana yeni geliyordu. Kendimi hem özgür hissediyordum hem de aynı zamanda kafese girmiş gibi... Anlatması zor bir his. Bir yandan böyle yeni şeyler, yeni yerler görmek hoşuma gidiyor, artık küçük bir çocuk değil de sanki kocaman bir kadınmışım havalarında gezmekten keyif alıyor, hem bir yandan düşündükçe, bunun bir tatil olmadığını, uzun bir hayatın başlangıcı olduğunu kavradıkça geride bıraktıklarımı özlüyor, içim sıkılıyordu.

Gezdik, tozduk, alışveriş yaptık. Benim için giysiler seçmek hoşuna gidiyordu. Ama aynı zamanda onun istediklerini almamı sağlıyordu. Küçük bir hanımefendi. Avrupalı genç bir kadın. Ne fazla kadınsı, ne fazla çocuksu... Ona göre hayatta herşey ortalamaydı. Herşey kurallara uygun. Hiçbirşeyin aşırısı yoktu.

Müzelere, kalelere gittik... Nehir kıyısında yürüyüşlere çıktık. O bana hep romantik şeyler anlatıyordu. Filmlerden bahsediyor, romanlardan açıyor, şiirler okuyor, sanki iki âşıkmışız gibi bir havalar yapıyordu. Sesi çok güzel, çok yumuşaktı. İnsan onu dinlerken ne anlattığıyla ilgilenmese bile konuşmasından hoşlanıyordu. Başbaşa yemeğe gittik akşam. Mumlar yakıldı. Şarap açıldı. Ben en güzel mavi elbisemi giydim. Makyaj yaptım.

"Bak," dedi, "herkes bize bakıyor..."

Buna sevinmiş gibiydi.

Evet herkes bize bakıyordu. Gittiğimiz her yerde... Belki de benim çok küçük olduğumu düşünüyorlardı. Ne giyersem giyeyim küçük bir kız gibi duruyordum zaten. Yeni evli olduğumuzu anlayınca herkes bizimle ilgileniyordu. Mağazalarda hediyeler veriyorlar, lokantalarda içki ikram ediyorlar, çay salonlarında bizimle konuşuyorlardı.

Ama ben ona âşık değildim. Zaten herhalde o da bana âşık değildi. İnsan uzaktan görüp istediği bir çocuğa niye âşık olsun?

Bu aşk hikâyeleri fazla uzun sürmedi. Ne o inandırıcıydı, ne ben bunları duymaktan hoşlanıyordum.

Kendine göre hayalleri vardı. Amerika'da iyi bir çevre edinecekti. Kendini gösterip yükselecekti. Bir dil daha öğrenecekti. Çocuk için birkaç yıl bekleyebilirdik.

Gelmeden önce babamla başbaşa konuşmuşlardı. Babam ondan benim eğitimime devam etmemi istemişti. En azından bir dil okuluna gidersin, diyordu şimdi Turgut...

İyi bir insandı. Benim mutlu olmamı istiyordu. Kurallara uyarak, saygıyla, gelecek planlarıyla mutlu olabileceğine, hayatın böyle kurulabileceğine inanıyordu. Aslında hayattan beklentisi öylesine azdı ki herhangi bir kadınla mutlu olmaması için hiçbir neden yoktu.

Annem ayrılmadan bir gece önce bana birşeyler söylemek istemiş ama yapamamış, sonra da teyzemi yollamıştı. O da bana, oldukça dolambaçlı bir yoldan, evlilikte insanın her zaman beklediğini bulamayacağını, eğer böyle olursa zamanla alışacağımı söylemeye çalışmıştı...

Ne demek istediğini o sıralar tam anlamamıştım.

Evimiz kentin dışında, her yanı çimenlik, iki katlı evlerle dolu güzel bir mahalledeydi.

Her yer öylesine yeşildi ki, ilk günler bir kentin bu kadar ağaçlık olmasına çok şaşırmıştım. Ortalıkta sincaplar dolaşıyordu.

Ne varsa, herkes bu Amerika'ya bayılır. Ben hiç sevmem. Acaba evliliğin ilk yılları olduğu, birdenbire kendimi bambaşka bir dünyada tek başıma bulduğumdan mı, bilmem.

O beni memnun edebilmek için durmadan birşey bulup çıkartıyordu. Ya eve etrafta ne kadar Türk varsa topluyor ya haftasonları Amerikalıların pek meraklı olduğu pikniklere götürüyor, yeni açılan arabalı sinemalardan tekne yarışlarına kadar her yerde dolaştırıp duruyordu.

Ben de sıkıntıdan bowling, tenis, ne varsa oynuyordum. Okula gidiyordum. Eve gelip çimleri biçiyordum. Üstü açık arabayla dolaşıp duruyordum. Herkes benim Amerikalı bir kız olduğumu sanıyordu. Öyle giyiniyordum, öyle hareket ediyordum. Kısa zamanda onlar gibi konuşmaya başladım. Konu komşu kim varsa, o saçlarını karavel yapmış sarışın kızlarla arkadaş oldum.

Herkes bize gıpta ediyor, bütün o, kocalarına şirin görünmeye çalışıp habire çocuk doğuran kadınlar hayranlıklarını anlatıyor, bizim örnek bir çift olduğumuzu söyleyip duruyorlardı.

Böyle onlara göre neredeyse Eski Mısır'dan kalkıp gelmiş bir kızın kendilerine benzemesine şaşırıyorlar, sanki kaybolmuş bir ülkeden sözeder gibi bana Türkiye'yi anlattırıyorlardı.

Galiba o yıllardan en çok hatırladığım, en çok sevdiğim şey o arabalı sinemalardı. Turgut'un en büyük merakı arabalarla çizgi romanlardı. Gider gitmez, elçilikten ayrılan birinin arabasını almıştı. Koyu yeşil, tombul, üstü açık bir arabaydı. Ama çok büyük. Kapılarını tek başıma açmakta zorlanırdım. Bembeyaz deri koltukları, ahşap bir direksiyonu, beyaz lastikleri vardı. Bayılırdı o arabaya... Her cumartesi sabahı evin önünde uzun uzun onu yıkar, parlatır sonra da birlikte gezmeye giderdik.

İşte o arabanın içinde hele o yaz akşamları açık havada, bir yandan yıldızlara bakıp bir yandan filmleri izlerken, üstümdeki şala sarınmış kendimi düşlere kaptırıp giderdim. Ne çok film seyretmişizdir öyle ama sorsanız çoğunu doğru dürüst hatırlamam bile...

Sonra biz gecenin bir vakti evde yalnız kalınca ben ya televizyon denilen aletin başına geçer ya da bir kitap alıp koltuğa kurulurdum.

Fazla birşey konuşmuyorduk. Herşey sanki böyle olması gerekiyormuş gibi gidiyordu. O halinden memnun görünüyordu. Zaten galiba o zamanlarda kimse kocasına, "Biz memnun muyuz?" diye sormayı aklına getirmiyordu.

Hayat buydu işte, iki katlı, bahçeli bir evin olacak, sonra çocuklar doğacak, haftasonları yeni arabayla pikniğe gidilecek, evlerde toplanılan akşamlarda hanımlar briç oynarken beyler maç seyredecek, politika konuşacak... Çocuklar büyüyecek, evlenecek, raflara, büfelere, sehpaların üstüne konulan çerçeveli fotoğraflar gitgide çoğalacak, yaşlandığınız zaman onların yılbaşı yemeğine gelmesini bekleyeceksiniz, torunlarınızı kucağınıza alacaksınız ve sonra bir gün parlak bir cenaze töreninde onların birkaç anıyla avunmasını ümit edeceksiniz.

Televizyondaki aileler de böyleydi işte. Kocasının yolunu gözleyip çocuklarıyla arkadaş olmaya çalışan güzel, genç anneler, küçük bir evin içindeki küçük dünyanın, koca evrendeki en güzel gezegen olduğunu anlatıyorlardı bize...

Başka ne olmasını istiyordunuz ki...

Turgut büyük bir hevesle çalışıyor, sürekli gelecek hayatımızı anlatıyordu. İşte onun istediği hayat böyleydi. İleride çocuklarımız da olacaktı. (İki tane yeter, diyordu.) Belki uzak, istenmeyen bir ülkede birkaç yıl geçirmek zorunda kalacaktık ama sonra yeniden Ankara'ya dönecektik. Ondan sonrası kolaydı. Hem paramız birikecek hem de artık Avrupa başkentlerine gidecektik.

Genç bir diplomat için iyi bir başlangıç yapmıştı. Geceleri bile oturup çalışıyor, tarih okuyor, hiç ilgisini çekmediği halde sanat kitapları alıyor, operaya, baleye gidiyor, üçüncü bir dil öğrenmek istiyordu.

Diplomatlar, hiçbir konuda gerçek düşüncelerini söylemeyen ama her zaman ince espriler yapabilen, gülümseyen, zeki insanlardı.

Yemekler bile yazılmamış kurallar içinde yeniyor, iltifatlar buna göre yapılıyor, Türkiye'ye gidecek hediyeler, gelenlerin karşılanması, gezdirilmesi gibi işler hanımlara düşüyordu.

Ben bunlarda pek iyi değildim.

Neyse ki beni biraz çocuk buldukları için fazla önemsemiyorlardı.

Yanlış şeyler söylesem bile Turgut'a gülümsüyorlar, sanki, "Biliyoruz, merak etme, o daha çocuk, zamanla anlar, alışır," diyorlardı.

Fuat bir keresinde, "Bazen senin küçük bir çocuk olduğunu unutuyorum," demişti, "nasıl olup da bu yaşta böyle konuştuğuna, hiç çekinmeden istediğini yapabilmene, söylemene şaşırıyorum..."

Hep şaştılar. Herkes...

Bütün hayatım boyunca arkamdan gelen o dedikoduları duydum. Nereye girsem sanki birdenbire konuşmaların kesildiğini anladım.

Okul yıllarında bile öyle değil miydi? Herkes benimle iyi geçinmeye çalışır ama bir yandan da her nedense benden uzak dururlardı. Ayla'dan başka yakın arkadaşım olmadı hiç. Herkesin arkasından konuşacağıma yüzüne konuştuğum için mi? Kabul etmeliyim belki, ne zaman ne yapacağım belli olmadığı için...

Ama anlamadıkları şuydu. Bazı insanlar hayatlarını kendi istedikleri gibi kurarlar. Geri kalanlarsa onların yaptıklarını birbirlerine anlatıp dururlar.

Ben başkalarının hayatlarını anlatarak ömrümü geçirmek istemedim.

Varsın başkaları benim hayatımı anlatsın.

Bana, kocama bağlı olduğum için mi saygı duyacaklardı? Kurallara karşı gelmedim diye mi? Onlar arkamdan konuşmasınlar, birbirlerinin kulağına bire bin katıp beni anlatmasınlar diye bütün hayatımı onların istediği gibi mi geçirecektim?

Tabii ki yapmadım. Umurumda da değildi zaten.

Hiç değer vermediğim insanların benim için ne düşündüğünden bana ne?

Vız gelir bana!

Küçük bir çocukken bile acırdım onlara. Annemin arkadaşları gelip, çaylarını içerken onları izlerdim. Kocalarından ve belki de hiç tanımadıkları insanların hayatlarından başka anlatacak birşeyi olmayan bu mutsuz kadınlara hep acıdım.

Onlar hep içlerinden geçeni, aslında söylemek istediklerini söylemeyip başkalarının duymak istediği cümleleri kurmaya çalışan insanlardı.

Kendi kendime derdim ki, beni ateşlerde yaksalar bile bunlara benzemeyeceğim. Ben başkalarının duymak istediği cümleleri kurmayacağım.

Benzemedim.

Ama o günlerde kendi kendimle savaşıyordum.

Ne yapmam gerektiğini söyleyecek kimse yoktu yanımda. Evet ben hayata yeni başlıyordum ve bu hayatın bir kılavuzu yoktu. Ama yapılması gerekenler belliydi zaten. Herkes için geçerliydi.

Hepimiz o sıradan kadınlardan biriydik. Kocalarımızın başarılı olması ve bize daha çok şey alabilmesi için evdeki rahatı sağlayacak gönüllüler...

Fazla sorgulamazsanız, başkalarının yaptıklarını izlerseniz, doğru örnekleri seçerseniz herşey bir önceki kuşaktan bir sonrakine aktarılarak sanki gizli bir kitap birinden diğerine veriliyormuş gibi devam edip gidiyordu.

Ama böyle bir hayat bana pek sıkıcı geliyordu.

Turgut uyuduktan sonra salondaki büyük koltuğa

uzanır, beni bir anda alıp bambaşka dünyalara götüren romanlar okurdum. Seyrettiğim filmlerden sonra birkaç gün hep o filmin içinde yaşardım.

Sanki içimde bir başkası vardı. Çocukken konuştuğum, benimle yalnız kaldığım anları paylaşan, yanımda gittiğim her yere gelen, sevindiğimi, üzüldüğümü, kimselere söylemediğim kırıklığımı bilen, bana akıl veren, o aslında varolmayan arkadaşım büyümüş ama benimle kalmıştı.

Biliyorum, çoğunuz onu tanırsınız. Hepinizin yalnızca size ait sırlarınızı bilen içinizdeki arkadaşınız... Ama siz büyürken bir gün, belki de farkında bile olmadan, acıklı bir ayrılık mektubu bile bırakmadan, gitmesi gerektiği zamanı bilirmiş gibi sessizce çekilip gitmiştir.

Ne yapayım, bende öyle olmadı.

Bak hâlâ burada, yıllar sonra bile şu koltukta, tam karşımda oturuyor ve halime gülüyor.

Öyle ki bir zaman sonra artık hangimiz hangimiz karıştırmaya başladım.

Bir sabah kalkıyor, hayatın küçük şeylerle güzel olduğunu düşünüyordum.

Ertesi sabah kalkıp burada böyle bir budala gibi bütün hayatımı mahvettiğimi, bu küçük dünyalarına sıkışmış kadınlardan biri olmaktan nefret ettiğimi anlıyordum.

Üstelik daha herşey yeni başlıyordu. Böyle koskoca bir ömür geçecekti. Yavaş yavaş bütün heyecanları kaybederek, bütün bu yeni görüntüler eskiyip yıpranarak...

Bir akşam otururken iyi bir insanla evlendiğimi, işte bunun filmlerdeki, romanlardaki gibi büyük bir aşk olmadığını, ama bütün büyük aşkların yalnızca felaketle bittiğini, gerçek hayatın çerçevelere konmuş çocukların fotoğrafları olduğunu söylüyordum kendi kendime...

Ama hemen sonra içime anlatılmaz bir sıkıntı geliyor, benim kim olduğumu bile bilmeyen, içimden geçenlerin tek bir satırını bile duymayan bu adamla bütün bir ömrü geçirmenin imkânsız olduğunu düşünüyordum.

Bir makina görmüştüm hastanede. Yaşayıp yaşamadığınızı gösteren bir makina. Oradaki çizgi artık kıpırdamadığında, dümdüz devam edip gittiğinde hastanın öldüğünü anlıyorlardı.

İşte tam da öyle hissediyordum. Bizim makinamızdan ne bir ses geliyordu ne de en küçük bir kıpırtı vardı.

Öyle dümdüz bir çizgiydi hayatımız.

Ne garip, hep en sevdiklerimize en söylenecek şeyleri söylemiyoruz ya da söylüyoruz ama o zaman da onlar bizi duymuyor.

Hani bazı sabahlar insan nedensiz bir iç sıkıntısıyla uyanır. Düşünüp de bulamadığı birşey, belli belirsiz bir tedirginlik içini kemirir durur.

Öyle bir sabahtı işte. Soğuk bir mart sabahı. Yan bahçede rengârenk şapkalar giymiş çocuklar kocaman bir kardan adamın boynuna uzun, püsküllü, kırmızı bir atkı koymuşlar şimdi de burnuna havuç takmaya çalışıyorlardı. Onların birbirlerine kartopu atarken, karlarda yuvarlanırken neşeli çığlıklarını duyuyordum. Radyoda Peggy Lee, "*orada küçük bir otel var, keşke orada olsak, yalnız ikimiz, kabuğumuza gizlensek,*" diye bir şarkı söylüyordu. Kentin hemen dışında yeni açılan dev mobilya mağazasından aldığımız ve Turgut'un bir türlü ısınamadığı açık sarı renkli, garip şekilli uzun koltuğa oturmuş çayımı içiyordum.

Gazetenin birinci sayfasında Audrey Hepburn'ün, ödül alırken çekilen fotoğrafı vardı. Şu, Roma'da, peşindekileri atlatıp sokaklara çıkan ve bir gazeteciyle tanışan prensesi anlatan filmle kazanmıştı.

Sigaranın akciğer kanserine yol açtığı açıklanmış ama sigara firmaları buna karşı çıkmıştı.

Bir mart sabahıydı.

Audrey'nin inci kolyesine bakarken kapı çaldı.

Karşımda Turgut'u gördüğüm an kötü birşey olduğunu anladım.

"Şimdi haber geldi, baban rahatsızlanmış, hastaneye kaldırmışlar, merak etme iyiymiş..." dedi.

Yalan söylediği her halinden belliydi ama ben ona inanmak istiyordum. Ertesi gün Türkiye'ye gitmem için hazırlıkları yapmıştı bile.

O sabah uyandığımda yüreğimdeki çarpıntı, o anlamsız sıkıntı boşuna değildi.

Ankara'ya geldim. Ağabeyim beni karşıladı, hemen hastaneye gittik. Babamın kendinde olmadığını ama her an düzelmesini beklediklerini söyledi yolda. Herşey bir anda olmuştu, hiç beklemezken, bir gece geç saatlerde...

Geldiğimde annem bana sarılıp uzun uzun ağladı. Tek başına bir odaya yatırmışlardı. Sessiz, beyaz, sade bir oda.

Yukarı doğru kıvrılan uzun kaşlarıyla, beyaz, gür saçları dağılmış, yüzü solgun, gözleri kapalı öylece, çaresiz bir çocuk gibi yatıyordu.

Onun yatağının başında, elini tutup, gözlerini yeniden açmasını, yeniden benimle eski günlerdeki gibi keyifle konuşmasını, hiç değilse gözleriyle gülümsemesini, hayır aslında hiçbirini değil yalnızca, yalnızca adımı söylemesini bekledim.

Geceler geçti. Sabahlar geçti.

Ölüler ülkesine açılan o bekleme salonunda, o soğuk, kasvetli hastane odasında öylece karşımda günden güne eriyip azalan adama baktım. Hayatın bu acımasız darbesine karşı elimizden hiçbirşey gelmediğini öğrenmekten başka neye yaradı orada öyle oturup elini tutmam?..

Öylesine inanılmaz geliyordu ki bana... Uzakta da olsam, onu hiç görmesem de, babamın bizi bırakıp gideceğini hiç düşünmemiştim. Sanki ne olursa olsun o hep bizimle kalacaktı, her zaman hayatın düzenini sağlayan merkez noktası gibi orada sapasağlam duracaktı.

Hayatım boyunca onun hastalandığını, şikâyet ettiğini hatta evde yorgun oturduğunu bile görmemiştim. Kendimi bildim bileli hep aynıydı babam. Her zaman canlı, güçlü, konuşurken sesi çok uzaktan bile duyulan, yerinde duramayan "dağ gibi bir adam"dı işte.

Şimdi sanki hepimize, bütün bir hayata küsmüş gibi böyle kıpırdamadan, gözkapaklarını bile oynatmadan yatması bana uzun süren bir karabasan gibi geliyordu. Birazdan bağırmak isteyeceğim ama sesim çıkmayacak ve çırpınarak uyanacağım sanıyordum.

Uyanacağım ve bütün bunların aslında orada, uzakta gördüğüm bir rüya olduğunu söyleyecekler, herşey yeniden doğal akışına dönecek... Bunun bir rüya olduğunu anlayınca mutluluk içinde kalkıp güne başlayacağım, herkese bu kötü rüyayı anlatacağım...

Keşke öyle olsaydı...

Birileri geliyor, birileri gidiyor, ayaklarına, ellerine iğneler batırıyor, sanki bize birdenbire mutlu bir haber verecekmiş gibi baktığımız o makinaları inceliyor ve sonunda, "Allahtan ümit kesilmez," diyorlardı.

O günler ve geceler boyunca hayatla ölüm arasında, hiçbirimizin bilemeyeceği kısacık bir an olduğunu anladım.

Ne zaman geleceğini bilemediğimiz o an bir gün gelecek ve bu renkli resimler geçidi son bulacaktı. Hepsi buydu.

Bir an için uyanmasını, filmlerdeki gibi son sözlerini söylemesini, bunca zaman konuşamadığımız şeyleri konuşabilmeyi öyle çok isterdim ki...

Benim gelmemden yalnızca birkaç saat öncesine kadar birkaç kelime konuşabiliyormuş. Beni sormuş, "Ben sana, onu o kadar uzağa yollamayalım demedim mi," diye anneme kızmış.

Ondan sonra da bir daha hiç konuşmamış.

Annem her gelene durup durup bunu anlatıyordu.

"Allahım," diyorum, "neden ondan da, benden de bu kadarcık birşeyi esirgedin, neden birkaç saat daha uyanık kalmasını istemedin? En azından burada olduğumu, her zaman onun en sevgili kızı olduğumu bilmesine izin vermedin?"

Şaşkındım. Korkuyordum. Çaresizdim.

Hayatım boyunca olmadığım kadar mutsuzdum.

Hep birlikte mutlu bir evde oturmuş gülerken birdenbire kendinizi böyle yıkıntıların arasında buluyordunuz işte. Birkaç saniyelik bir titreme ve kurduğunuz, sonsuza dek sahip olacağınızı sandığınız o güvenli hayat yerle bir oluyordu. Bir deprem gibi ayağınızın altından yer kayıyordu.

Başucuna büyükçe bir vazoya benim getirdiğim renkli çiçekleri koymuştuk. O çiçeklere bakıyordum ve günün birinde belki benim de böyle bir yatakta yatacağımı ve benim de gözlerimin açılmasını bekleyeceklerini düşünüyordum. Üstelik bunun ne zaman olacağını bilmiyordum.

Hiç kimse bilmiyordu.

O an, en küçük bir işaret bile vermeden öylece yattığı o an, ne yaşadığını, nerede olduğunu, herhangi birşey hissedip etmediğini, bizi duyup duymadığını, acı çekip çekmediğini, hiç bilmiyorduk.

Belki nereye gideceğini bilemediği karmakarışık bir

rüyanın içindeydi. Karşısına çıkan yollardan hangisine girmesi gerektiğini bile bilmeden öylece duruyordu. Ya da kimbilir, belki de gördüğü an ait olduğunu anladığı çok tanıdık bir bahçede gerçek evini bulmuş gibi rahatça dolaşıyordu.

Sonunda bir gece geç saatlerde bizi bırakıp gitti.

Ona hiçbirşey söyleyemeden, gözlerine son bir kez bakamadan, geri gelmesi için yalvarmamıza bile izin vermeden...

Eğer gerçekten de hayatımızı belirleyen bir an varsa, benimki, orada onun yatağının başucunda öylece oturduğum yarı uyur, yarı uyanık saatlerdir.

İşte orada aklımca kendi kendime kurmaya çalıştığım hayatın boşunalığını iyiden iyiye anladım.

Bu dünya üzerinde sağlam sandığımız hiçbirşey olamayacağını, hayatın hepimizden güçlü döngüsünün içinde savrulup gittiğimizi ve günün birinde farkına bile varmadan o döngünün dışına fırlatılacağımızı düşünüp vazgeçtim.

Vazgeçtim evet, herşeyden.

Bir atlıkarınca gibi dönüyordu yalnızca. Ya kısacık, göz açıp kapayana kadar geçen bir an içinde mutluluktan uçacaktık ya da kendi kendimize neden orada dönüp durduğumuzu düşünmekle geçirecektik zamanımızı...

Ben birinciyi seçtim.

Hem de farkında bile olmadan.

Babamın elinden tutmuştum, onu asla bırakmayacağımı söylemiştim ama o beni bırakıp gitmişti. Kimseyi elinden sıkı sıkı tutarak hayat boyu yanımızda tutamayacağımızı öğrenmiştim.

Türkiye'yi, annemi, ağabeyimi görmeye neşeli anılarla, anlatacak güzel şeylerle gelmeyi isterdim. Birbirimizi ne zamandır görmemiştik ve benim onlara anlatacağım öyle çok şey vardı ki...

Başka bir ülke, yeni tanıdığım insanlar, okul, evlilik, televizyon, arabalı sinema, dev alışveriş merkezleri...

Hiçbirini konuşamadık bile... Böyle bir zamanda, uzakta, okyanusların ötesinde bambaşka bir hayatın ayrıntıları, tek tek kendi seçtiğim modern eşyalarla düzenlediğim yeni evim, bütün çimenlerin aynı boyda kesildiği mahallemiz, sincaplar, üstü açık arabamız, döner dönmez onlara göstermek için çekip saklanmış gezi fotoğrafları birdenbire anlamını yitirmişti.

Babam için özel seçilmiş hediyeler (burada bulunmayan spor ayakkabıları, özenle seçilmiş kitaplar), annem için eldivenler, şapkalar, ağabeyim için binici çizmeleri, en son çıkan plaklar...

Hediyelerini verdiğim zaman nasıl sevineceklerini düşünmüştüm. Onları o kadar çok özlemiştim ki, o karşılaşacağımız ilk günü, yeniden evimizde hep birlikte bütün ışıklar yanarken, annem yine bizim değil bütün komşuların bile yiyip bitiremeyeceği kadar çok yemek yapmışken, eski günleri anarken çizeceğimiz o mutluluk tablosunu kimbilir kaç kez kendi kendime yeniden kurmuştum kafamda... Yaptığım yemekleri anlatacak, yeni tarifler isteyecektim.

Oysa eve döndüğümüzde annem, ağabeyim ve ben,

akrabalar, ziyarete gelen tanıdıklar, komşular gittikten sonra babamı öven konuşmaların, kimi unutulmaz anların, ağlamaların ardından gece geç saatlerde başbaşa kaldığımızda çok istesek de konuşacak pek birşey bulamadık.

Ağabeyim, babamın evraklarını, çekmecesindeki ufak tefeği toparlıyordu. İkimizin de neredeyse her yaşımızda çekilmiş fotoğraflarını bir defterin içine özenle yapıştırmış, tarihler ve o günü hatırlatan notlar yazmıştı.

Yağmurlu bir cenaze töreninden, acı, dağınık, karmakarışık günlerin ardından, akşam okunan dualar ve ilahilerle, onları mutlulukla kucaklayamadan yeniden ayrıldım.

İçimdeki sır kırılmış gibi paramparça... Birdenbire büyümüş gibi durgun...

Birkaç hafta sonra, karlı, soğuk, bizi evlere kapatan kasvetli kışın bittiğini o ilk parlak güneş gösterdiğinde, Amerika'nın ortalarına doğru bir geziye çıktık.

Benim bir değişikliğe ihtiyacım olduğunu, artık eskisi gibi gülen, şakalar yapan, aklına eseni söyleyen çocuksu halimin gidip yerine uzaklara dalan, bir cümleye başlamışken bitmeden bırakıp vazgeçen, olur olmaz şeylere gözleri yaşlanan birinin geldiğini düşündükleri için sanırım böyle bir gezi düzenlemişlerdi.

Birkaç araba arka arkaya yola çıktık.

Yeni yapılmış, alabildiğine uzanan geniş, düzenli yollardan geçtik.

Her yanı kaplayan o yeni evleri gördük. Küçük, bahçeli, birbirinin tıpatıp aynı evlerden oluşan modern mahalleleri...

Birşeyler atıştırmak için açılan o yeni tür lokantalar... her yerde yenileri açılan arabalı sinemalar... yanıp sönen ışıktan resimlerle tanıtılan moteller... petrol kuyuları... çadırlar, bisikletler, golf takımları yüklenmiş yeni aile tipi arabalar... uçsuz bucaksız topraklardaki yalnızlık...

Sonunda küçük bir kasabaya vardığımızda her yerin bayraklarla süslendiğini gördük. Evlerin ortasından geçen yolda yürürken kendi aramızda bütün o bayrakların nasıl neşeli bir bayram havası yarattığını konuşuyorduk.

Küçük, bahçeli evlerin her birinin kapısında bir bayrak vardı. Yeşillik, tertemiz bu küçük kasaba, insanı sanki bütün bir ömrü burada geçirmeye davet eder gibiydi.

Güzel bir müzikle başlayan ve size mutlu bir sonla biteceğini başından belli eden Amerikan filmlerindeki kasabalardan birine girmiştik sanki. Şuradan bir yerden, herşeyin üstesinden gelecekmiş gibi kendinden emin gülümsemesiyle *Mr. Smith* çıkıverecekti neredeyse...

Sonra birden fark ettik ki bütün evlerin camlarında fotoğraflar asılı. Genç askerlerin fotoğrafları.

O zaman burada bir bayram kutlanmadığını anladık.

Bu kasabada hemen her evden savaşa giden bir oğul geri dönememişti.

Birdenbire o neşeli, pırıl pırıl bahar günü, puslu bir kış akşamına dönüştü, o, insana yaşama sevinci veren rüya kasabası silindi.

Bizim bir bayram sevinci sandığımız, aslında, unutulmaz bir acının yeniden anılmasından başka birşey değildi.

Uzakta bir yerde savaşı onların kazandığını düşünmüştüm. Savaşları kimsenin kazanmadığını unutmuştum.

İşte bu çocuklar, bu fotoğraflarda sanki kocaman birer kahraman gibi duran, çerçevelerin üzerine mor kalp madalyaları asılmış, gülen yüzlü bu çocuklar bir gün anne babalarına, öylesine sürüp giden çocukluklarına, belki kız arkadaşlarına, nişanlılarına, okullarına, sıradan alışkanlıklarına veda etmiş, tanımadıkları bir ülkede, hiç tanımadıkları ama herhalde tıpkı onlar gibi beklenmedik bir anda hayatını yarıda bırakıp savaşa katılan bir başka çocuğun kurşunuyla ölüp gitmişlerdi.

Evlerinden çok uzakta...

Yıllar geçmişti ama kasaba hâlâ her bahar onların uğurlandığı günün anısına böyle süsleniyor, bayraklarla donatılıyor ve artık her birinde sonsuza dek buruk, sessiz bir acının sürüp gideceği evlerin içindeki o fotoğrafla madalya çıkartılıp pencereye konuluyordu.

Orada, pırıl pırıl bir bahar gezintisinin beklenmedik bir sarsıntıya dönüştüğü o bahar günü kendi kendime o annelerin acısını geçmişteki hangi mutluluğun örtebileceğini düşündüm.

O yıllar, herkesin kucağında bebeklerle dolaştığı, herşeyin çok çocuklu ailelere göre düzenlendiği yıllardı.

Kimi tanıyorsak bize ne zaman çocuk yapacağımızı soruyor, evlendikten sonraki birkaç yılda hâlâ çocuğu olmayanlara garip bir gözle bakılıyordu.

Ama zaman zaman bana da heyecan veren bu düşünce o gün orada, o süslenmiş evlerin arasından geçerken büyük bir korkuya dönüştü.

Söyleyin bana, o pencerelere resmi asılmış ve aslında yalnızca hayata yeni başlamak üzere olan o çocuklarla yaşanmış hangi mutluluk şimdi bu sonsuz acıya değerdi?

Savaş benim çocukluğumdan geçip gitmişti. Ama korunaklı bir evin içinde biraz ürpererek hissettiğiniz fırtına gibi... Babamın konuşmalarından, ışıkların kapanmasından başka pek birşey hatırlamıyordum.

Sonraları, Londra'da, benden yalnızca birkaç yaş büyük bir kadına rastlayacaktım.

Bir gün o ölüm kamplarından birine götürüldüklerini, çırılçıplak soyunduklarını, duşlardan gaz verilmesini bekledikleri o korkunç ölüm anını anlatacaktı bana.

Ölümü bekledikleri o son birkaç dakikayı...

Sonra gaz yerine su boşalmıştı duşlardan. Milyonlarca insanın öldürüldüğü o inanılmaz karabasandan yalnızca bir şans, beklenmedik bir şans kurtarmıştı onları.

Trenlerde titreyerek ölüme götürüldüklerinde henüz küçücük bir kızdı. Benim, evimizin bahçesinde seksek oynadığım günlerden sözediyordu. Ve belki de o günlerin birinde, annemin beni çağırıp saçlarımı taradığı, çayla kurabiye yediğim öğledensonralardan birinde, o sakin Ankara baharında, belki Kandilli'de, anneannemin evindeki yaz günlerinde, o, benden yalnızca birkaç saat uzaklıkta bir yerde, bir trende titreyerek bilinmez bir yolculuğa çıkmıştı.

İşte böyleydi.

Yalnızca birkaç saat...

Yalnızca birkaç yüz kilometre...

İnsan, ne o toplu mezarların izlerini gördüğünde, ne o filmleri izlediğinde, ne o kitapları okuduğunda gerçeği tam olarak anlamıyor.

Biz Amerika'dayken küçük bir kızın günlüğü yayımlanmıştı.

Amsterdam'da bir evde iki yıl boyunca ailesiyle gizlenmeyi başaran ama sonunda yakalanıp toplama kamplarına götürülen ve bir daha geri dönemeyen bir kızın günlüğü...

O kitabı okumuş, o kızın gülen yüzüne uzun uzun bakmıştım.

Temiz hava bile almadan geçen o iki yıl boyunca küçük, gizli bir sığınakta yazdıklarını, gün gün hissettiklerini, orada bütün hayatı paylaştığı bir günlükle büyümesini okumuştum.

Ama hayır, ben gerçeği ancak o zaman, o bayraklarla süslü kasabadaki anne babaların yüzlerini gördüğümde ve yıllar sonra o kadının bir kahvede, bir yandan büyük bir iştahla kremalı pastasını yerken bana anlattıklarını dinlediğim zaman anlayabildim.

İnsan soykırım yapabilen tek canlıydı.

O bana bütün bunları anlatırken, zaman zaman gözlerinden yaşlar kendiliğinden akarken, ben nasıl bir öfke, kime duyulduğu bilinmez bir kin, tanımsız bir acı, büyük bir suçluluk duygusu içinde onu dinlerken, benimle aynı yaşlarda olan ama benden ışık yılları kadar uzak görünen bu kadının, hayatın karşısında hâlâ böylesine tutunabilmesini asla unutmayacağıma söz verdim.

Neyse ki anıları biriktirmekle, fotoğraflardan albümler yapmakla, oradan buradan toplanmış ıvır zıvırı yanımda taşımakla uğraşmamışım.

Eğer bir albüm yapsaydım herhalde en çok bavullarımı toplarken çekilmiş fotoğraflarım olurdu içinde.

Bu kadar çok toplanmaktan mı, oradan oraya sürüklenmekten mi yoksa annemin dediği gibi doğarken bile acele ettiğimden midir bilmem, bu dünyanın içine tam giremedim.

Ben mi, görüntüler mi, ne fark eder, birbirimizin yanından geçip gittik hep.

Ama orada işte o sabah, komşuların hediyesi yeni çıkmış o güzel bebekleri (giysileri, odalarına koyacakları küçük dolapları hatta küçük çay fincanları bile vardı), anneme, Nihat'a, Ayla'ya aldığım ufak tefeği, plaklarımı bavula yerleştirirken radyoda Rusların atom bombasından da güçlü bir bomba yaptığını söyledikleri o gün şimdiki gibi gözümün önünde. Bahçedeki ıslak sonbahar yapraklarına basıp arabaya biniyorum. Araba giderken dönüp son bir kez o küçük, şirin eve bakıyorum.

Ankara'ya dönüyoruz. Anlaşılmaz bir heyecan duyuyorum ben. Turgut şaşırıyor bu halime. "Bakalım oraya nasıl alışacaksın bunca zaman sonra," diyor.

"Bakalım asıl onlar bana nasıl alışacak?" diye gülüyorum.

Onunla aramızda her zaman görünmez, söze dökülmemiş bir duvar var. İkimiz de başından beri bu duvarın yıkılması için birşey yapmadık. Garip ama sanki aynı evde yaşayan ve çok yakın olmayan iki arkadaş gibi yaşamayı başardık.

O, duygularını asla göstermemeyi başarmış insanlardan biriydi.

Onun için hayat hep önceden kurulan, sınırları çizilmiş, kuralları açıkça belirlenmiş basit birşeydi.

Büyük mutluluklar, heyecanlar, coşkular, yoldan çıkmalar yoktu onun hayatında.

Belki bu yüzden büyük hayal kırıklıkları, büyük mutsuzluklar, büyük çöküşler de olmadı.

Kimbilir belki de böylesi doğrudur. Zaman zaman kendimi içinden çıkılmaz girdaplarda savrulurken bulduğumda onun hayatını kurma biçimine imrendiğimi gizleyemem.

Onun için yaşamak bir tür görevdi. Herkese karşı sorumluluklar yerine getirilmeli, iş herşeyin üzerinde tutulmalı, kurallara tümüyle uyulmalı, başka insanlarla ilişkiler hep belli bir mesafe içinde olmalı ve geri kalan zamanlarda da insan kendisini geliştirecek şeyler yapmalıydı.

Onun için eğlence bile bir görev gibiydi.

Bir akşam birdenbire aklımıza esip birinin kapısını çalmak, özlediğimiz birini görmek, hiç gitmediğimiz bir yere gidip bütün geceyi orada geçirmek...

Hayır, bunlar onun için olmayacak şeylerdi. Haftasonlarının kalkış saati, çimlerin kesilmesi, kitapların tozlarının alınıp yeniden raflara yerleştirilmesi, çekmecenin toplanması, gereksiz kâğıtların önce dörde sonra sekize yırtılıp çöpe atılması, temizlemeye gidecek giysilerin ayrılması, arabanın yıkanması, öğledensonra yürüyüş, alışveriş, gezilip görülecek yerler, sinema, tiyatro bile bir programa göre düzenlenirdi.

Onun her bayramda, yılbaşında, günler önceden çalışma masasına oturup üzerinde isminin yazılı olduğu tebrik kartlarını o güzel el yazısıyla doldurmasını ve böyle yüzlerce kartı özenle tek tek zarflara koymasını şaşkınlıkla izlerdim.

Onca yıl, onca uzaktan kendi annesini bile bir gün aklına esip aramamıştır. Çünkü annenin aranacağı gün ve saat belliydi. Her hafta cuma...

En sevdiği şey arabalar, bir de çocuk gibi merakla okuduğu o çizgi romanlardı.

Sağlık dergilerini, teknoloji kitaplarını da okur, yemeklerine dikkat eder, belki günde bir kez bir sigara yakar, kokteyllerde, davetlerde bir kadeh içki içerdi.

Herhalde hayatında bir kez bile buruşuk bir gömlek giymemiştir.

Ve sanırım giyseydi dünyanın en mutsuz insanı olurdu.

Çok zaman sonra, yıllar sonra bir gece ilk kez (ve herhalde son) çevresine ördüğü ve kendisini koruyan o düzenin dışına çıktığı, her zaman başı dik yürüdüğü yolda birdenbire yalpaladığı bir gece sesini yükseltip, "Ne sanıyorsun?" demişti, "Başka insanların yaşadığı heyecanlardan haberim olmadığını mı, o duygulara sahip olmadığımı mı? Elbette biliyorum ama bunlar insanın hayatını mahveder. Ben ne istediğimi daha çocukken biliyordum. Bildiğim için de herşeyi ona göre yaptım. Mutluluk dağların arkasında, büyük maceraların sonunda ulaştığın bilinmez bir cennette değil... İşte burada, yanıbaşında... Evinin içinde... Sen onu göremezken gidip de olmayan mutluluğu mu bulacaksın... Git, bul o zaman..."

Evet doğruydu. O ne istediğini bilen insanlardan biriydi. Hayatı tüketircesine yaşamak değil, onun içinde kendisine düşen yerde durmak istiyordu.

Doğru, o, hayatını istediği gibi kurmak istemişti. Yanıbaşındaki mutlulukla yetineceğini bilerek, görmediği şeylerin hayalini kurup da boşu boşuna mutsuz olmak istememişti. Ama kurmak istediği hayatta yanlış bir seçim yapmıştı.

"Beni üzen tek şey, senin yıllarca kurmak istediğin o hayatta bana düşen yeri alamamak..." diye cevap verdim, "keşke alabilseydim, inan, senin gibi olmayı çok isterdim, beni bağışla, hiçbirşeyi ben seçmedim, öyle yaptığımı sandığım halde..."

Gerçekten de öyleydi.

Ilık, sakin bir ilkyaz günü, sessiz, çarşaf gibi denizin üzerinde yelkenliyle süzülürcesine yaşanan bir hayatı ben de isterdim.

Huzur... Evet kimilerinin seçtiği buydu. İniş çıkışlardan, çarpıntılardan, beklentiler ve hayalkırıklıklarından, korkulardan, insanın uykularını kaçıran endişeden uzak, korunmuş, tehlikelere atılmamış bir hayat...

Ne zamandı, Bolu'nun köylerinde bir yaz akşamüzeri, kırmızı gökyüzünün altında, toprak bir evin önünde oturmuş, boşluğa bakan yaşlı bir adam görmüştüm.

Onu selamlayıp ne yaptığını sordum.

"Bekliyorum kızım," dedi.

"Neyi bekliyorsun amca?" dedim.

Sanki yıllardan beri baktığı boşluktan gözlerini çevirip bana baktı, soruma şaşırmış gibi, "Neyi bekleyeceğim," dedi, "günün bitmesini..."

"Huzur" sözcüğü bana hep orada öylece oturup günün bitmesini bekleyen o yaşlı adamı hatırlatır.

Hayatını bir göz dalgınlığına indirgemiş o yaşlı adamı...

Hemen yanıbaşında ya da onun hiç bilemeyeceği kadar uzaklarda neler olup bittiğiyle hiç ilgilenmeyen, burada böylece boşluğa, her an yavaş yavaş renk değiştiren kırmızı gökyüzüne bakmanın belki de herşeyden daha güzel olduğunu düşünen insanlardan biri olmak isterdim belki...

Ama olmadı.

Benim hayatımda beklenmedik fırtınalar çıktı. Kaçıp sığınabileceğim bir liman vardı, doğru. Zaman zaman sığındım. Ama ne çare ki her keresinde o fırtınaların beni korkutmak yerine içine çektiğini, beni o bilinmeze çağırdığını, o rüzgârlarla savrulmanın heyecanını unutamadığımı anladım...

Onun için bavullarımı her topladığımda, düzenli hayatının yeni bir aşamasına geçtiğini hisseden insanların sakinliği değil hayata yeniden başlamanın heyecanı kapladı yüreğimi...

Bazılarının tek bir hayatı var. Buna, dürüst olmak diyorlar. Herşeyi bilinen bir hayat. Her yanı görülen camdan bir kürede yaşamak gibi... Ne aptallık! Ne büyük yalan!

Yalan, çünkü, hiçbirimiz camdan bir hayat yaşamıyoruz. Belleğimizi korkusuzca açsak kimbilir neler buluruz orada. Söylediklerimizle, görüntümüzle hiç ilgisi olmayan ne çok şey... Kendimiz bile şaşıp kalırız.

Ne aptallık, çünkü, neden insan kendisini tek bir hayata tutsak etmek istesin?

Evet bazıları hayat boyu gerçeği arar, bazılarıysa kendi gerçeğini kurar ve ona inanırlar.

Ama bana göre yalnızca korkaklar hayatın, küçük bir dünyanın, kendi dünyalarının içindeki kurallara göre yaşanması gerektiğine inanırlar ve başkalarını da aslında her yüzyılda, haritanın üzerindeki her farklı renkteki kıta parçasında değişen kurallara göre yargılamaya kalkışırlar.

Bütün masallarda ve bütün genç kızların hayallerinde ışığın çarpıp dağıldığı dev kristal avizelerle aydınlanmış, uzun, gözalıcı tuvaletlerin eteklerinin yerlerde süründüğü, şık, güzel kadınlarla, yakışıklı erkeklerle dolu o görkemli balo sahnesi yok mudur?

Hayatın içinden yalnızca en güzel yanların toplandığı, geriye kalanların, başkalarının, mutsuzlukların, yoksulluğun, acıların, hastalıkların, sıkıntıların, kötülüğün unutulduğu, hayatın mükemmel resmidir bu. Ve tabii onun için de bir anlıktır. Fotoğrafın çekildiği kadar kısa bir an...

O resme hep unutulmaz bir vals eşlik eder. Genç kızın günler süren heyecandan ve saatler süren bir hazırlıktan sonra kabarık eteklerini hafifçe tutarak yavaş adımlarla salona girdiğinde bütün gözleri üstünde hissettiği eşsiz bir andır bu.

Bir zafer an'ı.

İşte o gece orada, o zamanlar Ankara'nın en ünlü otelinin balo salonunda yaşadığım ve belleğimde en küçük ayrıntısına dek kazılı kalacak olan resim buydu.

Işıkların altında parlayan zeminde yürürken salondaki gözlerin bana döndüğünü biliyordum. Eteklerimi nazikçe kaldırmış, yavaş, sakin adımlarla yürüyordum.

O elbiseyi nasıl unuturum. Omuzlarımı açıkta bırakan fildişi taftadan... Belime iyice oturuyor, sonra biraz kabararak ayaklarıma kadar uzanıyor... Kollarıma kadar gelen aynı renk eldivenler... Şeffaf bir tül omuzlarımı kapatıyor. Boynumda bir dizi zümrüt damla, kulaklarımda küçük küpeleri... Dudaklarımda kıpkırmızı bir ruj... Saçlarım topuz yapılmış... Ama yanlardan tek tek yüzüme uzanıyor.

Peki ama bu içimdeki anlaşılmaz sıkışmanın, göğsüme yükselen bu garip duygunun nedeni neydi? Hayır genç bir kızın, böylesine önemli konukların bulunduğu bir yerde ışıl ışıl yanan dev kristal avizelerin altında bir yıldız gibi ilgi görmesi değildi yalnızca...

Ya da yıllar sonra yeniden, bu kez genç bir kadın olarak döndüğü kentinde bunca zaman sonra onu tanıyanları şaşırtacak, tanımayanların hayranlığını uyandıracak güzelliğini gösterebileceği ilk fırsatın kabına sığmayan coşkusu da değildi...

Çünkü bütün o ışıkların, prensesin üzerine düşen bu renkli hayalin ardından onu alıp oradan çıkartacak, "sen ne istediğini bilmiyorsun ama ben biliyorum, sen henüz hayalinin ne olduğunu bile bilmiyorsun ama ben biliyorum ve onu gerçek kılacağım, elimi tut, gözlerini kapat ve hiçbirşey sormadan benimle gel..." diyecek biri beklenirdi.

Masalların beyaz atlı prensi, filmlerin yakışıklı, iyi kalpli kahramanı, hepimizin günün birinde "ne yazık, hayatın gerçeği bu değilmiş, bunların hepsi yalnızca masalmış," diyerek vazgeçtiğimiz biricik hayali...

Biliyorum şimdiki filmler artık daha başından bunu söylüyor. Hayaller çoktan bitti ve hepimiz bunu kabullendik. Artık prensesin elinden tutup, yıldızlar âleminden hayatın yaban çiçekleriyle sarılmış kırık dökük kulübesine götürecek ve ona bundan böyle yaşanacak bütün günlerin yeni bir mutlulukla başlayacağına söz verecek bir kahraman yok.

Ne oldu onlara?

O, verdiği sözü her ne olursa olsun tutan, savaşların içinden çıkıp gelmeyi başaran, kendisini orada sonsuza dek birinin bekleyeceğini bilmenin verdiği güçle bütün düşmanları kılıçtan geçiren, o sevgilinin hayaliyle en büyük zorlukları aşan ve gözlerine baktığınız anda eriyip gitmek istediğiniz adamlara ne oldu?

Böylece herkes rahatlıyor mu yoksa? "Bak işte yalanmış, hepsi masalmış, kahraman yokmuş, hepimiz aynıyız, hayat zor, bir tek öpücükle kimse mutlu olmuyor..." diyerek patlamış mısırlarını yiyip sıkıcı evlerine geri mi dönüyorlar?

Ah, bilmiyorum, neden artık elinde sihirli değnekle o yıkık dökük kulübeye dokunan ve onu bir anda dünyanın en güzel sarayı haline getiren o kahramandan vazgeçmek zorundayız?

Oysa o günlerde filmlerdeki kahramanlar bütün dünyayı değiştirebilecek gizli gücü içlerinde saklamış, mutsuz prensesleri böyle bir hayal gecesinde alıp kimsenin bilmediği bir serüvene doğru yola çıkıyorlardı.

Ve hiçbirimiz o serüvenin sonunda neler olacağını düşünmüyorduk.

Çünkü biliyorduk ki o, sözünü tutan biridir ve eğer

yalnızca saçlarına dokunduğu için prensesin gözlerindeki o sis örtüsü silinip yerini çok derinlerden gelen, kendiliğinden bir gülümseyişe bırakmışsa, o kırık dökük kulübe de önünde sonunda eşsiz bir saraya dönüşecektir.

Biliyorduk ki, böyle biri elimizden tutup bizi buradan uzaklara götürmeye geldiği zaman nereye gideceğimiz umurumuzda bile olmayacaktır.

Biliyorduk ki, büyülü bir anda büyülü bir evrende sihirli bir öpücük insanı yeniden hayata döndürüverir...

İşte orada, o ışıltılı Ankara akşamında birileriyle el sıkışırken, insanlara gülümserken, kibarca iltifatları geçiştirirken bir yerden sanki onun çıkıp geleceğini biliyordum.

O kahramanın...

Ve inanılmaz gibi görünüyor ama, geldi de...

Şimdi düşünüyorum da, hep öyle olmadı mı? Ne zaman içimden onu çağıracak olsam, ne zaman onu düşünecek olsam bir yerlerden çıkıp gelmedi mi? En beklenmedik yerde, en umulmaz zamanlarda gelip beni bulmadı mı?

Size garip mi geliyor? Bana da öyle...

Üstelik elbette bilmiyordum, farkında bile olmadan birini bekliyordum ama yalnızca içinizde birdenbire beliren sonra da başka kimseyle paylaşılmamış o en özel anlarınızın arşivine kaldırılıp unutulacak yaşantılardan biriydi bu.

Gerçekleşmeyen, yalnızca şimşek çakımı gibi aklınıza düşüp sonra unutulan sayısız anıdan biri...

Öyle olmalıydı.

Ama birdenbire başımı kaldırdığım zaman karşımda onu gördüm. Bana elini uzatmış, yüzünde o benzersiz gülümsemeyle beni dansa davet ediyordu.

Kendimi onun kollarında, başka çiftlerin arasında, salonun ortasında, tavandan sarkan dev kristal avizenin altında hızla dönerken bulduğumda yıllar önce ilk karşılaştığımız günün gecesi kurduğum düşü hatırladım ve bir an sanki hâlâ o çocukluk rüyasındayım sandım.

İnsanın kendi kendisine bir rüya kurduğu ve onun yıllar sonra gerçek olduğu nerede görülmüş?

Böylesine beklenmedik bir anda, hiç aklımda yokken, yalnızca bu film dekorunu görünce içimde artık unuttuğumu sandığım, belki de hiç fark etmediğim duygular bana masal kahramanlarını hatırlatmışken...

Kollarında dönüyordum. Başım dönüyordu. Gözlerine bakıyordum ve söylediklerini duymuyordum. Onun yanında o kadar küçüktüm ki sanki kollarında uçuyordum.

Sonunda, kulağıma biraz yaklaşarak, "Küçükhanım, arabanız saat kaçta kabağa dönüşecek, sorabilir miyim?" dediğini duydum.

Yüzümde aptalca bir gülümseme vardı mutlaka. Yanaklarımın kızardığını hissediyordum. Onu anlamadığımı düşünerek yeniden sordu.

"Demek beni hatırlamadınız?" dedim gözlerine bakamadan.

Bir an şaşırdı.

"Hatırlamak mı? Sizi daha önce görmüş olamam ki, yoksa asla unutmazdım," dedi.

"O halde Külkedisi'ne dönüşmemin tam zamanıdır," dedim.

Dans bitti, orkestra yeni bir parçaya başlamadan, bana birşey söylemesine fırsat vermeden hızla ağabeyimin bulunduğu yere doğru yürüdüm.

Ama o da arkamdan geldi ve ağabeyime, "Nihat, anlaşılan bu sırrı senden öğreneceğiz, söyle bakalım kim bu küçükhanım?" diye sordu.

Nihat güldü, "O benim küçük kardeşim, yoksa onu hatırlamadınız mı?" dedi, "Bisikletle üzerimize yuvarlanan yaramaz kardeşim işte..."

O zaman beni tepeden tırnağa şaşkınlıkla süzdü.

"İnanılır şey mi?" dedi, "O küçük çocuk sen misin?"

"Evet benim," dedim, "ama izin vermediniz ki..."

Güçlü bir kahkaha attı, bu kez beni omuzlarımdan tutup havaya kaldırdı, ayaklarım yerden kesilmiş, ne yapacağımı bilemez bir halde beni kollarında döndürmesini, "Kim derdi ki o küçük, yaramaz çocuk birdenbire böyle güzel bir prenses olup çıksın..." diye gülmesini izledim.

Ve tabii bütün salon...

Sonra sahnede bir kadın o şarkıyı söylemeye başladı... Peki bu da bir rastlantı mı, orada, bizim o karşılaşmamızın arkasında, o şarkının çalınması?

Violetta'nın şarkısı... Türkçesi galiba şöyle: *"Doğru yoldan sapan kadın..."*

Hep böyle değil midir?
En güzel rüyalardan hemen uyanmaz mıyız?

Ayaklarım yere bastığı anda esmer, uzun saçlarını topuz yapmış, lacivert ipekli elbisesi ve parıldayan büyük pırlanta kolyesiyle güzel bir kadının tuhaf bir ifadeyle gözlerimin içine baktığını gördüm. Benden oldukça büyüktü ama çok genç görünüyordu. Hemen anladım kim olduğunu...

Bu, onunla ilk karşılaşmamızdı.

Ne yapacağımı bilemedim. Uykudan uyanmak istemeyen çocuklar gibi sarhoş, yanaklarım kızarmış öylece duruyordum. Bütün bu konuşmalar, çevredekiler bir an için silinmiş gitmiş ve ben şimdi yeniden oraya geri dönmeye çalışıyor ama bir türlü başaramıyordum.

Bir Ankara akşamında, pırıltılar içindeki bir salonda hiç beklenmedik bir rüyadan uyanmaya çalışıyordum.

Ama o hemen karısının elinden tutup yanımıza çekti ve herkesin duyacağı bir sesle beni tanıştırdı.

"Maide gel bak, bu küçükhanım bizim Nihat'ın kardeşi, ben onu ilk gördüğüm zaman şu kadarcık bir çocuktu... Bisiklete biniyordu."

Elimi uzattım, parmaklarımın ucunu isteksiz, hafifçe, dokunur gibi tuttu. Gözlerimi kaçırdım.

"Hâlâ çocuk sayılır," dedi nazikçe gülümseyerek.

Yanındaki hanımlar birbirlerine bakıp gülüştüler.

Beyaz eldivenleriyle bir garson tepsiyi uzattı ve herkes uzun kadehlerden aldı.

"Sağlığınıza," dedi Fuat, hepimiz onunla birlikte kadeh kaldırdık.

Sonra ilk karşılaşmamızın o komik anısını anlattı. Onlar konuşurken benim gelişimi, duramayıp düşmemi, biraz da Nihat'ın yardımıyla bütün hikâyeyi...

Herkes ilgiyle dinler görünüyordu.

Hatırlamasına şaşırmıştım.

Hatırlamıştı ama bu onun için yalnızca öylesine bir rastlantıydı. Hatırlamıştı ama elbette benim o gün, o gece düşündüklerimi asla bilemezdi.

Sanki küçük yeğeniyle uzun zaman sonra karşılaşan bir amcanın mutluluğunu taşır gibi keyifliydi.

Neyse ki o sürekli konuşuyordu da kimse benim birşey söylememi beklemiyordu. Yoksa konuşabilir miydim, neler saçmalardım bilmiyorum. Ben de herkes gibi ona bakıyordum.

Saçları biraz yanlardan açılmaya başlamış, ilk görüşümden sonra biraz daha beyazlaşmıştı. Siyah frak ve içindeki bembeyaz gömlekle olduğundan yaşlı durduğunu düşündüm.

Bu arada, uzaktan olup bitenleri izledikten sonra yanımıza gelen Turgut'a iltifatlar yağdırdı...

"Demek genç diplomatımız bizim ufaklığın gönlünü çalmış, haberimiz olmamış, e, alışabildiniz mi buralara Amerika'dan sonra, ne yapacaksınız, nerede oturacaksınız, artık sık sık görüşürüz değil mi Maide, hemen haftaya yemeğe bekliyoruz, bak sakın mazeret filan istemem..."

Turgut da bu yakınlıktan biraz şaşkın, üstüste gelen sorulara cevap yetiştirmeye çalışıyordu ama kimsenin onu dinlediği yoktu.

O böyle heyecanla, coşkuyla konuşurken karşısındakiler ne yapacağını bilemezdi.

Öyle rahat konuşuyordu ki neredeyse ben bile onun beni çok yakından tanıdığını, çocukluğumu bildiğini, aile dostumuz olduğunu sanabilirdim.

Oysa bir an önce gitmek istiyordum, gitmek, uzaklaşmak ve birkaç dakika önceki o büyülü an'ı hiç bozulmadan saklamak...

Keşke mümkün olsa!

Neyse ki az sonra içeri, hepsi fraklı, papyonlu kalabalık bir toplulukla beraber Başvekil girdi, birden kalabalıkta bir hareketlenme oldu, yol açtılar, herkes onunla ilgilendi, bir anda herkes o tarafa doğru giderken o da izin istedi ve küçük topluluğumuz dağıldı.

Sonradan bana, "Seni onunla tanıştırmak için dönüp baktım, kaybolmuştun..." dedi.

"Arabam kabağa dönüştü, ne yapabilirdim," dedim.

Evet o'ydu. Bütün kadınların âşık olduğu adam!

Benimle çılgınlar gibi dans etmişti. Ben kendimi onun kollarına bırakmış ve ben mi yoksa bütün dünya mı dönerken herşeyi unutmuştum. Kim olduğumu, nerede olduğumu, neler olduğunu...

Üstelik yıllar sonra, o yıllar içinde belki de o ilk karşılaşmayı çoktan unutmuşken... Buraya gelip, bu salona girdiğim anda kim olduğunu bilmediğim biriyle karşılaşacağımı sanki hissetmişken...

Biri omzuma dokunmuş ve dünya farklı bir yöne doğru dönmeye başlamıştı.

İşte böyle başladı.

Masum bir çocukluk rüyasının beni alıp bugüne getireceğini kim bilebilirdi ki?

Bugüne getireceğini, dedim... Bugüne getireceğini ama nerelerden geçerek...

İşte başkentteki günlerimiz böyle başladı.
Bir hayal gibi...

Ama tabii ayağımın yere basması için çok zaman geçmesi gerekmedi.

Önce bir süre ne yapacağımıza karar veremedik. İstediğimiz gibi bir ev bulmak o kadar kolay görünmüyordu. Birkaç günlük araştırmadan sonra bir ev bulana kadar otele yerleşmenin en iyisi olacağını düşündük.

Zaten karda kışta bir ev aramak, annemlere ya da kayınvalidemin evine sığınmak hiç işime gelmiyordu.

Turgut, Ankara'da fazla kalmayacağımıza inanıyordu. Benim günlerimi daha çok annemde geçireceğimi, kısa bir süre için yeniden ev kurmanın anlamı olmadığını söylüyordu.

Aslında o, uzakta olmayı tercih ediyordu. Buraya dönmemizden hiç memnun değildi. Ama "yukarı"ya yakın olmanın, güçlü bağlantılar kurmanın yeri de burasıydı.

O günlerde ülkenin en ünlü oteli... Balolar burada yapılıyor, devlet erkânı burada toplanıyor, önemli konuşmalar burada geçiyordu. Benim kendimi bir film prensesi sandığım baloların yapıldığı bu otelde aslında ülkenin geleceği biçimleniyordu.

Öğle saatlerinde beyler yemeğe otele gelirdi. Hep beraber büyükçe bir masada yemek yenir, sonra kahveye geçilir, böyle bir iki saat sohbet edilirdi.

Fuat'ın en sevdiği şeydi bu kalabalık masalar. Herkesi birarada görmek, gençlere takılmak, hanımlara iltifatlar yağdırmak, garsonlarla konuşup her gün kendisi için özel hazırlanan yemekleri görmek onu mutlu ediyor gibiydi.

Yeni gözdesi bendim.

Durup dururken bana döner, "Söyleyin bakalım küçükhanım bugün yine gazeteleri baştan sona okudunuz mu?" diye takılırdı.

Bir kitaptan, bir filmden sözedilirken mutlaka benim düşüncemi merak ederdi.

Neyse ki herkes beni çocuk gibi görüyordu. Aklıma eseni söylemem, hükümeti eleştirmem, yapılan birçok şeyi beğenmemem hep biraz gülümsemeyle, sevimli küçük çocukların büyüklerin işine karışmasından duyulan o alaycı kabul edişle geçiştiriliyordu.

Zaten erkekler biraz daha mesafeliydi, biz hanımlar istediğimizi daha rahat söyleyebiliyorduk.

Benim bu, Turgut'un deyimiyle "patavatsızlığım" Amerika'dan gelmişliğin verdiği bir şımarıklık gibi görülüyordu belki de, bilemiyorum.

Bir tek o, zaman zaman beklenmedik bir biçimde söylediklerime takılır, inatla sorular sorar, hatta bazen fikirlerimi çürütebilmek için hırsla tartışırdı.

Bana öyle gelirdi ki, aslında olup bitenlerden de, bu işlerin içinde olmaktan da mutlu değildi. Bazen benim sözlerime karşı çıkıp, neredeyse sinirlenirken birden sesinin düştüğünü, gözlerinin uzakta bir yere takıldığını, kendisinin de bu söylediklerine inanmadığını düşünürdüm.

Doğrusu onunla bu konuları çok fazla konuşmak da istemezdim.

Bir işi çıkıp gelmediği günler öğle yemekleri nasıl da sıkıcı geçerdi.

Her sabah uyandığımda aynanın karşısına geçip ne giyeceğimi düşünürdüm.

Öğleye doğru içimde anlaşılmaz bir heyecan olurdu. Bazen giydiklerimin hepsini çıkartır, son anda yeniden başka şeyler bulurdum.

Zaten başka bir işim de yoktu. Sabah kalkıp kahvaltıya iniyor, bazen anneme gidiyor ya da Ayla'yla buluşuyor sonra geri dönüp çay salonunda gazeteleri, dergileri okuyor, yeniden odama çıkıp giyinmeye başlıyordum.

Saat tam on ikiyi çeyrek geçe Turgut gelirdi. Öğle yemeği için birlikte aşağı inerdik. O geniş, kırmızı halılarla kaplı merdivenlerden inerken kendi kendime bir oyun tuttururdum. Her basamakta içimden, "gelecek, gelmeyecek," derdim. Ve en son basamağı indiğimde eğer "gelecek" çıkmışsa sevinirdim.

Salona girerdik ve oyunumun tutup tutmadığına bakardım.

Bu öğle yemeklerini aslında o başlatmıştı. Böylece yemek saatinde bile onunla birlikte çalışanları birarada tutuyordu.

Bazen şaka yollu bundan şikâyet edenler olunca, "Canım size de yaranılmıyor ki, Ankara'nın en güzel yemeklerini yediriyorum, hâlâ söyleniyorsunuz..." diyordu.

O hep yalnız gelirdi. Ötekilerin eşleri de zaman zaman.

Ama onun o gece eşine bakarak söylediği davet nedense hiçbir zaman gerçekleşmedi. Hatta bir daha bunun sözü bile edilmedi. Ne biz onların evine gittik, ne de Maide hanım otele geldi. Ara sıra davetlerde karşılaştık yalnızca.

Uzunca boylu, uzun kestane saçlı, çekik gözlü bir kadındı Maide hanım. Herkes onun zarafetinden, yumuşak bir sesle hiç hata yapmadan konuştuğu güzel Türkçesinden, giysilerinin şıklığından, hanımefendiliğinden sözederdi.

Ama her zaman herkesle hatta onunla, kocasıyla bile belli bir mesafe koymuştu arasına... Hani bazı insanlara ne kadar yakın olursanız olun beklenmedik bir soru soramazsınız, herkesin yanında yaptığınız sıradan bir şakayı yapamazsınız ve bunu neden yapamadığınızı da bilemezsiniz ya, işte o insanlardan biriydi.

Kadınlar akşama doğru çay saatinde de gelirlerdi otele.

Bazen çay içilir, bolca dedikodu yapılır, bazen de kâğıt oynanırdı.

Yirmili yaşlarının başındaki bir kız için garip bir hayat, biliyorum.

Ama böyleydi. Kimse birşey yapmıyor, kimse de buna şaşırmıyordu.

Kimi başka bir ülkeye tayininin çıkmasını bekliyor, kimi yabancı bir kentten dönüyordu. Anılar, uzak ülkelerde yaşananlar, orada görülen yenilikler anlatılıyor, en çok da ne kadar geri kaldığımız konuşuluyordu. Bir davetin dedikoduları biterken ötekinin hazırlığı başlıyordu zaten.

"Sıkılıyorsun biliyorum ama biraz daha dayan, yakında tayinler konuşulmaya başlanır," diyordu Turgut. Kendimden yaşlı insanlarla yenen bu uzun yemeklerden, akşam toplantılarından, davetlerden, bir odada yaşamaktan nasıl olup da sıkılmadığımı anlamıyordu.

Beni biraz tanıyan herhangi biri, burada üç günden fazla kalmayacağımı çok iyi bilirdi aslında.

Annem bunu benim artık "durmuş oturmuş" olmama veriyor, ağabeyim, "Bunun arkasından birşey çıkacak ama dur bakalım..." diye alay ediyordu.

Ayla hâlâ benim evli olduğuma alışamamış, akşamları beni çağırdığı zaman Turgut'u unutuyor, üçümüz birlikte yemeğe çıkacak olsak da mutlaka sıkılıp surat asıyordu. Hatta bir keresinde Turgut, "Bu kız galiba seni benden kıskanıyor," deyivermişti.

Ben zaten böyle hep beraber gezmeleri sevmem. Aile ziyaretlerinden de hoşlanmam. Bunları bildiği için bana ısrar etmiyordu. Ben de Ayla'yla, annemlerle kendi başıma görüşüyor, onu memnun etmek için kırk yılın başı birtakım davetlere katılıyordum.

Onunla her karşılaşmamızda kendi kendime kurduğum oyunları sürdürürdüm. Elbette haberi yoktu. Yine de her davranışından, bana söylediği her sözden, o günkü gülümsemesinden, yaptığı şakalardan bir anlam çıkartmaya çalışırdım.

Sonra da kendi kendime gülerdim. Tabii ki benimle ilgilendiği yoktu. O herkese şakalar yapıyordu, bütün kadınlarla flört ediyordu, her gördüğüne iltifatlar yağdırıyordu.

Kimi zaman başka birine de, "Aman bu ne güzel elbise, rengi size çok yakışmış, içeri girince birden gözlerim kamaştı," der, sonra bana bir soru sorduğunda niye ters bir cevap verdiğimi de anlayamazdı.

Budala!

Bir keresinde üç gün üstüste gelmedi. Üstelik bir yere gitmediğini de biliyordum.

Sonraki gün geldi ama ben de, hastayım dedim, yemeğe inmedim.

Böyle kendi kendime oynadığım, onun farkında bile olmadığı çocukça bir oyundu işte...

Gerçekten de öyleydi.

Ama sonra birşey oldu.

Böyle benim, hastayım deyip yemeğe inmediğim bir gün öğledensonra yeniden geldi. Tek başına.

Üstelik ben de salonda oturmuş, pür makyaj, kitabımı okuyup çayımı içiyordum.

Hasta olmadığım her halimden belliydi.

Birdenbire karşımda onu görünce ne yapacağımı şaşırdım.

Hiç böyle öğledensonra gelmek gibi bir âdeti yoktu.

"Maşallah pek çabuk iyileşmişsiniz," dedi gülerek, "ben de hastamızı ziyaret edeyim demiştim..."

Karşımdaki koltuğa geçip oturdu. Kıpkırmızı oldum tabii, birşeyler geveledim.

Kendisine bir kahve söyledi, sigarasını yaktı, bir süre hiç konuşmadan gözlerimin içine baktı. Gözlerimin içine bakıyordu ama sanki beni görmüyordu. Aklı mutlaka başka bir yerdeydi. Bacak bacak üstüne atmış, bir ayağını hiç durmadan sallıyordu.

Sonra kitabı aldı elimden, "Sever misiniz Hüseyin Rahmi beyi?" diye sordu.

"Evet," dedim, "hele biraz keyfim kaçtığı zaman mutlaka onun kitaplarını okurum, beni eğlendiriyor... Gülüyorum ama bir yandan da üzülüyorum..."

"Üzülüyor musunuz? Neden?"

"Kaç yıl geçmiş yazalı ama değişen pek birşey yok..."

"Hayat kolay kolay değişmiyor," dedi, "ama belki de bu bir yazarın ustalığını gösterir..."

"Evet," dedim, "bu kitabında da köşe yazarlarını, gazetecileri bir diline dolamış ki gülmekten öldüm..."

"Bir ara bana da verin de ben de eğleneyim olmaz mı?" dedi, "Bu sıralar galiba bana da böyle kitaplar lazım..."

"Biliyor musunuz," dedim, "öldüğü zaman evinde kendi eliyle ördüğü pek çok eldiven ve takke bulmuşlar... Kendisinden sonra en çok kedilerine ne olacağını merak edermiş..."

"Romancılar garip insanlar," dedi, "öyle olmasa dünyanın içinde kendilerine başka dünyalar kurmaya kalkışırlar mıydı?"

"Aman bunu her yerde söyleyip romancıları kızdırmayın, peki siz nasıl romanları seversiniz?" diye sordum.

Biraz düşündü, "Bilmem, galiba en çok tavan arası gibi olanları..." dedi.

"Tavan arası mı?"

"Evet, darmadağınık, bir sürü eşyayla dolu, sihirli bir tavan arası gibi," dedi, "okurken kendinizi orada kaybeder, bütün o eşyanın içinden kendinize göre birşeyler bulursunuz ama sonunda bütün bu karışıklığın, dağınıklığın aslında bir bütün olduğunu anlarsınız..."

Sigarasından bir nefes aldı, "Zaten hayatımız da böyle değil midir?"

"Bilmem," dedim, "galiba haklısınız..."

Elimi ayağımı nereye koyacağımı bilemiyordum. Garsonlar bize bakıyordu. Hem fazla konuşmamaya çalışıyor hem de hiç durmadan konuşuyordum. Söylediğim her sözden sonra sesim saçma birşey söylemişim gibi kulağımda çınlıyor, onu kapatabilmek için yeniden konuşmaya başlıyordum.

Sonra kahvesini bitirdi, sigarasını söndürdü, oturduğu o geniş koltukta biraz öne doğru geldi, bana yaklaştı, kitabı kucağıma koydu, fısıldar gibi, "Ben sizin hasta olmadığınızı biliyordum küçükhanım..." dedi.

Sanki birden rahatladım. Ama dans ettiğimiz o geceden beri ilk kez bu kadar yakınıma gelmişti. Yüzüne o kadar yakından bakamadığım için gözlerimi kaçırdım, önüme baktım.

"Bunu söylemek için mi geldiniz yoksa buraya kadar?" dedim.

Kalktı, giderken, "Hayır," dedi, "aslını isterseniz, sizi görmek için geldim..."

Gerçi söylediğinde birşey yoktu ama ben sanki gizli, çok özel birşey söylemiş gibi donup kaldım.

Sonra da geldiği gibi çıkıp gitti.

Ama bu böyle kalmadı.

O günden sonra aklına estikçe öğledensonraları kendi başına geldi, beni gördüğü zaman geçip karşıma oturdu. Oradan buradan konuştuk. Çay içtik. İkimizin de söylemediği bir biçimde, bu buluşmaların kimsenin olmadığı saatlere rastlaması için sanki aramızda gizli bir anlaşma vardı. Ne o, bir daha ne zaman geleceğini söylüyor ne de ben, ne zaman orada olup olmayacağımı biliyordum... Ama yine de karşılaşıyorduk işte...

Nelerden sözederdik acaba? Gündelik şeylerden değil... Kitaplardan, filmlerden... Arada bir çocukluğundan, okul yıllarından birşeyler anlatırdı. Benim yabancı gazeteleri, dergileri okumak gibi bir huyum vardı. Bunları merak eder, ilgimi çeken şeyleri onun için ayırmamı isterdi. Ben de bunu iş edinmiştim. İşte Cambridge'de iki bilgin, insanın şifresini bulmuşlardı. Hepimizin içinde yazılı bir formül olduğunu söylüyorlardı. Hem de hiç kimsenin yazısı bir başkasınınkinin aynı değildi. Bir gün bu şifreleri çözecekler ve o zaman hastalıkların çaresini, daha uzun bir hayatın sırrını bulacaklardı.

Uzaya uydular yollanıyordu. Bir üniversitede beyin dalgalarını okuyan bir araç yapmışlardı. Belki yakında rüyalarımızı bile seyredecektik.

İşte bunlardan konuşurduk. Bazen kadın erkek konuları açılırdı. İkimiz de sanki bizimle hiç ilgisi yokmuş gibi evlilikten, ilişkilerden, başka ülkelerle burayı karşılaştırarak sözederdik.

Zaten önemli olan ne konuştuğumuz değildi ki... Gelip orada karşımda oturmasıydı...

Böyle gün günden aramızda beklenmedik bir dostluk, yakınlık kuruluverdi. Belki başka kimselerle konuşmadığımız şeyleri biz ikimiz gayet rahat konuşur olduk.

Tabii fazla sürmedi, dedikodular başladı.

Ama garip olan şey, burnumun dibindeki kocam değil de, hiçbir yere çıkmayan annem bir gün durup dururken bana, "Kızım," dedi, "kulağıma yakışıksız şeyler geliyor, nereden çıkıyor bunlar?"

İlk kez o zaman gerçekten de ne yaptığımın, nerede olduğumun farkına vardım.

Anladım ki kendi kendime bile gerçeği söylemiyorum.

"Aman anneciğim," dedim, "insanlara konuşacak şey lazım, o benim neredeyse babam yaşında, herkesle şakalaşıp eğleniyor, beni de küçük bir çocuk gibi görüp daha çok konuşuyor, hepsi bu..."

Öyle değil miydi zaten?

Bilmem ki bana mı öyle gelir, her nedense biz, kendi hayatımızdan çok başkalarınınkiyle ilgileniriz.

Kimbilir belki de kendi hayatımız pek renkli olmadığındandır.

O günlerde, kendi aralarında, küçük dünyalarında bizi konuştuklarını anlıyordum artık. Onlar için yeni, bulunmaz bir konu çıkmıştı. Bundan rahatsız olduğumu sanıyorsanız yanılıyorsunuz. Aslına bakarsanız bu benim hoşuma gidiyordu.

Çünkü gerçekte birşey olduğu yoktu.

Ve onların, bu, tekdüze sabahlarla başlayıp tekdüze akşamlarla biten hayatlarında başrolü benim oynadığım bir filmi konuşup durmaları hoşuma gidiyordu.

Onlar benim seyircilerimdi ve ben, hakkında ne söylerlerse söylesinler aslında hepsinin yerini almak istedikleri yıldızdım.

Çocukça belki ama yine de hoşuma gidiyordu işte. Bir anda salona girdiğimde hararetli sohbetin kesilip başların bana dönmesi, bazılarının sanki farkında değilmiş gibi görmezden gelmesi, belli ki o an uydurulmuş bir konu açmaları eğlendiriyordu beni o günlerde...

Benim oyunum sürüyordu ve ona sürekli birileri katılıyordu.

Hangi çocuk kendi kendisine tek başına kaldığı karanlık odasında kurduğu oyuna başkalarının da katılıp onu gerçek sanmalarından hoşlanmaz?

Ve hangi çocuk oyuna başkaları karıştıkça tehlikeli olmaya başladığını düşünür?

Hem zaten bir İngiliz yazarın söylediği gibi, "çayla en iyi giden şey aşk ve skandallar" değil midir?

İçimden bu dedikoduları ona söylemek geliyordu ama birkaç kez denediysem de çekindim, yapamadım.

Artık biliyordum. O da kendi oyununu oynuyordu.

İlk günler anlamıyordum ama şimdi farkındaydım.

Bir an gözlerimin içine bakarken dalıyor, sonra birden yine genç dostuyla sohbet eden adam havalarına giriyordu.

Farkındaydım evet ama asla emin olamıyordum.

Onun için söylemek istiyordum.

Birdenbire, öyle havadan sudan konuşurken, beklemediği bir anda, "Biliyor musunuz, herkes bizi konuşuyor, yoksa siz farkına varmadınız mı?" demek istiyordum. Ya da, "Artık buraya tek başınıza gelmeseniz daha iyi olur, insanlar başka türlü anlıyor..."

Ama tam dilimin ucuna geliyor, sonra vaçgeçiyordum.

Böyle birşey yaparsam oyunun bozulacağından korkuyordum belki de...

Birkaç gün ortadan kayboldum. Anneme gittim, alışverişe çıktım, Ayla'yla buluştum. Odamda oturup ne zamandır yapmam gereken birşeyi yaptım, Amerika'daki dostlarıma kartlar, mektuplar yazdım.

Aslında söylentileri kesmek filan umurumda değildi, tek istediğim onu kışkırtmaktı.

Ama hiçbirşeyden anlamayan aptal liseli oğlanlar gibi yeniden karşılaştığımızda sanki günlerce ortadan kaybolmamın hiçbir acayipliği yokmuş gibi kaldığı yerden devam etti.

Böyle bir öğledensonra yine karşılıklı oturmuş çay içiyorduk. Havadan sudan konuşurken birdenbire, "Politikaya giriyorum," dedi.

"Biliyorum," dedim.

Devam etmemi bekledi ama ben sustum.

"E, birşey söylemeyecek misiniz?" diye sordu.

"Bana soruyorsunuz öyle mi," dedim, "o zaman söyleyeyim, ben size politikayı yakıştırmam..."

Galiba bu kadar açık söyleyeceğimi düşünmemişti, biraz şaşırdı...

"Demek yakıştırmıyorsunuz," dedi, "ama yapılacak çok şey var... Bizler yapmazsak kim yapacak?"

Herhalde benim onu coşkuyla destekleyeceğimi düşünmüştü.

"Hem," dedi, "siz değil misiniz olup bitenleri eleştiren, beğenmeyen, insan böyle oturduğu yerden söylenmekle memleketi değiştiremez ki..."

Sonra canı sıkılmış gibi kalktı, gidip bir bardak su aldı, tekrar gelip oturdu ve dalgın, "Hepimizin bir kaderi var," dedi, "bir de görevi..."

"O zaman hayırlı olsun," dedim.

Herkes onu kutlarken, cesaretlendirirken benim böyle karşı çıkmam biraz biçimsiz olmuştu. Akşam kendi kendime, hep böyle aklıma eseni söylemekten niye vazgeçemediğimi düşündüm.

Belki de politikaya girerse artık onu daha az göreceğimden korkmuştum, kimbilir...

Elbette beni dinleyecek değildi.

Politikanın dışından, neredeyse tepeden inme, Başvekil'in isteğiyle en yukarıya geliyordu ve herkes bunu konuşuyordu o günlerde...

Daha şimdiden onun yanında yer alanlar ya da hemen çekiştirmeye başlayanlar çıkmıştı bile.

Ben onu biraz kendime benzetiyordum. Aklına eseni söyleyen, herşeyin hemen olmasını isteyen, kafasına birşey koyduğu zaman başkalarını, başkalarının düşüncelerini dinlemeyen, en yakınındakileri bile kırabilen biri...

Böyle insanlar çabuk düşman kazanır. Emir almaya alışık olmayanlar, söylenen sözleri yutamayanlar, kalabalığın içinde kaybolup gitmeye alışık olmayanlar bu işleri yapamaz.

Politika bana göre bu ülke için birşeyler yapmaktan çok kendileri için çalışan, kendi aralarındaki oyunlarla uğraşan ve bunun için pek çok şeyi göze alanlara göreydi. Ben politikacıların iyi birşey yapacağına hiçbir zaman inanmadım.

Üstelik buradan biraz ötede, evlerin içinde farklı şeyler konuşulmaya başlanmıştı. İktidarın o şaşaalı dönemi artık geride kalıyordu. Herkesin yeni bir dönem, büyüyen bir ülke, mutlu bir gelecek diye kurduğu hayaller birkaç yılda eskiyivermişti. Şimdi herkes bıkkınlık içinde bu kez de yeni gelenleri beğenmiyor, bu değişimin sandıkları gibi olmadığını fark ediyordu.

Ama o giderek en tepedekilerin arasına giriyor, oradan, en tepede duranların kendine güveniyle manzarayı seyrediyor ve beğeniyordu.

Biraz aşağıda neler olup bittiğiyle pek fazla ilgilenmiyordu.

Oysa birkaç sokak öteye, anneme gittiğimde, ağabeyimle konuştuğumuzda, gazeteleri okuyunca insan işlerin hiç de iyiye gitmediğini görebiliyordu.

Çok sonraları artık böyle şeyleri konuşabildiğimiz zamanlardan birinde bana, gülerek, "Sen daha çok gençsin, dünyayı güzel bir yer sanıyorsun ama değil, bu hep böyledir, kim tepeye çıkarsa manzarayı güzel sanır, kendisini mutlu hisseder ve bunun gelip geçecek birşey olduğunu unutur. Bu böyledir ama yine de hepimiz oraya çıkmak isteriz..."

İster miyiz gerçekten?

Ben istemiyordum. Hiçbir zaman da istemedim.

Üstelik hiç anlamadım, neden tepeye çıkanların hiçbiri oradan bütün manzarayı olduğu gibi göremez?

Düşünceli düşünceli yüzüme bakıp gülerek, "Kimbilir," demişti, "belki de orada herşey çok uzakta kalıyor ve güzel görünüyor."

Ama onun dünyanın bütün bilgisine sahip hali, kendi kendime uzun uzun düşünüp durduğum herhangi bir konudan söz açıldığında rahat, gülümseyerek verdiği kesin cevaplar, sakin ve emin cümleleri beni yanıldığıma ikna etmeye yeterdi.

En azından o an için...

Anlamalıydım. O öyle biriydi. Başkalarının hayatını izlediği, merak ettiği, sürekli tırmanmak zorunda olan, sürekli başkalarının önünde gidip onlara emirler veren, yanındakilere hayatı anlatan, elleriyle hayatı kurmaya çalışan insanlardan biriydi.

Ona göre, yapılacak çok şey vardı ve yapılmamasının tek nedeni de korkakların, tembellerin iş başında olmasıydı. Sanıyorum o günlerde gerçekten de pek çok şeyi değiştirebileceğine, o güne kadar hep aklında olan ama mutlaka bir yerde engellenen düşüncelerini bir çırpıda gerçekleştirebileceğine inanıyordu.

Evet liderler böyle insanlardı. Ama bazen düşünürüm, acaba gerçekten birşeyleri değiştirebileceklerine, hayatı daha güzel kılabileceklerine mi inanırlar yoksa yalnızca kendilerine olan güvenlerini kanıtlamak mı isterler, bunu bilemem hiç...

Seçimin sonuçları balolarla kutlanırken biz yeni bir yere doğru yola çıkmak üzere bavullarımızı hazırlıyorduk.

Neyse ki araya seçim girmişti, böylece artık neredeyse bir gelenek haline gelen öğledensonra buluşmalarımız son bulmuş, dedikodular da biraz olsun kesilmişti.

Zaten şimdi herkes yeni hükümetle, seçimden hemen sonra başlayan tartışmalarla uğraşıyordu.

İlk günler itiraf etmeliyim ki kendimi çok yalnız hissettim ve çok korktum. Beni eğlendiren ve yalnızlığımı unutturan bu oyunun tehlikeli bir hal aldığını herhalde ilk o zaman anladım.

Önceleri yine de bir yolunu bulur, gelir diye sık sık aşağı iniyor, gözüm kapıda oturuyordum. Elime bir kitap, bir dergi alıyor aynı sayfayı okuyup durduğum halde hiçbirşey anlamıyordum. Allahın cezası kapıdan da herkes giriyor, bir tek o girmiyordu.

O sıralarda seçim gezilerindeydi. Nutuklar atıyordu. Benimle uğraşacak zamanı yoktu.

Yavaş yavaş aklıma gelen bütün deliliklerden vazgeçtim. Kendi kendime bu oyunu artık bitirmem gerektiğini söyleyip durdum.

Şu hâlâ elimden bırakamadığım sigaraya tiryaki oluşum o günlerdendir...

Ama fazla uzun sürmedi.

Turgut ne yapıp etmiş, istediği gibi bir tayin çıkartmayı başarmıştı. Burada olmaktan öylesine mutsuzdu ki akşamları yalnız kaldığımız zaman hep bunu anlatıyor, bir an önce gitmek için çırpınıyordu. Zaten iğreti bir halde oturuyorduk. Bir otel odasında, açık duran bavullarla, dışarıda yenen yemeklerle, her an gelecek bir haberi bekler gibi aylar geçirmiştik.

Sonunda beklenen haber geldi ve biz sisler kentine doğru yola çıkmak üzere hazırlanmaya başladık.

Bir gece önce verilen davete, son gecemi annemlerle geçirmek istediğimi söyleyerek katılmadım.

Fuat, seçimleri kazanmakla kalmamış hemen bakan yapılmıştı. Ama ben onu tebrik bile etmiyordum.

Onu kendimce cezalandırmak mı istiyordum, yoksa son bir karşılaşmanın yeniden beklenmedik bir felaketin başlangıcı olacağını mı hissettim şimdi hatırlamıyorum.

Annem, ağabeyim, Ayla, Turgut'un ailesi, hep birlikte yemek yerken babamdan, eski günlerden, bizi bekleyen gelecekten konuştuk. Turgut'un bu eve ilk geldiği akşamı, sonrasında olanları biraz da gülüp eğlenerek anlattık.

"Aaa, tuz mu attınız kahvesine, vallahi benim hiç haberim yok..." diye annem kızarıp bozardı.

"Ben anladım ama ne yapayım, böyle muzırlığı hoşuma gitti, mecburen sesimi çıkartmadan içip bitirdim," dedi Turgut.

Annem yine benim sevdiğim ne varsa yapmış, onları ille yedirmek için tutturup duruyordu.

Hiç değilse daha yakına gittiğimiz için seviniyorlardı.

Turgut, Nihat'a, "Tam zamanında gidiyoruz, memlekette seçim oluyor, kavga yine bitmiyor, size kolay gelsin..." diyor, uzaklaştığımız için sevindiğini gizlemiyordu.

Yeniden tanımadığım bir yerde, tanımadığım insanların içinde yeni bir hayata başlayacaktım. Hem heyecanlıydım hem sıkıntılı...

"Ne yapalım," diyordu Turgut, "bizim hayatımız böyle, tam bir yere alışırken, yerleşirken bavulları toplayıp yeniden yola çıkacağız..."

Babamı kaybettiğimizden beri bu evde ilk kez ışıklar yine böyle yanıyor, ilk kez yine böyle kahkahalar yükseliyordu. Ama aynı zamanda son kez...

Çünkü bizimle birlikte annemler de Ankara'dan ayrılıyordu. Anneannemin evine, İstanbul'a yerleşmeye karar vermişlerdi. Babamın ölümünden sonra annem burada oturmak istemiyor, akşamları hep beraber oturduğumuz salona girmek bile onu üzüyordu. Anneannemin ölümünden sonra o ev kapatılmış, bir daha da kimse gidip açmamıştı.

Ağabeyim de annemi yalnız bırakmamak için İstanbul'daki bir arkadaşının şirketinde iş bulmuştu.

"Her ailede bir gezgin yeter, zaten ben seyahat sevmem," diyor, İstanbul'u özlediğini anlatıp duruyordu. Ben de, "Aman zaten bu Ankara'nın nesini severler bilmem, İstanbul dururken burada oturulur mu, çok iyi ettiniz..." diye onları yüreklendiriyordum.

Ertesi hafta Ayla da Anadolu'ya, eski bir uygarlığın silik izlerini süreceği bir çalışmaya gidecekti. Bu ilk önemli kazı için çok heyecanlıydı. Ankara'da birlikte olduğumuz günler boyunca hep bunu anlatmış, kitaplardan öğrendiklerinden sonra ilk kez gerçek bir zaman yolculuğuna çıkmanın keyfiyle beklemişti. Üstelik çok ünlü insanlarla gidiyordu ve yanlarına böyle genç bir kızı seçmeleri bile onun için büyük başarıydı. Zaten babası da emekli olmuştu. Artık yalnız yazları değil kışları da İstanbul'da oturmayı düşünüyorlardı.

Aslında o evde son kez masanın başında oturup yemek yediğimiz o gece, hepimizin hayatında yeni bir dönemin başlangıcı sayılırdı.

Yeni ve bilinmeyenlerle dolu bir dönemin...

O gece annemin ayrılırken bana sarılıp, "Yine gidiyorsun, ben hep böyle senin hasretinle yaşayacağım... Keşke seni bir diplomatla evlendirmeseydim," diye ağladığını, bana hep yanımda taşımam için küçük, deri mahfazaya konmuş bir duayı verdiğini, benimse içimin kıpır kıpır ettiğini, otele dönüp hiç değilse kapıdan şöyle bir bakmak istediğimi hatırlıyorum.

Tabii yapmadım.

Zaten otele döndüğümüzde balo çoktan bitmişti.

Annemin duasını boynuma asıp yattım.

Sabah erkenden yola çıktık.

Belki de insanları bir türlü anlamayışımızın, günün birinde en beklenmedik biçimde bizi şaşırtmalarının nedeni, hep bir bütün olarak bize verdikleri görüntüyle yetinip farklı parçalardan oluştuklarını unutmamızdır.

Aslında çoğu zaman biz de farklı yanlarımızı unutup bize dışarıdan bakanlar gibi kendimizle ilgili yanlış izlenimlere saplanmaz mıyız?

Uzun zamanlar boyunca hepimiz o içimizdeki kalabalıktan, o şekilsiz hamurdan, başkalarının beğeneceği, onaylayacağı bir biçim, mükemmel bir desen çıkartabilmek, bir bütün yaratabilmek için uğraşıp dururuz.

Sonu gelmez bir iç savaş gibi...

Kendi parçalarımızı yokedip öldürerek, tutsak alarak, zorlayarak, değiştirerek, onlardan sonunda kendimizce bir bütün oluşturmaya çalışarak geçer hayatımız.

Ve tabii sonunda, gerçekte kimin kazandığı asla bilinmez.

Şimdi bana öyle geliyor ki ben, asla biraraya gelmeyecek parçalardan bile vazgeçmeyi göze alamamışım. Hiç farkında bile olmadan içimdeki o büyük kalabalıkla birlikte yaşamayı seçmişim.

Hiçbirşeyden vaçgeçemediğim için mi?

Hayatın bizim sandığımız gibi sınırlanabilecek, bir odaya gizlenerek, kendi çizdiğimiz bir yolda yürüyerek yaşanacak kadar dar olmadığını düşündüğüm için mi?

Yoksa yalnızca rastlantılar yüzünden mi?

Bilmiyorum.

Ama tek bildiğim her zaman yeni bir yüzümle karşılaştım hayatımda ve her keresinde yeniden şaşırdım.

Bu oyunun bir kerelik olması ve bütün acemiliğimize rağmen bir şans daha verilmemesi beni hep incitir...

Büyük bir haksızlık değil mi bu?

Karşımıza çıkan her yol ayrımında bir seçim yapmak, birinden vazgeçmek, birilerinden ayrılmak, ötekini seçersek ne olacağını hiç bilmeden, yalnızca düşünerek ya da içimizden gelen sesi dinleyerek (çoğu zaman o da başkalarının sesi tabii) sağa değil de sola gidivermemiz, bu sıradan seçimlerle bütün hayatımızı belirlememiz tam bir saçmalık değil mi?

Herhalde gittiğimizin ertesi yılıydı.

Sokaktan geçen atlı polislerin sesini duyabildiğim iki katlı kırmızı tuğla evin salonundaki o yaz sabahını hatırlıyorum şimdi.

Kendilerini uzaydan gelen varlıkların kaçırdığını ve hatırlayamadıkları ışıktan bir yolculuğa götürdüklerini söyleyen insanların anlattıklarını okuyordum bir dergide.

Hem de çok iyi hatırlıyorum.

Derginin kapağında Marilyn Monroe'nun fotoğrafı var. Altında, "*En güzel mutsuz!*" yazıyor.

İçeride, "*Uzaylılar gerçekten geldi mi?*" diye başlayan uzun bir yazıyı okuyorum.

Böyle şeyler bana hep heyecan verir.

Gerçek olup olmaması beni hiç ilgilendirmez. Her yerin ışıklarla kaplandığını ve gözlerinin hiçbirşeyi seçemediğini söylüyorlar. Çok uzun ve dinlendirici bir uykudaymış, bitmesini istemedikleri bir rüyadaymış gibi hissettiklerini, inanılmaz bir hızla bir gökyüzü koridorunda, o parlak, mavimsi ışığın içinde saatlerce savrulduklarını, sanki bir ışık hortumuna kapılmış gibi uçup gittiklerini, sesin önce kulaklarını sağır edecek kadar yükselen bir sirene benzediğini ama sonra birdenbire yavaşladıklarını, fırtınanın bittiğini, sessiz, dingin bir boşluğa vardıklarını anlatıyorlar.

Uyandığınız zaman inanılmaz bir rüya gördüğünüzü, içinizin beklenmedik bir mutlulukla kaplandığını hissedersiniz ama ne gördüğünüzü bir türlü hatırlayıp anlatamazsınız ya, tıpkı onun gibi...

Genç bir kadın, öldüğünü sandığını ama bundan korkmadığını, aksine büyük bir rahatlıkla kendisini olacaklara bıraktığını söylüyor.

Onlara bir sürü soru sormuşlar.

Derginin öteki sayfalarında kimi bilim adamlarının, yazarların, ruh hekimlerinin bu anlatımlar hakkındaki yorumları var. Bir doktor, insanların neden böyle yalanlar uydurduğunu anlatmış. Bilimsel olarak neden uzay yolculukları yapılamayacağını açıklamışlar. Hayallerle gerçekleri karıştırmaktan sözediyorlar.

Of, nasıl sıkılıyorum bu aptallardan.

Dergiyi fırlatıp atıyorum.

Böylesine olağanüstü bir rüya yaşayabilmek için herşeye razıyım.

İnanılmayacak kadar sıkıcı, mutsuz, boş hayatlarının içinde kendilerine böyle bir pencere açabilen, bir geceyarısı ansızın tanımlayamadıkları, tanımadıkları bir ışık demetine bakarken birdenbire kimsenin görmediği bir rüyaya dalan bu insanlara nasıl imreniyorum.

Tıpkı ilkel insanlar gibi...

Herşeyi yeni gören, yeni birşeylerle karşılaşmanın heyecanını yaşayan, ilk kez bir toprak parçasına, daha önce kimsenin görmediği bir adaya, sonsuz buz kıtasına ayak basan insanlardan biri olmayı ne çok isterdim.

Bu, yüzlerce yıl önce kurulmuş kentlerden, bu benden önce milyonlarca insanın basıp geçtiği sokaklardan, bu herkese bir pay düşen ortak bellekten, üstüste konulmuş tuğlalarla oluşturulmuş bu görkemli yapıdan nasıl da sıkılıyorum.

Herkes biliyor! Herkes herşeyi biliyor!

Bu kendini beğenmişler uygarlığının zavallılığından usandım.

Binlerce yıldır bütün öğrendiklerimizi biraraya getirsek, bilemediklerimizin yanında küçük bir kutuya sığacak kadar az yer tutar ama kimse bunun farkında bile değil.

Ayla bir mektubunda, "*Benim burada, herkesten uzak bir yerde, kimsesiz bir kazı alanında aylarca yaşamamı garip buluyorlar,*" diye yazmıştı, "*aslına bakarsan laf aramızda ben de bazen kendimden kuşkulanıyorum. Ama yeryüzünün üzerinde keşfedilecek küçücük bir toprak parçası bile kalmadı. Hiç değilse böyle kaza kaza derinlerde bir yerde aylar sonra bir mezar kapısı bulabiliyorsun. Yüzlerce yıldan sonra ilk kez sen o mezarın, o kayıp ülkenin kapısında duruyorsun. Zaman değişmiş. Sen başka bir zamanda durup başka bir zamanın kapısını açıyorsun. İşte o an, o kapıyı açtığın an herşeye değer...*"

Evet buydu işte... Ne güzel anlatmıştı.

Bütün çocukluğum boyunca, hayır, hayır, bütün hayatım boyunca istediğim bu değil miydi?

Bir zamanda durmak ve başka bir zamanın kapısını açmak.

Bilebildiğimiz şeylerin dışında, bilinmeyenin, tanımlanamayanın, adı olmayanın alanında, artık korktuğumuzu anlayamayacak kadar korkarken kapıyı açıp bambaşka bir dünyaya çıkmak... Ne olduğunu, neyle karşılaşacağımızı, bizi nereye sürükleyeceğini bilmediğimiz bir dünyaya...

Biliyorum, bunlar çocuklukta bırakılır.

Çocukluk biter.

İlk kez karşılaştığımız ne varsa bize tek tek açıklanır. Herşey tanıdık bir hal alır. Yeni gördüklerimiz bile önceki deneyimlerle karşılaştırılarak çözümlenir. Hepsi tanıdık ve sıradan olur yıllar içinde. Tanıdık ve munis. Tanıdık ve alışılmış. Tanıdık ve zararsız. Tanıdık ve bizden.

İşte kurmaya çalıştığımız dünya böyle. Kötülüklerden korunduğumuzu sanarak kurduğumuz dünya...

Çocukluk bitiyor öyle mi? Çocukluk bitiyor ve içimizdeki o farklı çocukların hepsi büyüyor... Ya da belki hepsi yavaş yavaş bizi bırakıp gidiyor, o uzun yolda yürürken her dönemeçte, her yol ayrımında birinden sessizce ayrılıyoruz, kimi zaman farkına bile varmadan onu orada bırakıyoruz ve sonunda tek başımıza kalıyoruz.

Bütün o farklı çocuklardan geriye bir tek insan kalıyor.

Peki ama neden onların hepsinin elinden tutup bu tuhaf macerada hep birlikte yürüyüp gidemiyoruz?

İşte orada, o sabah oturmuş dergileri okurken bunları düşünüyordum.

Kendimi bunlara kaptırmış, saatin geçtiğini, öğle olduğunu bile fark etmemiştim ki kapının sesiyle kendime geldim.

Kahvaltıdan sonra evi toplamamıştım bile, gazeteler, dergiler ortalıktaydı, çay fincanım masanın üzerinde, gülkurusu sabahlığımla, saçlarımı şöyle bir toplayıp kapıya gittim. Bu saatte olsa olsa postacı gelmiş olabilirdi.

Kapıyı açtım ve bir an şaşkınlıkla kalakaldım kapının önünde.

Sanki anlaşmış gibi aynı renkte, açık kahverengi takım elbiseleri, aynı renk şapkalarıyla karşımda duruyorlardı.

İkisi... Hayatımı belirleyen iki adam...

Ve ben sanki karşımda, beni alıp buradan sonsuzluğa götürecek uzaylılar gelmiş gibi şaşkın halde öylece duruyordum.

"Önceden haber veremedik ama Fuat beyi karşımda görünce tutup getirdim," dedi Turgut, "hep beraber öğle yemeği yeriz diye düşündük..."

"Ama insan bir haber vermez mi, şu halime bakın, hoş geldiniz, buyurun, buyurun," diye geveledim, birdenbire, herkesten sakladığını sandığı ama aslında herkesin bildiği bir gizli aşkla tutulduğu sevgiliyi karşısında gören küçük kız çocukları gibi elim ayağıma dolaşıyordu.

"Kabahat bizde tabii," dedi Fuat hemen, "söyledim ama dinletemedim, rahatsızlık verdik, ne olur kusura bakmayın..."

"Rica ederim, buyurun, oturun, hemen geliyorum..." deyip kendimi nasıl içeri attığımı bilmiyorum.

Odanın kapısını kapayıp yaslandığım zaman kalbim yerinden çıkacak gibi atıyordu.

Aynanın karşısına oturdum, titreyen ellerimle nasıl makyaj yaptığımı, üstüme acele birşeyler giymeye çalışırken nasıl bütün dolabı indirdiğimi görmeliydiniz.

Birkaç denemeden sonra saçlarımı tepemde topladım, büyük inci küpelerimi taktım, giyip çıkardığım bluzların, eteklerin, pantolonların ardından koyu yeşilli, açık kahverengili ekose, belden büzgülü, beyaz yakalı elbisemi giydim.

Aynada kendime şöyle bir baktım, döndüm, yüzüme biraz pudra sürdüm, cumartesi öğledensonra dışarı çıkan liseli kızlara benzemiştim.

Baktım, oturmamışlar. Holde, ayakta birşeyler konuşup beni bekliyorlar. Çantamı aldım, acele çıktık.

Hava sıcaktı ama sohbaharın artık yaklaştığı da hissediliyordu. Resmi giysili, şapkalı şoför arabanın kapısını açtı, biz büyük koltuğa oturduk, Fuat da karşımıza geçti.

Sokağı dönüp meydana çıkarken büyük bir kalabalığın arasında kaldık.

Atlı polislerin tepeden baktığı kalabalık, zenciler için gösteri yapıyordu. *"Köleliğe son"* yazıyordu taşıdıkları pankartlarda.

Arabada öylece oturuyor, sloganlar atarak yürüyen kalabalığın geçip gitmesini bekliyorduk ki Fuat hiç beklenmedik birşey yaptı. "Hadi gelin," deyip arabadan indi. Şaşkınlıkla biz de arkasından... Önümüzdeki birkaç polisi iterek kalabalığın önüne doğru geçti, ön sıradakilerin arasında bir yere gidip onların koluna girdi. Kendimizi bir anda onlarla birlikte sloganlar atarken bulduk. "Dua edelim de böyle bir fotoğrafımız çekilmesin," dedi Turgut telaşla, "hem de gösteri yürüyüşünün başında... Tam bir felaket..."

Ama onun umurunda bile değildi, en önde büyük bir coşkuyla yürüyor, "Kölelik bitsin, haklar verilsin," diye bağırıyordu.

Yemekte uzun uzun birkaç hafta önce beyazların yok yere öldürdüğü küçük zenci çocuğun hikâyesini anlattı. Sonra Ankara'dan, politikadan, aslında politikaya hâlâ alışamadığından söz etti.

Gözlerimiz yalnızca birkaç kez karşılaştı. Daha çok Turgut'la konuşuyor, ona bir ağabey gibi öğütler veriyordu. Söz hemen Kıbrıs'a geldi, Fuat çantasından "*Othello*"nun ciltli, eski bir baskısını çıkartıp mükemmel bir İngilizceyle, altını çizdiği bazı satırları okudu ama sanki benim yanımda bu konuyu fazla konuşmak istemiyorlarmış gibi lafı çevirdiler.

Doğrusu, konuşmaya başladığında ne anlattığını pek umursamazdım. İnsan durup onu dinlemek isterdi. Öyle garip, boşluklarla dolu, kimi zaman coşkulu, kimi zaman durgun, uzun, karmaşık, bölünmüş cümlelerle konuşuyordu ki sanki aynı anda farklı kitaplardan bölümler okuyormuş gibiydi.

Pencerenin yanındaki masalardan birinde oturuyorduk. İçerisi kalabalıktı. Bütün o gürültünün içinde dikkatle onu dinliyorduk. Sonra kahvelerimiz geldiğinde, uzun, ince parmaklarıyla gümüş tabakasından sigarasını çıkartıp yaktığında, bir an, anlattığı şeyi yarıda bıraktı, sanki artık burada değilmiş gibi, uzaklara bir yere dalıp gitti. Herhalde Doris Day olacak, "*Secret Love*" diye hüzünlü bir şarkı söylüyordu.

Bu an, bu uzaklaşma an'ı, bu gözdalgınlığı onunla ilgili kaydettiğim ilk özel anlardan biriydi.

Sonra yanında duran gazeteyi karıştırdı. "Aa bakın saat dörtte müzede konser varmış," dedi. Turgut saatine baktı. Bir an ne diyeceğini bilemedi. Ama o hemen, "Yok yok, sen doğru işe, ben kendi başıma giderim, zaten akşam da dönüyorum..." dedi.

Elbette onu tek başına bırakmayacağımızı biliyordu. Benim eşlik etmek zorunda kalacağımı...

Çok sonraları gülerek, "Nereden aklıma geldiyse o an gazeteye bakmak..." diyecekti...

Yürüyerek müzeye gittik. Geniş merdivenleri çıkarken koluna girdim. Yalnızca geleneksel olarak önemli bir konuğu ağırlıyordum ama öyle değildi tabii... Bir yandan herkesin ayıplayacağı kadar yaşlı biriyle kolkola girmiş liseli bir kız gibi hissediyordum kendimi. Ne yaparsam yapayım, ne kadar çok konuşursam konuşayım kalbimin deli gibi çarpmasını engelleyemiyordum bir türlü. İçimden kendi kendime hâlâ o şarkıyı mırıldanıyordum.

Müzeye girdik, biletimizi aldık, alt katları dolaşmaya başladık, konserin başlamasına bir saatten fazla vardı.

Dev kapıdan büyük salona girip koskoca bir duvarı kaplayan o resimle karşılaştığımız zaman bir anda başıma geleni anladım.

Sanki bana, "Sana ne olduğunu gerçekten anlamıyor musun?" demek için oraya konulmuştu.

Bulutların arasında, yukarıda, o tombul, kanatlı çocuk elinde yayla uçuyordu. Yüzündeki gülümseyiş öyle tuhaftı ki, bir yaramazlık yapıp cezalandırılacağını düşünen çocuklarınkine benziyordu.

Ve onun yayıyla fırlattığı ok oradan çıktı, bütün o renklerin, bulutların, ormanların içinden gelip benim kalbime saplandı.

Öylesine gerçekti ki bir an yüreğimde beklenmedik bir acı duydum.

"Aşk tanrısı değil de sanki küçük bir çocuk, siz de onu masum bulmadınız mı?" diye soran sesiyle kendime geldim.

Masum mu?

"Bilmem," dedim, "sanki yalnızca yaramazlık olsun diye ok atıyormuş gibi görünüyor..."

Güldü. "Zaten aslında aşk da yaramazlıktan başka nedir ki?" dedi...

O zaman birdenbire yıllar öncesinde kalmış o günü hatırladım. Onunla ilk karşılaştığımız o Ankara sabahını... Orada beni ilk gördüğünde söylediği ilk söz de bu değil miydi? "Kardeşiniz biraz yaramaz galiba!"

O bunu elbette hatırlamıyordu.

Yüksek, yüzyıllar öncesinden kalan resimlerle süslü tavanın altında, kimselerin olmadığı bu dev salonda, bu görkemli resmin önünde öylece duruyorduk.

İçim karmakarışık, nedeni bilinmeyen, anlaşılmayan duygularla dolu, ne yapacağını bilemeyen küçük bir kız gibi orada duruyordum ve size birşey söyleyeyim mi, o an istediğim tek şey orada zamanın donması ve sonsuza dek öylece kalabilmekti.

Kim olduğumuz, bütün bağlılıklarımız, zaman, mekân bir anda silinip gitmişti. İşte sanki şu solda, aşağıda, ağaçların arasında âşığıyla gizlice buluşan, yürürken elleriyle hafifçe eteklerinden tuttuğu kat kat elbisesinin çıkardığı ses buradan bile duyulan eski zaman kadınıydım ve gözlerimi kapasam bir anda o patikadan yürüyüp resmin içinden yeni bir hayata, bilinmeyen bir zamana, o kadının yerine geçiverecektim.

Aslında o tombul meleğin neden öyle hınzırca güldüğünü şimdi biliyorum. Ve o an aslında içimde, gerçekten de o patikaya girdiğimi, elimde olmadan zaten bilinmeyen bir zamana doğru yola çıktığımı da...

Bilinmeyen bir zamana...

Bilinmeyen bir yere...

Hepimiz kalbimize saplanan gizli bir okla sokaklarda dolaşırken, başkalarından, yanımızda yürüyüp giden şu insanlardan çok farklı olduğumuzu, bulutların üzerine çıktığımızı sanmaz mıyız?

Okun acısını duyana kadar tabii...

(O beklenen telefon bir gün çalmadığında... O mektup gelmediği zaman... Bakışlar ilk kez belli belirsiz kaçırıldığında... Beklenen bir sözcüğün yerine hiç beklenmedik bir başkası söylendiğinde...)

Aman canım, tabii ki o an bütün bunları aklımdan bile geçirmiyordum. Yalnızca heyecanımı belli etmemek için olmadık şeyler anlatıyordum. Sonra başka salonlara girdik ve bizi izler gibi o çocuk, farklı yüzlerle, farklı resimlerle ama hep aynı gülüşle, hep aynı gözlerle yeniden karşıma çıktı.

"Benden kaçabileceğini sandın ama kaçamazsın," der gibi...

Durup dururken yüreğimiz sıkışsa, kalbimiz birden deli gibi çarpmaya başlasa koşa koşa doktora gideriz.

Oysa aslında pek de tanımadığımız birinin gözleriyle karşılaştığımızda başımızın dönmesi, kalp atışlarımızın hızlanması, soluğumuzun tıkanması bize hiç de korkutucu gelmiyor.

Tuhaf şey...

Bir an aklıma geldi. Çok uzaklarda, geceleri gökyüzü deseninin küçük ışıkları gibi yanan o yıldızlarda hayat varsa ve günün birinde oradan biri buraya, bu müzeye gelse acaba bütün bu resimlere bakıp ne düşünürdü?

Başında dikenlerden bir taç ve ellerinden, ayaklarından tahtaya çivilenmiş sakallı bir adam, ağaçtan elma kopartan bir adamla çıplak bir kadın (yanlarında da bir yılan!), elindeki ok ve yayla bulutların arasından sürekli gülümseyen tombul, kanatlı bir çocuk...

Acı, günah ve aşk?

İnanç ve inançsızlık?

İşkence, yalnızlık ve hafiflik?

Cezalandırılma, cezalandırılma, cezalandırılma?

Belki de bütün bunlara hiçbir anlam veremeyecekti...

Bunları ona da söyledim. Bana bakıp güldü, "Hayatımız oldukça basit görünüyor aslında değil mi?" dedi.

"Basit ve hiç değişmiyor," dedim...

Sonra yukarı çıktık ve dev kubbenin altında, kalabalığın arasında, büyük tahta sıraların birinde bir yer bulup oturduk.

Kimbilir belki de bütün bunlar, işte bu beklenmedik rastlantılar, kimsenin bizi tanımadığı bir yerde, bu resimlerin, kutsal kitapların tasvirlerinin, yaratılış efsanelerinin, büyük savaşların, yıkımların, geçmiş yüzyılların aşk fotoromanlarının arasında, ansızın başlayan ve sizi alıp bütün zamanların ötesine taşıyan bu görkemli müzik genç bir kadın ve gizli bir aşk hikâyesi için oldukça fazlaydı.

Kulağıma eğilip anlamadığım birşey söyledi ve bir an başım döndü. Ben bir rüyanın içindeydim ve ne söylediğinin önemi yoktu zaten. Bu müziğin, bu an'ın hiç bitmeyeceğini, böyle derin bir sarhoşluk içinde kalmak istediğimi düşünüyordum yalnızca.

Eğilip yüzüme baktı. Gülümsedi. Ne dediğini duymadığımı anladı.

Kulağımda yeniden dudaklarını, çok yakın, nefesini hissettim. Ve bu kez duydum.

"Buraya senin için geldim," dedi, "gittiğin günden beri aklımdan çıkmadın. Seni bir gün daha görmemeye dayanamazdım. Herşeyi göze alıyorum, boşanıp benimle evlenir misin?"

Evet aynen böyle söyledi.

O müzik, yüzyıllar öncesinden kalma bu mekânda, yüzyıllar öncesinin çalgılarıyla çalınan o büyülü müzik en coşkulu bölümüne gelmişti, insanı yerinden kaldıran, uçuran bir müzikti, başım dönüyordu, ellerimi dizlerimde birbirine kenetlemiştim, sanki ateş basmış gibi yanıyordu yüzüm, dudaklarım kurumuştu, orada değildim, nerede olduğumu bilmiyordum, sanki içimden biri çıkıp gidiyor ve onu tutamıyordum. Zar zor çıkan, boğuk bir sesle,

"Siz delirmişsiniz..." diyebildim sonunda...

Elbette söylemek istediklerim bunlar değildi. Ama başka ne söyleyebilirdim ki...

Ankara'dayken bir film seyretmiştim. Canı ne isterse söyleyip yapan, kimseden çekinmeyen bir kenar mahalle kızının hayatını anlatıyordu. (Filiz Akın mı oynuyordu yoksa Fatma Girik mi?) Onun gibi olabilmek için neler vermezdim.

İşte bir anda rüyayla gerçek birbirine karışmıştı. Benim bir hayal diye kurduğum şey hiç beklenmedik bir zamanda gerçek olmuştu.

O güne kadar benimle hep "siz" diye konuşurken ilk kez "sen" demişti ve kurduğu ilk cümle, "Benimle evlen!" olmuştu.

İnanılır şey mi?

Böyle pervasızca rüyayla gerçek arasında gidip gelmenin sonu bu işte...

Birdenbire o büyülü bütünlük parçalanmıştı. Yine içimde hep bir ağızdan konuşup duran birilerinin seslerini duyuyordum.

Hemen burada kesip atmalıydım.

Bir daha onu asla görmemeliydim.

Belki de daha sakin olup, bunları onun her zamanki şakalarından, oyunlarından biri gibi anlamalıydım.

Hiçbirşey söylemeyip zamana bırakmalıydım.

Kafamın içinde cümleler birbiri ardına hızla kurulup bozuluyordu.

Takside giderken, "Böyle damdan düşer gibi söylediğim için beni affet," dedi, "aylardır nasıl söyleyeceğimi düşünüyorum, mektup yazmak istedim, yapamadım, telefon etmek istedim, edemedim, kalkıp gelmekten başka çare bulamadım, bir iş uydurup geldim, sana bunları söylemek için... Hepsi bu..."

Suratımı asmış oturuyordum.

Aslında kahkahalar atmak istiyordum.

Hiç beklemediğim biçimde korkuyordum.

İçimden gelen seslerle başa çıkmaya çalışıyordum.

Bu benim tek başıma oynadığım bir oyundu ve o da oyunun kahramanıydı. Şimdi birdenbire oyuna katılmaya karar veriyordu. İkimiz birlikte oynayalım istiyordu. Ama bu çok tehlikeli bir oyun. Ve ben bu oyunun gerçeğe dönüşeceğini aklımın ucundan bile geçirmemiştim.

"Bunlar olacak şeyler değil," dedim. "Siz evlisiniz, çocuğunuz var... Bunları, makamınızı hiç düşünmüyor musunuz, hem ben de evliyim, bunları hiç konuşmamış olalım daha iyi..."

Bu cümleleri böyle düzgün bir biçimde söyleyebildiğime bile inanamıyordum aslında. Sesim arabanın içinde yankılanıyordu. Sanki şoför dilimizi anlayacakmış gibi dudaklarımı kısmış, dişlerimin arasından konuşuyordum.

"Benim ne makam umurumda, ne başka birşey," dedi, "insan gönlünün istediğini alamadıktan sonra başka şeyin ne önemi var?"

İnsan gönlü ne isterse alabilir mi? Keşke alabilse...

Sonra durdu, dedi ki: "Sen bunları bırak da şimdi bana içinden geçeni söyle..."

Taksinin camından dışarı bakıyorum, onunla gözgöze gelmemeye çalışıyorum. Nasıl söyleyebilirdim ki içimden geçenleri... Kendime bile söylemeye cesaretim yoktu. İçimden geçenleri durdurmak için nasıl çaba harcadığımın farkında mıydı?

"İçimden geçenleri mi?" dedim sonunda, "İçimden geçen, sizin benimle eğlendiğiniz..."

Yüzümü tuttu, kendisine çevirdi. Yine kıpkırmızı oldum. Gözlerimi kaçırmaya çalışıyordum.

"Sen benim ne zaman eğlendiğimi, ne zaman doğruyu söylediğimi gayet iyi biliyorsun," dedi. Sesi yumuşak, sanki başka biri konuşur gibi uzaktan geliyordu.

Dakikalar önce sonsuza dek orada, yanında kalmak için herşeyimi verirdim oysa şimdi sanki kapana kısılmış gibi bir an önce taksiden inmek, odama kapanmak, yalnız kalmaktan başka birşey istemiyordum.

"Hep bunlar benim yüzümden, kendimi affetmiyorum," dedim. Saçmaladığımın farkındaydım herhalde ama sözcükleri benim yerime sanki bir başkası seçiyordu.

"Affedilmeyecek biri varsa o da benim," dedi, "ama umurumda bile değil. Benimle gel, dünyanın neresine istersen giderim, herşeyi de bırakırım."

O an karşımdakinin bir çocuk olduğunu anladım.

Hayır, yalan söylemiyordu.

Gözlerine bakabilseydiniz, o an benim yerimde olsaydınız bunu anlardınız.

Bir an taksinin hiç durmadan havaalanına gideceğini, oradan uzaklara uçacağımızı, bambaşka bir hayata başlayacağımızı düşündüm.

Olabilir miydi gerçekten?

Bir an için herkesi, geçmişi, olacakları, başkalarının hayatlarını, sorumlulukları unutabilseydik, işte rüyanın kapısını açıp o beklenmedik yolculuğa çıksaydık herşey değişemez miydi?

Ve gerçekten de oradaydı. Masalın o sihirli sözcüklerle açılan kapısı yanı başımda duruyordu işte, Londra sokaklarında hızla giden bir taksinin kapısıydı.

Sihirli sözcükleri biliyordum. Dilimin ucundaydı. Eğer onları söylersem bu kapıyı açtığımda belki de binlerce yıldır, sayısız insanın yapmak isteyip de yapamadığı birşeyi yapacaktım.

Birdenbire bütün bunlar bir filme dönüşse, bizim yazdığımız bir filme ve biz nerede, nasıl istiyorsak öyle bir hayata başlasak...

Uzak bir adaya gitsek, herkesle yeniden tanışsak, akşamları, sabahları başkalarının koyduğu düzene göre değil kendi istediğimiz gibi yaşasak... Nereye kadar olursa... Ne kadar olursa...

Bir film kadar kısa bile olsa ne çıkar? Biz onun içine herşeyi sığdıramaz mıyız? Bütün o sıkıcı konuşmaların, toplantıların, boşa geçen saatlerin, katlanmaların, dilinin ucuna gelenleri söylemekten vazgeçmekle geçen günlerin, sevmediğin insanlara seviyormuş gibi davranmak zorunda kaldığın görüşmelerin, yastığa başını koyduğunda bütün bir ömrün böylesine renksiz yaşamak için mi verildiğini düşünüp kendine acıdığın gecelerin yerine her anını sonradan nasıl hatırlayacağımızı düşünüp saklamak isteyeceğimiz bir hayat kuramaz mıyız?

İsterdim ki o hayatın içinde, ikimizin arasında gizli kalan hiçbirşey olmasın. Birbirimize, kızacağımız, duymaktan korkacağımız, kişinin belki kendisine bile asla itiraf edemeyeceği şeyleri bile anlatalım. O kadar çıplak kalalım, bütün o yıllarca kurmaya çalıştığımız benliğimizi öylesine unutalım ki artık ayrı insanlar olmaktan çıkalım. Karşımızda sürekli açılan kapılardan hiç korkmadan, sonunun ne olacağını düşünmeden geçip o gizli dehlizlere girelim.

İçimde hiç nedensiz bir his vardı. Sanki onunla öyle birşey bulacaktık ki yalnızca ikimize ait, ikimizi buluşturan, bizim farkında bile olmadığımız, yalnızca bize verilmiş ve ancak biraraya geldiğinde hayatın coşkusunu ortaya çıkartacak iki ayrı parça...

Yoksa aslında hiç tanımadığım, yalnızca sınırları çizilmiş konuşmalarla anlamaya çalıştığım bu adamı böylesine yakın hisseder miydim kendime? Başka hiç kimsenin olmadığı kadar yakın?

O benden cevap beklerken geçen saniyeler içinde bunları düşünüyordum işte. Böylesine düzenli cümleler değildi, karmakarışıktı kafam ama içimden beni kenara itip çıkacak birşey, bir anda bu taksinin ve sonra da hayatımızın yönünü değiştirecek, ona engel olamayacağım sanıyordum.

Herşeye boşverip, "Elimi tut, gidelim..." diyecektim ve sonra uzaklara...

Evet gerçekte yapmak istediğim buydu işte.

Ama yapamadım.

Donmuş bir sesle: "Rica ederim bu bahsi kapatalım, ben bunu sizin şakalarınızdan biri sayıyorum, kocaman bir şaka, orada kalsın..." dediğimi hatırlıyorum.

Belki de o anda bunu yapabilseydim, bir kez olsun böylesine cesur olabilseydim, ne olursa olsun herşey değişirdi. Yalnız benim için değil, herkes için...

İşte böyle başladı.
Bir ayrılıkla...

Daha başlamadan ayrılarak...

Taksinin camından dönüp ona baktım, bir an durdu, sonra geri dönüp oteline doğru yürüdü.

Başında şapkası, ince kumaştan yazlık ceketinin arkası biraz kırışmış, biraz öne eğilerek... Yavaş yavaş inen sisin içinde...

O silik görüntü bir fotoğraf gibi aklımda.

Öyle çok tekrarlanacaktı ki...

Giderken... Hep giderken...

Sonra zaman geçti.

Ne zaman sokağa çıksam, alışverişe gitsem, hep ayaklarım beni oraya götürdü. Kimbilir kaç kez o meleklerin olduğu salona girdim. Herhalde köşede küçük bir taburede oturup kitap okuyan üniformalı kadınlar benim o resimle gizemli bir bağım olduğunu düşünüyorlardı artık.

Kimbilir kaç kez orada, o resmin karşısında durdum ve bu yaşananların bir hayal olup olmadığını düşündüm.

Elbette bir hayaldi.

Küçük bir kadının hayali.

O ne yaptığının farkında bile değildi.

Hem farkında olsa ne değişecekti ki?

İmkânsız şeyler...

O günlerde imkânsız şeyler üzerine kitaplar okuyordum. Yüzyıllar önce tutulmuş günlükler... Ateşli aşk satırları... Çaresizlikle bekleyerek, imkânsız bir aşkın acısıyla geçip giden bir ömrün anlatımları...

Zaten yaşananlar yazılmıyor ki...

Yine o günlerde böyle filmler oynuyordu sinemalarda. Yasak ilişkiler yaşayan kadınlar, gizli aşklar, insanın içini ürperten gelgitler... Tehlikeli ilişkiler... Hem artık kimse bunları eskisi gibi yadırgamıyordu.

Evet yadırgamıyordu ama hep acıklı bitiyordu bu filmler.

Kendi kendime sokaklarda yürürken gülümsüyordum istemeden, sonra farkına varıyordum, sanki yanımdan geçip giden bu kalabalık yalnızca bir görüntüydü, sanki burada değildim, öylesine kopup gidiyordum. Bambaşka bir dünyaya geçiyor ve orada herşeyin mümkün olduğuna kendimi inandırıyordum.

Bir yandan günler geçtiği halde neden hâlâ aramadığını düşünüyordum.

Evet itiraf etmeliyim ki artık her sabah ondan bir haber almak için uyanıyordum.

Ankara'daki günler gibi, onun geleceğini beklediğim öğle yemekleri gibi...

Evden arayabilir diye çıkmak istemiyordum. Ama evde de duramıyordum.

Kendi kendime neler kurduğumu bir bilseniz...

Acaba çok mu sert konuşmuştum? Belli ki büyük bir güçlükle söyleyebildiği şeyleri birdenbire bir yabancı gibi hayretle karşılayıp onu utandırmıştım...

Aman bu kadar çabucak vazgeçtiyse zaten yalandı, diyordum sonra kendi kendime...

Ona karşı tümüyle ilgisiz olduğum oyununa inanmış olabilir miydi gerçekten?

Belki de aramaya çalışıyor ama bir yolunu bulamıyordu. Ama insan hiç değilse bir kart da atamaz mıydı?

Ya kart Turgut'un eline geçerse? Bunu da düşünüyordu tabii... Aman canım şöyle birkaç satır, teşekkür etmek için basit birşey yollayamaz mıydı sanki?

Derken aklımı başıma topluyor, en doğrusunu yaptığıma, onun da daha otele gider gitmez kendine geldiğine, bu çocukça hayalin sanki olmamış gibi unutulup gitmesi için zamanın geçmesini beklediğine karar veriyordum.

Herhalde koskoca adam, yaptıklarının deli saçması olduğunu anlamış, bu çılgınlık anının böyle kolaylıkla geçip gitmesine sonradan memnun olmuştu.

Hem ne belliydi başka kadınlara da böyle kur yapmadığı, onları da baştan çıkartmaya çalışmadığı...

Ne düşünürsem düşüneyim gerçekte istediğim tek şey o eşsiz an'ı bir daha yaşayabilmekti. Onu yeniden canlandırabilecek bir telefon, bir mektup, bir haber, hepsine razıydım...

Bir keresinde telefonun başında oturmuş tırnaklarımı kemirirken neredeyse ben arayacaktım. Başka bir kadının adını verip bağlatmayı kuruyordum.

Turgut bütün bunların farkında değildi ama burada iyice sıkıldığımı düşünüyordu. Ara sıra davetlere katılıyorduk. Önceleri haftasonları bir yerlere gitmeye çalıştık ama sonra onun işleri yoğunlaştı, evde de çalışmaya başladı. Belki de zamanla insan hayatın sıradanlığına alışıyor. Beklentileri olmayınca sorgulamaya gerek duymuyor.

Oysa öyle yalnızdım ki...

Postacı sürekli mektup taşıyordu, annemlerden, arkadaşlardan ama ondan birşey geldiği yoktu.

Ondan gelmedi ama o günlerde beni çok sevindiren kart Ayla'dan geldi. Sen tut, koskoca bir bereket tanrısı resimli kartı öylece yolla... Deli kız. *"Mezarların için-*

de sonsuza kadar korunacağını sanan bu aptal krallardan çok sıkıldım. Seni de çok özledim. Leyla 'Madama Butterfly' oynuyormuş, bilet al, birlikte gidelim, haftaya geliyorum..." yazmış.

Öyledir o, yerin yüz metre altında bile olsa dünyanın ta öteki köşesinde kimin ne yaptığını bilir.

Sanki biraz sonra kapıdan girecekmiş gibi sevinçten havalara sıçradım. Hemen gidip odasını hazırladım. Doğrusu onu bizimle biraz kalması için ikna etmeyi düşünüyordum.

Nerelere gideceğimizi, hangi lokantalarda yiyeceğimizi, tiyatroları, konserleri ayarladım.

Ben havaalanına onu karşılamaya gitmeyi kurarken bir sabah kapı deliler gibi çalmaya başladı. Sabahlığımı giyip zar zor yetiştim. Elinde bavulu ve bir de zarfla içeri girdi. Çocuk gibi birbirimize sarıldık. Ben ağlamaya başladım.

"Aaa ne oluyor," dedi, "korkutma beni, ne var ağlayacak, yoksa kaza kaza arzın merkezine seyahate çıkıp bir daha dönmeyeceğimi mi sanıyordun, bana birşey olmaz, bak sapasağlam geldim..."

Çaylarımızı içerken elindeki zarfı uzattı. "Al bak, kapıda buldum, sana gelmiş..." dedi.

Zarfı aldım, el yazısını tanımıyordum, ucunu yırttım.

İnanılacak şey mi? Ayla, bunca zamandır beklediğim mektupla birlikte girmişti kapıdan.

Ondan geldiğini görünce kıpkırmızı oldum. Ne bahane uydurduysam içeri gidip kapıyı kapadım. Kısa bir mektuptu. Oldukça resmi bir dille yazılmıştı. *"Hanımefendi... Evvela, araya giren pek çok şey sebebiyle ev sahipliğinize teşekkür etmekte geciktiğim için beni lütfen affedin. Bildiğiniz üzere birçok seyahate gidip gelmem icabetti. Pek sıkıcı yerler. Neyse ki melekler hep benim-*

le beraberdi. Yakın bir zamanda görüşmek üzere... Hürmetlerimle..."

Altına mühür gibi, isminin başharfini çizmişti.

İşte bu kadar.

Başkası okusa birşey anlar mı bilmem ama ben anlamıştım. Hiçbirşeyi unutmadığını... O günü hep yanında taşıdığını... Söylediklerimin hislerini değiştirmediğini... "*Melekler hep benimle beraberdi,*" demişti.

Mektubu bir yerlere saklayıp geri döndüm.

Titrek bir kalemle, siyah mürekkeple yazılmış birkaç satır bir anda dünyanın renklerini, hayatın ışığını böylesine değiştirebilir mi sahiden?

Değiştirebildiğini o gün öğrendim.

Sözcükler böylesine güçlü mü?

Evet sahiden de güçlü...

Bütün o hayatlar silinip gidiyor, yapılanlar unutuluyor, hatırlanması imkânsız sayısız andan, gündelik hayatın içindeki tanımsız duygulardan, sürekli yenilenen, yenilenen ve sonunda bütün o eski suretlerini geçmişte bırakan koskoca bir ömürden geriye bir tek sözcükler kalıyor.

Ayla bana yeni bulduğu gizemli bir kentin öyküsünü anlatırken o tabletlerin üzerine kazınmış sözcükleri aktarmıyor muydu?

Kendilerini öven, uygarlığa unutulmayacak bir isim bırakmaya çalışan, belki de binlerce yıl sonra işte o kapıyı açan bir kadının kendi hayatlarını okumasını isteyen kralların yazdırdığı tabletlerdi bunlar.

Ne ummuşlardı kimbilir? Arayıp da bulamadıkları ölümsüzlüğün ancak bu kargacık burgacık harflerde mümkün olduğunu anlamışlar mıydı?

Ne dağların arkasında, ne gizemli su çiçeklerinin iksirinde, ne de çağlara meydan okuyan taş anıtların görkeminde...

Anıtlar konuşmaz. Heykeller gerçek bir öyküyü aktaramaz. Dilden dile geçen, ölmüş tanıkların efsaneleriyle kuşaktan kuşağa aktarılan herşey değişip bozulur.

Bir tek sözcükler, kilden bir tabletin, bir papirüsün, bir kumaş parçasının ya da bir kâğıdın üzerinde, eğer ölümsüzlük diye birşey varsa, sizi, zamanın acımasızlığına karşı direnerek uzaklara taşıyabilir.

İşte zamanında yerlerin ve göklerin hâkimi olduğuna inanan bir kralın sözcükleri binlerce yıl sonra, bambaşka bir dil konuşan, saçlarını atkuyruğu yapmış bir kadına ulaşıyor. Ve onun ellerinde yavaş yavaş bütün öykü bilinmez bir dilin şifrelerinden herkesin anlayabileceği bir biçime dönüşüyor.

Binlerce yıldır unutulmuş olan yerlerin ve göklerin hâkiminin bilinmez bir geleceğe duyurmaya çalıştığı şey, bir rastlantılar zinciriyle, binlerce yıl sonra tozları temizlenerek gün ışığına çıkıyor.

Keşke yalnız büyük kralların, zalim imparatorların değil, sıradan insanların içindeki gizemli metinler de böyle bir yerlere gizlenip binlerce yıl sonra çözülebilseydi...

Ama çoğumuz söylemek isteyip de söyleyemediklerimizle bu dünyayı bırakıp gidiyoruz değil mi?

Bizi en çok tanıdığını sananlar bile aslında gerçekte tanımıyorlar.

Evet sözcükler güçlüdür.

Ve eğer kadınların kalbine giden bir yol varsa, inanın bana, sözcüklerden geçer.

Hatta o yol sözcüklerle döşelidir.

Başka hiçbirşey doğru bir sözdizimi kadar bir kadının başını döndüremez.

Tıpkı tılsımlı sözcüklerin masalların kapısını açması gibi...

Yoksa Cyrano'yu unuttunuz mu?

Evet onun beni baştan çıkartmasının nedeni de sözcüklerdi. Ondan başka kimsenin o biçimde biraraya getiremeyeceği sözcükler. Havadan sudan konuştuğumuz o Ankara günlerinde olmuştu ne olduysa... Farkına bile varmadan...

Ama sonra özenle seçilmiş cümlelerin yazılacağı mektuplar gelecekti.

Çok sonraları bir keresinde şöyle yazmıştı: "*Ne zamandır artık hayatın puslu, soğuk bir sonbahara döndüğünü sanıyordum. Seni gördükten sonra birdenbire güneşli bir sabaha uyandım. Şimdi dünyanın neresine gidersem gideyim, hangi mevsimde olursak olalım seni düşündüğüm zaman (hayır yanlış söyledim çünkü senin yüzün, gülüşün hep benim yanımda) hep güneşli, ışıltılı bir gün yaşıyorum. Acaba benim için dünyanın ışığını değiştirdiğinin farkında mısın?*"

O mektupları nasıl beklediğimi size anlatsam belki de gülersiniz.

Ama gülmeyin.

Evet bugünlerde artık kimse mektupları, posta kartlarını umursamıyor, birbirlerine cep telefonlarından geçen kısaltılmış cümleler yazıyorlar.

Görüntülü telefonlarla konuşuyorlar birbirleriyle...

Ama hiçbirşey sözcüklerin yerini alamaz.

Yüzlerce yıldır herkesin birbirine söylediği bir sözü "o" söylediği zaman birdenbire bütün hayatınız değişiverir.

Bir anda ezberlediğim o satırlar bana şimdi yine ayaklarım yerden kesilmiş duygusu veriyordu.

Ayla'yla Londra sokaklarında yürürken, nehir kıyısında oturup sigara içerken, parkta ıslak yaprakların üzerinde çocuklar gibi koşarken... Yeni açılan lunaparktaki fırdöndüye binmiş çığlıklar atıp yuvarlanırken... Üşüyüp yakalarımızı kaldırmış, birbirimizin koluna girmiş, ısınacak bir kahve ararken... Sonra buğulu pencerelerin arkasından iki katlı otobüslerin geçtiği caddelerdeki insan kalabalığına bakıp çene çalarken...

Bu bir sırdı ama ondan gizleyemezdim.

Sonunda bir pastanede oturmuş çaylarımızı içerken ona anlatıverdim. Müzeyi... Melekleri... Yüzyıllar öncesinden gelen müziği... Bana söylediklerini...

Gözlerini her zamanki gibi şaşkın açıp beni dinledi.

"Sen delirmişsin..." dedi.

"İşte ben de ona aynen böyle söyledim..." dedim. Tam birşey daha söyleyecekti, elimi dudaklarına götürdüm, "Ama," dedim, "sen şimdi sakın bana kötü birşey söyleme olur mu?"

Güldü... "Ne yapayım, duymak istediklerini mi söyleyeyim, zaten sen duymak istediklerini söyleyenleri seversin... Aman peki, nasıl istersen... Hem zaten ne söylesem boş... Herşey olacağına varır..."

Evet o biliyordu. En güçlü imparatorların bile hayatın karşısında maskaraya döndüğünü, kendilerini tanrı sanan budalaların zamana karşı durabilmek için onca çırpındıktan sonra ancak hırsızların talan ettiği tapınak mezarlar ve sonunda açılır açılmaz dağılan mumyalardan fazla birşey yapamadıklarını biliyordu.

Herşey olacağına varır.

İtiraf etmeliyim ki hâlâ olup biteni ciddiye almıyordum. Ben hâlâ bütün bunları bir oyun gibi görüyordum. Biz onunla "imkânsız bir flört" içindeydik. Benim, zamanından önce yaşlanmış hayatımı biraz renklendiren, şarkılardan, sokaklardan, sözcüklerden yeniden coşku duymamı sağlayan birşey... Hepsi bu...

Bu öyle garip bir duyguydu ki sanki zihnim birdenbire açılmış, çevremde olup biten ne varsa, en küçük ayrıntısına kadar büyük bir açlıkla kaydediyordu.

Yalnız görüneni değil, onların arkasındakini, gizlenmiş olanları bile görebiliyordum sanki... Önünden geçtiğim bir duvarın arkasındaki bahçeden çiçeklerin kokusunu alıyor, kalabalıkta ağır ağır yürümeye çalışan yaşlı bir kadının neler hissettiğini düşünüp gözlerim doluyor, herşeye, herkese dokunmak istiyor, içimde anlatılmaz bir coşkuyla yerimde duramıyordum.

O güne kadar öylesine dinlediğim o basit aşk şarkıları şimdi bana, benim için söylenmiş gibi geliyor, her şarkı gizli anlamlar taşıyordu.

"Bana bak, sen su gibi âşık olmuşsun..." dedi Ayla, "Bu işin sonu hayırlı değil, sakın fazla ileri gitme... Çocuk oyunu mu bu?"

"Aşk mı? Yok canım sen de... Nereden çıkartıyorsun bunları... Sana da birşey söylenmiyor..."

"Çocuk mu kandırıyorsun? Dua et de başka kimse anlamasın... Her halinden belli..."

Önüme baktım. Haklı mıydı gerçekten? Bir an yıllar önceki karşılaşmadan ona sözedip etmediğimi düşündüm ve kızardım. Hayır etmemiştim.

Eğer bunu bilseydi mutlaka korkardı.

O yalnızca balodaki dansı ve otelde sürüp giden sohbetleri biliyordu ama herkes kadar...

Şimdilik biraz endişeyle kaşlarını çatsa da henüz işin alayındaydı.

Zaten o anda kim bütün bunları ciddiye alırdı ki?

Danslar, melekler, rastlantılar... Gerçekten de kurulmuş bir oyunun parçalarına benziyordu herşey.

"Hadi çıkıp biraz yürüyelim," dedi Ayla, "buralara kadar seninle çay salonlarında çene çalmaya gelmedim...

Küçücük çocuğu evlendirmenin sonu bu olur, hâlâ oyun oynuyor..."

Nasıl özlemiştim onun bu her zaman neşeli halini... En acı zamanlarda bile herşeyi alaya alabilen rahatlığını... Her zaman yanımda olduğunu bilmenin verdiği o güveni...

Şairin söylediği gibi, "herşey gidiyor, bir tek o, dostluk, hep yanıbaşımızda kalıyor."

Yüzü bütün yaz güneşten yanmış, iyice esmerleşmişti. Büyük siyah gözlerinin kenarlarında çizgiler gördüm. Böyle giderse zamanından önce yaşlanacaktı. Bu kız kendine hiç dikkat etmez ki zaten...

Bizden belki birkaç yaş küçük kızlar bellerinin çevresinde renkli halkalar çeviriyorlardı. Şimdi herkesin yeni eğlencesi buydu. Kadınlı erkekli bir grup atlı onların yanından yavaşça geçti.

Nehir kıyısında yürürken birden bir rüzgâr esti, kuru yapraklar uçuştu, ikimizin de etekleri havalandı. Eteklerimizi tutup koşmaya çalışırken ikimiz de hem çığlıklar atıyor hem kahkahalarla gülüyorduk. Herkes bize bakıyordu. Ama bizim umurumuzda bile değildi.

Sanki bir rüzgâr bizi birdenbire çocukluğun bahçesine savurmuştu.

Akşam hep birlikte yemeğe çıktığımızda Turgut, ertesi sabah birkaç günlüğüne Cenevre'ye gideceğini söyledi. "Neyse ki Ayla hanım tam zamanında geldi, sen de yalnız kalmayacaksın..."

Evet biliyorum, böyle herşeye bir anlam vermek delilik belirtisi, başka şey değil. Ama ne yapayım ki böyle yeniden hatırlayınca olup bitenler sanki gizli bir elin dokunuşuyla örülüyormuş gibi görünüyor.

Ayla kaçamak bir bakışla gülümsedi.

Evlenmeye karar verdiğim zaman inanamamıştı. Sonra onu görünce tümden karşı çıktı. Onun deyimiyle, "bu adam başlamışken bitirmek için okunan sıkıcı kitaplara" benziyordu. "Üstelik pek çoğunu, acaba ne olacak diye okursun ama sonunda hiçbirşey olmaz..." demişti.

"Sen de hep böyle acımasızsın..."

"Öyle mi? Hayatın söz konusu olduğu zaman biraz acımasız olsan iyi edersin..."

Benim böyle bir evlilik yapmamı bir türlü anlamıyordu.

"İnsan burnunun dikine gider ama bari değecek birşey için gider, sümsük bir koca bulmak için değil..." diyecek kadar kızmıştı bana...

Yazdığı mektuplarda da onu hiç sormaz, evlilikten sözetmezdi. Sanki hâlâ biz iki arkadaş yalnızca uzak kentlerde yaşadığımız için ayrıydık.

Turgut'un da ondan fazla hoşlandığı söylenemez. Beni bile fazlasıyla patavatsız bulan bir adamın, bir de üstüne üstlük yüksek sesle aklına eseni söyleyen Ayla'yı beğenmesi herhalde beklenmezdi...

Ama her zamanki kibarlığıyla ona kazılarla ilgili sorular sordu, cevaplarını ilgiyle dinlermiş gibi göründü. Aslında dinledi de... Böyle her konuda bilgi almak hoşuna gider.

Ertesi akşam "*Madama Butterfly*"a gittik. Smokinli beyler, tuvaletli hanımlar, ışıltıyla yanan pırlantalar, eski bir zamandan kalmış kırmızılı giysileri ve pudralı peruklarıyla yer göstericiler...

Kraliyet ailesinin atlı arabasının yanından, girişin iki yanına dizilmiş, gelenleri izleyen kalabalığın arasından içeri girerken bir Türk şarkıcının uyandırdığı bu hayranlıktan biz de kendimize pay çıkartıyorduk.

Ortalarda bir yerde oturduk. Herhalde gelenlerin içinde en sade, en genç ikili bizdik.

Salonun ışıkları kapanmadan siyah elbiseli, bıyıklı bir bey yanımıza geldi. Elindeki paketi bana uzatıp, "Hoş geldiniz, bunlar sizin," dedi ve hızla uzaklaştı. Kendimi birden casus filmlerindeymiş gibi hissettim.

Şaşkınlıkla pakete baktım. "Açsana," dedi Ayla fısıltıyla... Açtım. Pakette iki yelpaze vardı. Siyah, incecik, kuşlar ve çiçeklerle bezeli... Bir de küçük bir kâğıda yazılmış not.

"Bilir misiniz, eskiden hanımlar her yere yelpazeyle giderlermiş. Eğer sağ elinizde yüzünüzü kapatacak şekilde tutarsanız, bu, 'peşimden gel' demekmiş. Eğer aynı şeyi sol elinizde tutarak yaparsanız, 'peşimi bırak'... Eğer göğsünüzün üzerinde genişçe açarsanız 'âşığım' demek... Güle güle kullanın..."

Altında da her zamanki gibi büyük ve şekilsiz bir "F" harfi... İmzası...

Işıklar tam o sırada kapandı, perde açıldı, müzik başladı. Bende artık operayı seyredecek hal kalmadı tabii... Ayla'nın gözucuyla bana baktığını hissediyordum ama hiç oralı olmuyordum.

Nasıl olmuş da geldiğini görememiştim. Mutlaka yalnız değildi. Yoksa karısı da mı vardı yanında? Öyle olsa bana paket yollayabilir miydi? Belki de önceden vermişti... Belki kendisi gelmemiş de biriyle yollamıştı... Yok yok, gelmese bizim burada oturduğumuzu nereden bilecekti? İyi ama önceden bilmese, hediyeyi nasıl hazırlayacaktı? Kafam iyice karıştı. Belli ki gelmiş, üstelik önceden bizim geleceğimizi, yalnız olduğumuzu da öğrenmişti... Sahiden delirmiş, dedim içimden. Yapılacak şey miydi bu?

Kolumu sıkıp fısıltıyla, "Çatlatırsın insanı," dedi Ayla, "nedir onlar öyle?"

"Yelpaze canım, al biri de senin..."

"Görüyorum yelpaze olduğunu... Nereden çıktı, kim yolladı diye soruyorum... O not neyin nesi?"

"Not mu? Birşey değil, yelpaze sözlüğü..."

"Yelpaze sözlüğü mü?"

"Evet, yelpazeyle neler yapılacağını, ne anlama geleceğini yazıyor..."

"Bravo... Dünya birbirine girmiş, beyefendi yelpaze sözlüğüyle meşgul... Bir de bana kaçık derler... Nereye bakıyorsun sen öyle?"

"Gördüm gördüm... İşte bak en önde, sol tarafta, dur bakma, belli olacak..."

"Belli mi olacak? Sanki onun da çok umurunda..."

Arkamızdan birinin uyarısıyla sustuk.

O güzel ama acılı sesi dinledik sonra.

Diyordu ki:

"Seni gördüğüm an sevdim / bana hayatım boyunca duymadığım şeyler söyledin / onun için mutluyum / çok mutluyum."

Adam cevap veriyordu:

"Bana ellerini ver, bırak öpeyim / kelebeğim / tam sana uygun bir isim / hassas kelebek..."

O sesin büyüsü tek tek hepimizin ruhuna işledi sanki.

"Derler ki, gemiciler açık denizde bir kelebek yakalarsa / kanadından bir iğneyle güverteye tuttururlarmış."

Adam cevap veriyordu:

"Belki doğru / ama nedenini biliyor musun / bir daha uçup uzaklara gidemesin, hep orada kalsın diye..."

Ama mutluluk, rengârenk çiçeklerle dolu bir ev, neşeli şarkılar yavaş yavaş kederli bir kadının bekleyişine dönüşüyordu. Uzaktaki limana girecek bir geminin top atışlarına bağlanan bir hayata...

Renkli, parlak giysiler, şeffaf kâğıttan dekorlar, sanki bir bahçe gibi her yeri kaplayan çiçekler, ışık ve gölge bizi içine çekmekte gecikmemişti.

Sonunda, bebeğine söylediği veda şarkısında, *"annenin yüzüne iyi bak / sonradan hatırlamak için"* dediği zaman artık gözlerimizden akan yaşları durduramıyorduk.

Yalnız biz değil, herkes... Perde kapanırken bütün salon ayağa fırladı. Deli gibi vuruyorduk ellerimizi birbirine... Bir yandan hele o son şarkıyla o kızın acısı yüreğimize saplandığı için, bir yandan Gencer'in burada böyle alkışlanması bize anlatılmaz bir coşku vermişti. Sanki biz alkışlanıyormuşuz gibi Ayla bana sarılıp öptü. Bravo, bravo sesleri yükseliyordu her taraftan. Gözlerimin önünde yaşlardan bir perde vardı, sanki yağmurlu bir camın arkasından bakıyordum sahneye... İnanılmaz birşeydi.

Böyle ne kadar zaman ellerimiz artık acıyana kadar alkışladık, o perde kaç kere açılıp kapandı, bilmiyorum.

Sonra birden gördüm, dönmüş bana bakıyor. Yelpaze sağ elimdeydi. Öylece yüzümde tutarsam "peşimden gel" demiş olacaktım. Ama büyülü bir an'dı. Elbette böyle birşey yapmayacaktım. Sol elime aldım, bir an sanki gülümsediğini gördüm ve yüzüme tutup açtım.

Gece eve döndüğümüzde yerimde duramıyordum hâlâ... Tül gibi kabarık eteklerinin yürürken uçuştuğu o yakası incili beyaz elbiseyi üstümden çıkartmak istemiyordum. Unutulmaz bir geceydi. Işıktan bir salonda, birbirinden güzel kumaşların göz alıcı renkleriyle, müziğin büyüsüyle herkes kendinden geçmişti. Ama ya ben! Bütün bunlar yetmezmiş gibi bir de onun çıkagelmesi, o beklenmedik hediye, o tuhaf not, yelpaze sözlüğü...

"Çılgın bu adam," diyordum içimden sürekli, "gerçekten çılgın..."

Yalan söylemiyordu. Gerçekten âşıktı. İşte o gün takside söylediklerim bir kulağından girip ötekinden çıkmıştı belli ki... Operayı bahane edip yine soluğu burada almıştı. Bütün bunlar benim için, diye düşünüyordum. Acaba arar mıydı? Turgut'un nereye gittiğini biliyordu tabii... Yalnız olduğumu... Bunu da yapar mıydı? Hiç şaşırmam.

Bu mutluluğu anlatmak mümkün mü?

Daha önce hiç görmediğiniz tanımsız bir güzelliğe yalnızca yaklaşmak, biraz daha, biraz daha ve ürkek, şaşkın, acemi, öylesine bir ucundan dokunuvermek....

Aslında hepsi bu kadarcıktı.

Ama o bile, yalnızca öyle yakına gelmek, dokunmak bile ayaklarımı yerden kesmeye yetiyordu işte...

Yanımda olmasını ister miydim? Onunla birlikte olmak, konuşmak, sabaha dek ateşin başında, bana onca zaman konuştuklarımızın dışında kalanları yani asıl gerçeği, hayatını, çocukluğunu, onu böylesine çılgınca davranmaya iten anıları, ilk kravatını taktığı günü, okuldan kaçtığı zaman ne yaptığını, askere gidişini... Sonra, sonra, kalbinden geçenleri, bir anda aramızdaki bütün o duvarları kaldırıp, söylenmesi ve söylenmemesi gerekenleri unutup aklına geldiği gibi bütün duygularını anlatmasını....

İster miydim?

Bilmiyorum. O an bunları düşünmüyordum bile belki. Yalnızca böylesine uzak bir dokunuş, gözlerin karşılaşması, yelpazeyi yüzümde tutarken bana bakışı, gözlerimi kaçırmam (acaba ne demek istediğimi anladı mı?) bir an ne yapacağını bilemeyip öylece kalakalması, kalabalığın içinde çaresiz uzakta durup başkalarıyla konuşması (belki de bu kez gerçekten durması gerektiğini düşünüyor) sonra biz ayrılırken arkama dönüp bakacağımı sanması (eminim beklemiştir dönmemi ama dönmedim tabii) hâlâ kulaklarımdaki o şarkı, bir anda yanımdan geçerken duyduğum o ürperti...

Evet yalnızca bunlardı o an yaşadığım. Öyle güzeldi ki... Gerçek olan hiçbirşey o benzersiz duygunun yerini alamaz.

Eve geldik, içimden dans etmek, boşlukta dönerek kaybolup gitmek gibi garip şeyler geliyordu. Hiç bilmediğim bir sarhoşluk içindeydim.

Yanındakilerden ayrılamayacağını biliyordum. Büyükelçi bir davet veriyordu. Oraya gidecekler ve geç saatte yine hep birlikte otele döneceklerdi.

Ayla'yla oturup uzun uzun konuştuk. Sabahın ilk saatleri olduğunda biz hâlâ çocukluk günlerimizdeki gibi herşeyi unutmuş, kimi zaman gözlerimiz dolarak, kimi zaman kahkahalar atarak eski zamanı konuşuyorduk.

Onun büyük bir heyecanla aylardır üzerinde çalıştığı şifrelerden, hazırlayacağı kitaptan, birkaç yıl içinde ortaya çıkacak o eski zaman kentinden, bilinmez ülkelerin büyülü zamanına yaptığı o eşsiz yolculuktan sözettik.

İkimiz de aklımın başka yerde olduğunu biliyorduk tabii...

Ama sevgili arkadaşım bana hiçbirşey sormadı. Ben de artık daha fazlasını söylemedim.

Bunun bir oyunun sınırlarını çoktan aştığını ikimiz de fark etmiştik. Ve belki de bu yüzden artık derinlerde bir yerlerde hep duran o endişeyi dile getirmemek için susuyorduk.

Yarım yamalak bir uykunun ve karışık, çözülmez bir rüyanın ardından uyandığımda yorgun değil aksine mutlu ve heyecanlıydım.

Sanki o yelpazeyle küçük not birdenbire beni yeryüzündeki bütün insanlardan ayırmış, bir anda bambaşka biri yapmıştı. Ve sanırım o acıklı aşk hikâyesinden kendime bir pay çıkartamamıştım.

Gözüm sürekli telefondaydı.

Kahvaltıdan sonra kahvelerimizi içerken öğleye doğru telefon çaldı. Koşarak açtım, sesimi toparlamaya çalıştım çünkü konuşamayacak gibiydim. Ama karşımda Turgut vardı, beklenen telefonun gelmeyeceğini de ondan öğrendim.

İstanbul'da olaylar çıkmış, halk sokaklara dökülüp dükkânları yağmalamış, sıkıyönetim ilan edilmişti. Dediğine göre ortalık harabeye dönmüştü.

Tabii Fuat'ın da apar topar geri döndüğünü anlamak zor değildi.

"Biraz sonra geliyorum, akşam hep beraber yemeğe çıkarız," diyordu Turgut.

Yüzümün düştüğünü görünce Ayla merakla baktı.

Anlattım.

Güldü.

"Tarih bile sana karşı..." dedi.

Öylesine söylenmiş bir sözdü işte. Onun her zamanki şakalarından biri...

O an kim üzerinde dururdu ki...

Evet tarih...
Sanki o günlerde bütün dünya yeniden birbiriyle savaşmaya başlamıştı. Milyonlarca insanın ölmesinden çıkartılan tek sonuç herkesin daha çok silah yapmaya çalışmasıydı. Her gün gazeteler yeni ve görülmemiş güçte bombalardan söz ediyordu. Her yandan yeni savaşların, çatışmaların haberleri geliyordu. Krallar devriliyor, diktatörler yerlerini yenilerine bırakıyor, polisle halk karşı karşıya geliyor, bombalar patlıyor, insanlar ölüyordu.

Sanki o toplu delilik hali geri geliyordu.

O yıl Kıbrıs'tan Cezayir'e, Süveyş'ten Macaristan'a kadar her taraf yangın yerine dönmüştü.

Meydanlarda hep ellerinde pankartlar taşıyan kalabalıklar vardı. Savaşa karşıyız, diyorlardı. Kendi devletlerinin, uzakta, görmedikleri ülkelerde yaptığı savaşlara karşı, kendi ürettikleri bombalara karşı yürüyorlardı. Ama onların sesini kimsenin dinlediği yoktu.

Nereye gitsem o şarkı çalıyordu: "*Que sera sera...*" Ayla'nın dediği gibi, "herşey olacağına varır!"

Öyleydi gerçekten de, insan yaşadığı zamanın neler getireceğini bilemiyordu. Tıpkı küçük bir çocukken büyüyünce neler olacağını bilemediği gibi, bu garip dünyanın nereye gideceğini, basit bir sokak gösterisinin nelere yol açacağını, çılgının birinin, bir gün, bir yerde nedensiz biçimde çektiği tetiğin nasıl bütün insanlığı sonu gelmez bir savaşa sürükleyeceğini kim bilebilirdi ki?

Budapeşte'de insanlar tankların üzerine çıkmışlardı. Yalnızca yumruklarıyla tanklara vurmaya çalışıyorlardı. İstanbul'dan, Ankara'dan da boykot ve yürüyüş haberleri geliyordu.

Ama buradakiler daha çok, Monroe'nun niye gözlüklü yazarla evlendiğini konuşuyorlardı. Hiç unutmam, Marilyn'in o yıllarda çekilmiş bir fotoğrafı vardı. Elinde kocaman bir kitap. Joyce'un o, anlaşılmazlığıyla ünlü "*Ulysses*"i... Fotoğrafçının bir oyunu muydu, yoksa sarışının aslında aptal olmadığını mı anlatmak istiyorlardı bilmem.

İşte Grace Kelly evlenmişti. Sonunda filmlerdeki rüya gerçek olmuştu. Prens onun elinden tutmuş, sarayın balkonundan halka gülümsüyorlardı. Yerlere kadar uzanan tül duvaklı gelinliğin içinde gerçekten de rüya gibi güzel görünüyordu.

Kimsenin fazla zamanı yoktu başkalarının acısıyla uğraşacak.

İşte ölüp giden insanlarla ilgili birkaç satır yazıyordu gazeteler, bazen birkaç dakikalığına okuyanları üzecek bir çocuk fotoğrafı yer alıyordu.

İstanbul'dan o haber gelince Ayla'ya, "Neler oluyor, bütün dünya çıldırdı mı, neden herkes birbirini öldürmek istiyor?" diye sormuştum.

"Kimbilir," demişti, "belki de dünyayı gerçekten de fazla yaşanmaya değer bir yer olarak görmüyoruz. Yoksa binlerce yıldır herşeyimizi, başkalarını yok edecek silahlar bulmaya mı harcardık?"

Operadaki geceden birkaç gün sonra Ayla geri döndü. Giderken bana, "Aklını başına topla diyeceğim ama işe yarar mı bilmem," dedi.

"Aman sen de ciddiye aldın iyice, çok sıkılıyorum, biraz eğlenmeye hakkım yok mu, büyütme bu kadar..." diye cevap verdim.

Anlatması gerçekten zor. Ama kendi kendime de hep böyle söylüyordum. Bir yandan hiç de dalga geçmediğimi biliyordum ama bir yandan da bütün bunların hâlâ bir oyun olduğunu sanıyordum.

Bir yandan ondan gelecek haberi bekliyor, bir yandan ses çıkmadıkça, "Aman canım herhalde o da farkında bunun ikimiz arasında gizli bir oyun olduğunun, koskoca adam herhalde ciddi değil..." diye kendimi avutuyor, bir yandan da niye hâlâ aramadı diye içimden ona nasıl kızıyordum.

Bir daha sefere ona neler yapacağımı bile kuruyordum içimden. Görürdü bakalım. Beyefendi aklına estikçe bana gelip böyle kur yapacak sonra da ortadan kayboluverecek. Ben de burada onu bekleyeceğim.

Hiç de beklemiyorum!

Sonra aklıma geliyordu ki, zaten işaretlerin hepsini geri çevirmiştim.

Kimbilir belki de artık kesinlikle vazgeçmişti. Böyle bir durumda insan karşısındaki kadından bir ışık göremezse nasıl ısrar eder?

Aman ben de ne aptalım. Sen tut yelpazeyi öyle tut. Adam ikidir kalkıp geliyor. Ne yollar buluyor. Kimbilir ne çok uğraşıyor, ne yalanlar söylüyor. Karşılığında da beş karış surat.

Offf, iyi ama bu da bu kadar budala mı canım? Herhalde yelpazeyi ardına kadar açıp, *"sana âşığım, peşimden gel,"* diyecek halim yoktu.

İşte böyle okullu kızlar gibi tuhaf gelgitler içindeydim o günlerde.

Günler, ne beklediğimi bilmeden, ne yapacağımı bilmeden öylesine geçip gidiyordu.

İki hayatım vardı. Biri yalnızca içimde, kimsenin haberi yok. Sanki kendi kendimin sırdaşı gibiydim. Sanki o bir başkasıymış gibi oturup kendimle konuşuyordum.

Bazen ona akıl veriyor bazen vazgeçip ne isterse yapmasını söylüyordum.

Bu delilik miydi? Yok canım. Ben herşeyin farkındaydım aslında. Tabii onu istiyordum. Hem de inanılmayacak kadar çok. Kimseyi istemediğim kadar çok.

Küçük bir kızken birdenbire evli bir kadın oluvermiştim. Ama birini gerçekten istediğinizde bedeninizde bile başta sizi ürkütecek şeyler olup bittiğinden haberim yoktu.

Belki haberim vardı ama bunu ne olduğunu tam olarak bilmiyordum. Oysa şimdi, bütün o büyük sözlerin boşuna olduğunu, insanın bütün bedenini saran gizli bir titremenin, sanki ruhu bedeninden çıkıyormuş gibi bir duygunun önüne geçmenin elinizde olmadığını anlıyordum.

Kadınsı giysiler almaya bile onu tanıdıktan sonra başlamıştım. Hiç karşılaşmasak bile hâlâ her gün sanki onun için yeniden giyiniyor, her sabah aynanın karşısına onun için geçiyordum.

Çünkü biliyor musunuz, insanın neler yaşadığı çok önemli değildir. Önemli olan ne hissettiğidir.

Ben onunla sanki herşeyi yaşıyormuş gibi hissediyordum.

Ama bunun gerçeğe dönüşmesinden korkuyordum. Çünkü o zaman bu büyü bozulacaktı. O zaman heyecan, endişeye dönüşecekti. Yakalanmaktan korkan suçlular gibi kaygı içinde yaşamaya başlayacaktım. Vicdan azabı duyacaktım.

Bütün bunları bildiğim için de böyle kendi başıma sürdürdüğüm bir hayal bana yetiyordu.

Evet, eğer o birşeyler yapmasa herşey böyle başladığı gibi kalır ve yıllar sonra hatırlandığında bedeninizden o ürperti değilse bile gölgesi geçerdi. Herkesin böyle, yaşanmadan kalmış masum bir anısı yok mudur?

Nedir ki masumiyet?

O günlerde içimde uçuşan renkler, dünyayı yeni bir dille okuyabilirmiş gibi heyecanla yeniden keşfetmek, ayaklarımı yerden kesen ama aslında benim elimde olmayan, sanki bir hediye gibi bana verilmiş o duygu masum değil miydi?

Ama eğer bu gizli hediyeler, birilerinin kandırıldığı bu ikili oyun devam ederse, düşündüğüm zaman bile başımı döndüren o öpüşmeye giderse kirlenecek miydi?

Ayla döndükten sonra bana uzun bir mektup yazmıştı. Sanki olacakları bilirmiş gibi uyarmaya, engel olmaya çalışıyordu.

"Sevgili arkadaşım,

Unutulmuş bir zamanın ıssız günlerinden çıkıp birdenbire senin yanına, dünyanın merkezine gelince şaşkına döndüm. Seninle geçirdiğimiz o neşeli günlerin ardından şimdi yine bu büyük yalnızlığa dönünce içimi derin bir hüzün kapladı. İnsan hep kendi kendine, nereye ait olduğunu soruyor. Bir köşecikte kendisine kurduğu dünyada, kaçırdığı sayısız yaşam parçacığını unutup ömrünü tüketiyor. Bir keresinde söylemiştin ya, sen dünyayı geziyorsun, ben de zamanı... Annemin okula girdiğim zaman ağlayıp, 'Gördünüz mü kızım ola ola mezar kazıcısı oldu,' deyişini unutamıyorum. Haksız da değilmiş. Ben kazarak, sen gezerek dünyanın merkezini bulacak mıyız acaba, ne dersin?

Seni yıllar sonra ilk kez böylesine neşeli, heyecanlı görmek beni çok sevindirdi. Ama söylemem gerekiyor ki aynı zamanda çok korkuttu. Şu durmayan dilimi tutup fazla birşey söylememek için kendi kendime kaç gecedir direndiğimi herhalde tahmin edersin. Hem zaten söylesem ne olacak, ne zaman beni veya bir başkasını dinledin ki sen?

Burada geceleri sanki şarkı söylermiş gibi uğultuyla soğuk bir rüzgâr esiyor, birkaç güne kadar eşyalarımızı toplarız, yağmur çoktan başladı bile. İstanbul'a dönüp biraz da kâğıtların, kitapların arasında çalışmam lazım. İpuçlarını biraraya getirip cinayetleri çözen dedektifler gibi bu geçmiş zaman bulmacasında kimin kim olduğunu anlamak için, bize anlatmaya çalıştıkları hikâyelerini anlayabilmek için... Zor görünüyor ama bakma sen, aslında bulmaca çözmek gibi birşey... Sonra baharda Venedik'te bir kongre var ama bana göre tatil sayılır, keşke atlayıp gelsen, ne güzel olur...

İçimde büyük bir korku var. Bu çocuksu oyunun, bu imkânsız hayalin seni üzeceğinden korkuyorum. İnsan hiç bilmediği birşeyle karşılaşınca bazen dünyayı unutuverir. Bazen uzaklaşmak en iyi yoldur.

Önümüzdeki hafta dönüyorum. Ararım. Güzel gözlerinden öpüyorum."

Ah, sevgili arkadaşım, aslında inanmadığı şeyleri söylerken nasıl da eli ayağına dolaşır.

Dünyanın merkezini bulabilecek miyiz diye sormuş... Böyle bir merkez var mı gerçekten? Artık orada sapasağlam duracağımız, ayağımızı güvenle yere basacağımız, herşeyin bundan böyle bizim çevremizde döndüğünü göreceğimiz bir yer var mı?

Hem doğrusu boşuna telaşlanıyordu. Yelpazenin arkası gelmemiş, bir iki telefon konuşması da yine ciddiyet ve uzaklık içinde geçmişti.

Türkiye'den gelen haberlere bakılırsa ortalık iyice karışıktı. Bu karışıklığın içinde onun da başına birşeyler geldiğini, hakkında söylentiler çıktığını, hedef olduğunu duyuyordum.

O kış, evliliğimizin de son kışı sayılır aslında.

Turgut kendisini iyice işe vermiş, belki artık o da benim gönülsüzlüğümden sıkılmış, odalarımız ayrılmış, birbirine saygılı iki arkadaş gibi yaşamaya başlamıştık.

Bunu dışarıya belli etmiyorduk. Aslına bakılırsa kendi kendimize bile belli etmiyorduk. Bu nasıl olur şimdi ben de anlamıyorum ama sanki aramızda herşey yolunda gidiyormuş, böyle olması çok doğalmış gibiydi...

Benim için çok sıkıntılı, karanlık, kasvetli bir kış geçti. İyice içime kapandım. Kitaplarla, kendi başıma gündüz gittiğim filmlerle, yardım derneklerinde katıldığım çalışmalarla geçip giden günler...

Kendi kendine içimde başlayan o heyecan öylece sönüp gidiyordu. Ama ne için? Evliliğimi korumak için mi?

Yalnızca korktuğum için mi? Ondan beklediğim ısrar gelmediği için mi?

Doğrusu şimdi o kışı çok fazla hatırlamıyorum. Sanki o derin sis, o bitmek bilmez yağmurlar, uzun, bölümlü pencerenin arkasında oturduğum karanlık öğledensonralarını dağılmış bir fotoğrafa çevirmiş belleğimde.

Baharın ilk günlerinde Ayla yeniden aradı. Ben de birkaç günlüğüne de olsa, hâlâ çiçeklerin açmadığı bu şehirden uzaklaşmanın iyi geleceğini düşündüm.

Herşey ayarlandı, kalktım bir cuma günü Venedik'e gittim. Beyaz güneş gözlüklerim gözümde, başımda siyah puanlı beyaz bir eşarp, ipek beyaz bir gömlek, siyah bir pantolon, beyaz ayakkabılarla kiraz pazarından geçerken bana kırmızı güller uzatan ve önce İtalyanca sonra yarım yamalak İngilizce birşeyler söyleyen sevimli genç adamları arkamda bırakıp meydana çıktım.

O kasvetli aylardan sonra birdenbire ışıl ışıl bir havada, denizin kokusunun, canlı bağırışmaların, pazaryerindeki renklerin, laf atmaların, satıcıların söylediği şarkıların arasından geçerken bir anda yeniden eski halime, eski neşeme döndüğümü fark ettim, sevindim.

Kararlaştırdığımız yere geldim. Söylediği cafe şuralarda bir yerde olacaktı. Uzaktan gördüm, işte orada, meydana bakan sandalyeler, bana, Proust'un kahvesini içtiği yerde randevu vermişti. Dışarıya dizilmiş masalardaki renkli kalabalığın içinde gözlerim onu aradı.

Ama inanılmaz birşey oldu.

Ve karşımda Ayla'yı değil onu buluverdim.

Turistler gibi giyinmiş, güneş gözlüklerini takmış, başında panama şapkayla yuvarlak bir masaya oturmuş, kahvesini içiyordu.

Bir an hayal görüyorum sandım. İnsanın yanındakine, "Beni çimdikle," dediği anlardan biriydi işte. Ama yanımda beni çimdikleyecek kimse yoktu.

Ne yapacağımı bilemez halde öyle şapşal gibi kalakaldım. Bir yandan gerçekten o mu diye bakıyordum bir yandan gözlerim hâlâ etrafta Ayla'yı arıyordu. Beni görünce ayağa kalktı, tam karşıma gelip durdu. Üstünde gök mavisi bir gömlek, beyaz bir pantolon vardı.

"Ne o küçükhanım şaşırdınız mı, dünya küçük, şu rastlantıya bakın," deyip beni yine omuzlarımdan tuttuğu gibi kaldırdı. Yanaklarımdan öptü.

Kıpkırmızı oldum. Dilim tutuldu. Nasıl masaya geçip oturduk, garsona ne söyledik hiç bilmiyorum.

Neden sonra, Ayla'yla buluşacağımızı, nerede kaldığını sormaya başladım ve fark ettim ki yine o her zamanki haliyle muzır muzır gülümsüyor.

"Sizi çok seven bir arkadaşınız var ama biraz zorlu, bize yalnızca iki saat zaman verdi, tam iki saat sonra sizi otele, onun yanına götürmeye söz verdim..."

"Bu nasıl olur?" dedim.

"Olmayacak şey yoktur. Demek ki kaderde Venedik'te benimle gondola binmek varmış. Artık bu kadar eziyete katlanıverin..." dedi.

Arka arkaya sorular yağdırıyordum.

"Hiçbirşey anlamadım, onu nasıl buldunuz, nasıl öğrendiniz, benim geleceğimi kim söyledi?"

"Durun canım, nefes alın biraz, yoksa beni gördüğünüze sevinmediniz mi?"

"Sevindim ama bu nasıl oldu, onu anlamaya çalışıyorum..."

"Benim elim biraz uzundur, kulağım da delik," dedi, "arkadaşınızın burada sizinle buluşacağını duydum, ben de bir sürpriz yapmak istedim..."

"En yakın arkadaşım bile bu işin içinde öyle mi? Ben ona gösteririm..." dedim.

"Aman ne olur ona birşey yapmayın, zaten ikna edene kadar neler çektiğimi bir ben, bir Allah bilir..."

Hep böyleydi. İlk karşılaştığımız zaman mutlaka siz diye konuşurdu benimle. Sanki her keresinde yeni tanışmışız gibi...

Oradan kalkıp biraz yürüdük.

"Her görüşümde, hayal edebildiğimden güzel olduğunuzu görüp bir kez daha şaşırıyorum," dedi.

Bense gondola binmek için beklerken bile hâlâ konuşamıyordum. Nasıl olup da Ayla'yı bulduğunu, buraya nasıl geldiğini, nasıl davranmam gerektiğini düşünüyordum.

Kalbim yerinden çıkacak gibi çarpıyordu. Hani insanın çok sevindirici bir haber alıp bunu başkalarına anlatmak için deli gibi heyecanlanmasına benziyordu.

Onun böyle bir çılgınlık yapması, kimbilir nereden kalkıp beni görmeye gelmesi inanılacak şey miydi? Bu delilikten başka neydi?

Ama işte zaten ayaklarınızı yerden kesen, hayatın gerçekten de unutulmaz güzellikte anlarla dolu olduğunu hissettiren de hep bu delilikler değil midir?

Güneş, o serin bahar sabahı suyun üzerinde dalgalanan resimler çiziyor, gondolcu gür sesiyle hüzünlü bir şarkı söylüyor, bir masal kentine benzeyen o sular ülkesinde süzülürken o yanımda oturmuş elimi tutuyor...

Sanki çok doğal birşeymiş gibi... Sanki yıllardır birlikteymişiz gibi... İkimiz de bunun çok önceden olacağını bilirmişiz gibi... Henüz bir saat öncesine kadar aklımın ucundan bile geçmeyen bu buluşma sanki zaten alıştığımız birşeymiş gibi...

Dar kanalların arasından geçerken iki yanımızdaki eski evlerden birinin pencerelerinden sarkmış bir kadın çamaşırlarını asıyor. Rengârenk çamaşırların altından geçerken bize anlamadığımız birşeyler söylüyor bağırarak... Gondolcu ona cevap veriyor. Biz de el sallıyoruz.

"Bak, şuraya bak," diye eliyle uzaktaki bir iskeleyi gösteriyor.

Siyahlar giyinmiş kadınlar, adamlar, beyaz giysiler içinde küçük nedimeler gelinle damadın peşinden büyük, pek süslü bir saltanat kayığına biniyorlar. İskelede bekleyen davetliler onlara buket buket çiçek atıyor, mavi beyaz çizgili gömlekler giymiş, hasır şapkalar takmış iki gitarist onlara buradan duyamadığımız bir şarkı çalıyor. Siyah kayık, üzerlerinde renkli şeritler olan büyük kazıkların yanından yavaşça uzaklaşırken onlar hâlâ el sallamaya ve şarkı söylemeye devam ediyor.

Eğer dar kanalların arasından geçerken çamaşırlarını asan, kırmızı çiçeklerin sarktığı yeşil panjurlu pencerelerden bağıra çağıra birbirleriyle konuşan kadınları da görmesem bu an'ın gündelik hayatla bir bağlantısı olduğuna, gerçek olduğuna, bu kentin gerçekten de yaşayan, yeryüzünde bir yer olduğuna beni kimse inandıramaz.

Evet orada, o serin bahar sabahı rüya yeniden başlıyor. Bir rüya bile bu kadar güzel olamaz.

İnsanın suların içindeki bu eski zaman kentinde bir masalda mı yoksa gerçekte mi olduğunu karıştırması zaten şaşırtıcı değildi...

Sanki herşey benim rüyayla gerçeği karıştırmam için kurulmuştu.

Gondolcu hüzünlü bir şarkı söylemeye başladı.

Elim iki elinin arasında, başımı bir an omzuna yaslıyorum ve kendimi ilk kez o rüyaya bırakıyorum. İçimden ona, "Hiçbirşey umurumda değil, ben seni seviyorum, hem de yıllardır yalnız seni seviyorum," diye bağırmak geliyor.

Ama ona, "Bunu yaptığına hâlâ inanamıyorum," diyorum.

"Yine ne yaptım," diyor, "bak, bir ömür boyu, uzaklardan gelecek gemiyi bekleyen bir kadını anlatıyor bu şarkı..."

"Âşığı mı var gemide?"

"Evet bütün dünyayı dolaşmış ve sonunda geri döndüğünde ondan daha güzel hiç kimse görmediğini anlamış bir gemici..."

"Bütün dünyayı görmüş ama bütün o görüntüler sevgilisinin penceredeki yüzünü silememiş öyle mi?"

"Evet, anladım ki, diyor, bütün dünya senin gözlerinden daha küçük..."

"Çok güzelmiş... Peki sonunda kavuşuyorlar mı?"

"Evet ama şimdi bütün o kaybolan, geri gelemeyecek yıllara üzülüyor adam..."

Bu daracık kanallar sanki bizi birdenbire alıp bambaşka bir dünyaya götürecek, sanki bir anda buradan, suların içinden geçirip gizli bir geçitten, bilinmez bir dehlizden, gizemli bir dünyaya, yalnızca zamanın bir anlık kırılmasıyla, gizlenmesi gerekenler için varolan rüyanın ülkesine taşıyacak... İşte belki de şu yüzlerce yıldan beri burada duran, kırmızısı solmuş evin altındaki küçük kemerlerin birinden girsek...

İnsan bazı anlarda bir mucizenin gerçekleşeceğine inanır. Çünkü bazı anlarda bir mucizenin gerçekleşmesi için bütün işaretler biraraya gelir.

İçimde öyle bir duygu vardı ki sanki ruhum içimden çıkıp yükselecek sanıyordum.

Ben rüyadaydım, bu hasır şapkalı adam o güzel şarkıyı söylüyordu, sulardan bir kentte, masallar âleminde zamanı unutmuştuk ve o kulağıma hiç durmadan birşeyler fısıldıyordu.

"Herşeyden kaçmak istiyorum," diyordu, "herşeyden... ne yaptım, nasıl yaptım bilmiyorum ve sonunda kendime hiç istemediğim bir hayat kurdum. Şimdi onun içinde, kendi hayatımın içinde bir esir gibiyim."

"Bu ne güzel esaret," diye onunla alay ettim ama gözlerine bakınca ilk kez derin bir hüzün gördüm.

"Ne yazık ki insan kendi hapishanesinin anahtarını bulamıyor, hatta çoğu zaman asıl mahpusun kendisi olduğunu bile anlayamıyor," dedi.

Aslında o anda ne demek istediğini tam olarak anlamıyordum. Belki de dinlemiyordum bile.

Işık azaldı. Bir bulut güneşi bir an için kapattı.

Eliyle çenemi tutup kaldırdı, beyaz güneş gözlüklerimi çıkarttı, gözlerimin içine baktı, "Ama şimdi bunların sırası değil, ben buraya bunları konuşmaya gelmedim," dedi...

"Ne konuşmaya geldin?" diye soramadım.

"Geç kalıyoruz," diyebildim yalnızca...

Biz inerken gondolcu ona kırmızı bir gül verdi ve birşeyler söyledi.

"Bugün erkekler sevdikleri kadınlara kırmızı bir gül verirmiş, benim bunu unuttuğumu düşünüyor, sana vermemi istiyor," dedi.

Otele gitmeye çalışırken kaybolduk. Ara sokakların birinden küçük bir meydana gelince karşımıza eski bir atlıkarınca çıktı. Bu belki de bugüne kadar gördüğüm en güzel şeylerden biriydi. Bir sanat eseri gibi yaldızdan dalgalı saçlı atlarıyla, camlarla çalınan bir müziğin eşliğinde dönüp duruyordu.

Ben yeniden çocuk olmak istiyordum. Ben de artık kaçmak istiyordum. Herşeyi unutmak, burada bugün yeniden başlamak...

Geç kalmayı boş verip atlıkarıncaya bindik.

İşte orada, o güzel yüzlü, sanki gülümseyen sarı saçlı atın üstünde mutluluktan uçmak diye birşey varsa o duyguyu yaşadım.

Hadi ben neyse de, onun o koca cüssesiyle küçücük atın üstünde alçalıp yükselerek dönüp durması görülecek şeydi.

İnsana hâlâ yüzyıllar öncesinin şatafatlı hayatını hatırlatan ama yorgun, yıpranmış, bir zamanlar yalnızca soylu bir ailenin yaşadığı şimdiyse kimbilir ne zamandır dünyanın dört bir yanından gelen turistleri ağırlayan otelin kapısından girince köşedeki büyük çizgili koltukların birinden Ayla ayağa fırladı. Ben koşup onu kucakladım. Kulağına, "Sen görürsün, bak ben seni ne yapacağım," diyordum. O da bana, "Ayol asıl sen görürsün, başıma bunlar da mı gelecekti," diyordu.

Şaşkın, telaşlı, düşünceli, o ne yapacağını bilmez hali gözümün önünden gitmiyor.

O an gerçekten de okulun bittiği gün heyecandan yerinde duramayan liseli kızlar gibiydik.

Fuat, "Ben sizi biraz yalnız bırakayım da hasret giderin ama öğle yemeğine davetlimsiniz, görebileceğiniz en güzel manzarayı göstereceğim size, tam bir saat sonra burada buluşalım..." dedi ve ortadan kayboldu.

Biz de yukarı, odaya çıktık. Duvarlarda çatlaklar, sanki bir yerlerden alıp getirilmiş gibi duran eski mobilyalar, havı yer yer dökülmüş bu açık yeşilli, mavili halılar insana bir otele değil de tanıdık bir ailenin evine gelmiş duygusu veriyordu.

Çocuk gibi çığlıklar, kahkahalar atıyor, bana bir an önce neler olduğunu anlatmasını istiyordum.

O her zamanki gibi benim bu deliliğime hem kızıyor, söyleniyor hem bir yandan dayanamayıp seviniyordu.

"Nasıl buldu seni çabuk anlat, çabuk, ne söyledi, nasıl söyledi?.." diye soruyordum.

O karşıma geçmiş, "Bu ne böyle, Hollywood filminden fırlamış gibisin, bu ne güzellik, dur sana bir daha bakayım..." diyordu.

Tek bildiği, otele gelip odaya çıktığı sırada telefonun çaldığı, Fuat'ın kendisini tanıtıp sanki gayet doğal birşey söylermiş gibi bana bir surpriz yapmak istediğini anlattığı, bizimkinin de telefonun başında yeraltından çıkardığı heykeller gibi donup kaldığı...

"E, sen ne dedin, söylesene, ne dedin?"

"Ne diyeceğim, dilim tutuldu, kendime gelemedim ki birşey söyleyeyim, adam ne dediyse ben sanki robot gibi önce nasıl olur, mümkün değil sonra da evet, tabii, peki, olur diye cevaplar verdim..."

"Peki nereden öğrenmiş, nasıl bulmuş seni, sormadın mı?"

"Ay öldürürsün sen insanı, kendin sorsana, ben nereden bileyim nasıl bulmuş, herhalde bizimkilerden birini tanıyor, sanki kırk yıllık arkadaşıymışım gibi benimle bir konuşması vardı ki dilim tutuldu diyorum, aklım başımdan gitti..."

Evet o böyleydi işte. Öylesine rahat konuşurdu ki akla mantığa sığmayacak şeyler sanki zaten başka türlü olamazmış gibi siz de ikna olurdunuz...

"Asıl sen onu bırak da, karşında görünce sen ne yaptın, onu anlat..."

"Az kaldı düşüp bayılıyordum... Zaten sana geç kalıyorum diye telaş içinde gelip de birden onu görünce..."

"Belli ki sen yine kanatlarını takmışsın ama bu pek hayra alamet değil, bak sana birşey söyleyeyim..." dedi, sonra birden sustu...

"Söyle söyle içinde kalmasın..." dedim...

"Yok," dedi, "vazgeçtim, şimdi sırası değil, hayatımda seni hiç böyle görmemiştim, tutup da ayaklarını yere çekecek değilim..."

Yeniden birbirimize sarıldık.

O kadar bambaşka bir dünyanın içindeydim ki o an, ona hiçbirşey sormadım. Zaten o da anlatmadı. Bu olağanüstü maceranın tek tanığı olarak o da kendi hayatını unutmuş, benimkiyle ilgiliydi.

Turgut'u telefonla arayıp geldiğimi haber verdim. Neyse ki telefonda fazla uzun konuşmayı sevmezdi, herşeyin yolunda olduğunu duyduktan sonra kapattı. Döndüm, Ayla'yla gözgöze geldik bir an için... İkimiz de gözlerimizi kaçırdık.

Eşyalarımızı çıkarttık, kendimize çekidüzen verdik, sonra yeniden aşağıya indik. Hep birlikte kente tepeden bakan bir lokantaya gittik. Biz yemeklerimizi yerken yağmur camlara çarparak yağmaya başladı. Yağmurun sesi öyle güzeldi ki bir süre hepimiz sustuk. Hava karardı. Yolculuktan, Ayla'nın tabletlerinden, "*Madama Butterfly*"dan konuştuk. Yan masadaki Amerikalı çiftle sohbet ettik. Sonra hep birlikte yanyana dizildik, garson fotoğrafımızı çekti. Fuat o kadar rahattı ki, sanki burada olmamız çok doğalmış, sanki yıllardır tanışıyormuşuz, sık sık böyle biraraya geliyormuşuz gibi davranıyordu. Amerikalılar resim çekerken bana iyice yaklaşıp sarıldı. Herhalde bizi karıkoca ya da sevgili sanmışlardı.

Kimbilir nerededir o fotoğraf şimdi?

Akşamüstü İsviçre'ye gitmek için bizden ayrıldı. Bu sanki öylesine, sıradan bir buluşmaymış gibi yanaklarımızdan öptü ikimizin de...

Otelin kapısında onun gidişini izledik.

Ağır koltuklara oturup kendimize çay söylediğimiz zaman hâlâ kalbimin çarpıntısı geçmemişti. Kendi kendime sabahtan beri yaşadıklarımın gerçek olup olmadığını düşündüm. Hani onu ilk gördüğümde söyleyeceklerim vardı? Hani ciddi bir konuşma yapacaktım? Onu gördüğüm anda hepsi uçup gitmişti tabii...

Üstelik şimdi yalnızca birkaç saat birlikte olduktan sonra, topu topu bir gondol gezisinde başbaşa kaldığımız halde burada oturmuş, gözlerim dalgın, âşığından ayrı kalacağı için hiçbirşeyin güldüremediği küçük kızlar gibi somurtuyordum.

Aslında aramızda hiçbirşey yoktu. Ama yine de çoktan gizli bir ilişkinin içindeydim ve bunun farkında değildim. Öylesine başlamıştı ve sanki hiç konuşmaya gerek yokmuş gibi kendiliğinden sürüp gidiyordu işte. Kendiliğinden? Hayır, aslında onun istediği gibi... O güne kadar hiçbir buluşmayı planlamadığımızı düşündüm.

"Ne o Karadeniz'de gemilerin batmış gibi..." dedi Ayla, kendime geldim.

"Küçükhanım buraya benimle buluşmaya geldiğini unuttu herhalde..."

Ona baktım, o büyük kristal avizeler yanmıştı, garsonlar koşturuyor, otelin salonundaki kalabalıktan farklı dillerde bir gürültü yükseliyordu. Bir an yüzüne baktım.

"Ne yapacağım ben?" dedim.

Ay ışığında sulara yansıyan kent, içimdeki o coşkulu masal duygusunu körükledi. Sanki çocukluğuma dönmüştüm de, ne görsem içim titriyordu.

Sanki bütün o kiliseler, bütün o saraylar, o eski büyük evler, kuleler, köprüler, bütün bir kent akşam tembelliğiyle kendisini suya bırakmış yüzüyordu.

Kent ve hayali...

Üstelik ikisi de gerçeğe benzemiyordu.

O gece yemekten sonra biraz üşüsek de yürüdük, süslü köprülerden geçtik, ara sokaklarda dolaştık, meydana dönüp dışarıda oturduk, geç saatlere kadar uzun uzun konuştuk. Sanki aramızda gizli bir anlaşma varmış gibi ikimiz de bir türlü dönüp dolaşıp ona getirmiyorduk sözlerimizi... Sanki bir hayalet görmüş ve bunu kimseye söylememeleri gerektiğini, söylerlerse anlaşılamayacaklarını ve onu bir daha göremeyeceklerini duşunen iki çocuk gibiydik.

Evet biz biliyorduk ama birbirimize bile söylersek sanki birisi duyabilirdi.

Ona, "Ne yapacağım ben?" dediğim zaman gözlerinde derin bir endişe gördüm.

Çünkü bu soruya gerçekten bir cevap aradığımın, ondan bir cevap beklediğimin ama aslında söylenecek hiçbirşey olmadığını bildiğimin farkındaydı.

Gecenin geç saatlerine kadar birbirimizden uzakta geçen yılları konuştuk. Onun hayatında da benim bilmediğim şeyler olmuştu.

Ne zamandır, Anadolu'nun ortasında, köylerin arasında, ıhlamur kokan bir arazide dünyanın merkezine ulaşacakmış gibi toprağı kazıp duruyorlardı.

Gerçekten de bir merkeze ulaştıkları söylenebilirdi aslında. Derinlerde bir yerde yüzlerce yıldır üstünü örtmüş, gizlenmiş, hayatın sırlarını vermek için birilerinin kendilerini bulmasını bekleyen insanlar vardı. Bilinmez bir gelecekte onları anlayabilmeleri için hiç bıkmadan herşeyi yazmaya çalışmışlardı. Resimler, işaretler, şifreler... Tanımadığınız birini anlamaya çalışmaktan daha zor değildi aslında...

Tam iki bin yıl önceki bir aşk mektubunu –tableti mi desem?– okuyacaklarken, kafasında geniş kenarlı şapkası, elleri kısa pantolonun cebinde, masmavi gözlü bir Macar çıkagelmişti. Yazacağı kitap için kazıya katılan bir gazeteci... Sözümona adam hem bilgili, hem asil, hem de çok yakışıklıymış.

"Aman canım bunlar seni zerre kadar ilgilendirmez, bana hikâye anlatma," dedim, yüzü kızardı, önüne baktı, "ama hayatla dalga geçmesini bilen biri olduğuna bahse girerim..."

Güldü.

"Evet, tam dediğin gibi," dedi, "hayatla gerçekten de dalga geçebilen biri..."

Sevgili arkadaşımın ilk kez, çocukken ikimizin de benzemek istediğimiz *"Küçük Kadınlar"*daki Jo'dan farklı, "erkek fatma"lıktan uzak, kadınsı bir tavır takındığını fark ediyordum ondan sözederken...

En çok da sanki kırk yıldır tanışıyorlarmış gibi hem kur yapıp hem de sürekli şakalarıyla güldüren arkadaşlığı etkilemişti onu.

Akşamları ateşin başında otururlarken söz, tanımadıkları krallardan, ölümsüz olabilmek için görkemli heykeller yaptıran küçük kraliçelerden, uzaktaki evlerine, çocukluklarına gelivermişti.

Ayrılırlarken yeniden geleceğini söylemişti ama o gece kamptakilerden ayrılıp bir köşede ona asıl söylemek istediklerini söyleyememiş, ondan beklemiş ama her nedense doğru dürüst konuşamadan gitmişti.

"Aman ben zaten güzel adam sevmem," diyordu şimdi. Ama ondan sözederken gözlerinin nasıl uzaklara daldığını görmemek imkânsızdı.

"Peki neden sen düşündüklerini söylemedin, belki senin onu terslemenden korkmuştur," dedim...

Yüzüme şöyle bir baktı. Bir an yanlış birşey söylediğimi anladım. Güldüm. "Canım biliyorsun işte, senin öyle terslemelerin vardır insanı, çekinmiştir adam..."

"Biliyorum," diye güldü, "ama sana birşey söyleyeyim mi, hayatımda kimseye bu kadar iyi davranmamışımdır... Her nedense beni kızdırdığı zamanlar bile ona sesimi çıkartamadım... Ama belli ki çapkının biriydi, zaten dediklerine bakılırsa İstanbul'da dansöz sevgilisi varmış..."

"Sahi mi?" dedim...

"Evet ama bunu ona soracak değildim tabii..."

"Aman herkesin ağzı torba değil ki canım, her söylenene inanma..."

"Kimbilir," dedi, "erkeklerin ne yapacağı belli olmaz, belki de onlardan birşey beklemekle hata ediyoruz, sürekli birşeyler yapmalarını bekleyerek asıl güzel olan anları da bozuyoruz."

Ay ışığının altında uzak bir kentte, uzun, beklenmedik bir günün gecesiydi. Unutulmaz bir gün.

Haklıydı belki de... Birini seviyorsanız onun sizi ne kadar çok sevdiğini sorgulamakla zaman kaybetmenin anlamı var mıydı?

"Artık hiçbirşey bilmiyorum," dedim, "kendimi tanıyamıyorum, ne yapmam gerektiğine karar veremiyorum, kaçmak istediğim o mu yoksa aslında kendi hayatım mı bilemiyorum... Ve daha acayip olanı, bütün bunların nasıl olup da bu kadar çabuk değişebildiğini hiç anlamıyorum..."

Bana bir sigara uzattı. Yanımızdan geçen ve bize anlamadığımız sözler söyleyen genç oğlanlara aldırışsızca baktıktan sonra, "Belki de," dedi, "uzun zaman görmezden geldiğimiz, ertelediğimiz şeyler biz farkına varmadan bir yer gelip karşımıza beklenmedik bir rastlantı çıkartıyor, bizi birdenbire şaşırtıcı birşeyle karşılaştırıyor..."

"Şu çözdüğün tabletlerde bilmediğimiz ne var, bize hayatın sırrını verecek, bütün bunların anahtarını verecek hiçbirşey yok mu?"

"Sana birşey söyleyeyim mi," dedi yine her zamanki gibi, uzun parmaklarının arasında sigara, elini yanağına dayamış, gözlerimin içine bakıp, "binlerce yıldır aynı soruları sorup duruyoruz ve ne gariptir ki sorular gibi, bulunabilen cevaplar da fazla değişmemiş..."

Hiç unutmadım o iki günü...

Ertesi sabah müzede gezerken bir resim gördüm. Ormanın içinde oturan iki sevgilinin resmi... Bir an birçok resmin önünden geçerken onu görünce durdum. Uzun uzun bu manzara resmine baktım. O resimde insanı etkileyen birşey vardı. Aslında öylesine bir resim gibi duruyordu. Ama ışık, evet bu resimde çok garip bir ışık vardı. Öyle bir ışık ki, insan orada bir sonbahar günü akşamüzeri olduğunu anlayabiliyordu. Bir sonbahar akşamüzeri, yıllar yıllar önceki bir ormanın kokusunu bile duyuyordunuz. Bu resim sizi sanki çağırıyor, bir an için bile olsa o serin ormanın içine girip az sonra yağacak yağmurun kokusunu duyacakmışsınız gibi geliyordu.

Bir süre o resmin karşısında sanki başka bir dünyaya gitmiş gibi durdum...

Otele döndüğümüzde küçük bir paket verdiler bana. Odaya çıkar çıkmaz heyecanla açtım. Küçük bir el aynası çıktı içinden. Altın yaldızlı, işlemeli ama çok eski bir aynaydı. Aynasının kenarlarından sırları dökülmüştü. Çok güzeldi. Onunla birlikte bir mektup bırakılmıştı:

"*Oradan oraya giderken insan hayatı düşünüyor. Çocukluğunu, nereden nereye geldiğini, unuttuğu anları... Büyüdüğünü, yaşlandığını hissediyor. Çocukken küçücük şeyler bize ne büyük mutluluk verirdi. Şimdi istediğimizi yapmak elimizde ama her nedense bizi mutlu eden şeyler gittikçe azalıyor. İşte suların içine batacağı söylenen bir kente tepeden bakarak yenen bir yemek, bir kadının söylediği unutulmaz şarkılar, hıç beklenmedik karşılaşmalar... Tanımadığın bir sokakta yürürken birdenbire onun da yanında olmasını istediğin, içinin ürperdiği kısacık bir an... Bir yerlerden istemsiz çıkıp geliveren bir yüzün, tutmak istesen de, silinip gittiği o kısacık an...*

Bir yandan bunlar, insanın kendi kendine kaldığı, trenin camlarından yabancı hayatların akıp gittiği, geride kaldığı bir anda uzaklara giderken aynı anda kendi içine, kendi geçmişine yaptığı yolculuğun silik, tarifsiz duygusu, öte yandan sorumluluklar, görevler, bekleyenler... Gördüğüm ne varsa hayalimde senin yanına koyuyorum, senin üstüne giydiriyorum, senin eline alıp baktığını düşünüyorum, senin dokunmanı istiyorum... Bu küçük aynaya baktım ama kendimi değil senin yüzünü gördüm içinde...

Kendinize iyi bakın küçükhanım..."

Ne tuhaf! Sanki ayrı olduğumuz günlerde aslında ikimiz de aynı şeyleri düşünmüştük...

"Ne yapacağını bilmiyorum ama," dedi Ayla, "bu mektupları, notları ortadan kaldırsan iyi olur... İnşallah onları saklamak gibi bir delilik yapmıyorsundur..."

"Yaptığım deliliklerin yanında bu herhalde fazla büyük birşey sayılmaz..." diye güldüm.

"Keşke yine eski günlerde olsaydık," dedi Ayla, "o güzel günler niye öyle çabucak geçip gitti ki..."

"Evet gerçekten de ne çabuk!"

Şimdi o geceyi, onunla konuştuğumuz anları, neredeyse bu sözü nasıl söylediğimi bile dünmüş gibi hatırlıyorum.

O gece, çocukluğun nasıl böyle çabucak bizi bırakıp gittiğini söyleyip üzülüyorduk.

Şimdiyse çocukluk çok uzaklarda... O unutulmaz gece, yıllar sonra nerede, ne yaparken yeniden hatırlayacağımızı bilemediğimiz o konuşma da çoktan uzaklarda kaldı.

Herşey beni bırakıp gitti.

Sanki hayat saklanabilirmiş gibi herşeyi biriktiren, her gittiği yerden anılar toplayan, herşeyin fotoğrafını çeken insanlar beni şaşırtır. Sonra o fotoğrafları bir hayatın resimli romanı gibi başkalarına göstermeleri ve anlatmaları da... Benim böyle fotoğraflarım yok, belki ondan. Varsa bile orada burada kalmıştır. Zaten biraraya gelseler de bir anlam çıkacağını sanmam. İnsanın fotoğraflardan bir hayatı anlaması için o hayatın birşeye benzemesi gerekir değil mi? Benim hayatım birşeye benzemiyor ki...

Onun için yıllar sonra yeniden buraya geldiğimde bu sokakları, bu evi, bu bahçeyi gördüğüm zaman içimde uyanan duyguyu adlandıramıyorum.

Bu kırık dökük ahşap evler, birbirine yaslanmış, sanki eski bir komşuluğun hatırına birbirinin omzuna başını koymuş, ancak böylece bunca yıldan sonra hâlâ ayakta kalabilen bu evleri gördüğüm zaman ülkeme geldiğimi anlıyorum.

Evleri de insanları gibi hep birbirine yaslanarak ayakta duran bir ülke...

Öyle çok yerde yaşadım ki, neresi benim ülkem diye sorduğum oldu.

Ama burası, lodosla gelen bu garip koku, bu yıkık dökük evler, bu bırakılmışlık hissi bana, ait olduğum yerin burası olduğunu hatırlattı hep...

Ve bu insanlar... Avrupa kentlerinin o kendine güvenli, dünyayı yönettiğini sanan, yaşamı çözdüğünü düşünen insanlarının rahatlığını taşımayan, çekingen, kendine dönük insanlar... Halil efendi kimbilir kaç yıldan beri her sabah aynı saatte geçiyor. Üstünde hâlâ o eski bol ceketi... Yüzü de yıpranmış artık ceketi gibi ama zor bir hayatla başa çıkabilmiş olan insanlarda görülen o alçakgönüllü gülümseyişi hiç gitmemiş. Sesi hâlâ eskisi gibi gür çıkıyor. "Simitler sıcaaaaaak," diye bağırdığı zaman sanki çok uzaklardan susam kokusu geliyor.

Nereye gidersem gideyim pek çok uzak kentte bile duydum o kokuyu... Kendimi yapayalnız, kimsesiz hissettiğim, nereye ait olduğumu, nereye gitmem gerektiğini bilemediğim günlerde bana sanki karanlık, puslu gecenin içinden yanan deniz feneri gibi gelen işaretlerden biri de belki o kokudur.

Sıcak çıtır simidin kokusu mu, çocukluğun kokusu mu yoksa, kimbilir...

Hamarat kadınların sabah temizliğini, yemek hazırlıklarını bitirip az şekerli bir kahve arası verdikleri nazlı saatler... Her birinin içinde yabancı gözlerin bilip anlayamayacağı, bizimse çocukluğumuzdan beri bildiğimiz büyük bahçelerin esrarı... Büyük manolyaların kokusu... Biz onları ayıramasak da bizi tanıdıkları her hallerinden belli olan serçelerin kendi başına gevezeliği...

Bazı sabahlar (yaşlandıkça daha erken uyanmaya başladım) çıkıp deniz kenarındaki kahveye gidiyorum. Ah, eski çay bahçeleri yok tabii artık, kahve dediğim modern zamanların "cafè"lerinden biri...

Küçük bir yer. Zaten gelen de pek fazla sayılmaz. Yazarlar, müzisyenler uğruyor. Bazen bir kitap alıyorum elime oyalanmak için, bazen onlarla konuşmayı, kendi aralarındaki sohbetlere karışmayı seviyorum.

Biraz ötemdeki masada oturan kadının karşısındaki adama bakışını izliyorum.. Kadın ellili yaşlarında... Hâlâ çok güzel... Ona bakarken birden yüz ifadesinde, adama bakışında, hareketlerinde bana tuhaf gelen birşey fark ediyorum. Ama ne? Sonra birden anlıyorum ki bu kadın aslında başka bir yaşının hareketlerini tekrarlıyor. Gözleri hâlâ onsekiz yaşındaki gibi bakıyor. Hâlâ o yaşlardaymış gibi davranıyor karşısındaki adamla flört ederken...

Bu kendisini çekici kıldığını düşündüğü bakışlar, dudaklarının hareketi, ellerini kullanışı hep geçmişten kalan ve tekrarlanan şeyler...

Karşısında bir ayna olsa birdenbire nasıl şaşıracak...

O hareketlerle şu anki görüntüsünün kaymış bir fotoğraf gibi durduğunu fark edecek.

Ama insan kendisi için yılların geçtiğini kolay kolay anlamıyor. Yaşlanmanın, ölümün başkaları için olduğunu sanıyor.

Sanki beyaz bir kâğıda çizilmiş resmimizin üzerine sürekli ince şeffaf bir kâğıtla bir yenisi konuluyor, her ince yaprakta belki küçük bir çizgi, belli belirsiz bir kıvrım var ama öylesine yavaş yavaş değişiyor ki, yılların geçtiğini, o yüzün değiştiğini fark edemiyor insan.

Böyle önümde kalın bir deste gibi duran bu resmi şimdi sayfa sayfa soyup o ilk yüze geri dönmeyi deniyorum.

Meğer hayatı geriye doğru yeniden yaşamak sandığımdan zormuş. Kendimi güçlü sanırdım ama şimdi o anlara geri döndükçe, kayıp gitmiş bir zamanı yeniden canlandırınca belki de yaşandığı an bile fark etmediğim ayrıntılar beliriyor, silinip gittiğini sandığım duygular yağıyor.

Zaten onun için bunca yıldır geçmişten kaçmadım mı?

Ne olursa olsun hayatını durdurma! Durup hayata bakmaya başladığın zaman yaşamak zordur.

Bazen göğsümde bir ağrı hissediyorum. Ne zamandır kendimi dinlemekten vazgeçsem de artık basit ağrıların kötüye yorulma vakti geldi de geçiyor.

Yıllar önce okuduğum o kitabı hatırlıyorum. Göğsünde mavi bir nilüfer çiçeği büyüyen kızla sevgilisinin aşk hikâyesini anlatan o garip kitabı.

Fazla aşk öldürücü olabilir mi sahiden?

Geçenlerde bunu Ayla'ya söyledim, her zamanki gibi alaycı, "Merak etme seni öldürecek olan aşk filan değil, şu hâlâ vazgeçemediğin sevgili sigaran..." deyiverdi.

Ne yapalım gerçekler pek şiirsel değil.

Bir önceki hafta çarpıntılarım fazlalaştı diye hastaneye gittim. Büyük makinaların içine soktular, her yerime kablolar bağladılar, filmler çektiler.

Artık damarların içini bile görebiliyorlarmış. Bana büyük bir heyecanla ne çok şey görebildiklerini anlattılar.

Bizim çocukluğumuzda, insanların içini gösteren gözlük diye uydurma şeyler satarlardı. Oğlanlar kızları bu gözlükleri takıp korkuturdu.

İşte şimdi herkesin içini görecek büyük makinalar yapmışlar sonunda.

Ama benim kalbime ne olduğunu göremiyorlar.

O çarpıntının ne zaman gelip kalbime yerleştiğini ve o günden beri hiç gitmeyip benimle kaldığını bilmiyorlar.

Ben biliyorum.

Gerçekte, bizim hiç göremediğimiz, yalnızca anlamaya çalıştığımız belleğin o karmaşık düzenini, içimizde bir yerde gizemli bir biçimde saklanan bütün geçmişimizi hangi makina resimleyebilir ki?

Gökyüzü maviden beyaza açılıyor, bu yazın sonu, ömrümün kaçıncı yazının sonu kimbilir, beyaz bir gökyüzünde, birlikte uzun bir yolculuğa çıkmış kuşlarla geliyor. Akşam oluyor. Gemilerin ışıkları şimdiden yanmış. Deniz uzakta sislerle beyazlaşarak gökyüzünü tamamlıyor. Sanki dünyanın bütün kuşları gidiyor. Öyle çok. Dağılan bir kuşak gibi geçiyorlar mavilerin dokunduğu beyaz gökyüzünden. Uzağa. Çok uzağa ve birlikte. Yanıp sönen deniz fenerinin üstünden, kırmızı çatıların, minarelerin, dev gemilerin üstünden, herhangi bir akşama başlayan ev kadınlarının, işten dönen kaygılı insanların, bütün bu kaygılardan hiçbirşey anlamayan çocukların, bir akşamüzeri heyecanının, acıların, kavgaların, buluşmaların, ayrılıkların, yalnızlıkların üstünden uçup gidiyorlar. Bir başka ülkeye, bir başka denize, daha sıcağa, evet daha sıcağa gidiyorlar.

Onlar gidiyor ve biz soğuyoruz.

Çocukluğumdan beri gördüğüm bir rüya var. Farklı yerlerde, farklı zamanlarda geçen, farklı öyküleri olan bir rüya. Ama hepsinin ortak yanı, içinde benim işlediğim bir cinayet olması...

Bu karabasandan hep ter içinde uyanırım. Geri dönüşü olmayan bir suç işlediğimi, bunun artık ömrüm boyunca benimle geleceğini, kurtuluşum olmadığını düşünürken, kendimi inanılmayacak bir mutsuzluk ve çaresizlik içinde hissederken uyanırım.

O sabah da aynı rüyadan yine böyle bir çaresizlikle uyanmıştım.

Bir cumartesi günüydü. Sisli, serin bir sonbahar günü... Sabah erkenden alışverişe çıkmıştım. Bütün vitrinler yeni sezonun giysileriyle doluydu. Birkaç tayyör giyip çıkardım. Beş düğmeli, bele oturan ceketiyle siyahlı beyazlı kumaşı olan birini beğendim. Tam da üstüme oturmayan, biraz bol yeni moda paltolara pek ısınamadım. Şapkalarla epeyce oyalandım ama bir türlü karar veremedim. Tayyörün içine kırmızı bir fular aldım. Erkek bölümüne geçip Turgut'a da açık mavi bir gömlekle, çizgili bir kravat seçtim.

Öğledensonra yağmur başlamazsa kent dışına pikniğe giderdik herhalde.

Elimde paketlerle eve girdiğimde onu salondaki koltukların birinde boşluğa bakarak otururken buldum.

O an aslında hiçbir neden olmadığı halde içime büyük bir korku geldi. Paketleri bırakmadan salona kadar yürüdüm. Başını çevirip bana baktı. "Hoş geldin," dedi.

"Bir sürü şey aldım," dedim.

"Güle güle giy," dedi.

Ne oturabiliyordum ne paketleri bırakabiliyordum ne de konuşabiliyordum.

Sonra birden koltuğun yanındaki komodinin üzerinde duran mektubu gördüm.

Gördüğümü fark etti. Mektubu eline aldı. Bana uzattı.

"Makas arıyordum, çekmecende bunu gördüm, herhalde bir kocanın, eşinin mektuplarına bakması hakkıdır diye düşündüm," dedi.

"Elbette..." dedim. Çünkü ne diyeceğimi bilmiyordum. Mektubu gördüğüm andan beri satır satır gözümün önüne getirmeye, neler yazdığını tam olarak hatırlamaya çalışıyordum. Fuat'ın yazdığı mektuptu, Venedik'ten sonra bana bir mektup yollamış, ben de nasıl bir dalgınlıkla onu öylece çekmeceye koymuş, sonra da orada unutuvermiştim.

Gizli birşey yapmanın en tehlikeli an'ı, uzun bir süre dikkatle uyguladığınız kuralları unutmaya, bunu aslında hayatınızın doğal bir parçası sanmaya başladığınız andır. Kendimi öylesine bir hayale kaptırmıştım ki sanki yalnız yaşıyormuşum, sanki evli değilmişim gibi hissetmeye başlamıştım.

Kafamdan ne çok şey geçiyordu o anda. Yüzümün kızardığını hissettiğim için paketleri odaya götürür gibi salondan ayrıldım. Ne yapmalıydım? Her nasılsa bu mektup birinin eline geçerse ne anlam çıkartacağını hiç düşünmemiştim. İçinde çok açık birşey yazılmadığını biliyordum ama yalnızca bana böyle bir mektup yazması bile zaten başlı başına acayip değil miydi?

Paketleri yatağın üzerine bırakıp yeniden geri döndüm. Benim birşey söylememi bekliyordu. Geçip karşısındaki koltuğa oturdum. Sanki beynim zonkluyordu ve inanılmaz geliyor ama şimdi, bunca yıldan sonra bile satır satır hatırladığım o küçük mektupta neler yazdığını o an bir türlü hatırlayamıyordum. Oysa kimbilir kaç kez okumuştum...

"Bu böyle ne zamandır devam ediyor?" diye sordu.

"Ne, ne zamandır devam ediyor?"

"Bu sana yazdığı ilk mektuba benzemiyor, herhalde sen de ona karşılık yazıyorsun..."

Yalnızca mektuplaştığımızı düşünüyordu. Ya da daha fazlasını konduramıyordu. Belki de benim ağzımdan böylece daha çok şey alacağını düşünüyordu.

Böyle yakalanmış, ne söyleyeceğimi bilemez durumdayken çocukluğumdan beri esner gibi yaparım. Belki zaman kazanmak için, belki rahat görünmek için, bilmiyorum. Yine öyle esnermiş gibi yaptım.

"Bir tane daha yazmıştı, ben de cevap vermiştim, çok zaman geçti, buraya geldikten sonra yazmıştı galiba, şimdi de bir tane daha yazmış..." dedim.

Sakin görünüyordu.

"Sana özel bir mektup yazması sence de biraz tuhaf değil mi?" dedi.

"Fuat Bey bu, bilmezmiş gibi konuşuyorsun, aklına esmiş yazmış, ne kötülük var bunda..."

Yüzünden birşey anlamak imkânsızdı. Sinirli miydi, üzgün müydü, kuşku içinde miydi, yoksa acaba başka birşey mi biliyordu, başka birşey öğrenmiş de çekmeceyi onun için mi karıştırmıştı?

Suçüstü yakalanmıştım.

Üstelik ne bildiğini, kafasından neler geçtiğini hiç düşünemiyordum. Nasıl olup da onu böylesine unutabilmiştim. Nasıl olup da kendimi bu hayale kaptırıp gerçeği kaçırabilmiştim.

İşte o rüyadaki gibi kendimi çaresiz, dönüşsüz bir yerde hissediyordum. Hâlâ şu an bile aradan yıllar geçtikten sonra o an'ı hatırlarken aynı duygu var içimde.

Pek çok şey olduktan, neler yaşandıktan sonra bile onların hiçbiri değil de, o an suçluluk duyuruyor hâlâ bana...

Ne garip!

Aslında onun bana asla kızmayacağını, bunu büyütecek biri olmadığını, bu nedenle başıma hiçbirşey gelmeyeceğini biliyordum.

Daha doğrusu o an'a kadar nasıl olduysa böyle birşeyi hiç düşünmemiştim, düşünmek istememiştim belki de... Eğer birşey ortaya çıkarsa ne diyeceğimi, kendimi nasıl savunacağımı hiç kurmamıştım...

Benim herkesle rahat konuşmalarım, erkeklerle arama beklenen mesafeyi koymak yerine flört etmem aslında alışılmış şeylerdi. Buna fazla şaşırmazdı. Bir yere gittiğimizde başkalarıyla dans etmem, herhangi biriyle uzun uzun konuşmam aksine onun hoşuna gider, benim böyle kendimden emin halimi çok beğendiğini söylerdi.

Bir keresinde bir davetten döndüğümüzde, "Sende şeytan tüyü var," demişti, "uzaktan bütün gece seni izledim, sanki herkes özellikle de erkekler seninle konuşabilmek için birbiriyle yarışıyor, yanına gelen sanki mıknatısa tutulmuş gibi ayrılamıyor..."

Ama bunu kıskanmış veya kızmış gibi değil, takdir eder gibi söylemişti.

O, görmek istemediği şeylerle yüzleşmek yerine onları istediği biçime sokmayı tercih eden biriydi. Başından beri ben ne düşünüyorsam, bu evlilik için ne hissediyorsam elbette o da biliyordu. Ama zaten onun için evlilik, çiftlerin birbirine saygı duyduğu, insan olarak birbirlerini sevdiği, toplum içinde birlikte yer aldıkları bir kurumdu.

Sizi baskı altına alacak, kıskanacak, olur olmaz şeylerden olay çıkartacak, akşamları koltuğuna oturduğu zaman çizgi romanlarını okurken huzurunu bozan tartışmalara girecek biri değildi o...

Peki ama ben niye böyle hissediyordum. Neden korkuyordum? Onu kaybetmekten? Boşanmaktan? Rezil olmaktan?

Hayır hiçbirinden korkmuyordum. Hiçbiri umurumda bile olmazdı. Aksine denilebilir ki o anki ruh halim içinde benden boşanmaya kalkışsa buna belki de sevinmem gerekirdi.

Onu üzmekten mi peki?

Hayır, itiraf etmem gerekir ki onu, üzmekten korkacak kadar derin bir sevgiyle sevmiyordum. Üstelik doğrusunu isterseniz o anda beni kaybetmenin onu çok üzeceğini de düşünmüyordum.

Beni bu hale getiren, yakalanmış olmak ve gerçeği söyleyememekti. Çok utanıyordum.

O güne kadar hiçbir zaman yalan söylemem gerekmemişti. Ne çocuklukta, ne okulda... Ne yaparsam yapayım her zaman olduğu gibi söylerdim, kimseden de korkmazdım.

Bir keresinde bahçede bizim uzak akrabalardan birinin kızıyla bulduğumuz bir izmariti içmiştik. Kim yetiştirdiyse biri babama söylemiş. Akşam beni yanına çağırıp sordu. "Bana doğru söyle, içtiniz mi?" dedi.

"Evet," dedim.

"Bana doğru söylediğin için sana ceza vermeyeceğim," dedi babam, "ama gel şimdi bakalım yanıma..."

Belki ilkokula yeni başlamıştım. Yanına gittim, gümüş tabakasından bir sigara çıkartıp yaktı. Benim ağzıma koydu. "Şimdi nefesini içeri çek bakalım ama derin bir nefes..." dedi.

Dediğini yaptım ve öksürmeye başladım.

Sigarayı ağzımdan aldı, söndürdü.

"İşte sigara böyle pis birşeydir," dedi, "eğer birşeyi merak edersen gelip bana sor, ben sana gösteririm, senin kimseden gizli saklı şeyler yapmana lüzum yok, sadece korkaklar gizli saklı işler yapar, anladın mı?" diye sordu.

"Anladım," dedim.

Gerçekten de hiç gizli saklı birşey yapmadım. Aklıma geleni söylemekten çekinmedim.

Ama şimdi hayatımda ilk kez gerçeği söylemeye korkuyordum ve hem utanıyor hem kendimi aşağılanmış hissediyor hem büyük bir vicdan azabı duyuyordum.

Yalanım çıkıp yakalanacağım için mi? Başıma kötü şeyler geleceği için mi? Ele güne rezil olacağım için mi?

Hayır, sanırım, ona haksızlık ettiğimi bildiğim için...

"Ben aranızdaki bu samimiyete bir anlam veremedim," dedi birden.

"Herhalde bundan, başka bir anlam çıkartmadın Turgut," dedim ve bunu nasıl böyle hayretle, inanarak söylediğime ben bile şaşırdım.

Yüzüme baktı. Herhalde daha fazla üstelemek istemedi. "Bir daha böyle bir mektup gelmezse ve senden de cevap gitmezse memnun olurum," dedi.

"Ben yazmam ama onun ne yapacağını bilemem," diye cevap verdim.

Ne yazık ki bu sözümü de tutamayacaktım.

Tam kalkmış içeri gidiyordum ki, "Al," dedi mektubu uzatarak, "belki saklamak istersin..."

Mektubu aldım, bir an durdum, sonra dört parçaya ayırıp yeniden masaya koydum, "Saklanacak bir mektup değil..." dedim. Şöyle yazıyordu içinde: "*Küçükhanım, bir sürü karışıklığın içinde dönüşte sizin puslu şehre tekrar uğramayı çok istedim ama olmadı. İşler uzadı. Yarın dönüyorum. Ne kadar yorulduğumu, sıkıldığımı, bıktığımı anlatamam. Meğer bu siyaset hiç bana göre değilmiş. Siz bana ta Ankara'da söylemiştiniz değil mi? Herhalde herşey kaderin yazdığı gibi oluyor. Fakat aramızda kalsın, siz yine de kimseye söylemeyin olur mu?*

Bakalım bir daha ne zaman görüşürüz? Belki de siz bir ara gelirsiniz memlekete... Her zamanki gibi sevgiyle..."

O sıralar ne karışıklığından sözettiğini anlıyor muydum acaba? Galiba bunun kendi hayatıyla mı yoksa Ankara'dan, İstanbul'dan gelen haberlerle mi ilgili olduğunu tam bilemiyordum. Belki de ikisi birden...

Nadiren de olsa gelip gidenlerle konuşurken Turgut hep haber almaya çalışıyor, Türkiye'de neler olup bittiğini iyice öğrenmek için gazete haberlerini onlara ayrıca soruyordu.

İsmet Paşa'nın demeçleri, Meclis'te yaptığı konuşmalar zehir gibiydi. Onları duyuyorduk. Kimine basın yasağı konuyordu ama mutlaka duyuluyor, kulaktan kulağa yayılıyordu. Üniversiteler kaynıyordu. Ordu rahatsızdı. Kim gelse ilk söylediği bu oluyordu. Herkesin bir binbaşı, bir albay tanıdığından, akrabasından duyduğu birşeyler vardı. Bu tür konularda konuşmayı hiç sevmeyen, çekinen Turgut bile, bazen ikimiz yalnızken, "Bunlar ayakta mı uyuyor, benim bu kadar uzakta duyduklarım bile durumun felaketini anlamaya yeter, bunlar duymuyor mu, sağır mı olmuşlar anlamak mümkün değil," diye söyleniyordu. Ağabeyimle birkaç kez telefonla konuşmuştuk. Hepsinde mutlaka yeni bir haber veriyordu ve bu haberlerin hiçbiri de bir öncekinden iyi değildi. Anlıyordum ki o da açıkça söylemese bile artık bu yönetime karşıydı, memnun değildi. Gazeteciler yakalanıyor, hapse atılıyor, oradaki gazetelerde de bunlar yer alıyordu.

Ama ben Londra'ya geldiğimizden beri eskisi gibi ilgilenmiyordum bunlarla. Sanki kötü şeyleri duymak istemiyordum. Türkiye'den biri kötü bir haber getirdiği zaman hemen, "Yok öyle değildir, öyle olmamıştır," diyordum.

Sonra bunu da bıraktım. Birara artık Turgut'un haftada bir getirdiği gazeteleri bile okumaktan vazgeçtim.

Evet itiraf edeyim ki asıl korktuğum şey başkaydı. Onunla ilgili kötü bir yazı çıkacak, yine ona suç atacaklar, yine onu eleştirecekler diye korkuyordum. Zaten gözlerimi yalnız dünyaya değil kendi hayatıma bile kapatmıştım. Herşeyden kaçmış, kendi kendime kurduğum bir dünyada yaşıyordum.

Onun için bunların hiçbirini ona sormak aklımın ucundan bile geçmiyordu. Zaten çılgınca rastlantılardan başka birşey olmayan bu karşılaşmalarda ikimizden başka hiçbirşeyden sözetmek istemiyordum.

Bana göre gerçeğe ilişkin, yaşanan zamana, ikimize ve bizi çevreleyen dünyaya ait olan herhangi birşey anıldığı anda büyü bozulacak ve biz veremeyeceğimiz cevaplarla karşı karşıya kalacaktık.

Ona aldığım paketi açtı, gömleği giyip kravatı denedi, sonra bana teşekkür etti. Ben aslında düşüncelerime dalıp gitmiştim ama o, aramızda ilk kez böyle bir konuşma geçtiği için belki de beni üzdüğünü, haksızlık ettiğini düşünmüştü.

"İstersen çıkalım, biraz arabayla gezelim," dedi, "zaten gündüz gözü evin içinde ışık yakıyoruz, tıkılıp kalmayalım, biraz temiz hava alacak bir yere gidelim..."

Üstümü değişmek için odama gittim. Dolaptan bir pantolon ve kazak aldım, fularımı taktım, bir yandan aklımdan az önce olanlar geçerken tuvalet masamın önüne oturup yüzüme biraz pudra sürdüm. Rujumu alırken küçük aynayı gördüm. Nedensiz bir biçimde onu elime almak istedim. Ve alırken ne olduysa birden elimden düşürdüm.

Yerden aldığım zaman baktım ki ayna boydan boya çatlamış.

Böyle şeylere inanmam ama belki de bize verilen işaretler var ve belki de nereye gideceğimizi bilmek için onları izlememiz gerekiyor. Kimbilir belki de kaybolduğumuzu, bir sonraki adımda ne yapacağımızı bilmediğimizi düşünürken aslında önümüze çıkan o şifreleri doğru okuyamadığımız, hatta çoğu kez onların farkında bile olmadığımız için yanlış yöne gidiyoruz.

Veremeyeceğimiz cevaplar...

O mektubun eline geçtiği günden sonra bir daha bunun sözü edilmeyecek, bu konu kapanacak sanıyordum. Ben herşeyi herkesten saklayarak koruyabileceğimi düşünmüştüm.

Ama öyle olmadı.

Büyülü anlar insanın gözünü kapatıyor. O günlerde sanki içimde bir yerde gizlenmiş bir dönüştürücü, dokunduklarımı, duyduklarımı, gördüklerimi hep başka türlü anlamama yol açıyordu.

Zaten suların gerçeklik duygusunu sarstığı o masal kentindeki karşılaşmada, o birkaç büyülü saatte yüreği çarpıntılar içindeki genç bir kadının olup bitenleri gerçekten anlayabilmesi mümkün müydü?

İçinde bulunduğu ruh halini –zaman zaman konuşmalarının arasında ipuçları verse de– farketmemiştim. Kendi hayatında bir bıçak sırtında yürüdüğünü, o ince ipin artık kopma noktasına geldiğini anlayabilmek için belki de onu çok daha iyi tanımalıydım.

Oysa gerçekte onu tanıdığım söylenemezdi.

Ankara'daki öğledensonraları yaptığımız konuşmalar hep örtülüydü.

Yalnız kaldığımız birkaç saatte de kendimize ait hiçbirşey konuşmamıştık...

Ne o benim hayatımı, evliliğimi sormuştu ne de ben... Aksine sanki gizli bir anlaşmayla başından beri havadan sudan konuştuğumuz günlerde bile özellikle sözün bu konulara gelmemesi için uğraşmıştık.

Uzak bir yerde, kendi varoluşlarından çok başka bir yerde karşılaşmış ve kimliklerini gizlemiş iki casusa benziyorduk.

Birbirimiz hakkında bildiklerimiz, kendi kendimize kurduklarımızın yanında çok zayıf kalırdı.

Kendimi savaş hali gibi olağanüstü durumlarda yaşanan beklenmedik ilişkilerden birinde hissediyordum.

O sıralarda gerçekten de içinde bulunduğu bütün o sorumluluğa rağmen onun da gerçekle bağlantısının yalnızca çok gerekli anlara indirgendiğini, bunun dışında neredeyse koptuğunu farketmemiştim ama...

Daha çok onun her zaman böyle delice şeyler yapabilen, kimseyi fazla umursamayan, başkalarından fazla etkilenmeyen insanlardan biri olduğuna inanıyordum.

Kimi zaman kendi kendime, ne var canım bunda diyordum, masum bir flört, yetişkinlerin oynadığı bir oyun, ne yaptım sanki, diyordum.

Zaten herşey öylesine zordu ki nasıl olsa bundan ileri gidemeyecektik.

Onun da zaten bunu, bütün o can sıkıcı işlerin içinde, sıkıldığı hayatında kendisine açtığı bir pencere, bir nefes alma, küçük bir kaçamak olarak gördüğüne inandırmıştım kendimi...

Koskoca adamın kendisini böyle bir oyuna kaptıracağına pek inanmıyordum hâlâ...

Nereden bilirdim...

Derken telefonlar başladı.

Bir süre sonra artık sabahları kahvaltımı edip kahvemi içerken gözüm telefonda beklemeye başlamıştım. Nereye giderse gitsin ilk iş beni arıyordu artık. Şuraya geldim, şimdi öğle yemeği yiyeceğiz, akşamüstü hareket ediyoruz gibi ne yapıp ettiğini tek tek anlatıyordu. Kimi zaman telefon tam konuşurken kesilir ya da birileri gelir, aniden kapanır sonra yeniden arardı. Bir sabah hiç unutmam, yeni gelen dergilere bakıp kahvemi içerken telefon çaldı, işte böyle yine bir yere gitmişti, orada havayı, yolculuğu anlatıp beni düşündüğünü söylerken araya santral girdi, kapattık. Geçtim koltuğa oturdum, dergilerden birini aldım, yeniden telefon çaldı, koşup açtım, biraz konuştuk ama bu kez hat kesildi. Tam dönüp otururken yeniden çaldı ama bu kez de birkaç kelime ettikten sonra birileri geldiği için kapatmak zorunda kaldı.

Koltuğa oturup dergiyi yeniden aldım ve kapağında üç genç kızın resmini gördüm, bir evin merdivenlerine oturmuşlardı, sanki baloya gidecek gibi görünüyorlardı. Hepsinin üstünde o günlerin modasına uygun balon etekli, omuzları açık elbiseler vardı. Saçları yapılıydı. Esmer olan telefonla konuşuyor ötekiler gülerek onu dinliyorlardı. Derginin kapağındaki başlık şuydu: "*Genç kızlar telefona yapıştı!..*" Önce aklım hâlâ telefonda olduğu için anlayamadım, sonra birden kahkahalarla gülmeye başladım. Genç kızların telefon delisi olduğunu, artık saatlerce sevgilileriyle telefonda konuştuklarını ve anne babaların bu durumdan nasıl şikâyetçi olduğunu anlatan bir haberdi. Hem genç kızlara öğütler veriyor hem de anne babalara yeni kuşağa karşı fazla sert olmamaları için uyarılarda bulunuyordu.

Sonra nasıl oldu, neler oldu bilemiyorum ama böyle her gün konuşa konuşa öyle bir zaman geldi ki bana, "Neredeydin, kaç kere aradım, bulamadım..." demeye başladı. Kocamın karışmadığı şeylere karışıyordu. Dışarı çıkacağım zaman tedirgin oluyor, bir yere gitsem alelacele eve dönmeye çalışıyordum.

İnanılmaz gibi geliyor ama öyle. Üstelik şaka yapmıyordu.

İşte oyunun kurallarını kendim koyuyorum sanırken ipleri elimden kaçırmıştım ve nasıl olduğunu hiç anlamamıştım bile...

Yavaş yavaş korkmaya başladım.

O zamanlar bir hayalin gerçekten çok daha büyük bir tutkuyla sizi kuşatabileceğini, çok uzaklarda ve tanımadığınız birinin hayatınızı her gün görüp dokuduğunuz bir âşıktan daha çok belirleyebileceğini bilmiyordum.

Çünkü böyle bir yürek çarpıntısını ilk kez duymuştum. Filmlerde anlatılamaz o çarpıntı... Kitaplarda belki biraz... Az çok hepimiz biliriz onu... Ama yine de hepimiz ilk kez başımıza geldiği zaman ne yapacağımızı şaşırırız. Onun için kendimizi bırakmamaya çalışsak bile bir an için bu duyguya kapıldığımızda başkalarının anlayamadığı, hayır, yalnız başkalarının değil bizim bile anlayamadığımız çılgınca şeyler yaparız...

Bu bana sanki bir başkası olmak gibi gelir. Gizli bir yerde, içimizde belli belirsiz uyuyan bir başkasını uyandırıp onun yerine geçmek ya da onun bizim yerimize geçmesini sağlamak gibi garip birşey...

Bir başkası olmak, yıllarla belirlenmiş hayatın dışında başka bir hayata başlamak, herkesin bilip tanıdığı benliğinizin görünmeyen yüzünü takıp gizli sandıktan çıkardığınız giysilerle süsleyerek yeni birini yaratmak...

İki ayrı yüz, iki ayrı ses, iki ayrı biçim...

İki ayrı kadın...

Birdenbire parçalanmış bir hayatın içinde bulmuştum kendimi...

İki ayrı hayat. Bu oyunu öğrenmek o kadar kolay değildi. Birinden ötekine hızla geçebilmek gerekiyordu. Şu üstü buzlu cam gibi resimler vardır ya, azıcık oynattığınızda resim değişir, işte onun gibi...

O günlerden en çok hatırladığım duygu, aşk, mutluluk, heyecan sanıyordum ama şimdi birden farkettim ki, huzursuzlukmuş.

İnsan hayatını bölmeye kalkıştığında ilk yitirdiği şey huzuru oluyor.

Ama o günlerde bunun farkında mıydım ya da öyleysem bile bunu umursuyor muydum, pek sanmam...

Telefonun öteki ucunda onun sesini duyunca *("Evet, nasılsın bakalım...")*, aklına esip bir şarkı dinletmek için aradığında (*"beklerim her gün bu sahillerde mahzun böyle ben / Gün batar, kuşlar döner, dönmez bu yoldan beklenen / En nihayet anladım yokmuş gören hatta bilen"*), bir gezgin gibi oradan oraya giderken otellerden, toplantı salonlarından, havalimanlarından, tren garlarından o kentin sesi gelirken *("bana orayı anlat, şimdi durduğun yeri,"* derdim...*)* sanki birbirimizi yıllardır tanıyormuşuz, sanki yıllardır birlikteymişiz gibi artık yarım yamalak sözlerden bile başkalarının asla bilemeyeceği anlamlar çıkarttığımızda... hep burada olsa, ben orada olsam dediğim o anlarda *("keşke şimdi burada olsaydın, şu beyaz çiçeklerin adını sen bilirsin, onların kokusunu duymanı isterdim, burası öyle güzel ki...")*, sıradan şeyler anlatırken birdenbire hiç beklenmedik birşey söylediğinde ama yine de her keresinde telefonun ucunda soluğum kesilmiş kalakaldığımda *("çocuk ben sana bağlandım, senin sesini duymadan bir gün bile geçiremiyorum, büyülendim...")* ve her zaman gelip bir yerde bizi bulan, kimi zaman sessizliklerin arkasından, bu kez sormasam, bu kez sormasa dedikten sonra kaçınılmaz olan o soru gelip çattığında: Ne yapacağız? Ama bu soruyu hiç sormazdık. Yalnızca içimden geçen bir soruydu o. Dilimin ucuna kadar gelen ama söylenmeyen...

Yaşayınca anlıyor insan. Aynı evi paylaştığınız birinin haberi bile olmadan bambaşka bir hayat kurmak hiç de zor değilmiş... Ben buna inanmazdım. Bazen telefonu kapadıktan sonra bir an kendi kendime kalıyor ve öyle utanıyordum ki bir daha aradığı zaman bunu artık bitireceğime yeminler ediyordum.

Ama akıl duygulara pek fazla hükmedemez de, duygular aklı kendilerine uydurmayı becerir.

Bazen yolda yürürken, bir mağazada dolaşırken, bir yerde çay içerken hatta gece evde yemek yerken, Turgut'un yüzüne bakarken birdenbire herşeyi ona anlatmak gelirdi içimden.

Haftanın bir gecesi, daha çok cuma akşamları mutlaka dışarıda yerdik. İkimiz başbaşa... Böyle âdetleri vardı ve ne olursa olsun bunu değiştirmek istemezdi. Şimdi benim için en zor geceler onlardı. Çünkü karşı karşıya oturuyor, mum ışığında romantik bir havada yemek yiyorduk. Evde zaten ayrı odalarda uyuyor, geceleri o çalışırken ben okuyor veya işlerime bakıyordum ve pek yanyana gelmiyorduk. Ama böyle yüzlerimiz iyice yakın, gözlerine bakarak oturmak bana iyice zor gelmeye başlamıştı.

Yine böyle bir akşam yeni açılan bir Rus lokantasına gitmiştik. Kırmızı kadifeler, ağır perdeler, süslü abajurlar, loş bir havada milli giysiler içinde servis yapan garsonlar...

Neyse ki gürültülü bir topluluk Rus müziği çalıyordu da fazla konuşmak mümkün olmuyordu.

Yemeklerimizi yiyip şarabımızı içerken ona baktım. İşte ne etrafta dolaşan renkli kadınlarla ilgileniyor ne de benden en küçük bir kuşkusu var...

Herhalde boğazını kesseler bir başka kadınla macerası olamaz.

Karısıyla beraber böyle bir yerde yemeğini yemek, haftada bir gün bile olsa şarap içmek, sohbet etmek onun için mutluluk duyulacak, şükredilecek birşey...

İçimdeki ses diyordu ki, başka bir kadın ona sahip olmak için neler yapmazdı... Sen böyle bir adamla birliktesin ama onu haketmiyorsun. Kendi kendime, sen adi bir kadınsın, diyordum. Yalnız kendinin değil onun da onurunu çiğniyorsun. Yalnız kendini değil onu da mahvediyorsun.

Ağlamak geliyordu içimden. O hiç sevemediğim Rus müziği deli gibi çalarken birdenbire ona herşeyi anlatmak istedim.

En azından bu dürüst birşey olurdu.

Ben başka birine tutuldum, âşık oldum, senin istediğin gibi bir kadın olamadım, ortada henüz çocuk yokken bir an önce boşanalım, bir rezalet olmadan sen de kendi hayatına bak, demek ve derin bir nefes almak istiyordum.

Neler olacağını düşünmek bile istemiyordum, yalnızca bütün bunları söyleyip kalkıp gitmek...

Belki de gerçekten söyleyecektim.

Ama tam dilimin ucunda bunlar varken birden, "Aman aman, bizim genç evliler buradaymış..." diyen bir sesle başımı kaldırdım.

Turgut hemen ayağa fırladı. Fuat'ın en yakın arkadaşlarından biriydi Mehdi bey. Yanında eşi ve yabancı dostları vardı. Neyse ki masa küçük olduğu için onları davet edemedik. Mehdi bey ayrılırken, "Canım zaten böyle çifte kumruları rahatsız edecek değiliz ya bizim gibi içi geçmişler..." diye bana bakarak gülümsedi. Öyle bir gülümseme ki bir anda kıpkırmızı oldum. Sanki bana birşeyler bildiğini ima eder gibi gelmişti. Burada kocanla böyle romantik yemekler yiyorsun ama ne fındıklar kırdığını biliyoruz küçükhanım, der gibiydi...

Bir anda neye uğradığımı şaşırdım. Yalnız ikimize ait sandığımız gizli ülkeye, o girilmez kaleye düşman askerleri girmiş gibi bir anda yerle bir oldum. İzin isteyip yüzümü yıkamaya gittim. Yok canım belki de bana öyle gelmişti. Ama bilmemelerine imkân var mıydı? O kadar çok telefon, her gittiği yerden birini aramalar, toplantıların bile ortasında çıkıp gelmeler dikkati çekmez miydi? Sormasalar bile öğrenmeleri zor muydu? Hem kimbilir belki de kendisi anlatmış olamaz mıydı? Yapar mıydı böyle birşey? Yok yapmazdı...

Makyajımı tazeledim. Sakinleşmek için üstüste derin nefes aldım.

Sonra dönüp masaya oturdum. Sonun yaklaştığını anlamıştım o gece. Çok yaklaştığını...

O gece hiç uyumadım. Artık birşeyler yapmam gerektiğini, bir karar vermek zorunda olduğumu biliyordum. Tam, kesip atarım, bitiririm, biraz üzülsem de geçer gider, böyle şeyleri başlamadan bitirmek en doğrusudur, bir sonumuz olmayacağı belli, diyor, kararımı veriyordum ki beş dakika geçmeden sanki bir boşlukta kaybolmuş gibi çaresiz bundan vazgeçiyordum.

İki insan birbirini seviyorsa neden çare olmasın diye düşünmeye başlıyordum hemen. Herşeyin bir çaresi bulunur, başka birini sevdim diye kendimi trenlerin altına atacak değilim ya...

O zaman yeniden ona herşeyi anlatmaya karar veriyordum.

İşin kötüsü sanki bütün bunları biliyormuş gibi Turgut o günlerde durmadan büyük bir heyecanla yeni planlar anlatıyordu bana. Artık çocuk demeye başlamıştı. Ona göre herşey yolunda gidiyordu. Çocuğumuz olmadığı ve sürekli bir yerden bir yere gittiğimiz için evliliğimiz ilk günlerdeki gibi değildi. (En azından bunu kabul ediyordu.) Ama çocuk her evi değiştirirdi, aile olmanın tek şartıydı, onun da suçu vardı tabii, işe güce çok dalmıştı... O bunları açtıkça ben daha da sıkılıyor, boğulacak gibi oluyordum.

İçimde, ona karşı büyük bir kötülük yapmışım gibi anlatılmaz bir vicdan azabı vardı.

Gerçeği söylesem bir anda bütün bunlardan kurtulacakmışım, yeniden nefes alacakmışım gibi geliyordu.

Ama buna kendi başıma karar verebilir miydim? Diyelim söyledim, kim diye sormayacak mıydı, o zaman ne yapacaktım?

Offff, tıpkı o ilk gün takside söylediği gibi çekip gitseydik keşke... Zaman geçince herşey yoluna girmez miydi? Belki korkakça ama herkes için daha kolay değil mi böylesi?

Evin içinde dolaşıyordum. Geceyarısını geçmişti. Kendime açık bir çay koyup sakinleşmeye çalıştım.

İşte şairin söylediği gibiydi tam da: "*bilmezdim şarkıların bu kadar güzel / kelimelerinse kifayetsiz olduğunu / bu derde düşmeden önce...*"

Niye benim istediğim gibi olmamıştı?

Sözümona ben kendi istediğim gibi kurabilecektim geleceği? Bunun için beklenmedik bir biçimde, kimsenin ummadığı bir zamanda bütün hayat çizgimi kendi kendime değiştirmemiş miydim?

Neden hayatı basit, sıradan güzelliklerle kurup onun içinde mutlu olamıyorduk?

O zaman verdiğim karar mı yanlıştı, bir an önce evlenip çocuklar doğurmak, kendi evimin içinde bir dünya kurup onu kendi ellerimle biçimlendirmek...

Yanlış olan bu muydu yoksa bunun için seçtiğim insan mı?

Bütün bunları sorgulamalı mıydım yoksa bunun bana sunulmuş bir şans, beni çağıran yeni bir hayat olduğunu mu düşünmeliydim?

O çağrının peşinden gidip herşeyi göze mi almalıydım, yoksa beni yolumdan çevirecek bir aldatmaca, şeytanın bir göz kırpması olduğunu düşünüp arkamı mı dönmeliydim?

Ah, biliyorum, biliyorum, bütün bunlar için artık çok geçti. Bunların hepsini en başta düşünmeliydim.

Ama o anda, henüz birşeylerin artık değiştirilemeyecek, vazgeçilemeyecek noktaya gelmediğini, oraya gelmeden bir karar verebileceğimi sanıyordum.

Turgut, Türkiye'den gönderilen dergileri, gazeteleri getirmişti. O dergilerden birini aldım elime. Güzel bir kadın çizilmişti kapağa, güzel, alımlı bir kadın ve hemen arkasında, yüzünü ellerinin arasına almış, düşünceli bir adam oturuyordu. "*Eşiniz sizi aldatıyor mu?*" yazıyordu resmin üstünde...

İster istemez sayfaları karıştırıp o yazıyı buldum.

"*Fena bir kadını nasıl anlarsınız?*" başlığı altında yazılmıştı:

"*Fena bir kadını anlamak esasen zor değildir. Eğer bir kadın sık sık yeni arkadaşlar icat ediyor, bugün bizim eski mektepten Nermin aradı, ne zamandır görüşmemiştik, onlarla buluşacağım gibi bahaneler öne sürerek daima dışarı çıkıyorsa... Son zamanlarda birdenbire kendisine bir güzellik, bir hava gelmişse... Daha çok boyanıyor, daha şık giyiniyorsa... Uzun müddet banyoda kalmaları sıklaşmışsa... Kocasının en küçük bir sorusu karşısında birdenbire parlayıp sinirleniyorsa... Verilen cep harçlığı bir türlü kendisine yetmiyorsa... Kimi zaman pahalı kıyafetler aldığında, bir ahbaplarının büyük indirim mağazası bulduğundan dem vuruyorsa... Muhakkak şu veya bu tanıdığın taksitle satış yapan bir mücevherat mağazası varsa... İşte bu ve benzeri durum-*

lar biraraya gelirse bir kocanın eşinden şüphe etmek için kuvvetli delilleri var demektir..."

Şaşkın şaşkın okudum hepsini... İşte ben buydum! Burada çizilmiş olan kadın... Zavallı kocası bir köşede mutsuz bir yüzle oturuyor, kürkler, mücevherler içindeki hanım da ayna karşısında makyaj yapıyor, sevgilisinin kollarına koşacağı an'ı düşünerek hayaller kuruyordu.

Herhalde o "telefon sabahları"nda, kenti bütün bir kış kaplayan sisin içinde giderek gerçeklik duygumun silindiği günlerden bir gün artık bunun daha fazla böyle sürüp gitmeyeceğini, başka birşey olacağını ikimiz de biliyorduk.

Ama ne?

Buradan çok uzaklara, köyleri, kentleri, denizleri geçip giden kabloların ucundan gelen bir sesle yaşamak! Her sabah o sesi beklemek... Kimi zaman çalan, kimi zaman çalmayan telefondaki birkaç dakikalık konuşmaların dışında kalan bütün zamanı ona göre kurmak...

İnanılır şey miydi bu?

O ağır siyah telefonun gürültülü zili içimde çalıyordu artık. Her keresinde korkuyla, heyecanla, sevinçle yerimden fırlıyordum.

(O zamanlar şimdi şu yanımda duran küçük cep telefonu gibi birşeyi hayal bile edemezdim herhalde. Bazen sokakta yürürken, bir yerde otururken, güneşli havalarda tek başıma gittiğim parkta tanımadığım kadınlarla sohbet ederken onu aramak, onunla konuşmak isterdim. Bazen onun sesini, yalnızca sesini duymayı ne çok isterdim. Gördüğüm şeyleri ona anlatmak, onun da görmesini sağlamak... Geçenlerde gördüm, resimli telefon yapmışlar, fotoğraf çekip anında birine gönderebiliyormuşsunuz. Keşke o zaman da olsaydı. Ona gittiğim her yeri, neler yaptığımı böyle fotoğraflarla anlatabilseydim. Keşke aramızdaki o büyük boşlukları, bilinmezleri böylece biraz olsun giderebilseydim. Ama imkânsızdı. Ancak o beni aradığı zamanlar, evde, telefonun başında beklersem, gittiği yerden fırsat bulursa, telefonu düşürebilirse, herşey yolunda giderse birkaç dakika konuşurduk işte. Hepsi bu!)

Derler ki cesur insanlar dürüst olur.

Öyle miydi gerçekten?

Bana kalsa dürüst olmak çok daha kolaydı. Asıl cesaret isteyen böyle gizli yaşamaktı. İki hayatı olmak, hayatını ikiye bölmek, parçalanmış bir ruhla, yırtılmış bir kalple, gelgitler içinde kalmaktı...

Ne tuhaf! Onunla hiç konuşmamıştık bunu... Zaten o gizleniyormuş gibi değildi. Bana da asla, kimseye birşey söyleme, kimse duymasın, dememişti.

Ne düşünüyordu acaba? Bilemiyordum. Bazen sözünü kesip birdenbire bunu sormak geliyordu içimden. Dinlemiyordum bazen anlattıklarını... Ne olacak, ne yapacağız, bu işin sonu nereye varacak gibi sorulardı işte sormak istediklerim... Ama tam soracakken birden bana bunlar öylesine sıradan, öylesine herhangi bir kadının soracağı sorular gibi basit geliyordu ki hemen vazgeçiyordum. Ama bir yandan kafamın içinde bu sorular başkalarıyla birleşerek dönüp duruyordu. Kurtulamıyordum sorulardan. Neden bana ilk gün taksinin içinde söylediklerini bir daha hiç tekrarlamamıştı? Neden artık, kaçıp gidelim, başka bir hayat kuralım, demiyordu? Çok mu erkendi? Benim bunu yapamayacağımı mı düşünmüştü? Yoksa bir anda ağzından çıkan sözcüklerin ağırlığını sonradan mı anlamıştı?

Sonunda bir sabah telefondaki sesin her gün olduğu gibi uzaktan gelmediğini fark ettim.

Kahvemi, sigaramı almış gazeteleri okuyordum.

Deprem olmuştu, kırktan fazla ölü olduğu söyleniyordu. Abant'taki o eski otel bile yıkılmıştı. Birinci sayfanın altında bir yerde büyükçe bir başlıkta: "*İstanbul bir zelzele merkezi üzerinde mi bulunuyor?*" yazıyordu. Altına, ünlü bir deprem profesörünün açıklamasını koymuşlardı: "*İstanbul bir zelzele merkezinin üzerinde değildir. Başka merkezlerde olan depremler hatta en yakında olanlar bile ancak bugün duyduğumuz nispeten hafif denecek bir sallantı tesirinden başka birşey yapamaz...*"

Bir gün önce annemlerle konuşmuştum, biraz sallanmışlar ama korkmamışlardı.

Çiçeklere biraz su verdim, uçları kurumuş gibi geldi bana. Kollarının ucu beyaz tüylerle süslenmiş mavi sabahlığım üstümde, telefon saatini bekliyordum. Gazeteyi yeniden aldım, her zaman beni eğlendiren o mektup köşesini açtım. Genç bir adam, "*İşaretlerle, ahlar, oflarla bir kıza âşık oldum, bütün tahrikler onun tarafından geldiği halde günün birinde onu bir başkasıyla gezerken görmeyeyim mi? Kendimi kaybettim. Dünya başıma yıkıldı. Şimdi onu unutmaya çalışıyorum. Fakat çaresiz. Seneler geçti hâlâ unutamadım. Hatta avunmak için inanır mısınız, iki cilt şiir yazdım. Hâlâ unutabilmiş değilim. Söyleyin ben ne yapayım?*" yazmıştı. Gazetenin cevabı şöyleydi: "*İki cilt şiir daha yazın. Öyle zannediyoruz ki o ciltler de tamamlandığı zaman o kızı tamamen unutmuş olacaksınız.*"

Kendi kendime kahkahalarla gülerken telefon çaldı. Bunu Fuat'a mutlaka anlatmalıyım dedim içimden.

Her zamanki gibi, "Günaydın küçükhanım," dedi, "nasılsın bakalım?"

"Günaydın..." dedim ama sanki sonunda bir soru işareti vardı.

"Ne o, başka birinden mi telefon bekliyorsun yoksa?" Sesi alaycıydı, neşeli ama çok yakın, çok net...

"Sesin çok yakından geliyor," dedim, "sanki yan odadan arıyormuş gibi..." Güldü.

"Biraz daha kandıracaktım seni ama kıyamadım, evet yakındayım, neredeyse yan odada, o kadar yakın..."

Sesimin titremesine engel olmaya çalışıyordum: "Nerede?" dedim...

"Buradayım," dedi, "parkın köşesindeki otelde kalıyorum..."

Bir an soluğum tıkandı, sesim çıkmadı.

"Bir günlüğüne kaçıp geldim, kimse nerede olduğumu bilmiyor..."

Derin bir nefes aldım.

Biliyordum, neler olacağını biliyordum ve onun için şimdi artık kaçınılmaz bir noktada, bugüne dek ertelenmiş olanın, kaçınılmaz olanla yer değiştirdiği bir anda duruyordum ve taş kesilmiştim.

"Orada mısın?" diye sordu.

"Evet, buradayım, hoş geldin..." diyebildim.

"Seni bekliyorum," dedi, "kapıda karşılayacağım..."

Sanki oyun bitmişti. Hayal değildi artık. Sözcükler, sesler, bakışlar, şaşırtmacalar değildi. Artık gerçekti. Çoğu zaman yaptığı gibi kaçamak, şakayla karışık, imalı değildi konuşması...

Geleceğimi söyledim ve telefonu kapadım.

Ama belki de gizli, kendimden bile gizli bir biçimde kaç kez aklıma gelen, kimbilir kaç kez hayalimde kurduğum, neredeyse gerçekleşmiş gibi hep farklı bir yerde, hep farklı bir dekorda oluşturduğum bu buluşma an'ında, sandığım gibi yerimden fırlayıp koşacağıma, oturduğum koltuğa mıhlanmış gibi bir süre kıpırdayamadım.

Kalbim duracak gibiydi. Nefes alamıyordum.

Kendi kendime kilitlenmiş gibi...

Belki de onunla yaşadığımız herşeyi simgeleyen bir andı bu: Gitmekle gitmemek... İnsanı benzersiz bir mutluluktan bir anda derin bir mutsuzluğa savuran, ölçüsünü şaşırmış bir sarkaç...

Hep içimde hissedecektim o sarkacı bundan böyle...

Öylece oturuyordum. Gözlerim boşluğa saplanmış, elim ayağım bağlanmış gibi...

Bir an, artık ne olacaksa olsun deyip gitmeye karar veriyor aynı anda sanki gizli bir güç beni yakalamış gibi vazgeçiyordum.

O an, gerçekten de hiçbirşey bilmiyordum. Ne duygularımı, ne yapmak istediğimi, hiçbirşey...

Duygular, düşünceler, gerçek, hayal herşey kaybolmuştu sanki bir anda... Sanki bunca zaman bu an'ın geleceğini bilmiyormuşum gibi hep böyle ertelenecek, hep böyle sonsuza dek bu sis kışının içinde belirsiz bir görüntüler âleminde yaşayıp gidecekmişim gibi...

Böyle ne kadar zaman geçti, ne kadar zaman orada kendi kendime karmaşık duygularla boğuştum bilmiyorum. Herhalde bütün bunlar aslında en çok birkaç dakikayı almıştı.

Telefonun yeniden çalmasıyla kendime geldim.

"Ne o hâlâ giyiniyor musun yoksa?" dedi...

"Bu... Bu beklenmedik birşey oldu," diye kekeledim.

Sesimden kararsızlığımı anlamıştı. Sanki birisi boğazımı sıkıyormuş gibi garip çıkıyordu sesim. Bir an sessizlik oldu. Sanırım o anda, içimden, onun şaka yaptığını söylemesini istiyordum. Ama şaka değildi, biliyordum.

Sonra, "Ya hemen buraya gelirsin ya da ben şimdi oraya geliyorum," dedi...

Yapacağını biliyordum.

"Hayır, hayır, sakın... Ben geliyorum..." dedim.

Artık hayır diyebilecek bir yerde olmadığımı anlamıştım. Hep ertelenebilecek sandığım o an gelip çatmıştı yine her zamanki gibi beklenmedik bir biçimde ve şimdi artık bir oyun değildi.

O an'a kadar hep onun yaptıklarını izlemiştim aslında. Ben hiçbirşey yapmamıştım. Onun kurduğu bir oyunda istemeden yer almış gibi davranıyordum.

Oysa işte şimdi ilk kez benim de birşey yapmam gerekiyordu ve bu kez istemeden değil, beklenmedik bir biçimde kendimi içinde bulduğum bir durumda değil, isteyerek, karar vererek... Benim seçimim olacaktı artık.

Evet ya da hayır.

İkisinin arasındaki o belirsiz, kimsesiz alanda özgürce gezip dolaşma hakkım kalmamıştı.

Mutlu muydum o anda? Ayaklarım yerden kesilmiş miydi? Hep dedikleri gibi, içimde "büyük kelebeklerin kanat çırpmasını" mı duyuyordum?

Yalnızca karnıma saplanmış bir ağrıyı, kalbimin neredeyse korkutacak gibi çarpmasını, elim ayağıma dolaşmış, şaşkınlar gibi odanın içinde dönüp durduğumu hatırlıyorum. Ama mutlu olup olmadığımı, hayır, bunu hatırlamıyorum.

Korktuğumu da sanmıyorum. Yalnızca şaşkındım.

Herhalde hiçbir kadın o kadar kısa sürede bu kadar çok şeyi giyip çıkartmamıştır.

Sonunda yumuşacık ince yünden, küçük düğmeli, yuvarlak yakalı açık mavi bir hırkayla pilili, lacivert, kendinden kemerli eteğimi giydim. Yeni aldığım ayakkabıların üstünde iki tane kırmızı kiraz vardı. O ayakkabılara bayılmıştım ama hiç giymemiştim.

Aynanın karşısında dururken ellerimi belime koydum ve bir kez daha belimin inceliğine hayretle baktım. Dudağıma o kirazların renginde bir ruj sürdüm, aynada öyle beyaz görünüyordum ki biraz allık süreyim derken bu kez yanaklarım dağlı kızlar gibi kıpkırmızı oldu, bir de onu silmekle uğraştım.

Sonra yatağın üstüne yığılmış bütün o elbiseleri, gömlekleri, kazakları, etekleri, çorapları, çamaşırları yerlerine kaldırdım.

"Senin bu kirpiklerin sahici mi?" deyip durduğu kirpiklerime biraz rimel sürdüm.

Lacivert pardösümü ve yine kirazlı çantamı aldım, çıktım.

Saat 11'e geliyordu.

Sokaklarda pek fazla insan yoktu. Sanki o sabah aylardır süren sis ilk kez açılmaya başlamış, belli belirsiz bir güneş ışığı, geç kalan baharın yolda olduğunu söyler gibi yalandan havayı ısıtmıştı. Yürüsem mi, bir taksi mi çevirsem bilemedim önce. Buradan yürüyerek en fazla beş dakika sürerdi. İlk boş taksi geçti, arkasından gelene bindim.

Evet otelin kapısında bekliyordu söylediği gibi...

Ama nasıl?

Kapıcının kuyruklu ceketini ve melon şapkasını giymişti. Taksi yanaşınca onların yaptığı gibi abartılı bir hareketle kapıyı açtı.

"Bavulunuz var mı hanımefendi?" diye sordu gülerek.

Onu öyle görünce benim aklımdakiler silinip gitti. Herhalde kadının birinin taksiden inip otel kapıcısına sarıldığını görenler şaşkına dönmüştür.

114 numaralı oda, bastığınız zaman yerlerdeki koyu renk tahtaların gıcırdadığı alt koridorun sonundaydı. Ağır, eski, bordo kadife perdelerle, yıllanmış mobilyalarla, koyu ahşapla, duvarlara asılmış eski manzara resimleriyle ve alt kısmı çizgili, üstü çiçek desenli duvar kâğıtlarıyla döşeli otelin içinde yürürken loş ama sakin bir sarayda hissediyordu insan kendisini...

Zaten gelir gelmez belli ki herkesle dost olmuştu. Kapıcının ceketini, şapkasını geri verdi, oteldekiler sanki eşi gelmiş gibi iltifatlarla karşıladılar beni.

Odaya girince karşıma geçti, muzip bir çocuk gibi gülümseyerek ama biraz da utangaç oturdu.

Saate baktım, tam 11'i 20 geçiyordu.

"Bu renk sana çok yakışmış," dedi, "niye her görüşümde bir kere daha şaşırıyorum ki..."

"Neye şaşırıyorsunuz," dedim, sonra güldüm, her konuşmamıza böyle siz'li bir cümleyle başlamam onu da güldürüyordu.

"Neye şaşıracağım," dedi, "sanki her görüşümde daha da güzelleşiyorsun, ben hayalini kuruyorum, sen hayalden daha güzel çıkıyorsun karşıma..."

Tam o sırada kapı çaldı ve bir an ürperdim. Siyahlar giymiş bir uşak, gümüş, ağır bir tepside beyaz, kabartma süslü fincanlar ve porselen demliklerle çay getirdi. Onları masanın üzerine koydu, servis yapmasını isteyip istemediğimizi sordu.

"Ben yaparım," dedim, "teşekkür ederiz..."

Ara sıra buluşan iki arkadaş gibi rahat, karşılıklı geçip çaylarımızı yudumlamaya başladık. O kalkıp radyoyu açtı.

Sonradan ona, "Sen o fincanlara birşey koymuştun," dedim.

Hüzünlü şarkılar hatırlıyorum. Fısıltılar... Kumaşların sesi... Kapalı perdelerden sızan ışıkta belli belirsiz eşyalar... Dışarıda sıradan bir gün sürüyor... Şu perdelerin arkasında bıraktığım başka bir kadın var, başka bir hayat... Burada başka bir kadın, karanlığın içinde... Hangisi benim bilmiyorum... Artık perdeler kapalı, dışarıdaki kadınla birbirimizi görmüyoruz... Yavaş yavaş dışarıdaki kadını unutuyorum ve yalnız kalıyorum... Gözlerimi kapatıyorum... Şarkı, "*ne oldu onlara, unutulmaz anlara*" diyor... Onun sesi kulağımda, "Bu an'ı ne çok hayal ettim," diyor... Ben onun gözlerine bakmaktan korkuyorum... Yorganların, çarşafların altına saklanıyorum... Bir çekime kapılmış gibi dönüyorum... Durduğum yer, kendimi sabit sandığım merkezi kaybediyorum... "*yaz geçti, şimdi yapraklar dökülüyor...*" İçimden birşey yükseliyor sanki... İçimden birşey dışıma çıkmaya çalışıyor... Solukları duyuyorum... "Ne kadar küçüksün" diyor... Sanki dokununca ne olacağını bilemediğiniz, ilk kez gördüğünüz, tanımadığınız birşeye, büyülü bir taşa dokunur gibi dokunuyorum ona... "Çarpılmazsın korkma," diyor... "Çarpılacağız biliyorum," diyorum... Çok sıcak... Sarsıcı... Başım dönüyor... Renkler bir belirip bir kayboluyor... Sonunda açıyorum gözlerimi... Karanlıkta... Yorganın altında... Ayrıntılar görebiliyorum belli belirsiz... "*nerdesin bilmiyorum ama kalbimin içinde kalmışsın sanki...*" Güzel bir şarkı mı, hüzünlü bir şarkı mı yoksa... Çok yüksekte durup aşağı bakıyorum... Ürperiyorum... Kasılıyorum... Titriyorum... Gözlerimi kapayıp bırakıyorum kendimi boşluğa... Sanki büyük kanatlarım varmış gibi, sanki bir rüzgâr perisi beni tutup ellerinin üzerinde taşırmış gibi yavaşça uçuyorum boşlukta... Görüntüler geçiyor... Renkler geçiyor... Işık değişiyor... İçimden çıkmaya çalışan o her neyse artık benimle boğuşmayı bırakıyor... O titremelerin geçmesi için sımsıkı sarılıyorum... "Yoksa ağlıyor musun?" diyen sesini duyuyorum...

Ben o gün anladım ki, iki insanın bedenleri birbirine değdiği zaman ya hemen tutuşan ve sonra sönen saman alevi gibi geçici bir zevk verir ya da ikinizin arasında hiç anlayamayacağınız sonsuz bir bağ kurulur. Sanki bir başkasına, bir yabancıya içinize girmesi, kimsenin gözle görüp elle tutamadığı cisimleşmemiş benliğinize dokunması, orada pervasızca gezip dolaşması için elinizde olmadan izin vermiş olursunuz. Sanki ne sizin ne de bir başkasının asla bilmediği incecik bir aralıktan geçip o gizli bahçeye girersiniz.

Belki de başımın böylesine dönmesi, gözlerimi kapadığımda kendimi birdenbire tanımadığım bir yeryüzünde bulmam, hiç alışılmamış, hiç görülmemiş, hiç dokunulmamış, bildiğimiz zamana ve mekâna benzemeyen, bilinen işaretlerin geçerli olmadığı, dillerin bir işe yaramadığı, gözlerini yeni açmış bir çocuk gibi şaşkın kalakaldığınız ve belki ancak ağlayabildiğiniz benzersiz bir alana ulaşmış gibi hissetmem işte bu yüzdendi...

Sizin hayatınızda hiç kayıp bir gün var mıdır? Yaşanmış ama kaybolmuş, kimsenin bilmediği, unutulmuş, sizin bile artık gerçekliğinden emin olamadığınız bir gün?

Giyindikten sonra beni elimden tutup koltuğa oturttu. Kendisi de yere, dizlerimin yanına oturdu. Ellerimi tutup gözlerime uzun uzun baktı. Birşey söyleyecek gibi...

"Niye öyle bakıyorsun bana?" dedim.

"Hayatımda bugüne kadar senden daha güzel hiçbirşey görmediğim için," dedi...

Güldüm.

"Gülme," dedi, "sen de beni sahiden seviyor musun?"

Saçlarını okşadım. Elimi yüzüne sürdüm, tutup öptü.

"Evet," dedim, "hem de asla bilemeyeceğin gibi seviyorum..."

"O zaman bana bir söz vermeni istiyorum," dedi.

Söz vermek mi? Gözlerime öyle çocuk gibi bakarken ona herhalde istediği bir mucize için bile söz verebilirdim. Geç kalıyordum, farkındaydım ama yine de gitmek istemiyordum. Hayır, burada kalmak, bütün bir ömrü bu odada geçirmek istiyordum o anda...

"Ömrümüz oldukça ve ikimiz de birbirimizi böyle sevdikçe her yıl bu gün buraya gelelim, bu odaya ve ne olursa olsun yeniden birbirimize aynı soruyu soralım... Olur mu?"

"Ne olursa olsun öyle mi?"

"Evet, ne olursa olsun, ne yaparsak yapalım, beraber de olsak ayrı da olsak, elimiz ayağımız tuttuğu sürece... Söz mü?"

Ona sarıldım. Gözlerimden yaşlar akmaya başladı. Kulağına "söz" diye fısıldadım, "her yıl bahar geldiği zaman..."

Otelin kapısından çıkarken saat dört buçuktu.

Kapıda bir an durup karşıdaki büyük parka baktım,

derin bir nefes aldım. Dışarıdaki kadın beni bekliyordu. Onu görünce bir yere gitmediği için sevindim. Kapıcı eğilerek taksinin kapısını açtı, ikimiz birlikte bindik.

İşte hepsi buydu.

Bütün hayatımın en unutulmaz öğledensonrası.

O günden sonra, hayatımda görmek istediğim tek insan o olmasına rağmen sabah telefonlarını açmaktan vazgeçtim.

Hiç durmadan uzun uzun çalan telefona bakıp yerimde oturduğum günler geçti.

Bir delilik yapacağından korkuyordum ama yine de direndim.

Kendimle savaşıyordum.

Şimdi benim için herşey değişmişti. İşte o eşiği geçmiştim.

Yasaklanmış alana girmiştim.

Bunu yapıp yapmayacağımı düşünmüyordum artık. Çünkü bitmişti. Artık herşey gerçekti. Öyle sanıyordum ki onun olduğum akşam artık oyun bitecek, büyü bozulacak ve ben artık hayallerin dunyasından çıkmış olacaktım.

Evet böyle düşünmüştüm.

Oysa o akşam eve döndüğümde hiç de öyle olmadığını anladım. Aksine ayaklarım yerden iyice kesilmişti. Belki de o gece, aslında büyük bir vicdan azabıyla kıvranmam gerekiyordu ama nedense hiç de öyle birşey hissetmiyordum. İçimden yeniden onun yanına gitmek, birlikte sokaklarda yürümek, kucağında uyumak geliyordu. Evet istediğim tek şey buydu ve geri kalan hiçbirşey umurumda bile değildi.

Garip bir biçimde hüzünlü ve aynı zamanda neşeliydim.

Duygularım bunlardı. Suçluluk ya da kaygıdan çok mutluluk ve uçarılık...

Ama sonra düşünmeye başladım. Ve düşündükçe bunların bir anlamı olmadığını, gerçeğin asla benim sandığım, yaşadığım gibi bir hayale dönüşemeyeceğini, gerçekle hayalin aynı şey olamayacağını ve ikisinin de kendisine ait alanda kalması gerektiğini anladım.

Kendi kendime, "Bunu yapmadan, ona dokunmadan, onun bana dokunmasına izin vermeden, gözlerimi kapatıp o eşsiz öpücüğü hissetmeden bitirmem imkânsızdı ama şimdi ömür boyunca tek bir kez yapılmasına izin verilen birşey gibi bunu anılarımda saklayacak ve artık bir son vereceğim," diyordum.

Kendimi şimdi eskisi gibi zayıf, çaresiz, kararsız hissetmiyordum. Güçlüydüm, mutluydum ve bundan böyle o telefonu açmayacaktım.

Kimbilir belki de çok üzüleceğini anlayan bir kadının kendini koruma güdüsüydü bu.

Tıpkı yıllar önce düşündüğüm gibi basit, dengeli, düzenli hayatıma devam edecektim. Çocuklarım olacaktı. Şu beklediğimiz Uzakdoğu tayini yakında çıkacak ve zaten artık çok uzaklarda yaşayacaktım. Onun beni telefonla bile bulamayacağı kadar uzakta...

Bana inanmıyorsunuz değil mi?

Ben de öyle.

Ama o an için gerçekten de inanmıştım. Hiç değilse kısa bir an için...

Telefonları duymamak için evden erken çıkmaya başladım. Müzelere, kitaplıklara gittim. Uzun zamandır aramadığım insanları aramaya, onlarla öğle yemeklerine gidip sıradan şeylerden konuşmaya başladım yeniden. İşte çocukların okullarından, yeni mobilyalardan, yeni tatil planlarından, günlük dedikodulardan...

Sonra bir gece o rüyayı gördüm.

Aynalarla çevrilmiş bir rüyaydı. Bunu nasıl anlatmalı... Rüya sanki aynalardan yapılmıştı. Rüyayı aynaların içinden görmek gibi tuhaf birşey...

Karlarla kaplı dev bir ormanın içinde eski bir şatoda yaşıyorum. Hani şu korku filmlerinde görülen türden bir şato ama karlarla kaplı olduğu için öyle ürkütücü görünmüyor. Üst kattaki odamın penceresinde oturuyorum. Kendimi orada otururken görüyorum. Ama ben küçük bir kız çocuğuyum. Pencerenin içinde oturmuş dışarıya, hiç durmadan yağan kara bakan uzun, dalgalı saçlı bir kız çocuğu... Bana mı benziyor yoksa hayalimdeki kıza mı bilmiyorum. Üstümde açık yeşil, yakalı, uzun kollu bir elbise var. Çocukken çok sevdiğim kırmızı elbiseme çok benziyor. Ama bunun rengi yeşil ve üzerinde belli belirsiz çok küçük, bej benekler var.

Kendi kendime, rüyamda kendi çocukluğumu görüyorum diye düşünürken aynı anda bir başka yerde, çok uzaklarda bir yerde onu görüyorum. Ama sanki başka bir zamanda, benden yıllar, yıllar uzakta... Mavi yıldızlı, beyaz duvar kâğıtlarıyla kaplı bir odada, yatağında uyuyor.

Ama çok garip. Aynı zamanda burada, benim rüyamın içinde uyuyor ve acaba onun rüyası nasıl, onun rüyasını da görebilir miyim diye düşünüyorum.

Ve bu çok inanılmaz belki ama onun rüyasını görüyorum.

Çünkü aslında o da benimle aynı rüyayı görüyor. O da rüyasında küçük, sıska bir çocuk ve karlarla kaplı ormanın içindeki daracık bir patikada yürümeye çalışıyor. Yüzüne karlar çarparken orada ne aradığını, neden orada olduğunu düşünüyor ve üşüyor. Pencerenin içinden onu görüyorum ben. Evet bu o, diyorum, ama çocuk!

Yüzüne çarpan karların içinde güçlükle yürüyor, burayı görüp göremediğini anlayamıyorum.

Onu görünce çok seviniyorum ve buraya, yanıma geleceği için heyecanlanıyorum.

Şatoyu görüp kapıya kadar geliyor. Camları açmaya çalışıp açamıyorum, küçük ellerimle camlara vuruyorum ama duymuyor. Çok üşümüş olmalı. Sonunda beni görüyor. Tanıyıp tanımadığı belli olmuyor. Yalnızca içeri girmek istiyor. Kapıya gidip vurmaya başladığını görebiliyorum ve ne yapacağımı bilemiyorum.

Sonra o, kapıyı açmaya çalışırken bir anda anlıyorum ki, o kapı aslında rüyanın kapısıdır.

Ve eğer onu açarsa artık rüyadan çıkıp gerçeğe geçecek. O zaman onu artık göremeyeceğim.

Aynalar yüzünden herşey birbirine karışıyor. Her yanda kar yağıyor. Onu kapıyı açmaya çalışırken görüyorum her yerde. Hangisinin gerçek, hangisinin yansıma olduğunu bilemiyorum. Sesleniyorum, duymuyor. Bağırmaya başlıyorum ama sesim çıkmıyor.

O sabah ağlayarak uyandım.

Uzun süre bu rüyanın etkisinden kurtulamadım. Banyoda sıcak suyun altında gözlerimi kapatmışken bile sanki yeniden oraya, o soğuk ormana, deli gibi yağan karın içine dönecekmişim, yine öyle bağırmaya çalışacakmışım da sesim çıkmayacakmış gibi ürperiyordum.

Ve telefon çaldığında hiç düşünmeden açtım.

"Çok korktum..." dedi, "Neredesin, seni bulamadım, benimle bir daha asla konuşmayacağını düşündüm..."

Yeniden ağlamak geliyordu içimden. Kendimi tutmaya çalıştım.

"Konuşmak istediğim tek insan sensin..."

"Ne yaptım ben sana?" dedi, "Bana doğru söyle, birşey mi oldu, oraya gelmemek için zor duruyorum..."

"Hayır," dedim, "hiçbirşey olmadı... ne yapacağımı bilemiyorum..."

Sonra ona rüyayı anlattım.

Sesimden heyecanlandığımı anladı. Güldü.

"Ne güzel bir rüya, neden korktun, söyle bakalım çocuk halim nasılmış, ben senin çocukluğunu biliyorum ama sen benimkini bilmiyorsun, nasıl gördün?" dedi...

"Çok sevimliydin," dedim, "gördüğüm en güzel çocuktun ama o anda bunu fark etmeyecek kadar heyecanlıydım..."

"Keşke ben de böyle rüyalar görsem," dedi...

Bir sessizlik oldu.

"Bir uçağa binip buraya gelmek ister misin?" dedi.

"Gelemem..." dedim.

"Önümüzdeki hafta ben gelirim o zaman..." dedi.

"Bilmiyorum..." dedim.

"Seni seviyorum..." dedi.

İlk kez söylüyordu bunu. Ve o zaman ilk kez telefonda onun karşısında ağlamaya başladım.

Nasıl olur da insan, dünya yüzünde, bütün bir ömür boyu hatta ondan bile sonra, sonsuza dek birlikte olmak istediği, her gördüğünde, hayır, yalnızca adını düşündüğünde bile kalbinin deli gibi çarpmasına engel olamadığı, belki de hayata geldiği an kaybedip sonra da çaresizce, farkında bile olmadan oradan oraya savrularak yıllar yılı arayıp durduğu parçasını bulmuşken mutsuz olur?

Kimi zaman birini sevdiğini düşünür insan. Onu neden sevdiğini bir başkasına anlatabilir. Sözcüklerle, uzun cümlelerle, yaşanmış hatıralarla, örnekler vererek...

Bazen birini sevdiğine kendisini inandırır.

Onu sevmek için, daha çok sevebilmek için birşeyler yapar ya da birşeyler bekler.

Ama bazen birini delice sevdiğinizi bilirsiniz. Hissedersiniz. Bunun için hiçbir neden olmasa da sizin dışınızda bir güçle ona doğru çekilirsiniz.

Yerçekimi gibi doğal, kendiliğinden... İsteseniz de engel olunamayan birşey...

Evet işte ben onu bulmuştum ama mutsuzdum.

Kendi kendime sabahlara kadar oturuyordum, neden deliler gibi gülmeyip ağladığımı anlayamıyordum.

Onu bulmuştum ama alamıyordum.

Bu yüzden mi?

Sanki kaybolup gitmiş gölgeme bir yerde rastlamıştım ve yakalamaya çalıştığım anda yeniden elimden kaçıp gidiyordu. Uzağa değil, yakınımdaydı, görüyordum, ama dokununca yeniden gidiyordu.

Belki de yıllar sonra, belki de hep böyle elle tutulamadığı için bunca değerli olduğunu mu düşünmeliyim?

Biliyorum, öyle derler. Ama bu doğru değil.

O günlerde de, şimdi de, bana sorsanız aynı cevabı veririm.

Masallardaki lambayı ovalayıp içinden çıkan cin, "Dile benden ne dilersen," diye sorsa, çocukluğumda bir türlü bulamadığım o cevabı hemen söylerim:

Bütün bir hayat, onun kucağına yatmış, saçlarımı okşarken benimle konuşmasının yanında hiçbir anlam taşımaz.

Bir keresinde ona, "Beni neden seviyorsun?" diye sormuştum.

Kimbilir yine neredeydik?

Sorulardan hoşlanmaz. Bir süre cevap vermeden uzaklara baktı sonra bana döndü ve gayet ciddi, "Bilmiyorum..." dedı.

Yağmur çiselemeye başlamıştı. Hava kararıyordu ve biraz sonra yine ayrılmak zorundaydık. Kimbılir bir daha ne zaman görüşecektik. O gün artık yorulduğumu hissediyordum. Ama gözlerine bakarak bu konuşmayı uzatmak zordu. Paltomun yakalarını kaldırdı, atkısını çıkartıp boynuma sardı. Şişman güvercinler dolaşıyordu ayaklarımızın arasında. Yerler kırmızı yapraklarla doluydu. Gölün üzerinde yağmur damlaları dağılıp birbirine geçen desenler çiziyordu. Uzaklara baktım.

"Beni neden sevdiğini bilmiyorsun öyle mi?" dedim.

"Hayır, bilmiyorum," dedi, "çünkü çok düşündüm. Bunu sözlerle anlatamıyorum... Onun için sahici..."

Sonra beni tutup kendisine döndürdü. Gözlerimin içine bakarak devam etti: "Birini sevmen için elle tutulur bir neden bulamıyorsan onu sahiden seviyorsun demektir..."

Öyle mi gerçekten?

Çoğu zaman istediklerimizi yapanları, bize uygun davranan insanları severiz. Onların yanında kendimizi güvende hissederiz. Aslında bize uygun olanı sevmek kolaydır. Zor olan, bize benzemeyenleri, istediğimizi yapmayanları sevebilmektir. Birini, seni mutlu ettiği için değil, yalnızca kendi başına varolduğu için, bir başkası gibi değil kendisi gibi olduğu için sevebilmek zordur.

Bir arkadaşım vardı, yıllar yılı kendisini sevmeyen bir adamı sevdi. Gençlik yıllarında yalnızca kısa bir süre beraber olmuşlar sonra adam bir gün onu artık aramamış, bir başkasını sevdiğini söyleyip çekip gitmişti. Hayatındaki herşeyi belki haberi bile yokken onun için erteledi. Hiçbirşey istemeden, söylemeden yıllarca bekledi. Hepimiz nefret ederdik o adamdan. Tek başına yaşayan, hayatına birçok kadın girip çıkan ünlü çapkınlardan biriydi. Hakkındaki dedikoduları her duyduğunda uzakta bir yerde bir kadının nasıl üzüldüğünü, hayatına kıymak istediğini bilmeden yaşayıp gidiyordu. Zamanla ilişkileri bir tür arkadaşlığa dönüşmüştü. Söylendiğine göre adam ona âşıklarını bile anlatıyordu. Kız da çaresizce buna razı olmuş, herşey geçmişte kalmış gibi onun en yakın arkadaşı olmakla yetinir görünmüştü.

Sonunda bir gün Yeniköy'deki eski balıkçıda rastladım onlara... Adam iyice yaşlanmıştı, arkadaşım da orta yaşı çoktan geçmiş, kilo almış, o eski güzelliğinden eser kalmamıştı. Ama evine yerleşmiş, evlenemese de hayatının son yıllarında sevgilisi olmayı başarmıştı.

Herkes acırdı ona. Bütün hayatını beş para etmeyecek bir adam için harcadığına üzülürlerdi. Onları öyle görünce kendi kendime, işte dedim, gerçekten birini sevmek böyle birşey olmalı. Bütün bir hayattan sevdiği insan için vazgeçebilmek... Ve eminim ona bu adamı neden sevdiğini sorsaydık, bize açık bir cevap veremezdi.

Orada onunla yağmurun altında otururken aklıma onların kırık dökük hikâyesi gelmişti.

Birden yıllar sonrasını düşündüm. Yaşlandığım zaman nerede olacaktım, kiminle? Hayat böyle tehlikeli oyunlar oynayacak kadar uzun muydu? Böyle sonu belli olmayan maceralara atılacak kadar basit miydi?

Birini sevmek için nedenlerin yoksa onu gerçekten seviyorsun demektir.

Ben biraz üşüyordum, yağmur yüzüme çarpıyor, ara ara sertleşen rüzgârda saçlarım savruluyordu. Her keresinde gözlerime bakarken, eliyle yüzümden çekiyordu saçlarımı.

"Bana söz ver," dedi, "sakın, sakın ola ki bu saçları kestirmeye kalkışmayacaksın..."

O günlerde kadınlar saçlarını kestiriyor, erkek çocukları gibi dolaşıyorlardı. O sabah bir dergide, berberler cemiyeti başkanının açıklamasını okumuş, bana kahkahalarla onu anlatmıştı. Başkan, artık erkeklerin çoğunun saçlarının eşlerininkinden uzun olduğundan yakınıyordu.

Orada yüzümüze çarpan ve giderek artan yağmura aldırmadan oturduğumuz o gün, gözlerimin içine bakıp birşeyler anlatırken ilk kez onun aslında başkalarının sandığı gibi kocaman bir adam olmadığını anlamıştım.

Hiç olmayacak şeylerden sözetmeyi seviyor. Hayalleri gerçek sanıyor. Herkes onu sevsin istiyor. Çok, çok, çok sevilmesi gerekiyor. Herkesi kızdırmaya bayılıyor ama yine de kimsenin ona kızmamasını istiyor.

"İşte hep böyle olacak," diyor, "hep böyle el ele oturup bütün gece konuşacağız, bizi kimsenin tanımadığı yerlere gideceğiz, bu insanlardan, bu kalabalıklardan, bu törenlerden, bu kurallardan kurtulacağız."

Çocuk gibi heyecanlanıyor bunları anlatırken. Öylesine mutlu oluyor ki sanki bir an ben de inanıyorum. Ona sorular sormuyorum. O gün, orada, soğuktan burnum donmuşken, kocaman elinin içinde elimi ısıtırken, benimle olduğu için dünyanın en mutlu insanıyken ona artık sorular sormaktan vazgeçmem gerektiğini anlıyorum. Çünkü cevabı olmayan soruları sormadığım için mutluyum. Şu an, biraz daha, biraz daha, mutluluk sonsuza dek süren, saklanabilen birşey değil ki, bir an bulutların arasından çıkıp yeniden kaybolan güneş gibi... Hepsi bu...

"Sen biraz sus artık," diyorum. Şaşkınlıkla yüzüme bakıyor. "Sus da beni öp!"

Onun yanındayken herşeyi unuturdum.

"Neye üzüldün, geçen gün telefonda sesin niye öyle bozuktu..." diye sorduğunda, "Unuttum, gitti!" derdim.

Gerçekten de unutmuş olurdum.

Aklıma takılan bütün soruları, beni uyutmayan bütün o düşünceleri, kendi kendimi yiyip durduğum saatleri, ona olan öfkemi, kendime duyduğum kızgınlığı, beni tüketen ikilemleri onu gördüğüm hatta sesini duyduğum an unuturdum.

Hayır, derdim kendi kendime, hiçbirşey beklemiyorum, gelecek tasarımları yapmıyorum onunla, bizim bir geleceğimiz yok, onun çoktan kurulmuş bir dünyası var, benim bir hayatım, bu yalnızca bir rüya, gözlerimi kapadığım an kendimi asla olmadığım kadar mutlu hissettiğim bir hayal.

Bir rüyanın içinde gerçekler bozulur. Bazen bizim bile istemediğimiz biçimler alır. Rüyaları biz yönlendiremeyiz. Yalnızca izleriz. Kimse bir rüyayı kurgulayamaz.

Ve insan hayatın içinde böyle gizemli bir taş bulmuşsa, ona dokunduğu anda bulunduğu yerden uzaklara götüren, bir çocuk gibi neşelendiren, küçük bir kız gibi ılk'lerin heyecanını yaşatan, bütün bir hayatın ışığını, renklerini, duygusunu değiştiren sihirli bir taş bulmuşsa bundan daha fazlasını istememeliydi...

Sonradan düşündüm, acaba neden o bana aynı soruyu sormamıştı. Eğer sorsaydı ben ona ne söyleyecektim?

Hayatın başka bir odası daha olduğunu ondan öğrendim.

Hayatın gizli odası...

İşte şu masallarda anlattıkları, anahtarının mutlaka kaybolduğu, gizlendiği, açılabilmesi için sihirli sözcüklerin arandığı, devlere, perilere, büyücülere başvurulduğu oda gibi... Evet tam da onun gibi... Bir masal odası...

Sanki farkında bile olmadan kitaplığın içindeki gizli bir düğmeye dokunmuştum ve bir kapı açılmıştı.

Beni nereye götüreceği, geri gelip gelemeyeceğim, kimlerle karşılaşacağım bilinmez bir koridor uzanıyordu önümde.

Ayla'nın gizemli kentleri bulması gibi... Üstündeki toprağı kazıyıp ortaya çıkardığı ağır, taş kabartmalarla süslenmiş kapıyı itip kendisini birdenbire yeraltı geçitlerinde, nereye gittiğini, neyle karşılaşacağını bilmediği bir labirentte bulması gibi...

İnsan bazen kendi içindeki gizli kapıların bile yerlerini bilmiyor. Bazen bir rastlantıyla ya da karşısına beklenmedik bir anda çıkan biri sayesinde öğreniyor.

Tıpkı o gizemli eski zaman kentlerine, sonsuza dek bütün kötülüklerden, yabancılardan, bilinmeyen güçlerden gizlenmeye çalışan bir kralın tapınağına girmiş gibi, duvarlara yazılı okunamayan sözcüklerle, bilinmez dillerle, çözülmemiş resimlerle, size ne anlatmak istediğini anlayamadığınız işaretlerle karşılaşıyordunuz.

Ama belki de asıl yanıltıcı olan, bütün bu unutulmuş sözcüklerin, işaretlerin, şifrelerin sizin bildiklerinize benzemesiydi.

Evet benzer ama aynı değil.

Sözdizimi herşeyi değiştiriyordu. Bir işaret, binlerce yıl sonra bambaşka bir anlama geliyordu. Çok tanıdık sandığınız sözcükler aslında çözemediğiniz bir başka hikâye anlatıyordu.

Ama biliyor musunuz bence en güzel an oydu işte. Binlerce yıl sonra ilk kez dokunulan bir kapının açılıp sizi ürpertici bir rüyanın içine çağırdığı an...

Henüz size ne anlatmak istediğini bilmediğiniz yazıların arasında korkarak, heyecanla dolaşmak... Mükemmel bir heykelciği elinizde tutmak, hiç bilmediğiniz bir geçmişe dokunmak, ne olduğunu anlamadığınız eşyaya bakmak, bir zamanlar hayatın vazgeçilmez unsurları olan kırık dökük parçalardan birşeyler anlamaya çalışmak, –kimbilir şimdi bize sıradan gelen bu parlak taşlı yüzük o zamanlar hangi kutsal yükleri taşıyordu– atlı arabaların, ürkütücü savaşçıların, kartalbaşlı tanrıların, köpekyüzlü hizmetkârların, parlak giysili rahiplerin, çocuk prenseslerin tasvirlerine hayranlıkla bakmak, bir gün bir rastlantıyla kendisini harikalar ülkesinde bulan o küçük kız gibi kaybolmuş, daracık koridorlardan eğilerek bin yıldır uyuyan güneş kralının odasına girmek, tanımadık kokuların, içinizi kaplayan ürkütücü bir sessizliğin giderek derinleştiği sırlarla dolu bir odada artık bütün kavgalardan, sonu gelmez savaşlardan uzakta, yeryüzünün koynundaki sonsuz huzura gizlenmiş birini görmek, sanki dokunduğunuz an dağılıp gideceğinden korktuğunuz, herkesten saklamak istediğiniz paha biçilmez bir dünyaya gelmiş gibi kendinizi bütün bir hayatın üstünde hissetmek... İşte tam o an...

Çünkü sonra herşey çözülür, bildik bir anlam kazanır, o eşsiz büyü, o benzersiz an dağılır gider.

İşte ben şimdi tıpkı o bilinmez dünyanın kapısını yeni açan birinin heyecanını taşıyordum. Ve bu an'ın sonsuzlaşmasını, hiç bitmemesini, bütün bir hayatı kaplamasını istiyordum.

Ah, ne olurdu, şuralarda bir yerlerde bana bu sırrı verecek o gizli yazıyı bulsaydım!

Tıpkı o rüyadaki gibi, kapıyı açarsanız masalın dışına çıkıyordunuz, açmazsanız istediğiniz gibi yaşayamıyordunuz.

Herşey isteğinizin dışında gelişiyordu.

Bir masalın içinde çok uzun süre kalmak imkânsızdı. Bir süre sonra o kapıdan çıkmak istiyordunuz, çıkmak, aynaların, yanıltıcı görüntülerin, sislerin, gelip giden duyguların arkasındaki gerçek hayatı tutmak istiyordunuz.

Beni yiyip bitiren çelişki buydu.

İçimdeki o gizli odada ne çok şey buldum.

Kendime farklı yerlerden bakmayı orada öğrendim. Başkalarının sözcükleriyle kendimi tanımlamak yerine kendi cümlelerimi kurmayı... Bedenin sizin dışınızda da bir hayatı olduğunu... Hayatın bize öğretilenlerin dışında bambaşka biçimleri olabileceğini...

Belki de asla ortaya çıkmayacak olan bambaşka bir

kadın buldum orada. Şaşırdım onu görünce. Korktum. Bana benzeyen ama tanımadığım bu kadınla ne yapacağımı uzun süre bilemedim. Kavgaya tutuştum önce. Herkesten gizlemeye çalıştım, kendimden bile...

Meğer insan kendisini hiç tanımadan yıllar yılı yaşayabilirmiş. Hatta belki de bütün bir ömür boyunca kendisini bir başkası sanabilirmiş.

Birdenbire anladım ki ben kendimi çok iyi tanıdığımı sanırken aslında hiç tanımıyormuşum.

Sorsalar, asla duygularına kapılmayan, güçlü, kendi sözlerini başkalarını fazla umursamadan söyleyebilen, herşeyi akılla çözebileceğine inanan biri olduğumu anlatırdım.

Kendine güvenen, hiçbirşeyden korkmayan, ne yapacağını bilen bir kadın...

Böyle sanıyordum.

Bir de baktım ki aksine kendisini duygularına kaptırıp bütün bir dünyayı unutabilecek kadar akılsız biriymişim.

Akılsız evet. Ama bunu kötü birşey saydığımı sanmayın sakın.

Hayatı kendı başına kurabıleceğine, kendi düzeniyle yaşayacağına inanan insanlardan biriydim. Asıl budalalık bu değil mi?

Şimdi anlamıştım ki hayat bizden büyüktür ve biraz güçlü bir rüzgâr bile kurduğunuz bütün o kumdan kaleleri çocuksu bir keyifle ansızın yıkıverir.

Bir başkasının bedenine dokunmanın, birinin teninize dokunmasının sizi birdenbire alıp buradan sonsuzluğa taşıyabilecek kadar güçlü olduğunu bilmezdim.

Bunca yıl nereye, nasıl böylesine gizlendiğini bilmiyorum ama çılgınca bir tutkuyla dolu olduğumu öğrenmiştim artık.

Sanki kendi ruhumu kazıyordum ve orada gizlenmiş o belli belirsiz yazıları çözdükçe yeni bir kimlik buluyordum. Gerçek varlığımı... Kim olduğumu... Farkında bile olmadan yıllar boyu kendimden bile gizlediğim o gerçek kadını...

Sanki sonsuz uzaklıkta bir geçmişe gidiyor ve o bilmediğim alfabeyi çözdükçe kendimi hatırlıyordum.

Evet onu orada buldum.

Ve başkaları ne söylerse söylesin, ben o kadını çok sevdim.

Evet belki de o yalnızca bir anahtardı. Bana kendi hayatımın kapılarını açan bir rastlantı...

Özlemeyi onunla öğrendim.

İnsan varlığından habersiz olduğu birşeyi özlemez. Onun eksikliğini hissetmez.

Bilmediği birşeye sahip olmadığı için acı çekmez.

Çocuğunuz yoksa göğsünüze yaslanmış o sıcaklığın nasıl tanımlanamaz birşey olduğunu bilemezsiniz. Bilmediğiniz için de geri kalan bütün hayat boyu taşıyacağınız kaçınılmaz sorumluluğu o sıcaklığın nasıl karşılayabildiğini anlamazsınız.

Endişeyi onunla öğrendim... Kaybetmekten korkmayı...

Öyle çok korkardım ki... Ona birşey olmasından... Onu yeniden görememekten...

Birkaç gün kaybolsa... Söz verdiği zaman aramasa... Bütün uzaklıklara, koşulların bütün karışıklığına rağmen ondan haber alamadığım anda derin bir korkuya kapılırdım hemen. Ne yaparsam yapayım bu korku giderilemezdi. Sanki göğsüme bir bıçak saplanmış gibi ne yapacağımı bilmez halde giderek artan bir endişeyle beklerdim.

Evet beklemeyi, sabretmeyi de ondan öğrendim.

Öyle çok bekledim ki... Telefonun çalmasını... Bir mektubu, bir pusulayı... Onu yeniden görebilmeyi... Herşey öylesine belirsizdi ki, ne konuşursak konuşalım, ne söz verilmiş olursa olsun her keresinde sanki hep yeniden başlardık.

Kendi kendimi hep günün birinde onu kaybedeceğim düşüncesine alıştırmaya çalışırdım. O anlatılmaz duygunun esiri olduğunuz zaman artık bunun imkânsız birşey olduğunu bilemiyordum tabii...

Aslında bütün hayat böyle.

Eğer insan, ardından gelecek acıları düşünerek o an sahip olmadığı ama olacağını düşündükçe heyecan duyduğu şeylerden vazgeçebilse bambaşka bir hayatı olur.

Onunla bütün hayatım değişti ve yeniden başka bir biçime dönüştürmeyi başaramadım.

Hep derler ki, hayat insanın elinde olan birşeydir, insan kendi kaderini çizebilir. Sakın inanmayın. Hayat bizim asla bilemeyeceğimiz rastlantılarla çizilmiş bir kaderın elindedir.

Ama durun. Yine zamanları birbirine karıştırmadan önce neler olduğunu anlatayım.

Çünkü okurlar, biliyorum ki, bütün romanlarda olay akışıyla ve sonunda neler olacağıyla ilgilenir.

Bütün dünyanın Asya gribini konuştuğu o sabah ben, bambaşka bir nedenle, kentin biraz arka sokaklarındaki doktorun odasından çıktım, binanın kapısına yaslanıp temiz havayı içime çektim.

Hemen yakında bir kilise vardı. Herhalde benim kaderimi çizen bir Tanrı varsa, kendi dinimin evi olmasa da beni oraya kabul eder ve söyleyeceklerimi dinlerdi.

Hiç büyümeyen o masal kahramanının heykelinin yanındaki sokağa girdim.

Küçük kilisede kimse yoktu. Sıralardan birine oturdum. Loş, sessiz, huzurlu bir yerdi. Bir anda sizi gerçekten de dışarıdaki dünyanın debdebesinden, bütün o ciddiye alınan hayattan uzaklaştırıyordu. Yüksek, renkli resimler çizilmiş camlardan yansıyan ışık hüzmeleri içerideki karanlığı bölüyor, heykeller, resimler, eski eşyalar insana başka bir dünyaya geldiği hissini veriyordu.

Orada oturdum ve "Ulu Tanrım," dedim, "herhalde yaptıklarımı izledin, bana ne yapmam gerektiğini kendi dilinde söylediysen, senin işaretlerini okuyup okuyamadığımı bilmiyorum. Eğer kitaplarda yazılanlar doğruysa beni bu büyük günahtan döndürmek için mutlaka elinden geleni yaptın ama yine de buralı bir yazarın dediği gibi, *'insan yüreğinin çılgınlığına son yok...'*

Şimdi ne yapacağımı bilmiyorum. Ama belki de benim yaşamam gereken hayat budur ve sen beni yalnız bırakmışsındır. Eğer öyleyse bu çocuğu doğurmalı mıyım yoksa daha büyük bir günah işleyerek onu öldürmeli miyim?"

Yok canım, tabii bir cevap beklemiyordum.

Ama o an öylesine yalnızdım ki yapabileceğim pek başka birşey de yoktu ve kimbilir ne kadar zaman orada kendi kendime bir cevap bekliyormuş gibi öylece oturdum.

Bir yandan bu felaketin altından nasıl kalkacağımı düşünmem gerekiyordu. Bir yandan artık daha fazla böyle gizli saklı sürdüremeyeceğimi anlıyordum.

Sanki bir sınava girmiş gibi sorular yığılıyordu önüme.

Peki ama ona söyleyecek miydim?

Bunu bilmesi gerekiyor muydu?

Öğrendiği zaman ne yapacaktı?

Korkup geri mi çekilecekti yoksa çılgınca birşey yapıp benimle bir hayat kurmak mı isteyecekti?

Bu olabilir miydi?

Bütün bir hayat bir anda yıkılıp yenisi yapılabilir miydi?

Neden olmasın, diyordum kendi kendime... İkimiz de boşanırız, yeniden evleniriz, uzak bir yerlere gideriz, çocuk doğar, sonra ne yapacağımızı düşünürüz...

Sonra birden aklıma Turgut geliyordu, Fuat'ın eşi, kızı, annem, ağabeyim...

Keşke hepsi bu kadar olsa...

Ya çıkacak skandal... Bütün gazetelerde yazılacak haberler? Kendisi istese bile izin verirler miydi bunu yapmasına? Birden anladım ki yalnız Türkiye'de değil, bütün dünyada konuşulacak bir haber olurdu bu...

Başlıkları görebiliyordum şimdi:

"Bakan'ın metresinden çocuğu oldu!"

"Yasak aşk meyvesini verdi..."

Hayır, sandığım gibi kolay değildi. Bütün bunlara katlanmak, bütün bunları kabullenmek... Hem yalnız ikimiz için değil, geri kalan ve aslında hiç suçu olmayan öteki insanlar ne yapacaktı? Onlara bunu yapmaya hakkımız var mıydı?

Bütün memleket karışmaz mıydı?

Fena mı işte, zaten herkes şikâyetçi değil mi, bu bahaneyle hükümet düşer de hepimiz kurtuluruz, diye bir an güldüm kendi kendime...

Tarihe geçerdim, hükümet düşüren kadın diye...

Gül, gül sen daha, diyordum içimden, bakalım bunun sonunda da gülebilecek misin?

En doğrusu, kimseye söylemeden, kimsenin haberi bile olmadan çocuktan kurtulmak değil miydi?

Aklıma şeytanca şeyler de geliyordu. Kim bilecekti ki çocuğun ondan olduğunu? Zaten Turgut da çocuk diye tutturmamış mıydı ne zamandır? Herhalde deliriyordum, böyle şeyler düşünebildiğime göre o anda aklım pek yerinde değildi.

Bir an kendi kendime güldüm, ister misin oğlan olsun, büyüyünce de tıpkı onun burnunu alsın...

Ayla'yı arasam, o da anlamaz ki bu işlerden... Sen çok anlıyorsun! İnsan liseli kızlar gibi ilk keresinde hamile kalır mı? Budala, diyordum kendime. Eh, doğrusunu söylemek gerekirse liseli bir kızdan fazla büyük de sayılmazdım.

Ama olan olmuştu artık.

Bir an önce bir karar vermek zorundaydım.

Ama zaten o günlerde en çok zorlandığım şey de bu değil miydi: Karar vermek.

Sislerle kaplı sokaklarda kaybolmuş gibi yürüdüğüm, kendimi kentin o güne kadar hiç gitmediğim semtlerinde bulduğum, sonunda ısınmak için bir kahveye girip oturduğum zaman masama gelen o kadınla uzun uzun dertleştiğim gün şimdi ancak bulanık, unutulmaya yüz tutmuş bir resim gibi... Ama o unutulmaz sıkıntı, nasıl olmuşsa yitip giden onca şeyin içinde benimle kalmayı başarmış. O günü hatırlarken o tanımsız bulantıyı da hissediyorum içimde yine.

Evet işte orada, o akşamüzeri, daha önce hiç gitmediğim bir semtteki kahvede, başka yer olmadığı için gelip masama oturan o kadına başıma gelenleri anlatıyorum.

Daha önce hiç görmediğim bir kadına anlatıyorum bütün bunları.

O da bana, kolundaki numaraları gösteriyor, hayatla ölümün iç içe geçtiği, yalnızca birkaç saatlik bir farkla onu alıp buraya getiren o rastlantıyı, akıl almaz kıyımları, bir iskelete dönüştüğü toplama kampından nasıl kurtulduğunu anlatıyor.

Nasıl olup da benim yaşlarımdaki bu kadının böylesine yaşlı göründüğünü anlayamıyorum. Sanki hiç unutulmayacak bir keder gelip gözlerine yerleşmiş. Güldüğü zaman bile gitmiyor. Ben konuşurken onun, çocuklar gibi önündeki kremalı pastayı her kaşıkta tadına vararak, yavaş yavaş, sanki hayatındaki ilk ya da son pasta gibi yemesini izliyorum.

Birbirini hiç tanımayan, farklı ülkelerden gelip burada bu kentte başka bir dilde, bozuk bir anlatımla birbirimize hayatımızı anlatıyoruz.

Bağırarak konuşan birkaç adam, buranın müdavimi olduğu belli olan insanlar, yüksek sesle çalan acıklı bir aşk şarkısı, içtikçe tatsızlaşan kahve ve sigara... Başım dönüyor.

Kendi kendime artık eve dönmem gerektiğini söylüyorum, gerçekte bir hayatım olduğunu...

Eski, modası çoktan geçmiş çantasını toplayıp kalkarken, beni tanıdığı için sevindiğini söylüyor ve sonra "Hayat hiç beklenmedik bir anda biten birşey," diyor, "içinizden gelen neyse onu yapın, fazla düşünmeye zaman yok..."

Tam da o günlerde ne olduysa sabah telefonları kesildi.

Oysa son konuşmamızda bir hafta sonra geleceğini söylemişti.

Kafam karmakarışıktı. Hissettiğim tek şey tanımsız bir sıkışmaydı aslında.

Hâlâ bugün bile o günlerde gördüğüm bir rüyadan kurtulamam. Annemlerdeyiz, Fuat da var, babam yaşıyor, kayınvalidem, Turgut, ağabeyim hep beraber oturuyoruz. Annemlerdeyiz ama bizim evimizin eşyaları da burada. Bu eşyanın burada olması nedense bana çok garip geliyor. Ben hâlâ kimse bilmiyormuş gibi davranmaya çalışıyorum ama sonra herkesin bildiğini fark ediyorum. Kimseden çıt çıkmıyor ama bakışları görebiliyorum. Belki birşey yapar, birşey söyler diye Fuat'a bakıyorum ama o da önüne bakarak dalgın dalgın oturuyor.

Bu karabasanla uyanırdım bazı geceler... Tam da o öğledensonrayı, oteldeki saatleri de bildiklerini düşündüğüm anda...

Hâlâ bir tek o rüyada babamı gördüğüm için sevinemem...

Dünyayla bağım kesilmişti. Tümüyle içime kapanmıştım.

Zaten pek az görüştüğüm insanlarla da görüşmüyor, Turgut'la yalnız kaldığımız saatleri olabildiğince atlatmaya çalışıyor ve düşünüp duruyordum.

Şimdi ona en çok ihtiyacım olduğu anda birdenbire kaybolmuştu. Hiçbir haber alamıyordum.

Ayla yine bin yıllık yeraltı kentlerine dönmüştü.

Son yazdığı mektupta, daha önce bazı parçaları bulunup anlaşılamamış bir destanın en önemli bölümünü bulduklarını, bunun belki de yazılmış en eski aşk hikâyelerinden biri olduğunu söylüyordu.

O telefonun başında bütün bir gün oturduğumu hatırlarım.

Ama çalmıyordu.

Birkaç kez oturup ona mektup yazdım. Coşkuyla, yükselen duygularla yazılmış, sitemlerle, kimi zaman öfke ve kıskançlıkla, kimi zaman yorgun, bezgin bir teslimiyetle, kimi zaman dayanılmaz bir özlemle dolu mektuplar...

Tabii hepsini sonunda yırtıp atıyordum. Kimbilir belki de o günlerde bunları yazmak beni biraz olsun rahatlatıyor, kendi kendime konuşmak yerine neler düşündüğümü görmemi sağlıyordu.

"*Nerede olduğunu bilmiyorum, neden kaçtığını, ne düşündüğünü... Eğer içinde en küçük bir soru varsa, eğer en küçük bir pişmanlık duyuyorsan bana bunu söylemelisin. Yoksa hepsi yalan mıydı? Bütün o sözler, bütün o şarkılar, bütün o gözyaşları hep sahte miydi? Seni bulmak, yakana yapışıp, gözlerimin içine bakarak gerçeği söylemen için sarsmak istiyorum. Yoksa korkup artık vazgeçtiğini söylemek yerine kaçmak mı istiyorsun?.. Eğer öyleyse merak etme ben de seni artık görmek istemiyorum... Hayatımızı mahvetmeden önce bu sonu olmayan hayalden uyanalım ve doğru olanı yapa-*

lım... Sana bütün bir hayat boyu mutluluklar diliyorum..."

Tabii sonra bu mektup yırtılıyor ve çaresizlik içindeki akşam satırları geliyordu:

"İçimde anlatılmaz bir endişe var. Yoksa birşey mi oldu? Benim bilmediğim, beklenmedik birşey? Çok korkuyorum. Küçük bir çocuk gibi ağlayıp duruyorum. Tırnaklarımı öyle çok yedim ki artık korkarım o çok sevdiğin ellerimi beğenmeyeceksin... Ne olur şu telefon çalsın, ne olur yine o neşeli, mutlu sesini duyayım, hiçbirşey istemiyorum, bir tek iyi olduğunu söyle, sonra kapat, razıyım..."

İşte böyle bir duygudan ötekine savrulup duruyordum.

Neler olduğunu bilmiyordum. Haber alabileceğim, sorabileceğim kimse yoktu. Bunu o güne kadar nasıl olup da düşünmediğime şaşıyordum. O istemediği anda bir daha ona ulaşamayacağımı ilk kez o zaman fark ettim. Kimsenin benden haberi yoktu... Bizden başka herşeyden haberi olan tek kişi Ayla'ydı. Fuat belki en kötü durumda ona ulaşabilirdi ama benim arayacağım hiç kimse yoktu. Peşimde koşup durmasına, ne yaparsam yapayım beni arayıp bulmasına o kadar alışmıştım ki bu hiç aklıma gelmemişti.

Bir yandan bunları düşünüyor bir yandan da artık son bir çabayla günlük hayatımı sürdürmeye çalışıyordum. Bir yerden bir yere gitmek, alışveriş yapmak, yemek pişirmek, bulaşıkları yıkamak, biriyle zorunlu birkaç söz konuşmak bile öylesine imkânsız geliyordu ki anlatamam.

İnsanın içiyle dışının bambaşka olması gerçekten böylesine zor muydu yoksa ben bu duyguyu hiç bilmediğim için mi bana öyle geliyordu?

Turgut birşeylerin farkındaydı ama ne olduğunu bilemiyordu.

Ben yalnızca utanıyordum onun karşısında. Bir türlü yokedemediğim bir utançla, her an herşeyi söyleyebileceğimi bildiğim için de kendimi iyice kasıyor, her söylediğime dikkat ediyordum.

Yine cuma yemekleri, bazı haftalar belki sinema ya da tiyatro... Bunlara biraz olsun katlanabiliyordum ama artık arabayla haftasonu gezintilerine, pikniklere dayanamıyordum. Hele o elçiliktekilerin biraraya geldiği akşamlar benim için tümüyle kâbusa dönmüştü.

Canım kimseyi görmek, konuşmak istemiyordu. Alışveriş yaparken ya da bir lokantada yemekleri söylerken bile sohbet etmeye çalışan satıcılar ya da garsonlar beni çileden çıkartmaya yetiyordu.

İnsanın kendisine hiç benzemeyen bir kabukla da yaşayabileceğini, giderek kendisiymiş gibi bir maske yaratabileceğini o zaman anladım.

Sonunda bir akşam daha fazla dayanamayıp, "Sana ne oldu?" diye sordu, "Son zamanlarda yüzün gülmüyor, hep düşüncelisin..."

İşte belki de tam zamanıydı. En azından artık bu evliliğin yürümediğini, mutlu olmadığımı söyleyemez miydim? Ortak neyimiz vardı ki? Herhalde o da benden çok memnun değildi... Akşamları oturup karşılıklı konuşmalarımız yarım saati geçmiyordu artık.

Böyle ömür boyu aynı evde iki arkadaş gibi oturacak mıydık?

Ama eskisi gibi aklıma geleni söyleyemiyordum artık. Sanki bambaşka biri olmuştum. Büyümüştüm. Başkalarına benzemiştim. Bu öldürücü sır beni kuşatmış, esir almış, yönetiyordu.

Aklımdan geçenleri sanki benim yerime bir başkası değiştirip bambaşka sözcüklere dönüştürdü:

"Çok sıkıldım buradan artık, annemi, ağabeyimi özledim, Türkiye'yi özledim..." dedim.

Rahatlamış gibiydi. "Eh, tahmin ettiğim gibi," dedi, "burada hiç arkadaş edinemedin, sıkılıyorsun tabii... Benim de aylardır halim belli... Kafamı kaldıramıyorum ki seni bir yerlere götüreyim. Aslında beraber gideriz diye düşünüyordum ama ayrılamıyorum, en iyisi seni yollayayım, biraz dinlenirsin, özlem gidererirsin..."

"Nereye?" dedim şaşkın şaşkın.

"Nereye olacak, İstanbul'a..."

Benim günlerdir düşünüp bulamadığım şeyi bir anda o söylemişti.

Hayatta insanın başına gelebilecek en kötü şey, doğruları bilip yanlışları seçmek istemesi midir?

Belki ondan da kötüsü, yanlışları seçmek istediği halde doğruları seçmek zorunda kalmasıdır.

O gece yatağımda, karanlıkta gözlerimi kapatıp düşündüm.

Belki de bu bana verilen son işaretti. Üstelik bir de çıkış kapısı vardı. Hiç kimse bilmeden bu çocuktan kurtulabilir ve artık bu sonu olmayacak ilişkiyi bitirebilirdim.

Evet böyle olmalıydı.

Bir aşk öyküsü sonsuza dek sürüp gidemezdi.

Aşk öykülerinin benzersizliği, bizi alıp götürmesi, kendimiz yaşamasak bile eşsiz bir heyecan duymamızı sağlaması bu yüzden değil miydi?

Bir tür göz boyama, geçici bir baş dönmesi, bir sihir değil miydi?

İnsan böylesine bir masalı gerçekte yıllarca yaşayabilir miydi? Başınızın üstünde parlayan bir haleyle alışveriş sepetine marulları, pırasaları doldururken düşünsenize kendinizi...

Sonsuza dek yalanlarla yaşayabilir miydiniz?

Hayır bu mümkün değildi.

Belki de bütün aşkların mutsuz bitmesinin nedeni de buydu... Eğer günün birinde uyumadığımız halde bir rüya gördüysek belki de bu eşsiz deneyimle yetinmeli, onun anısını kalbimizde gizleyip sıradan hayatımıza devam etmeliydik.

Ama yapamıyordu insan. O duygu, o çarpıntı sonsuza dek yanında kalsın, hiç bitmesin istiyordu.

Bir anda beklenmedik bir yerde, her gün geçtiğiniz sokaklarda, aslında sonsuzluğun içinde bilinmeyen bir yerlerde gizli olduğunu sandığınız o cenneti bulup da sahte bile olsa vazgeçmek o kadar kolay değildi.

Onun için bütün görkemli aşk masalları böyle felaketle bitiyordu işte.

Tıpkı uyuşturucuya saplanıp kalmak gibi birşey...

Zaten ondan da ses çıkmıyordu. Kimbilir belki o da aynı şeyleri düşünüyordu. Artık o da fazla ileri gittiğimizi, bunun sonunda belki benim yaralanacağımı, belki birlikte tehlikeye düşeceğimizi anlamış, uzaklaşmanın en doğrusu olacağına karar vermişti.

Bir keresinde, "Benim hayatım umurumda bile değil," demişti, "tek korkum senin dile düşmen, senin üzülmen..."

Kahkahalarla gülmüştüm o zaman...

"Dile düşmek mi? Benim sahiden de bunlara aldıracağımı mı sanıyorsun?"

Yüzümü okşadı, "Sen daha çok küçüksün, insanların nasıl zarar verebileceğini hiç bilmiyorsun..." dedi.

Hayatımda iki insanın eli yüzüme dokunduğu zaman birdenbire sakinleşip bütün sıkıntılarımı, üzüntülerimi unuttum. Biri babamdı, biri de o.

Eliyle yanağımı tutup hafifçe okşadığında boynumu biraz yana kırar, eline yaslanırdım. Aklımda ne varsa silinir giderdi o anda. İçim ürperirdi, sanki birşey yükselirdi boğazıma doğru, aynı anda derin bir şefkat duyardım, anlatılması çok zor ama hem o anda çırılçıplak kendimi ona bırakmak, onunla sevişmek hem de göğsüne uzanıp derin, mutlu bir uykuya dalmak isterdim. Ve inanır mısınız hangisini daha çok istediğime, daha doğrusu hangisini istediğime karar veremezdim.

Öyle karşımda durur, her keresinde ilk kez görüyormuş gibi bakardı bana. "Neden bana öyle bakıyorsun?" diye sorardım.

"Senin gözlerine bakınca insan birden heyecanlanıyor, inanılmaz bir ışıltı var gözlerinde, sana bakarken kendimden geçiyorum," derdi.

Ama o anda bunları düşünemiyordum. Bunları bilmiyordum bile belki.

Yapmak istediğimi değil, yapmam gerekeni düşünüyordum yalnızca.

İşte yaşanacak olanlar yaşanmıştı. Bu bir maceradan başka ne olabilirdi ki? Ve şimdi kimse zarar görmeden, kimse duymadan, sanki hiç olmamış gibi bitmeliydi. Gerçekten de unutulmaz bir rüyaymış gibi uyanacaktım ve bir zaman sonra o rüyanın silik, karmaşık görüntüleri kaybolup gidecek, yalnızca duygusu benimle kalacaktı.

Ama karanlıkta yastığımın üstüne akan damlaların farkındaydım. Evet yapmam gereken buydu ama ne yazık ki aslında hayatta yapmayı istediğim son şey de buydu.

İnsan kimi seveceğini seçebilir mi?

Seçemiyormuş.

Dedim ya, kendi içime öylesine kapanmıştım ki neler olup bittiğinden haberim bile yoktu.

İstanbul'a gelince gerçeklerden nasıl koptuğumu işte o zaman anladım.

Annem benim birdenbire gelişime öyle sevinmişti ki nedenini sormadı bile. Bahçeye girip de manolya ağaçlarını görünce sanki çocukluk arkadaşlarımı görmüş gibi ağlamaya başladım.

Kapı çıngırağı çalınca annem fırladı, ağabeyim de arkasından...

Zaten beni görünce annem kendisini tutabilir mi, biz onunla sarılıp bir zaman bahçede ağlaşırken ağabeyim de, "Canım durun, ne oluyorsunuz, beni de ağlatacaksınız, kadın milleti değil mi..." diye söyleniyor ama sahiden de gözyaşlarını zor tutuyordu.

Belki bana öyle geliyor, belki her insan çocukluğunun anlatılmaz kokularını duyduğu yerlerde mutlu olur ama bunca yer gördüm dünyada, bu manolya ağacının durduğu bahçe, erguvanların duvarlardan sarktığı parketaşı sokak, sanki bütün zamanları yaşamış olmanın bilgeliğiyle eşsizliğini gizleyebilen irili ufaklı yalılar, balıkçı kayıklarının durduğu sahil kadar güzel hiçbir yer görmedim.

Bu dar sokaklarda yürümeyi, eski evlerin pencerelerinde oturan yaşlı kadınlarla selamlaşmayı, balıkçıların pırıl pırıl tezgâhlara doldurdukları lüferlerin, uskumruların arkasındaki o neşeli bağırışlarını, geç kalınca evin içinde dört dönmeye, sanki bir âşığın gelmesini bekler gibi pencerelere gidip gelmeye başladığım simitçinin akşamüstü sesleni̇şini, beni uykumun arasında yoklayan anneannemin sesi gibi yakından gelen sabah ezanını, bütün bir gün oturduğunuz yerden yalnızca ışığın değişmesiyle her an yeni bir resme benzeyen manzaraya bakmanın verdiği hayreti, kıyıda oturduğumuz yaz akşamları neredeyse el uzatsak dokunacağımız kadar yakından geçen ve kimbilir nerelere giden o dev gemileri, sessizliğin içinde birdenbire başlayan ve birbirlerine gizemli bir dilde neler anlattıklarını asla bilemeyeceğimiz martıları, ayaklarımızı suya uzatıp oturduğumuz zaman çılgınca akıp giden denizi, bana hayatın ne olursa olsun benzersiz, akıl almaz bir mutluluk olduğunu söyleyen bütün bu görüntüleri, sesleri, kokuları başka hiçbir yerde bulamadım.

Ama o gün beni öyle bahçe kapısından girerken böylesine hıçkırıklara boğan şeyin aslında ne olduğunu kimse bilmiyordu tabii...

O an, o kapıdan girerken bir mucize olsa da birdenbire küçülsem, sanki yıllar öncesinin yazlarından birine dönmüş gibi küçük bir kız olarak oradan girsem ne olurdu sanki...

İşte çayım, küçük ıspanaklı böreklerim, kaşarpeynirim hazırdı bile...

Yalnızca denizden gelen esinti bile bir an için herşeyi unutmamı sağlıyordu.

Uçakta gelirken zaten başka bir havaya girmiştim. Birdenbire bu işin böyle gizli saklı yürüyüp gitmesinden rahatsız olmuştum. Bir kadının kocasına söylemesi mümkün olmayan birşeydi belki ama ne yapalım ki gerçekti. Bunu saklamak, tertemiz bir insanı bütün bir ömür boyu kandırmak sanki daha mı iyiydi? Evet biliyorum, kimsenin haberi olmayacaktı, belki yalnızca beni tanımayan bir doktorun, bir hemşirenin... Ama ben bilecektim... Bundan böyle ne zaman onun yüzüne baksam bu sahtekârlığımı, inanılmaz yalanımı bilecektim. Soğukkanlı bir katil gibi yaşayıp gidecektim öyle mi? Yok, ben bunu yapamazdım.

Ben birini sevmiştim. Bir oyun oynamak istemiştim. Evet büyük bir hata yapmıştım belki. Evli bir kadının hatta bekâr bile olsa evli bir adamla böyle yakınlaşması, görüşmesi belki ona ümit vermesi doğru değildi. Bütün bunları daha ilk günlerden, Ankara'daki o sohbetlerden anlayıp bitirmem gerekirdi. Ama yapmadım. Belki de kimselerin bilmediği, benim neşeli, delidolu halime bakanların asla anlayamayacağı bir yalnızlık yüzünden olmuştu. Belki...

Hayır, birden fark ettim ki buna bahaneler aramanın, nedenler bulmanın hiçbir anlamı yok. Böylesine eşsiz bir duygunun nedeni olur mu? İnsan kalbinin belki nasıl çarptığının, neden durduğunun, nasıl tıkandığının nedenleri vardır. Ama kimin için çarptığının nedeni olur mu?

Dipten gelen bir dalga gibi, yerkürenin kabuğunun birdenbire kırılması gibi beklenmedik bir sarsıntıydı bu. Bir anda o güne kadar olan bütün hayatınızı geri dönülemeyecek biçimde değiştiren bir deprem.

Ben hep insanın kararlarını kendisinin verebileceğine, hayatını kendi elleriyle biçimlendireceğine, aklın üstünlüğüne inanmıştım.

Bütün o aşk romanlarını okurken, o filmleri izlerken

kendi kendime hep, "Ah ne budala kadın," derdim, "ya şu adam, zavallı nasıl da körleşmiş..."

Güler geçerdim bunlara.

Uçsuz bucaksız bir çölde yürürken kafanıza yıldırım düşmesi gibi komik ama aynı zamanda çaresiz birşeydi yaşadığım.

Olmuştu işte. Böylesine güçlü bir dalgaya direnmek mümkün değildi. O dalganın üstünde, beni götürdüğü yere gidiyordum ama hâlâ dizginlerin elimde olduğunu sanıyordum.

Hayır, kimsenin suçu yoktu. Ne kocamın, ne onun ne de benim. Bu yalnızca hayatın bizi hiç umursamadan kendince kurduğu bir oyundu.

Yapmam gerekenleri yapmış mıydım? Bilmiyorum. Direnmiştim kendime göre. Uzak kalmaya çalışmıştım. Bunun yalnızca bir oyun olarak kalmasını, belki beni böyle uzaktan bir hayal gibi mutlu etmesini ve sonra tatlı, güzel bir anı olmasını istemiştim.

Yapamadım.

Aslına bakarsanız uçakta bütün bunları düşünürken birden anladım ki hamile kalmamın, onunla geçirdiğim o öğledensonranın, bir başkasının tenine dokunmuş olmamın hiç önemi yok. Hepsinden önemlisi benim ona âşık olmam...

Ben bir başkasına âşıktım.

O başkasını hiç görmesem, onunla hiç konuşmasam, hiç dokunmasam bile yalnızca ona âşık olmam bile yetmez miydi? Anladım ki yalnızca bir kaçamak olsaydı, yalnız bir kadının istekleri olsaydı, yalnızca şehvetle geçirilmiş bir gün olsaydı herşey çok daha kolay olurdu.

O zaman herşeyden vazgeçilebilir, belki gizlenebilir, belki söylense bile unutulup gidebilirdi.

Buna bir anlık bir delilik, bir kendini kaybediş an'ı, bir sarhoşluk denilebilirdi.

Ne var ki kalbim, aklım, rüyalarım, mutluluğum, hüznüm, gözyaşlarım, şarkılar, kitaplar, filmler herşey, herşey artık onundu.

Onun olmadığı bütün görüntüler, yanımda yokken bile onu düşünmeden geçen tek bir an yalnızca hayatın bezdirici sıkıntısını taşıyordu artık.

İnsan yalnızca bir sesi duymakla, uzaktan bir hayali düşünmekle, onun gülüşünü, bir sözünü, gülerek, ellerini sallayarak anlattığı bir hikâyeyi, çocuksu gülümsemesini, bir an için deli bir âşık, bir an için şefkatli bir baba gibi anlatılmaz bir ifadeyle bakan gözlerini düşünüp kendi kendisine gülüyorsa, içinden sıcacık birşey kayıp gidiyorsa artık buna bir oyun, bir hayal, bir rüya denebilir miydi?

Bu, gerçeğin, dünyadaki en güzel gerçeğin ta kendisi değil miydi?

Ve ben ne yapmaya karar vermiştim? Bu inanılmaz mutluluğu bir yana bırakıp (sanki becerebilirmişim gibi) yalnızca birkaç saati için bile yıllarımı verebileceğim o eşsiz anları unutup evime geri dönecek, eski hayatımı sürecek, kimselere belli etmeden evliliğimi kurtaracaktım...

Peki ama neden? Yalnızca böyle olması gerektiği için mi? Yalnızca başkaları üzülmesin diye mi? Bütün evlilikler mutlu ya da mutsuz surup gitmek zorunda olduğu için mi? Yoksa yıkılan şeylerin yerine yenilerini kurmaktan korktuğumuz ve günün birinde pişmanlık duyacağımızı sandığımız için mi?

Hayatla tek başımıza başedemeyeceğimizi düşündüğümüzden mi yoksa?

Birdenbire anladım ki asıl hayal budur ve gerçekleşmesi imkânsızdır.

Hem neden yapacaktım bunu? Başkaları için... Ama başkaları mutlu olacak mıydı o zaman? İçinde, bir başkasına duyduğu aşkın koparılmasıyla sonsuz bir kırıklık kalmış bir kadın bir başka erkekle ne yapabilirdi ki? Üstelik ne zamandır aramızda hiçbirşey yoktu. Biz artık iki arkadaştık. Hem de birbirine kendi hayatlarını anlatmayan, birbirlerini gerçekte tanımayan, yalnızca hayatın görünür yanlarını paylaşan iki arkadaş...

Çok üzgündüm... Ne yaparsam yapayım Turgut'un mutsuz olacağını biliyordum. Mutsuz olacaktı ama beni çok sevdiği ya da kaybettiği için değil. Kurmak istediği hayat bozulduğu, başarısız olduğu için... Ama belki de şimdi söylemek en doğrusuydu. Böylece hiç değilse bana kızacak, benden nefret edecek ve unutması daha kolay olacaktı. Şimdi belki benden ayrılmak ona zor gelecek ama zaman geçince doğrusunun bu olduğunu o da anlayacaktı.

Evet kapının çıngırağı çaldığında benim aklımda bunlar vardı ve anneme sarılıp ağlarken kimse bilmese de çoktan boşanmaya karar vermiştim.

Böyle uzakta olunca, ne zamandır gelmediğim çocukluğumun evinde birdenbire ne yapacağıma karar vermiş gibiydim.

Sanki birden bambaşka bir âleme geçmiştim. Ne kadar alıştığımı sansam da bir türlü yabancılıktan kurtulamadığım, kendimi hep yalnız hissettiğim o kentlerden uzakta, herşeyin çok tanıdık olduğu bu bahçede şimdi birden rahatlamıştım.

Daha bir gece önceki tedirgin, güvensiz, çelişkiler içindeki insan ben değildim sanki... Artık biliyordum ne yapacağımı...

Ama yine de bunu ona hele anneme nasıl söyleyeceğimi o an düşünmek bile istemiyordum.

Ben böyle kendi dünyama dalıp gitmişken ne çok şey olmuştu.

Herkes politikadan sözediyordu o günlerde.

Konuşulanlara göre sahiden de hiçbirşeyden haberim yoktu. Radyoda neredeyse komik denilecek propaganda konuşmalarından geçilmiyor, buna karşılık kimi görsem yakınıyor, bıçağın kemiğe dayandığını söylüyordu.

Gazeteciler tutuklanıyor, gazeteler sansürleniyor, kim sesini çıkartırsa devletle kavga etmiş sayılıyordu.

Öğrenciler, hocalar, askerler, memurlar hep şikâyetçiydi.

Yalnız beni görmeye gelen akrabaların, konu komşunun söyledikleri bile herşeyin büyük bir hızla sona doğru gittiğini göstermeye yeterdi aslında.

Bunları duydukça kalbim sıkışıyor, kendi kendime onları savunacak birşeyler bulmaya çalışıyor ama doğrusu ben de bulamıyordum.

Bazen konuşmalarda onun da adı geçiyor, ötekilerle birlikte o da suçlanıyor, asla yapmayacağını bildiğim şeyler anlatılıyor ama kızarıp bozarıp sesimi çıkartamıyordum.

Hep onun Ankara'da o öğledensonra bana birdenbire politikaya gireceğini söyleyip düşüncemi sorduğu zaman, "Ben size politikayı yakıştırmam..." deyişimi hatırlıyordum.

Sanki içime doğmuş gibi...

Yazık ki bunu söylememden hiç hoşlanmamıştı o gün.

Şimdiyse içimde, çocuğu okuldan gecikmiş annelerin duyacağına benzer bir endişeyle ne yapacağımı düşünüyordum.

Üstelik o ortalarda yoktu.

Ben böyle kendi kendime karar vermişken onun neler yaptığını, beni arayıp aramadığını, ne düşündüğünü hiç bilmiyor, bir yandan ona çok kızarken bir yandan da büyük bir umutsuzluğa kapılıyordum.

Sonunda anlaşıldı ki, beni niye aramadığını düşündüğüm günlerde o, bir Uzakdoğu gezisindeydi.

Sonradan bana, "Öyle yerlere gidiyorduk ki ne bir an yalnız kalabiliyordum ne de seni arayacak bir telefon bulabiliyordum, yoksa aklımdan bir an bile çıkmadın..." diyecekti ama ben bunun yalan olduğunu o zaman da biliyordum.

Gerçek başkaydı.

Birlikte geçirdiğimiz o öğledensonra oteldeki odada radyoyu açmış ve ikimizi de nedensiz bir biçimde duygulandıran, ağlatan bir şarkı başlamıştı.

Akordiyonla çalınan kederli bir tangoydu bu. O zaman demiştim ki, "Fuat, bu ikimizin şarkısı olsun, nerede olursa olsun hep bu şarkıyı dinleyelim, birbirimizi hatırlayalım..."

Yüzü asılmıştı.

"Hep böyle veda eder gibi konuşuyorsun, biz hiç ayrılmayacağız, bunu aklından çıkart, ben delinin biriyim, ne olursa olsun senin peşini bırakmam, istersen dünyanın öteki ucuna git ben de gelirim, hiçbirşey gözümde değil..." demişti.

Birbirimize sarılıp gözlerimizden yaşlar akarak o şarkıyı dinlemiştik.

Onun küçük bir çocuk gibi yüzünü asmasına hiç dayanamazdım.

İşte dönmeden önce o şarkının plağını bulup almış. Ankara'ya döndüğü zaman kızına her gece o şarkıyı pikaba koyup çaldırmış. Gözleri dolarak, uzaklara bakarak sigarasını içip defalarca bu şarkıyı dinlemiş.

Bunları ben sonradan öğrendim.

Onun o gün karısından boşanmaya, eve gider gitmez bunu ona söylemeye karar verdiğini ancak yıllar sonra anladım. Ama kimi zaman sert olsa da, lafını sakınmasa da, bir anda parlayıp geçen öfkelere tutulsa da, sevdiği insanlara, onları mutsuz edecek birşeyi söyleyebilecek biri değildi.

İstiyordu ki herkes onun ne hissettiğini anlasın, söylemediklerinden bir anlam çıkartsın, ona göre davransın...

Aslında benim ne düşündüğünden haberim yoktu ama o, sanki bana bir söz vermiş gibi gidip de karısına artık boşanmak istediğini söyleyemeyince beni arayamamış, eve gitmemek için her bahaneyi uydurup gezilere, çalışmalara dalmış.

Kimbilir belki o da aynı şeyleri düşünüyordu. Gidip de evini, kendisini heyecanla karşılayan kızını, eşini görünce onları bütün milletin gözü önünde başka bir kadın için bırakamayacağını anlamış, çaresizlik içinde vazgeçmenin yollarını aramıştı.

Ama âşıklar hep şüphecidir.

Ben bütün bunların böyle olduğunu o zaman düşünmemiş, belki de artık yaptığından pişman olduğunu, belki fazla ileri gittiğine karar verdiğini, belki de sonradan benim sandığım gibi beni sevmediğini bile kurmuştum.

Ama biliyor musunuz hep içimde bir yerde, onun, ne olursa olsun benden vazgeçemeyeceğini, aramızda belki de yıllarını gece gündüz beraber geçirmiş sevgililerden bile güçlü bir bağ, sanki bizim kurduğumuz değil de bize verilmiş bir bağ olduğunu, biz istesek de bunu kopartamayacağımızı bilirdim.

Bir yandan bütün bunlarla uğraşıyordum, bir yandan beni görmeye gelen akrabalarla, tanıdıklarla yenen yemekler, çay saatleri, bir yandan da aklımı sürekli kurcalayan çocuk...

Doğrusu ne yapmam gerektiğine karar vermiştim ama bunu nasıl yapacağımı bilmiyordum.

Çocuktan kurtulur kurtulmaz geri dönüp kocama herşeyi anlatacaktım. Fuat ne yaparsa yapsın ben artık geri dönülmez bir yola girmiştim. Şimdi belki de en doğru zamandı karar vermek için... Çünkü onun ne yapmak istediğini bilmiyordum. Belki de çoktan vazgeçmişti. Belki de ben hayatımı bozacak ve yalnız kalacaktım. Ama benim için doğru olanı yapmalıydım. Başkalarını ya da geleceği düşünerek, birşeylere güvenerek, bir başkası için birinden vazgeçerek değil, hiçbir ödül olmadan, hatta belki yalnızca cezalandırılmayı göze alarak doğru olanı yapmak...

O zamana kadar doğru olanı yapmak, hayatımı mahvetmemek için düşündüklerimin hiçbirinin gerçek olmadığını anlamıştım artık. Bundan sonra ne olacağını yalnızca hayat gösterecekti.

Belki de hepimizin günün birinde kendimize bu soruyu sormamız gerekiyor: Doğru olan nedir?

Biliyorum, bu soruyu kime sorsak, "doğru olan"ı başkalarına göre anlatacaktır.

Hepimiz "doğru olan"ın, başkalarının onaylayacağı, genelgeçer kurallara göre benimsenmiş birşey olduğuna inanırız.

Bu yüzden değil mi pek çok insanın yalnızca kendi istediği ve aslında başkalarına zararı dokunmayan kararları bile alamayıp bütün hayatlarını yıkıp yoketmeleri... Düşkırıklıkları içinde mutsuz olmaları... Çelişkiler içinde hastalanmaları... Kimi zaman dayanılmaz bir kederle kendi hayatlarına kendi elleriyle son vermeleri...

Keşke okullarda bize bunca şey anlatacaklarına hayatın bu gerçek bilgisini öğretebilselerdi.

Gazete haberleriyle geçip giden bu mutsuz hayatları önümüze koyup, onlardan ders çıkartabilselerdi.

Elbette biliyorum, bu pek işe yaramaz. Hepimiz başkalarının başına gelenleri biliriz, bize çok yabancı görünen hayatları filmlerden, kitaplardan öğreniriz. Anlatılanlardan, hiç yaşamasak bile, pek çok şey kalır aklımızda...

Ama ancak kendimiz yaşadığımız zaman ne olduğunu gerçekten anlayabiliriz.

Çoğumuz, hayatımızı yıkıp yeniden kuracak kadar cesur değiliz. Onun için de bizi kimbilir nerede bekleyen gerçek mutluluğun peşinden koşamayız.

Ama ne yazık ki insan ve mutluluğu dünyaya aynı yerde ve aynı anda gelmiyor.

Sanki sizi tamamlayacak öteki parçanız bir oyun gibi sizden uzağa, bilmediğiniz bir yere fırlatılıyor. Üstelik ne kadar zamanınız olduğunu bilmiyorsunuz ve onu nerede, nasıl arayacağınızdan da haberiniz yok...

Hem onunla karşılaşsanız bile bunu ancak derinlerden bir yerden gelen ama asla doğruluğunu kanıtlayamayacağınız o duyguyla sezebilirsiniz...

Bir an için bu söylediklerimin, hayatın bu çocuksu anlatımının doğru olduğunu düşünelim.

Eğer öyleyse, bunca imkânsız bir oyunun içinde hayatınızın öteki parçasını bir rastlantıyla bulabildiyseniz ondan vazgeçer miydiniz?

Ondan korkup geri çekilir miydiniz?

Sonra bir gün annemle karşılıklı oturmuş kahvaltı ederken gerçeği önce onun bilmesi gerektiğini düşündüm. Ama sanki hemen söyleyiverecekmiş gibi dilimin ucuna gelenleri söylemek hiç de sandığım kadar kolay değildi.

İşte bütün bu düşündüklerimin, kendimce büyük açıklamalarımın bu yaşlı kadının üzülmesinin yanında hiçbir anlamı yoktu.

Kızı mutlu bir evlilik yapmıştı ve ölmeden torununu görmek istiyordu. Zaten ne zaman gelen giden konuklar çocuk lafı açsa kıpkırmızı oluyor, ne diyeceğimi şaşırıyor, bazen, alın size çocuk, deyip herşeyi anlatacak kadar kızıyordum.

Onun anlattıklarını dinlemekten çok ona gerçeği nasıl söyleyeceğimi düşünürken Turgut aradı. Bir fırsat bulsa gelmeyi ne kadar çok istediğini söyledi, beni özlemişti, canı sıkılıyordu, yalnız yemek yemeye alışamıyordu, her akşam daireden arkadaşlarıyla dışarı çıkıyordu... İşte buna benzer şeyler... Benim aklım hiç orada değil, biraz daha kalmak istediğimi, annemin beni bırakmadığını söyleyip telefonu kapadım.

"Kal tabii," dedi annem, "o da izin alabiliyorsa gelsin, kızımızı verdik, bir daha yüzünü göremedik, olur mu böyle..."

Babamın ölümünden sonra annem sanki birdenbire yaşlanmıştı. Dalıp gidiyor, uzun uzun, hepimizin çoktan ezberlediği anıları anlatıyor, olur olmaz şeylere ağlamaya başlıyordu.

Artık anneannemin de babamın da olmadığı bu eski eve yerleşince biraz da çocuklaşmıştı sanki. Benim uzaklarda olmamdan mutsuzdu. Ağabeyimin de günün birinde gideceğini düşünüyor, sürekli onun da artık evlenip yuva kurmasının zamanı geldiğini söylese de anlıyordum ki gelin ancak bu eve gelirse bu evlilik mümkündür...

Nihat'la yalnız kalıp konuşabildiğimiz zaman onun da zaten pek evlenme niyeti olmadığını anladım. O da kendisini başkaları için feda eden insanlardan biriydi. Annemi böylece bırakıp kendi hayatını kurmayacaktı. Kendince bir kabullenmişlikle, "Kusura bakma ama bekârlık sultanlıktır kardeşim, şimdilik hayatımdan memnunum," diyordu, "bakalım zaman ne gösterir..."

Annemin söylediğine göre iyi kazanıyordu. Zaten oldum olası giyim kuşama meraklıydı. Şimdi de çok şık görünüyordu.

Biraz içkiyi artırdığını, geceleri kulüpte arkadaşlarıyla kumar oynadığını öğrendim.

Annem bunların farkındaydı ama değilmiş gibi sesini çıkartmıyordu.

Annem altta, o da üst katta yaşıyordu. Onu biraz durulmuş buldum. Sanki o eski, neşeli, çevik, delikanlı hali gitmiş yerine ağır, oturaklı bir adam gelivermişti.

Böyle kendinden emin, olgun bir adam gibi konuşurken bir an gözleri daldı. Bir sessizlik oldu.

"Sana ne oldu böyle Nihat?" diye sordum.

Gözler değişmiyor. Sanki bir an için, trenlerinin başında, yerde diz çökmüşken gözlerini kaldırıp bana bakan o kısa pantolonlu çocuğu gördüm.

"Bilmem," dedi, "bazen hayat istediğin gibi kurulmuyor, kendini pek de beklemediğin bir yerde buluyorsun..."

"Bilmez miyim," dedim, gülerek...

Annemin onun üzerine nasıl düştüğünü, hiç istemeden babamın yerini aldığını o zaman fark ettim. Birkaç kez evlenme konusu açılmış ama annem kızların hepsine birtakım kusurlar bulup işi yokuşa sürmüştü.

"Ne yapmak isterdin?" dedim.

Sorunun boşunalığını göstermek ister gibi güldü. "Asıl kötü olan da bu ya," dedi, "ne yapmak istediğini bilmemek..."

Sonra birden, "Iyi ama hep sen soruyorsun, hiçbirşey söylemiyorsun, orada herşey yolunda mı, senin istediğin oldu mu, mutlu musun?"

Nedense geldiğimden beri bana en çok sorulması gereken bu soruyu duyunca birden şaşırdım. Sanki birşey biliyormuş gibi ürperdim.

Ah, bir de bilseydi!

Beni küçük bir kızken tanıştırdığı adamla gizli bir aşk yaşadığım acaba aklının ucundan geçer miydi?

"Sizleri çok özledim," dedim, "burayı özledim, uzakta olmak zormuş, önce insan yeni yerler görüyor, yeni birileriyle tanışıyor, kendine eğlenceler buluyor ama sonra yavaş yavaş hiç beklemediğin bir hasret çöküyor üstüne, o kadar ağırlaşıyor ki bir zaman sonra taşıyamıyorsun onu..."

Annemin sesini duyduk sonra: "Çocuklar, yemek hazır, hadi soğumadan gelin..."

Çocuklar! Tıpkı çocukluğumuzdaki gibi bu emirle ikimiz de yerimizden fırladık ve sonra aynı anda birbirimize bakıp gülmeye başladık.

Kendi başıma birşey yapamayacağımı anladığım zaman yine sevgili arkadaşıma koştum.

Yine bozkırın ortasında bir yerlerdeydi. Annesi ona haftada bir posta gönderdiğini söyledi.

Ona, *"İstanbul'dayım, fazla kalamayacağım ama sana ihtiyacım var, belki de hiç olmadığı kadar..."* yazılı bir mektup yolladım. İki gün sonra beyaz gömleği, dizlerinin altına kadar gelen haki pantolonu ve kafasında şapkayla kapının çıngırağını çalıyordu.

Ben yerimden fırlarken annemin, "Aaa bu deli kızın çalışı..." dediğini duydum.

Boynuna atlayıp gözlerimden yaşlar aktığını görünce kulağıma, "Birşey olduğunu anladım ama gelene kadar aklımdan bin türlü şey geçti, çabuk bana ne olduğunu anlat yoksa şuracıkta kalpten gideceğim sonra benim için ağlayacaksın..." dedi.

Kahvaltıda annemin meraklı sorularına cevap yetiştirmekten benimle konuşamadı zavallı. Benden öyle bir not alınca nasıl telaşlanmıştı kimbilir.

Annem bir türlü anlamıyordu onun ne yaptığını... "Bin yıl once ölmüş adamları mezarlarında rahat bıraksanıza kızım, çarpılacaksınız..." deyip duruyordu.

Sahilde yürüyüşe çıktık.

Ona herşeyi anlattım.

Yaşananları, mutluluğu, bitmek bilmeyen geceleri, sokaklarda hayal âleminde gibi yürüdüğüm günleri, beni kendimden uzaklaştıran çelişkiyi, utancı, coşkuyu, aklımdan geçen ne varsa, hepsini anlattım.

Sonunda asıl büyük felaketi duyunca bir an durdu.

"Eyvah!" dedi, "Bu da mı oldu? Herşey aklıma gelmişti de bu gelmemişti işte..."

Her zamanki gibi bir yandan bana laf yetiştiriyor, soru üstüne soru soruyor, eğleniyor, bir yandan da ne yapması gerektiğini düşünüyordu.

"Ben kararımı verdim," dedim, "yapacak birşey yok, bundan sonra ne olursa olsun umurumda değil, kimseden gizleyecek değilim..."

"Seni üzerler," dedi... "Herkes neler yapıyor da kimsenin ruhu bile duymuyor. Bu işin bir geleceği olacak mı, eğer olmayacaksa niye böyle bir çılgınlık yapmak istiyorsun?"

"Bilmiyorum," dedim, "ben böyle yaşayamıyorum, önce yapabilirim sanmıştım ama yapamadım. O gider mi, gitmez mi bilmiyorum ama o gitse bile bu duygu bir yere gitmeyecek, hep benimle kalacak, bir tek bunu biliyorum."

Bir sıraya oturduk.

Kafasına Kızılderili tüylerinden yapılma bir şapka giymiş sevimli bir oğlanı, ellerindeki tabancalarla ortalığa su sıkan birkaç kovboy kovalıyordu.

Deli gibi bağırıp koşarak, tablasını yere koyan macuncunun yanına gittiler.

Uzakta yavaş yavaş sallanan renkli sandallarda birkaç kişi balık tutuyordu.

"Ne yaparsan yap," dedi Ayla, "ben her zaman senin yanında olacağım..."

Elini ellerimin arasına aldım. Çatlamış, nasırlaşmış, toprakla uğraşan insanlarınki gibi sertleşmişti.

"Biliyorum," dedim, "zaten senden başkası da yanımda olmayacak..."

Güneş öylesine parlaktı ki denize bakınca gözlerimiz kamaşıyordu. Sonbahar geliyordu ama hâlâ sıcak, nemli, sıkıntılı bir yaz havası vardı.

"Ne garip," dedim, "sanki lanetlenmiş gibi, ayrıldığımdan beri hep kötü şeyler için geri dönüyorum, önce babamın ölümüne, şimdi de bu!"

"Dua edelim bu son olsun," dedi, "hem şimdi bırak bunları, sonra ne yapmayı düşünüyorsun? Geri mi döneceksin?"

Bir an şaşırdım, verecek bir cevap bulamadım. Gerçekten de o an hiçbirşey bilmiyordum. Sonrasını hiç düşünmemiştim...

"Herhalde dönerim, başka ne yapabilirim ki..." dedim. Ama bir an bu belirsiz gelecek beni korkuttu. Hiç de kolay olmayacaktı.

Bir sessizlikten sonra, "Sana birşey sormak istiyorum," dedi... Sesinde sanki izin ister gibi bir hava vardı. Benim birşey söylemeden, merakla yüzüne baktığımı görünce, "Nasıl olsa kimse bilmiyor," dedi, "belki de, nasıl söylesem, birbirinizi aslında pek fazla görmediniz bile..."

"Evet görmedik, sonra?"

"Acaba bir süre böyle devam etseniz... Çünkü biliyorsun bazen insan bir büyüye kapılıp gider ama sonradan bunun hiç de sandığı gibi birşey olmadığını anlar..."

Cümleyi bitirirken sesi düşmüştü. Yanlış birşey söylemiş gibi düzeltmeye çalıştı.

"Yani demek istiyorum ki..."

"Ne söylemeye çalıştığını biliyorum," dedim, "beni düşündüğün için bunu söylediğini de... Aslında söylediklerini en başından beri biliyorum. Kimbilir, belki de senin dediğin gibidir..."

"Hayır, hayır, ben öyledir demiyorum, yalnızca belki öyle olabilir diyorum, bunu şu anda kimse bilemez..."

"Sonradan pişman olacağım birşey yapmamı istemiyorsun değil mi? Ama ben zaten artık bu hayatı sürdüremem. Bilmiyorsun bunun nasıl zor birşey olduğunu. Hem doğrusunu söylemek gerekirse artık o olsa da, olmasa da bu evlilik yürümez. Ne yapalım, sen haklıymışsın, ben mantık evliliği yapacak biri değilmişim, bunu yeni anladım."

"Bilmem ki, en azından ona da sorsaydın, belki onun da söyleyecekleri vardır..."

"Kime? Fuat'a mı? Benim boşanıp boşanmayacağımdan ona ne? Bilirsin böyle şeyler yaparken kimseye birşey sormam..."

"Bilmez miyim," dedi söylenir gibi... Sonra, boşver dercesine ekledi: "Aman canım dünyanın sonu değil ya, çocuk yok, birşey yok, boşanırsınız olur biter..."

"Keşke bütün bunlar olmadan önce boşansaydım..."

"Benim düşündüğüm zaten boşanmaktan çok bu olayın duyulması... Demin bana kızdın ama kocana ne anlatacaksın, bakalım o anlatmanı ister mi, onun için sor dedim..."

Bir an düşündüm.

Evet, bu bizim sırrımızdı. Ona sormadan hem de gidip kocama ondan sözetmemi ister miydi? Buna kendi başıma karar vermem doğru muydu? Yalnız benim değil, belki onun da hayatını etkileyecekti bu karar.

"Bilemiyorum," dedim, "doğrusu şu an bunu düşünmek de istemiyorum, şu günler bir geçsin de bakarız..."

"Annen hiçbirşey sezmedi mi?" diye sordu.

"Hayır, beni o kadar özlemiş ki sanki bundan sonra hep burada kalacağımı söylesem boşanmam pek umurunda olmayacak gibi geliyor."

"Aman ne olur, ben gittikten sonra söyle," dedi, "o sıralar ortada olmak istemiyorum... Bilirsin skandalları pek sevmem..."

"Olur mu canım," diye güldüm, "sen suç ortağım değil misin? Eğer asılacaksak da aynı iple asılacağız..."

O gürültülü kahkahalarından birini attı.

"Hâlâ eğlenebildiğine göre yalnız başına da becerebilirsin..." dedi. "Herşeyi sonuna kadar inkâr edeceğim, duymadım, görmedim, hem zaten nereden bilebilirim ki? Ben toprağın altında köstebekler gibi eşeleniyordum, unuttun mu?"

"Aman eşeleniyorsun da birşey buldun mu bari?"

"Bulmaz olur muyum? En azından şu anlattıklarının pek de yeni şeyler olmadığını buldum. 4000 yıl önce de aynı heyecanlar, aynı sıkıntılar, aynı acılar varmış."

"Mektupta yazdığın o aşk hikâyesini mi söylüyorsun?"

"Evet, belki de yazılmış en eski aşk hikâyesi..."

"Ne olur bana mutlu bittiğini söyle..."

"Şimdilik söyleyemiyorum çünkü çözemedim ama merak etme yakında öğreneceğiz..."

"Bir an önce oraya dönmek için acele ettiğini biliyorum ama senin yerinde olsam böyle bir eğlenceyi kaçırmam," dedim, "kurbanları seyretmek her zaman heyecanlıdır..."

Bu sözcüğü pek sevmedi. Bir an neşesi kaçmış gibi dalıp gitti...

"Ne kadar zaman geçti ki..." dedi sonra, "Oyun bahçesinden bu kadar çabuk çıkacağımız aklına gelir miydi?"

Çocuklar ellerinde renkli macunlarla yere oturmuş, macuncunun bir elinde tefle söylediği komik bir şarkıyı dinliyorlardı.

Herşey olup bittikten sonra o geceyi Aylaların adadaki evinde geçirdik. Birkaç arkadaş toplanıp adaya gideceğimizi söyleyerek (okul yıllarındaki gibi) sabah evden çıktık ve ertesi gün akşama döndük. Liseli kızlar gibi hâlâ yalan söylüyorduk.

O günü hatırlamak istemem. Belki de yaşadığım en boğuntulu, en renksiz günlerden biri olduğu için...

Zaten istesem de pek hatırlayamam.

Uzak bir semtte, eski püskü bir apartmanda, herşeyin dokunmak bile istemeyeceğiniz kadar kirli göründüğü, duvarları çatlamış, ilaç kokusuyla kaplı ama neyse ki temiz örtülü bir yatakta gözlerimi kapadım ve kendi kendime, "Uyandığında geçmiş olacak ve bu sabahı, burayı, bu insanları bir daha hiçbir zaman hatırlamayacaksın," diye söz verdim.

Sahiden de unuttum. Bir daha hiç gitmediğim o yerden herşey silinmiş de nedense bir tek ağır, demir kapı kalmış.

Uyandığımda ağlıyormuşum. Neden ağladığımı bilmiyorum çünkü karmakarışık bir rüyadan uyanmıştım.

Bir yandan kurtulduğum için seviniyordum bir yandan içimde garip bir hüzün vardı.

Neredeyse bütün öğledensonrayı uyuyarak geçirdikten sonra akşam balkonda balık yedik. Uzun uzun konuştuk ve çoğu kez geçmiş zamanı hatırladıkça gözlerimin dolmasını engelleyemedim. Büyüdükçe anneme benziyordum galiba...

Ertesi gün hem dinlendim hem ne zamandır özlediğim adanın keyfini çıkardım. Faytonla dolaştık, ormanda yürüdük, kıyıda çay içtik.

Sabah uyandığımızda İstanbul yazının o en güzel ışığı, kuş sesleri, çiçek kokusu, pırıl pırıl güneşin altında yüzünüzü okşayan esintisi bile insana herşeyi unutturmaya yeterdi.

Yazın son günleri...

Kendi kendime dedim ki, nereye gidersem gideyim huzur bulacağım, ayaklarımı yere bastığımda toprağı hissettiğim, ait olduğum yer burası...

Elimizde lolipoplar, her yanından püsküller, nazarlıklar sarkan, üstünde bozuk bir el yazısıyla, *"Ne şair yaş döker, ne âşık ağlar / Tarihe karıştı eski sevdalar"* yazan bir faytona bindik.

"Niye öteki şiirini almamış acaba?" dedi Ayla, "Araba için daha uygun olurdu..."

Bir anda ikimiz de okul günlerine gittik. Üstümüzde formalarımızla, saçlarımız atkuyruğu, Mübeccel hanımın dersindeyiz. Karatahtanın önünde o uzun şiiri ezbere okurken hatırlıyorum kendimi. *"İlk sevgiye benzeyen ilk acı, ilk ayrılık / Yüreğimin yaktığı ateşle hava ılık..."*

"Aman bana şiir deme fena oluyorum," dedi Ayla, "birden yine sözlüye kalkacakmış gibi içimi bir korku kaplıyor, sanki bilemesek idama gidecektik, ne yanlış şey..."

"Tabii çalışacağın yerde aylaklık edersen korkarsın," diye takıldım ona...

"Aman sorma, hâlâ bazı geceler rüyamda sözlüye kalkıyorum da, kan ter içinde uyanıyorum..."

Sanki olabilirmiş ve yeniden bir sihir onu okul günlerine döndürebilirmiş gibi tahtaya vurup kulağını çekmesi beni güldürdü.

"Biliyor musun ben çok isterdim," dedim, "yeniden okula dönmeyi, kış sabahları senin afyonun patlamamış, beş karış suratla evden çıkışını görmeyi, birlikte ellerimize hohlayarak yokuşu tırmanmamızı... Gerçekten de çok isterdim..."

Bana sarıldı, başımı omzuna koydum.

"Bakma sen bana," dedi, "ben de özlüyorum, bisiklete bindiğimiz günleri, ders çalışmaya size geldiğim akşamları, kıkır kıkır gülmemizden kimsenin uyuyamadığı geceleri... Hiç özlemez olur muyum?"

"Dua et de bu günlerimizi de aramayalım sonra," dedim.

Posbıyıklı yaşlı arabacı kimi zaman atlara bağırarak, kimi zaman kamçısını şaklatarak, bazen elinin altındaki zili neşeyle çalarak, bazen davudi sesiyle yanımızdan geçen bir başka arabaya ya da yolda gördüğü birine seslenerek tepeden aşağı iniyordu.

İğne çamlarının, beyaz köşklerin, bahçelerden fışkıran yaban bitkilerin içinden yaylanarak giderken hayatın bize verdiklerini anlamakta neden böylesine zorlandığımızı düşünüyordum.

Akşam vapuruyla dönerken biraz olsun yüzüm gülüyordu.

Kafam yine karmakarışıktı ama içimdeki sıkıntı yerini şimdi bir aldırışsızlığa, belli belirsiz bir sarhoşluğa bırakmıştı.

Bir an denize bakarken yine onu düşündüm. Hiçbirşeyden haberi yoktu ve hiçbir zaman da olmayacaktı. İçimde bir yerde biliyordum ki eğer haberi olsa bu çocuğu doğurmamı isterdi. Evet, ne olursa olsun isterdi.

Eğer böyle birşey yaptığımdan haberi olsa çok kızardı bana.

Bir an onunla oturmuş, bebeğe isim ararken düşündüm kendimi... Nedense bu bana asla olmayacak bir hayal gibi geldi. Onun bacak bacak üstüne atmış, elinde sigarası, dergilere bakıp çocuğa giysiler beğenmesi birden güldürdü beni. Sanki bu düzenli fotoğrafın içindeki adamın yüzü ona uymuyordu. İkimizi böyle, bir evde, evli gibi düşünmemiştim hiç.

İskelede pavurya satıyorlardı. Kalabalığın içinde yürürken İstanbul'u yeniden içime çektim, bütün bu birbirine karışmış kokular, sesler, itiş kakış, gökyüzüne vuran bu kızıllık, denizin üstündeki bakır titreşimleri...

Yolda Ayla'nın anlattıklarını dinler gibi görünsem de aslında dinlemiyordum. Aklımda bir tek şey vardı, onun nerede olduğu, beni arayıp aramadığı...

Bir yanım artık herşeyin bittiğini, belki de bir daha asla görüşmeyeceğimizi söylüyordu. Bir yanımsa ne olursa olsun bir yerlerden yine çıkıp geleceğini, bu çılgınlığın böyle durup dururken bitmesinin imkânsız olduğunu...

Pek çok şeyi düşündüğümü sanıyordum ama o, her zamanki gibi beni yine şaşırttı.

Eve döndüğümüz zaman annem kapıyı yüzünde garip bir ifadeyle açtı. Bir an sanki öğrendiğini sanıp korktum. Ama yüzünde tuhaf, neşeli birşey vardı.

İçeri girince, "Kızlar gelin bakalım burada ne var?" dedi.

Salona girdik ki, küçük süslü bir sepetin içinde başında kırmızı kurdeleyle küçücük bir Siyam yavrusu uyuyor. Neredeyse beyaza yakın tüylü, başında, kuyruğunda açık leylak rengi gibi lekeler olan el kadar bir kedi.

"Aaa bu da nereden çıktı böyle," diye çığlığı bastı Ayla...

"Bilmem onu kızımıza soracağız," diye yüzüme baktı annem.

"Bana mı?" dedim ve bir anda Ayla'nın bakışıyla kendime geldim. İkimiz de aynı anda anladık. Başka kim olabilirdi ki? Sanki bir ateş üstümü kaplamış gibi kıpkırmızı kesildiğimi hissettim o an.

"Bir şoför getirdi," dedi annem, "bu notu da sana bıraktı, Sevim hanım mı öyle bir isim söyledi..."

Küçük, kapalı zarfı bana uzattı.

Neyse ki Nihat evde değilmiş diye düşündüm. Yoksa mutlaka bin türlü soru sorar, şoförün ağzından laf alırdı.

Fuat'ın bu pervasızlığına, rahatlığına her zaman şaşırmışımdır.

Aklımdan bin türlü şey geçiyordu ama ne yapacağımı bilemiyordum. Ayla, kediyi kucağına almış, göğsüne yaslıyor, yeni uyanmış bebek de boynuna tırmanıyor sonra yeniden aşağı inmeye, belki de sepetine geri dönmeye çalışıyordu.

Annem bir cevap bekler gibi yüzüme bakıyordu. Sözcükleri doğru seçmek daha doğrusu biraraya getirirken saçmalamamak için kendimi zorladım.

"A, Sevim hanım mı yollamış," dedim, "ne kadın! Bir kere konuşmuştuk, doğurunca yavrulardan biri senin diyordu, demek geldiğimi duyunca..."

Ayla, gülmemek için kendisini zor tutuyor, kediye şirinlikler yaparak bunu gizlemeye çalışıyor, benim, "yardım etsene," der gibi kaş göz oynatmama aldırmıyordu bile.

"Ay keşke birini de ben alsam, nasıl olsa en az birkaç tane vardır, bir rica etsen, belki bana da verir," diye bir de eğleniyordu.

"Elimi yüzümü yıkayıp geliyorum," dedim ve odadan nasıl kaçtığımı bilemedim.

Banyoda zarfı açıp (aslında açıp değil de yırtıp) içindeki küçük kâğıt parçasını çıkartırken ellerim öyle titriyordu ki asla başaramayacağım sandım.

Herhalde ne olur ne olmaz, annem açabilir diye İngilizce yazmıştı.

"Küçükhanım, biliyorum, suçluyum ama kendimi birdenbire dünyanın öteki ucunda buldum. Heyet oraya giderken ben kaçıp senin yanına gelecektim ama olmadı. Kaç gündür o ada senin, bu kıyı benim dolaşmaktan bittik. Dönünce öğrendim ki İstanbul'daymışsın. Biliyorsun kulağım deliktir. Orada ne görsem, nereye gitsem hep seni düşündüm. Dünyanın en uzak köşesinde bile varlığın yoksa da gölgen benim yanımdaydı. Hatırlıyor musun bir keresinde boynunda Siyam'la oturan bir kadın görmüştük, sen onu çok sevmiştin. Orada bu küçük yavruyu görünce dayanamayıp aldım. Eğer alıştırırsan boynunda taşıyabilirmişsin. Yarın saat 11'de Pera Palas'ta bekliyorum. Yoksa gelip annenle çay içmeye de itirazım yok ona göre... Hamiş: Siyam deyip geçme, onu bana sahici bir kral armağan etti..."

Onca sıkıntıdan, onca korkudan sonra işte küçücük bir not yine bütün dünyamı değiştirmişti.

Nasıl da yalan söylemiştim kendi kendime. Bir daha aramasa da umurumda olmayacaktı, kendi hayatımı yeniden kuracaktım, bittiyse ben de artık onu aramayacaktım... Hepsi laftı tabii... İşte yine o kargacık burgacık el yazısını, o mühür gibi garip imzasını görünce herşeyi unutuvermiştim.

Yarın onu görecektim. Bu gece uyuyacaktık ve sabah uyanınca gülerek beni kucaklayacak, yine gülerek kimbilir neler anlatacak ve ben karşısında söylemek istediklerimin hepsini yine unutup dünyanın en güzel gözlerine bakarak kimi zaman ne söylediğini artık izleyemesem de onu dinleyecektim.

Hani çocuklar çok gitmek istedikleri bir yere ne zaman gideceklerini anlayamaz da sürekli, "Uyuyacağız, uyanacağız ve sonra gideceğiz değil mi?" diye sorar dururlar ya, işte kendimi öyle hissettim bir an. Evet yarındı. Herşey geçmişti. Bütün o, bir an önce bitmesini istediğim kötü zaman geçmişti. Yarın yanımda olacaktı. Birden bir kez daha anladım ki, kendi kendime ne söylersem söyleyeyim, ne düşünürsem düşüneyim, hayatta olmayı istediğim tek yer orasıydı, onun yanı...

Salona geldim ki, annemle Ayla küçük, iplikten bir top yapmışlar, şaşkın kediyi oynatmaya çalışıyorlar ama o önce topun peşinden gidiyor sonra birden onu kaybediyor ya da yakalamaya çalışırken dengesini kaybedip yuvarlanıyordu. Topu tutmak isterken düşüp yuvarlanması, onu yakalamak isterken kendi kuyruğunu yakalaması, birden kendisini tepetaklak bulunca afallamış hali öyle sevimliydi ki...

"Aman pek de maskaraymış bu," diyordu annem, "hiç böyle renkte kedi görmedim, belli ki cins birşey..."

"A tabii, bunlar eski Mısır'ın kutsal kedileri," dedi Ayla, "kralların kedileri... Hatta onlar için de mezarlar yapmışlar, ölünce hepsini mumyalamışlar..."

"Kedileri mi?" diye sordu annem şaşkınlık içinde.

"Evet teyzeciğim, mezarları açıp da binlerce kedi mumyası görünce herkes çok şaşırmış..."

"Fesuphanallah," dedi annem, "firavun aklı işte... Ayla kızım, büyülü müyülü olmasın bu da..."

"Aman anne," dedim, "sen aldırma onun anlattıklarına, fi tarihinden bahsediyor. Şu zavallı yavrucağa baksana ne tatlı, bundan büyücü olur mu hiç?"

Sonra Ayla'ya göz kırparak, "Ama," dedim, "bir kral kedisi olduğu belli... Şu duruşuna baksana..."

"Kral kedisiyse sarayında otursaydı, ne yapacağız şimdi bunu, alıp ta oralara götürecek değilsin ya? Sakın bana bakma, bilirsin ben evde öyle kedi, köpek istemem..." dedi annem.

"Niye götürmeyecekmişim," dedim, "götürürüm, hiç değilse bana arkadaşlık eder... Zaten patlıyorum sıkıntıdan."

"Buna bir isim bulmak lazım o zaman," dedi Ayla, "böyle pisipisi diye çağırılmaz herhalde..."

Aklımıza gelen isimlerin kimini söylemesi zor, kimini uzun, kimini pek sıradan bulup eliyorduk. Annem Tırmık, Tekir gibi isimler sayıyor, Ayla, kraliçelerin, tanrıçaların adlarını sıralıyordu.

Sonunda, "Leylak koyalım," dedi annem, "rengine uysun..."

Biraz sonra Leylak kucağımda, zaten yarı açık gözlerini sıkıca yummuş, farkında olmadan koltuğumun altına girmeye çalışarak, küçük, pütürlü diliyle boynumu yalayarak, mırıltılar çıkartarak uyuyordu.

Aslında hayvanlara karşı fazla ilgim yoktur. Ama bu kedi nedense böyle kucağıma gelip mırladıkça ona birdenbire ısınıvermiştim.

"Kerataya bak," dedi annem, "sahibini bilirmiş gibi nasıl hemen onun kucağında yerini buldu, biz sabahtan beri sütle besliyoruz, nafile!"

"Annesi sanıyor onu," dedi Ayla...

Bir an gözgöze geldik.

Ne garip, sanki o gün neyi kaybettiğimi bilirmiş gibi bana bu küçük yavruyu yollamıştı.

Tam da o gün...

İnanılacak şey miydi bu?

Ne çok zaman geçmişti.

Şimdi tek başıma sinemaların, oyuncakçıların, tuhafiyelerin, renkli pazarların, belki bize çocukken binbirsurat balosu gibi gelen garip kalabalığın anılarımda her nedense sirk müziği gibi bir şarkıyla dev bir panayıra dönüştüğü Beyoğlu'nda yürüyordum ve artık büyük bir kadındım.

Sanki aynı anda hem büyük bir kadın hem de o eski çocuk gibi iki farklı duyguyu, o farklı duyguların görüntülerini, seslerini aynı anda yaşıyordum.

Sinemaların birinin köşesinde uzay canavarı kılığına girmiş iki kişi bir filmin reklamını yapmak için gelen geçene sataşıyordu.

Annemlerin saatlerce oyalandığı şapkacıların, düğmecilerin, terzilerin bulunduğu pasaja girip bir an yüzüme çarpan serinlikle hemen o günlere dönüveriyordum.

Ne zamandır gelmemiştim ama ayrıntıları unutmamıştım.

Rengârenk düğmelerin, ipliklerin, elime alıp dokunmaktan bıkmadığım çeşit çeşit kumaş parçalarının arasında oturup onları bekleyişimi, biraz sonra gideceğimiz, bebeklerle dolu dev oyuncakçıda kendimi kaybedişimi...

Renkli kâğıt bebekler vardı o zaman. Bir kitabın içinden giysilerini keser, onları bebeklere giydirirdim. Buraya geldiğimiz zaman bana mutlaka onlardan alırlardı.

Limonataların, çayların, dondurmaların ikram edildiği, herkesin hatırının sorulduğu, selamlar gönderildiği mağazaların biraz loş ve karışık havası pek değişmemiş.

Başımı şöyle bir uzatıyorum pasajın girişinden, yüzlerinde tüllü şapkaları olan birkaç hanım parketaşı avluda dedikodu yapıyor. Köşedeki kuaförde hanımlar kafalarına o kocaman fanusları geçirmiş, ellerindeki dergileri okuyorlar.

Sinemaların bez afişlerine bakıyorum. Ben onları çok daha büyük sanırdım. Biri yanımdan geçerken bana hafifçe çarpıyor ve dönüp özür bile dilemiyor.

İnanılmayacak şey ama birbiri üzerine yığılmış, tepelere kadar üstüste öylesine konulmuş, raflara birkaç sıra halinde dizilmiş sayısız kitabın içinden ne isterseniz birkaç dakikada bulup çıkartan, aksiliğiyle ünlü Artin efendinin dükkânı kapanmış.

Kiliseler, elçilikler, vitrinlerindeki ışıltıyla mücevher mağazaları...

Birkaç dükkânın yerini tam çıkartamıyorum. Onları bulamıyorum. Ben mi karıştırıyorum yoksa onlar yerlerini başkalarına mı bırakıp gitti bilemiyorum. Dediklerine göre birkaç yıl önceki olaylardan sonra tasını tarağını toplayıp gidenler çok olmuş.

Ama en güzel hediyelikleri satan ve camekânında mavi kadifelerin içinde en fazla bir müzik kutusu, bir kar küresi ya da bir porselen bebek duran yaşlı Rum'un dükkânı açık.

Birkaç gün sonra onun doğum günü.

Dükkâna giriyorum. Sanki vitrine inat tıka basa dolu raflara bakıp birşey bulmak öyle zor ki... Sonunda altın kapaklı, yeşil, çizgili bir dolmakalem beğeniyorum. Kravatı, yeleği, gözlükleri, köstekli saatiyle yaşlı adam sanki her an bir davete gidecek gibi şık, benim için özel bir kutu çıkartıyor tezgâhın altından.

"Ama," diyorum, "açar açmaz yazmasını istiyorum."

"Kolay efendim," diyor, ağır hareketlerle, çok önemli birşey yapıyormuş gibi mürekkep koyup küçük bir mendille siliyor.

Kalemi özenle kutunun içine yerleştiriyor, dikkatle paket yapıyor, beyaz, ipekten bir kurdeleyle bağlıyor. Sonra onu da kırmızı kadife bir kesenin içine koyuyor.

Küçük bir kâğıt parçasına, "*O eşsiz mektuplarını belki artık bu kalemle yazarsın, doğum günün kutlu olsun...*" yazıyorum, kâğıdı kesenin içine atıyorum. Yaşlı adam beni kapıya kadar uğurluyor.

Oradan çıkıp biraz yürüyünce, annem, teyzem, büyükannem ne zaman buraya gelsek mutlaka uğradığımız pastanenin önüne geliyorum.

Camekânın bir köşesinde kristal vazoda beyaz laleler duruyor, öteki köşede kırmızı... Ama asıl bugün bile hâlâ aklımdan çıkmayan (yapmıyorlar ki artık) meyve şekerlemeleri... Süslü kâğıtlar içinde bir resim gibi duran parlak incirler, portakallar...

Neyse ki o yerinde duruyor. Üstelik işte duvarlara çizilmiş, mevsimleri gösteren resimleriyle, hiç değişmemiş... Bir an kapıyı itip içeri girerken heyecanlanıyorum. Sanki geçmişe döner gibi oluyorum. Süslü püslü, belli ki alışverişten gelen birkaç kadın bir masada yüksek sesle konuşuyorlar. Bir başka masada göbekli bir adam gazete okuyor. Bir adamla bir kadın fısıldayarak konuştukları köşeden aynı anda bana bakıp sonra yeniden kendi hayatlarına dönüyorlar. Bir kadın, "*Moliendo Cafe*"yi söylüyor.

Tezgâha kadar yürüyorum. Yaşlı madamlar beni hatırlamıyor, ben de kim olduğumu söylemiyorum. Onlar paketi hazırlarken çantamdan küçük siyah pudralığı çıkartıp aynasında kendime bakıyorum. Yanaklarıma biraz pudra sürüyorum, saçlarımı düzeltiyorum.

Sonra elimde bir incir şekerlemesiyle çıkıp yürümeye başlıyorum.

Otelin kapısından girdiğim zaman kepi başına küçük gelmiş iriyarı genç bir oğlan beni karşıladı. Sanki kim olduğumdan kuşkusu yokmuş gibi, "Buyurun, beyefendi sizi bekliyor," dedi...

Sesimi çıkarmadan peşine düştüm. Mermer merdivenleri çıkıp sağa döndük.

Barın uzak köşesinde oturduğu yerden kalkmış, arkası bana dönük tıknazca bir adamla ayakta konuşuyordu. Bir an duraladım ama çocuk önüme düşmüş, görevini yerine getirmenin heyecanı içinde bir bana, bir ona bakarak yürüyordu. İster istemez ben de peşinden gittim. Bize baktığını görünce adam da bize doğru döndü, benim gelmemle birlikte, mahcup, izin istedi. Yanımdan geçerken bu tombul, badem bıyıklı, kel kafalı adamı bir yerden tanıdığımı düşündüm ama çıkartamadım.

Bir an bana elini uzatacağını sandım ama sanki gözgöze gelmekten kaçar gibi aceleyle ikimizin de elini sıkmadan dönüp gitti.

Fuat gelip yine beni omuzlarımdan tuttu. Yüzüme gülerek baktı.

"Nihayet!" dedi, "Buralara gelirsin de bana haber vermezsin öyle mi, tek tek soracağım bunların hesabını, önce bir otur da sen..."

Bordo çizgili açık kahverengi koltuklardan birine oturdum, sırtım kapıya dönük, pencerenin yanına... Tüllerden dışarısı belli belirsiz görünüyordu. Sabahın bu saatinde beni getiren komiyle, beyazlar giymış bir garsondan başka kimse yoktu içeride.

Garsona bir meyve suyu söyledikten sonra, "Kimin kime hesap vereceği belli olmaz beyefendi," dedim, "en iyisi hesap kitap işlerini başka bir zamana bırakalım..."

Şaşırmış gibi baktı.

"Kimdi bu bey, sanki bir yerden tanıyorum," dedim...

"Abdülhak Şinasi bey canım," dedi, "nev-i şahsına münhasır bir adam, yoksa kitaplarını okumadın mı?"

"Şimdi hatırladım," dedim, "okumaz olur muyum, keşke bilseydim, çok da severim ama elini bile uzatmadı ki..."

"Uzatmaz," diye güldü, "el sıkışmayı pek sevmez, biraz hastalık hastası... Senin yanakların niye böyle kızarmış, yürüdün mü?"

"Evet," dedim, "biraz erken çıkmışım, yürüdüm, ne zamandır gelmemişim Beyoğlu'na, özlemişim, çocukluğumu hatırladım, babamı, anneannemi, hava güzel ama hızlı yürüyünce biraz sıcak basıyor..."

"E, nasıl buldun bakalım bizim minik yavruyu?"

"Çok sevimli, boynumdan inmiyor, adını da Leylak koyduk, onca yol onu taşıdığına inanamadım..."

"Herkes görmemiş gibi bavullar dolusu ıvır zıvır taşıdı, ben bir kedi taşımışım çok mu?"

"Gelip de annem kediyi gösterince neye uğradığımı şaşırdım tabii... İyi ama burada olduğumu nereden öğrendin?"

Güldü. Gumüş tabakasını açıp sigara uzattı, kendi de bir tane aldı, benimkini yaktı, "Zor değil ama merak ettim seni bulamayınca, yalnız gelmişsin, kötü birşey yok değil mi?"

Araya uzun bir zaman girmişti. Telefonla bile konuşmayalı çok olmuştu. Belki de onun için şimdi bir türlü eski yakınlığımızı bulamıyor, sanki uzak bir tanıdıkla buluşmuş gibi mesafeli konuşuyorduk.

"Yok," dedim, "annemi özledim, biraz da sıkıldım, onun için geldim..."

Ona neler olup bittiğini anlatmayacaktım.

Kendi hayatımda olup bitecekler yalnızca benimle ilgiliydi. O bütün bunların dışında kalmalıydı. Yalnızca beni sevdiği için hayatımın dağılıp gideceğinden korkmamalıydı. Olup biteceklere neden olduğunu düşünerek vicdan azabı çekmemeliydi. Hayır, bunu ona yaşatmak istemiyordum.

Birden o sabah herşey tıpkı tepeden kente baktığım zaman uzaktaki adaları bile gördüğüm gibi berraklaşmıştı.

O, hayatın içinde beklenmedik bir mutluluk bulmuştu. Bir rüya. Bir hayal. Belki de yalnızca en güzel yanlarını gördüğünüz gerçek. Hangisini isterseniz söyleyin. Şimdi onu bozmaya, bu eşsiz duyguyu bunca yıldır yaşanmış ötekilere benzetmeye hakkım var mıydı?

Benden istediği bu muydu?

Hayır, benden istediği bu değildi. Elbette şimdi sorsam başka şeyler söylerdi ama ben biliyordum. Onun için de en azından o, yalnızca mutluluğu, bıktırıcı sorunlarla gölgelenmemiş coşkuyu yaşamalıydı.

Hayatımı bir kez kurmaya çalışmıştım, olmamıştı.

Çok sağlam sandığım ne varsa dağılıyordu işte.

Oysa hiç bilmediğim, farkında olmadığım birşey bana onu getirmişti ve ben de kendimi bu rastlantının büyüsüne bırakmıştım.

Artık kuralları, alışılmış düşünceleri, başkalarının söylediklerini, bütün öğrendiklerimi unutuyordum.

Evet unutacaktım, en azından bu kez.

Ben istediğimi yapacaktım ve onun neyi neden yaptığını da düşünmeyecektim. Bütün kadınlar gibi sürekli ondan birşeyler yapmasını bekleyip yapmayınca da üzülmeyecektim. Tıpkı benim yaptığım gibi aslında o da istediğini yapacaktı.

Eğer bizi biraraya getiren şey hayatın bir buyruğuysa (evet böyle garip, mistik şeyler vardı aklımda) ve benim her an hissettiğim kadar gerçekse mutluluk bize gelecekti.

"Seni dalgın gördüm, düşünceli..." dedi.

Gerçekten de dalıp gitmiştim.

"Beni gördüğüne sevinmedin mi yoksa?"

İnsanların bizi duyduğunu düşünüyordum çünkü koskoca salonda başka hiç ses yoktu. Yarım yamalak duyduğumuz bir radyodan gelen müzik dışında...

Fısıldar gibi, "Sevinmez olur muyum," dedim, "ben de seni çok merak ettim, birden kayboldun, aklıma türlü şey geldi ama şimdi hepsi geçti, burada biraz..."

"Evet, biliyorum," dedi, "biraz çıkıp yürüyelim mi?"

Artık nasıl baktıysam, güldü, eliyle dizime yavaşça vurdu, "Tamam, tamam, vazgeçtim," dedi, "iyi bir fikir değil ama seninle bir sinemaya gitmek isterdim..."

"Evet," dedim gülerek, "bak bu daha iyi fikir, şurada Saray'da Grace Kelly'nin bir filmi oynuyor, gelirken gördüm..."

Çantamı açıp hediyesini çıkardım.

"Bana mı aldın," dedi, "çok güzel birşeye benziyor..."

Kutuyu çıkartırken not masanın üzerine düştü. Onu alıp okudu.

"Doğum günümü unutmadın öyle mi," dedi, "ben bile unutmuşum..."

Sonra kutuyu açtı.

"Çok güzelmiş," dedi, "sahiden çok güzel..."

"Yazsana," dedim.

Önündeki kâğıtlardan birini aldı, birşeyler yazıp önüme çevirdi.

"Seni her görüşümde dünyayı unutuyorum, herşey gidiyor, yalnız seni kucaklamak, sana sarılmak, seni öpmek isteği kalıyor. Gittiğim her yerde seni özlüyorum. Seninle konuşmayınca sanki hep birşey unutmuşum ama ne unuttuğumu bilmiyormuşum gibi tuhaf bir his içinde oluyorum. Ben sana âşık oldum!"

Bunu okuyunca daha fazla dayanamadım, kalemi elinden aldım, *"Ben de sana âşık oldum. Bu benim bilmediğim bir his. Onun için şaşkınım. Hem nereye gittiğini umursamayan bir kelebek gibi uçuyorum hem de bir yere konmak ihtiyacıyla çırpınıyorum. Sana çok yazdım ama hepsini yırtıp attım. Ne yapacağımı bilmiyorum..."* yazdım.

Ben sigaramı söndürürken o, az önce çıkardığı sigarasını yeni yaktı. Camın üstünde kâğıdı çevirip okudu. Bir an ona bakmadığım halde yüzüme baktığını, gözlerimi görmeye çalıştığını fark ettim. Kalemi bıraktım.

"Bana söyle," yazdı, tersten görebiliyordum ne yazdığını, o kargacık burgacık yazısını buradan bile okuyabiliyordum artık, *"ne istersen onu yapalım, hiçbirşey umurumda değil, istersen şimdi şuradan çıkalım, el ele tutuşup bütün yolu yürüyelim, herkes görsün, herkes bilsin, ne olacaksa olsun..."*

Sonra hızla çevirdi kâğıdı önüme.

O sigarasını içerken, ben bir yandan okuduklarıma sevindim, bir yandan aynı anda bunların hepsinin yalnızca içindeki bir istek olduğunu anladım.

Bir an benim de aklımdan herşeye boşvermek, "Hadi gel, buradan çıkalım, çekip gidelim, yeni bir hayata başlayalım," demek geçti.

"Ben de bunu yapamayacağımızı bilecek kadar bü-

yüğüm," yazdım, *"bana şimdi fazla sorma ama bir tek şey söyleyeceğim, artık daha fazla yalan söylemek istemiyorum, birkaç gün sonra geri dönüyorum, ondan sonra yeniden konuşuruz..."*

Okuyunca yüzüme baktı. Ne demek istediğimi anlamaya çalışıyordu.

"Yarın akşam Ankara'ya dönüyorum," dedi, sonra sesini alçaltarak ve gözlerini kaçırıp tül perdelerden dışarı bakarak, biraz utangaç, "bu gece kaçabilecek misin?"

"Hayır," dedim hemen, sanki bu soruyu beklermiş gibi, sanki çoktan vereceğim cevap hazırmış gibi, aslında değildi, çünkü tek isteğim onunla yalnız kalabilmek, bu resmi, sıkıcı havadan çıkmak, yüzünü, gözlerini öpmek, sarılmak ve bütün geceyi birlikte geçirmekti. Ama yine de, "Hayır," dedim, "ben şimdi gidiyorum, gelecek hafta konuşuruz, belki sen oraya gelirsin, daha fazla imkânsızlıklardan sözetmek istemiyorum."

Bir an onunla tıpkı dünkü gibi adada olmayı, faytona binmeyi, çamların içinde yürümeyi, bahçelerden sokağa sarkan kırmızılı, mavili çiçekleri koklamayı istedim.

Evet biz başka âşıklar gibi bunları yapamıyorduk. Sinemaya bile gidemiyorduk. Sokaklarda başıboş yürüyemiyorduk. Şurada deliler gibi istesem de elini tutamıyordum. Tam içimden geleni söyleyecekken birden susuyordum. Çevresi düşmanlarla sarılmış insanlar gibi yalnızca kapalı odalarda, bizi tanımadıkları yerlerde rahat edebiliyorduk.

Ne yapalım ki böyleydi.

Çok zaman bezginliğe kapıldığım, bütün o hayallermiş, rüyalarmış hepsinden vazgeçip artık ne olacaksa olsun dediğim, bu gizli saklılıktan, bu ne olduğu belirsiz durumdan çıkmak istediğim ve kimbilir kaç kez bu yüzden ondan ayrılmaya çalıştığım oldu.

Ama o anda ayrılmak değildi aklımdan geçen. Yalnızca en azından birimiz (ben) özgür olmalıydık. Böyle ikimiz de yalanlar içinde, ikimiz de her akşam bir başkasıyla paylaşılan hayatlarımıza geri dönerken ve birbirimizi göremezken daha fazla sürdüremezdik.

Yeniden kâğıdı önüne çekti, *"Sakın, sakın benden ayrılacağını söyleme, ne istersen yap, ne istersen iste ama bunu isteme, sana yalvarıyorum..."* yazdı.

"Ayrılık yok," yazdım, *"biz hiç ayrılmayacağız."*

O satırları yazarken ikimiz de gerçekten inanıyorduk ayrılmayacağımıza...

Okuyunca yüzü yeniden aydınlandı. Ayağa kalktım, beni yanaklarımdan öperken, küçük bir kâğıt parçasını elime tutuşturdu, "Bu numarayı al, benim kendi telefonum, ne zaman istersen arayabilirsin, ben açmazsam kapatırsın, artık zaten gece gündüz oradayım, eve gittiğim yok..." dedi.

Salondan çıkarken bir an dönüp baktım. Orada ayakta durmuş bana bakıyordu. Eliyle yeniden elveda işareti yaptı.

Otelden çıktığımda artık, az önce bu yolu yürüyerek gelirken bana eşlik eden küçük çocuğu bulamadım. İçimde yine o burkulma, yine o karnımdaki kasılma, çocuksu bir neşeyle karışan o boşluk duygusu biraradaydı.

Geldiğim yolu yeniden bu kez geriye doğru yürümeye başladım. Tek başıma.

Yaz akşamları –artık uykum iyice azaldı– tepeden, hâlâ nasıl olduysa kalmış asırlık ağaçların arasından uzaklara, sonra kimi zaman güzel havalarda parlayan yıldızlara bakıp hatırlamaya çalışıyorum burada, terasta...

Anılar da yıldızlar gibi... Onlara bakarken nasıl aslında çok eski bir görüntülerini görüyorsak tıpkı öyle... Anılar da uzak yıldızlar gibi zamanın bir yerindeki görüntüyü ancak şimdi yollayabiliyor bize...

Keşke bunun tam tersi de olabilseydi...

Ah, keşke geleceği hatırlamak mümkün olsaydı. Ve biz gelecekteki hayatımızı da tıpkı geçmişimiz gibi görebilsek ve yıllar sonra olacakları hatırlayıp ona göre hareket edebilseydik.

Yeniden yaşayabilseydim başka türlü mü davranırdım? Geleceği bilseydim ne yapıp edip onu değiştirmeye çalışır mıydım?

Hatta kimi zaman düşünürüm, acaba benim yaptıklarım yüzünden mi oldu bazı şeyler? Eğer ben farklı davransaydım kaderin çizgisi bizi bambaşka bir yere taşır mıydı?

Kimbilir...

İnsan bu çelişkiyi, hayatı dilediğince yaşamak isteğiyle, başkaları, kendisini kuşatan dünya ve öğrenilmiş kuralların arasında kalma ikilemini yaşıyor hep.

Ne kadar bilse, ne kadar cesur olsa, ne kadar çok görmüş olsa da bundan kurtulması kolay olmuyor.

Ne kurallar ne başkalarının sözleri ne beni yargılamaları umurumda değildi. Hepsi bana vız gelirdi.

Ama ya başkalarının sizin yaptıklarınız yüzünden acı çekmesi, sizin mutluluğunuzun bir başkasının mutsuzluğunu yaratması?

O, çöplerle oynanan oyundaki gibi, istediğiniz çöpü almaya çalışırken başkalarını yerinden oynatıyorsunuz ve yanıyorsunuz.

Kimbilir, belki bu oyunu, hiçbir çöpü yerinden oynatmayacak kadar ustalıkla oynayanlar ya da sürekli yanmaktan hiç korkmayanlar da vardır. En azından ben onlardan biri değilim.

Belki de en kötüsü benim yaptığımdır.

Bir keresinde Ayla demişti ki, "Hep iki arada kalıyorsun, bu çelişki seni yiyip bitiriyor, iyi ya da kötü birini seçsen rahatlayacaksın..."

O zaman ona hak vermiştim. Ama şimdi biliyorum ki doğru değil. Ben, aynı anda herşeyi birden yaşamak isteyen biriydim. Gerçek buydu ve bunu kimseye, kendime bile uzun yıllar söyleyemedim.

Bu gizli aşkları, ihanetleri belki de fazla büyütüyoruz. Sanki dünyanın en büyük buluşmasıymış gibi aslında belki de hiç anlamı olmayan bir rastlantıyla biraraya gelmiş iki insanın ömür boyu birbirlerinden başka kimseye ilgi duymamasını istiyoruz.

Hem de ne zaman? Neredeyse çocuk yaşlarından başlayarak...

Evet ben de bunun olabileceğini sanıyordum. Bir hayat kurmanın duygularla ilgisi olduğunu hiç düşünmüyordum.

İnsan deliler gibi sevdiği birinin yanında bile her zaman mutlu olmazken, pek az sevdiği biriyle yıllarını geçirebilir mi?

Ayla, yıllar önce, yine burada, terasta bir akşam yemeğinden sonra, "Belki de tam tersi doğrudur," demişti, "belki de aslında ancak çok sevmediğimiz biriyle mutlu olabiliriz..."

Evet belki de... Çocuğu olduktan sonra hayattaki tek gerçek sevginin bu olduğunu, aşkların, tutkuların, bedenin çılgınca isteklerinin artık hiç anlamı kalmadığını söylemişti.

İkimizin böyle yıllar içinde, başladığımız yerin tam tersine gelmemiz beni güldürmüştü.

Ben evlenip iyi bir kocayla mutlu bir yuva kurmanın en doğru yol olduğunu düşünüp kararımı verdiğim zaman o, bunun gerçek bir delilik olduğunu söylememiş miydi?

Sonra da gidip hiç beklenmedik bir zamanda, beklenmedik birine rastlayıp yine bizi şaşkınlığa düşürerek evlenmiş, yıllar sürecek mutlu bir yuva kurmuştu.

Ne yapalım ki, kendimi ne kadar kandırmaya çalıştıysam da ben böyle bir kadın değilmişim.

İnsanın kendisine çizdiği rolle gerçekte olduğu şey birbirine hiç uymayabiliyor.

Belki rastlantılar olmasaydı pek çok kadın gibi ben de bunun hiç farkına varmadan, belki ara sıra gelen küçük işaretleri gözardı ederek, başkalarıyla kendimi karşılaştırıp küçük dünyamın mutluluğuyla yetinerek, çocuklarımı büyütmenin, hayat kavgasının içinde istekleri, aşırılıkları, hayalleri yavaş yavaş unutarak yaşayıp gidecektim.

Yaşamayan hiç kimsenin gerçekte bilemeyeceği bir duygu, içinizden bir canlıyı kazımalarının sesi, bir parçanızı öldürmenin, geleceği öldürmenin, alınyazısını vahşice kendi ellerinizle değiştirmenin verdiği o anlatılmaz iç sıkıntısı o günlerde beni birdenbire büyütmüştü sanki.

Tabii düşündüm. Hem de çok düşündüm. O çocuk doğsaydı, büyüseydi neler olurdu, hayatım nasıl değişirdi, onun nasıl bir hayatı olurdu?

Sonra da hep kendi kendime derim ki, "Hayır belki de onun hayata gelmemesi gerekiyordu, onun için böyle oldu..."

Kendimi böyle avuturum.

Zaten insanın böyle yıllar sonra geçmişteki yıldızlara bakar gibi anılara bakıp da birşeyler söylemesi mümkün mü?

Beyoğlu'nu bir baştan ötekine geçtiğim o sabahtan birkaç gün sonra geri dönmek için hazırlığa başladım. Aslında annemin beni bırakmaya niyeti yoktu. Turgut her telefon ettiğinde ona gelmesi için ısrar ediyor, böylece beni geri çağırmasını da engelliyordu.

Sonra, Kapalı Çarşı'ya gideceğimiz bir gün kahvelerimizi içerken, "Kızım," dedi, "biliyorsun gitmeni hiç istemiyorum ama bu seyahat biraz fazla uzadı, erkek kısmını böyle fazla yalnız bırakmaya gelmez..."

O devam edecekti ama sözünü kestim. Bu oyunu daha fazla sürdüremeyecektim. "Anne..." dedim son yudumu aldıktan sonra. Ama devam etmeme izin vermedi.

"Kapat da fal bakayım," dedi.

Fincanı ters çevirip tabağa koydum. Tabakla birlikte elimde çevirdim.

"Fazla çevirme," dedi, "herşey birbirine karışmasın..."

Sanki fincanı fazla çevirirsem kaderim de karışacakmış gibi...

"Sana birşey söylemek istiyorum anne," dedim, fincanı küçük sehpanın üzerine koyarken, sanki çok doğal birşey söyler gibi, "ben boşanmaya karar verdim..."

Çığlık atacakmış da tutmak istermiş gibi ani bir hareketle elini ağzına kapattı.

"Üzülme anne," dedim, "böylesi herkes için daha iyi olacak, ne yaptıysam artık bunun devam etmesine imkân olmadığını anladım..."

"Ah, kızım!" dedi, "birşeyler olduğunu anlamıştım ama..."

Gerçekten anlamış mıydı? O zamanlar boşanma sözü böyle şimdiki gibi rahat edilmiyordu. Zavallı anneciğimin ne kadar üzüldüğünü şimdi daha iyi anlıyorum. Yine de sandığım gibi sert bir tepki göstermedi.

"İstersen biraz daha kal, biraz daha düşün, Turgut bey ne diyor, beraber mi verdiniz bu kararı?" diye sordu.

"Onun haberi yok anne," dedim, "ama döner dönmez söyleyeceğim..."

O zaman biraz şaşırdı.

"Tek başına mı karar verdin?" dedi.

"Evet," dedim, "evlenmeye de tek başıma karar vermemiş miydim?"

Bir an yine bu evlilik yüzünden kendisini suçlarmış gibi suskun, önüne baktı.

"Sana birşey mi yaptı?" diye sordu sonra kaygıyla, "Yoksa..."

"Hayır anne," dedim, "başka bir kadın yok, bana birşey de yapmadı, her zaman iyiydi, saygılıydı ama iş ortaklığı değil ki bu, saygıyla, iyilikle olmuyor, ben onu sevmiyorum, seviyorum ama kocam gibi değil, nasıl anlatayım işte, lütfen daha fazla sorma bana, zaten içim içimi yiyor..."

"Belliydi zaten halinden senin ama soramadım, belki bir kavgadır, geçer diye düşündüm, fakat her gün arayıp sorunca..."

"Evet her gün arıyor, hiçbirşeyden haberi yok, nasıl söyleyeceğim bilmiyorum, düşündükçe fena oluyorum..."

"Bilmem ki kızım, bari bir oturup konuşsaydınız..."

"Ne yapalım anne," dedim, biraz da konuşmayı artık bitirebilmek için, "kısmet buraya kadarmış..."

"Kızım sen daha çok gençsin," dedi, "çocuğunuz da yok, zaten uzaklardaydınız ama yine de böyle kararlar verirken iyice ölçüp biçmek lazım, ağabeyinle de konuş istersen..."

"Ben kararımı verdim," dedim, "artık kimseyle çok fazla konuşmak istemiyorum, ona da söylerim ama fikrimi değiştirmeyeceğim, sen kendini üzme, olmayacak şeyleri uzatmak daha kötü..."

"Ne yapalım öyleyse kızım," dedi annem kalkarken, "hayırlısı neyse o olsun, sen en doğrusunu bilirsin..."

Herhalde, elinden tuttuğum küçük oğlanlar, kızlarla buraya dönmemi, torunlarının büyümesini izlemeyi hayal etmişti. Onun yerine şimdi hiç de duymak istemeyeceği bir haber alıyordu. Üzülmüştü ama belli etmek istemiyordu.

Onun böyle söylemesi beni duygulandırdı. Hem gözlerim doldu hem de içimden güldüm.

Ben mi en doğrusunu bilirim?

Keşke!

Aslında belki de fala en çok şimdi ihtiyacım vardı ama o fincan sehpanın üzerinde unutuldu kaldı.

O akşam Nihat ağabeyim de herşeyi öğrendi. O da soğukkanlıydı. Bir anda fark ettim ki benim bu kadar kendimi yiyip bitirdiğim şeyi onlar o kadar da önemsemiyor ya da önemsememiş görünüyorlar, hatta neredeyse bu evliliğin bu kadar uzun sürmesine şaşıyorlardı. Kimbilir belki de babamın ölümü onlara hayatın başka bir yüzünü göstermiş, kurallara uygun hayatın pek de öyle sanıldığı gibi güçlü olmadığını fark etmelerine neden olmuştu.

Nihat hiçbirşey bilmeden benden yana çıktı hemen. Belki de annem de, o da, benim fazla konuşmamamın nedenini zavallı Turgut'un söylenmeyecek bir hatasına, gizli bir ilişkisine, bir ahlaksızlığına bağlıyorlardı.

Kimse benden böyle birşey beklemiyordu.

"Gelir burada oturursun," dedi Nihat, "istersen iş de buluruz, senin gibi iki dil bilen kıza iş mi yok..."

"Tabii burada oturacak," dedi annem şaşkınlıkla... "Zaten asıl yanlışlık gitmesindeydi ya..."

O zaman bütün bunları düşünemiyordum. Neler olacağını, ne yapacağımı hiç bilmiyordum. Yeniden çocukluk günlerine nasıl dönecektim. Yıllardır bambaşka bir hayatım vardı. Yıllardır özgürlüğe, canımın istediğini yapmaya, söylemeye alışmıştım. Tek başıma dünyanın öteki ucunda kendi evimi kurmuş, taşımış, yeniden kurmuştum. Şimdi buraya dönmek, yeniden aile hayatına başlamak, bu küçük çevrede kapalı kalmak hiç de kolay görünmüyordu. Gelip gidenler, karşılaştığım insanlar, uzak tanıdıklar, eski arkadaşlar bana hep ancak birkaç saat görüşülebilecek insanlar gibi geliyor, misafirlik biraz uzasa canım sıkılıyor, nasıl kurtulacağımı düşünmeye başlıyordum. Aman bu Ayla da yerinde oturmazdı ki...

"Seninle gelmemi ister misin?" diye sordu Nihat sonra yalnız kaldığımızda.

"Merak etme," dedim, "ben hallederim, biraz sıkıntılı olacak ama ne yapalım."

Düşünceli görünüyordu ama yine de şakaya vurmaya, beni üzmemeye çalışıyordu.

"Hatırlıyor musun," dedim, "sana, Amerika'ya nasıl gidilir diye sorduğum geceyi?"

"Hatırlamaz olur muyum?" dedi, "Sen o gece çoktan karar vermiştin evlenmeye değil mi?"

Güldüm.

"Nasıl da kızmıştın bana, bak sen haklı çıktın..."

"Yıllar nasıl geçiyor," dedi, "keşke haklı çıkmasaydım."

"Hep bir an önce büyümek isterdim unuttun mu?" dedim, "Meğerse büyümek o kadar güzel birşey değilmiş."

Elimi tuttu, "Sen sakın kendini üzme," dedi, "ne olursa olsun ben her zaman senin yanındayım."

"Ne olursa olsun, değil mi Nihat?" dedim.

Yüzüme baktı. Sanki olanları, olacakları bilirmiş gibi, "Evet," dedi, "ne olursa olsun..."

Sahiden de öyle oldu. Hep yanımda...

Alana inip de Turgut'u elinde koskoca bir buket beyaz gülle görünce birden kendime olan güvenim uçup gitti.

Doğrusu benim de toparlanmam için bu yalnızlık iyi gelmişti. Geri dönerken kafamda herşeyi bitirmiştim. Artık onu kocam gibi görmüyordum. Beni en çok rahatsız eden şey, bunca zamandır kendi başıma verdiğim bu karardan onun hiç haberi olmaması, her konuşmamızda sürekli beni ne kadar özlediğini söyleyip durmasıydı.

Sanki onu şimdi asıl bu yaptığımla, ikimiz adına kendi başıma verdiğim bu kararla aldatmışım gibi geliyordu bana.

Öyle ki, yol boyunca onun bu sevgi gösterilerinden, pek alışmadığım öpücüklerinden kendimi alıp da birşey söyleyemedim.

İki insanın beklentileri birbirinin tam tersiyken ne yapmak gerektiğini hiç bilemem.

Üstelik suçlu sayılan bendim (kendim de öyle düşünüyordum) ve yine de beni seven birine hiç de adil sayılmayacak bir kararı söylemek pek kolay değildi.

İstanbul'dayken, aslında onun da pek çok şeyden rahatsız olduğunu düşündüm.

Aptal bir insan değildi. Benim garip hallerimden, her ne kadar belli etmemeye çalışsam da gidip gelen aklımdan, giderek daha da soğumamdan birşeyler anlamıştı.

Belki en başından beri aramızda belli belirsiz bir duvar, bir uzaklık olduğu için fazla şaşırmamıştı.

Bence o bütün bunları benim evlilikten sıkıldığıma veriyordu.

Ara sıra üstü kapalı bazı şeyler söylediğini o zaman fark ettim. Bir keresinde bir filmden çıkmıştık. Mutsuz bir evliliği anlatan kasvetli bir filmdi. Marlon Brando oynuyor diye gitmiştik.

Demişti ki, "Evliliğin böyle cehennem azabına dönmesini anlamam... İnsanlar birbirlerine biraz saygı duyarsa, biraz severlerse evlilik hayatın düzenini sağlar."

"Evet ama herkes bu düzeni sevmiyor belki de," dedim.

"Herkes düzeni sever," dedi, "gençlikte insan heyecanlarla yaşayabilir ama sonradan hep yanında olacak birini arar. Bana göre bir insanı sevmek biraz da kendi elimizde olan birşeydir..."

Bu sözlerini hatırlamıştım İstanbul'da.

Bana açıkça, biraz çaba harcamam gerektiğini söylemek istemişti belli ki... Ona göre sevmek bile çalışarak kazanılan birşeydi.

İtiraf etmeliyim ki bir an bizi kente getiren arabanın içinden kendimi dışarı atmak ve hemen geri dönmemek için zor durdum. Bunu Ayla'nın dediği gibi bir mektup yazarak yapmadığıma çok pişmandım şimdi. Bu bir alçaklık mı olurdu? Sanki yaptıklarım değildi!

Bavulumu eve bırakıp yemeğe dışarı çıktık. Benim çok sevdiğim balıkçılardan birinde yer ayırtmıştı. Burası bizim için biraz pahalıydı. Onun için de ya önemli bir misafir geldiğinde ya da yıldönümü, yaş günü gibi günlerde giderdik. Bugün bile yılbaşını, yaş günlerini, kutlamaları sevmem.

Sevineceğime iyice canım sıkıldı.

Belli ki, bütün bu sürede ikimizin de düşüneceğini ve herşeyi yeniden yoluna koymak için neler yapacağını kurmuştu. Bütün bunları konuşmadan (ona göre böyle tartışmalar, kavgalar, yüz göz olmak bir evliliği bitirecek şeylerdi) anlayıp beni İstanbul'a göndermesinin nedeni de buydu.

Benimle fazla ilgilenemediğini, yalnız kaldığımı gördüğü halde Amerika'daki gibi beni gezdiremediğini düşünüp kendisini suçluyordu.

Bir an önce yemekten kalkmak için yolu bahane ettim, acıkmadığımı söyledim. Birer kadeh şarap içtik, ıstakoz yedik.

Sanki birazdan bir cinayet işleyecekmişim gibi içimde anlatılmaz bir sıkıntı, bir vicdan azabı, büyük bir korku vardı.

Acaba vaz mı geçsem, hiç değilse bu gece söylemesem, yarın, öbür gün bir kavga çıkartıp o zaman mı konuşsam diye içimden geçirmedim desem yalan olur.

Ama onunla kavga etmek kolay değildir. Hem bu gece, artık bu kadar hazırken yapamazsam bir daha hiç yapamayabilirdim.

O kadar iyi, o kadar sevecendi ki, sanki benim yokluğumda beni gerçekten de ne kadar çok özlediğini, sevdiğini daha iyi anlamış gibi görünüyordu.

Bunları bana söyledikçe benim konuşmam zorlaşacaktı. Aramızda birkaç haftalık bu uzaklığın verdiği yabancılık silinirse hiç konuşamayabilirdim.

Daha fazla dayanamayacağımı hissediyordum. İyi ya da kötü ne olacaksa olsun ve bitsin istiyordum.

Hep Türkiye'yi soruyordu, İstanbul'u, daha çok da politik ortamı... Bense tutulmuş gibiydim. Sanki burada yaşamıyormuşum da İstanbul'dan ilk kez geliyormuşum gibi yabancıydım bu ışıklı meydanlara, bu sokaklara, bu kalabalığa...

O benim suskunluğumu, dalgınlığımı yol yorgunluğuna veriyordu.

Biraz üşüdük ama yürümek istedim eve kadar.

Ev birden bana kasvetli, yabancı geldi. Cam açtım, ışıkları yaktım. Çalışma masasında kitaplar, kâğıtlar vardı. Belli ki akşamları yemeklerini dışarıda yemiş, sonra da gelip evde çalışmıştı. Ev tertemizdi. Burada onun tek başına yaşamasının ne kadar zor olacağını düşündüm. Benim yokluğum belki de tek başına kalınca iyiden iyiye korkutmuştu onu.

Kapıdan girip topuklu ayakkabılarımı çıkartınca anladım ne kadar yorulduğumu. Önce her zaman yaptığım gibi gidip üstümü değiştirmek istedim ama sonra vazgeçtim. Yalnızca elimi, yüzümü yıkadım, biraz serinledim. Sanki böyle üstümdeki giysilerle daha ciddi olacaktı konuşmam.

Salondaki koltuklardan birine oturdum. Gazeteler birikmişti. Üstüne ropdöşambrını giymiş, ayağında o armalı terlikleriyle, önce gidip radyoyu açtı sonra elinde içkisi gelip karşıma oturdu.

Biraz şaşırdım.

"Ne o yeni âdet mi çıktı," dedim gülerek.

"Yok canım," dedi, "gelişinin şerefine..."

Etrafa şöyle bir baktım.

"Her yer pırıl pırıl," dedim. Alay ettiğimi sandı.

"Evde kadın olmayınca bu kadar oluyor, elimden geleni yaptım ama yine de..."

"Aksine herşey tertemiz, düzenli, nasıl becerirsin bir türlü anlamam," dedim.

"Aman hiç sorma," dedi, "ben böyle tek başıma yaşayacak adam değilim, iyice anladım, içim sıkıldı, akşamları eve gelmek bile istemedim..."

Benim dalmış sustuğumu görünce, "İstersen erkenden yat, çok yorgun görünüyorsun," dedi, "yarın konuşuruz..."

Radyoda canlı bir program vardı. "*Sonbahar Yaprakları*" çalıyordu.

Bir an yatsam mı diye düşündüm ama sonra bütün cesaretimi toplayıp, "Sana birşey söylemek istiyorum," dedim.

Karşımda ayak ayak üstüne atmış, elindeki bardağın buzlarını sallayarak eritiyordu.

"Seni dinliyorum," dedi.

"Ben aslında İstanbul'a sana söyleyemediğim birşey için gittim," dedim.

Şaşkın şaşkın yüzüme baktı.

"Söyleyemedim ama bunun sana karşı çok büyük bir haksızlık, yalancılık, namussuzluk olduğunu düşündüm sonra..."

İyice şaşırdı. Yüzü asılmış, gergin, ne söyleyeceğimi bekliyordu.

Bunca zaman, ona bütün bunları söyleyeceğimi düşünmüştüm ama işte bu an, karşımda böyle oturduğu zaman nereden başlayacağımı, nasıl konuşacağımı hiç düşünememiştim.

"Herhalde beni hiç affetmeyeceksin, doğrusunu istersen ben de kendimi affetmiyorum, nasıl oldu bilmiyorum ama ne yaptımsa engel olamadım..."

Elindeki bardağı masanın üstüne bıraktı.

"Neler söylüyorsun sen?" dedi.

"Ben Fuat'la beraber oldum," dedim, "hamile kaldım ve İstanbul'a gidip çocuğu aldırdım."

Yalnızca müzik kaldı.

Bunların hepsini bir nefeste nasıl söyledim hâlâ bilmem.

Ama herhalde başka türlü söylemek mümkün değildi. Her söylediğim bir öncekinden felaketti çünkü. Belki de hepsini birlikte söyleyip tek bir suçmuş gibi göstermeye çalışıyordum.

Bana baktı. Sonra gözlerini yere, halının desenlerine çevirdi.

O an hiçbirşey bilmiyordum. Onun böyle bir durumda ne yapacağını, nasıl bir tepki göstereceğini hiç düşünememiştim. Bağıracak mıydı, dövecek miydi, çekip gidecek miydi, eşyalarımı toplayıp beni kapı dışarı mı edecekti?

Ama hiç kıpırdamadan, konuşmadan oturuyordu. Belki birkaç saniye geçti ama sessizlik uzun, bitmeyen bir zaman gibiydi.

"Ne zaman oldu bu?" diye sordu sonra.

Gözleri hâlâ yerde, sesi kısık.

"Gitmeden birkaç hafta önce..." dedim.

"Buraya geldi öyle mi?"

"Evet," dedim, içimden ayrıntıları sormaması için dua ederek.

"Sarhoş muydun?"

Şaşırdım. Benim bir kadehten fazla içmediğimi bilirdi.

"Hayır," dedim, "ben hiç sarhoş olmam, biliyorsun..." Bir yandan kafamın içinde sesler dönüyordu. Sarhoş olduk desene, kendimde değildim desene, birşeyler uydursana...

"Başka bir söyleyeceğin var mı?" dedi sonunda.

"Aslında geri dönmeyip bütün bunları sana bir mektupla anlatacaktım ama geldim. Yüzüme tükürmek hakkındır."

Başını kaldırıp yüzüme baktı. Yüzünde iğrenme ya da nefret gibi bir ifade yoktu. Yalnızca kaygılı, şaşkın, boş bir yüz vardı.

"Bunları bana başka biri söyleseydi ölsem inanmazdım. Ben sana ne söyleyeyim," dedi.

"Onun çocuktan filan haberi yok," dedim, "birşey bilmiyor, seninle konuştuğumu da bilmiyor. Bir an önce boşanalım, ikimiz için de en doğrusu bu..."

Sanki söylediklerimin en acayibi buymuş gibi çok şaşırdı. Sanki, bütün bu utanmazlıktan sonra bir de boşanmayı benim dile getirmeme sinirlenmiş gibiydi.

"O da karısından boşanacak öyle mi?" diye sordu.

Bunu soracağını düşünmemiştim. Şaşırdım.

"Hayır," dedim, "onun ne yapacağı beni ilgilendirmez. Ben kendi yapmam gerekeni yapıyorum. Sana bu yaptıklarımdan sonra herhalde benim yüzümü görmek istemezsin..."

Kalktı, ellerini ceplerine sokup yürümeye başladı.

"Sen onu hiç tanımamışsın," dedi, "kendisi istese bile boşanamaz. En baştan anlamam gerekirdi. Ne yazık ki sana çok güvendim. Bütün rahatlığına rağmen, çok ahlaklı görünen kadınlardan daha tutucu olduğunu düşündüm hep. Seni de kandırdı demek..."

Hâlâ bana değil de ona kızması tuhafıma gitti.

Tam asıl suçlunun ben olduğumu söyleyecektim ki bu kez kendimi tuttum. Duymak istediği bu değildi. Benim bütün bunları kendi isteğimle yaptığımı, ona deliler gibi âşık olduğumu, onun için de herşeyi unuttuğumu duymak istemiyordu tabii.

"Ne yapalım ki oldu," dedim, "keşke olmasaydı, keşke kendimi engelleyebilseydim... Seni utandırdığım için çok üzgünüm ama yine de bütün bunları kendim anlattığım, başkasından duymadığın için memnunum."

Yeniden yerine oturdu. İçkisinden birkaç yudum içti. Radyodaki adam ertesi günkü Miles Davis konseriyle ilgili bilgiler veriyordu.

"Ne yapmayı düşünüyorsun?" diye sordu.

"Annemin yanına gitmeyi tabii," dedim.

"Kim biliyor bu konuyu?" diye sordu.

O an yalan söylemek zorunda kaldım.

"Hiç kimse bilmiyor," dedim.

Yüzüme baktı.

"Hiç kimse öyle mi?"

"Evet, üçümüzden başka kimse bilmiyor," dedim.

Onun böyle kısık bir sesle, mutsuz, yıkılmış, şaşkın konuşması bana karşı gerçekten de o güne kadar çok anlamadığım, hatta sorarsanız bugün bile nedenini bilemediğim bir zaafı olduğunu göstermişti.

Bu düzenin dağılmasından, başarısız olmaktan çok korktuğunu biliyordum ama biraz haksızlık etmiştim. Çünkü beni gerçekten de seviyordu. O an eminim ki, bütün bunları çözebilmek için her çareye razıydı. Eğer ondan özürler dileseydim, ağlayıp bütün bunların bir kaza, bir macera, bir delilik olduğunu söyleseydim üstelemeyecekti.

Aslında bana kızmaması, bağırıp çağırmaması, hakaretler yağdırmaması benim de biraz dikkatli olmama yol açtı.

"Keşke bütün bunlar olmadan ayrılsaydık," dedim, "sen de herhalde benden memnun değildin..."

Acı bir gülümsemeyle yüzüme baktı.

"Herşeyi çok bildiğini sanıyorsun değil mi?" dedi.

İçimde birşey acıdı. Ne yapmıştı ki bunu haketmek için? Başka kadınların el üstünde tutacağı bir koca değil miydi? Çalışkan, dürüst, sevecen, eşinin bir dediğini iki etmeyen, üstelik ona karışıp üzerinde baskı kurmayan, herşeyden önce saygı gösteren biri...

O, dışarıdan pek medeni görünen ama aslında evin içinde yapmadıklarını bırakmayan, başkalarının yanında karısıyla mutlu aile tablosu çizip sonra iş toplantısı diyerek paralı kadınlara gidenlerden değildi.

Bir gün bile, ben erkeğim, benim dediğim olur, dememişti.

Aramızda basit tatsızlıklar, tartışmalar, soğukluklar olmuştu ama hiçbir zaman kavga denilecek birşey olmamıştı.

Beynimi durdurmaya, artık bütün bunları düşünmemeye çalışıyordum ama olmuyordu.

"Çok kötü oldu bu," dedi birden.

Bütün hayatı altüst olacaktı. Onun gibi başkalarının söyleyeceklerine bu kadar önem veren biri için tam bir rezaletti bu. Herşeyi mahvetmiştim.

"Kimse bilmiyor," dedim yeniden, "bilmesine de gerek yok, sen çok iyi bir insansın, mutlaka benden çok daha iyisini..."

Eliyle öyle kesin bir işaret yaptı ki susmak zorunda kaldım. Saçmaladığımın farkındaydım ama benim yerimde siz olsanız ne yapardınız?

"İsterdim ki," dedi, "günün birinde torunlarımıza seni ilk gördüğüm günü anlatayım, onların yaşında küçük bir kız olduğun o akşamı..."

Birden böyle ondan pek duymadığım duygusal bir cümle kurması beni çok etkiledi. Herhalde bunca zaman kendimi alıştırdığımı sanarak içime attığım bütün bu sıkıntılar biraraya geldi ve bu cümleyle birlikte boşaldı, yüzüme ellerimi kapadım, hıçkırarak ağlamaya başladım.

Bir yandan da, "Neden bana kızmıyorsun, neden tokatlamıyorsun, neden benim ahlaksız adinin biri olduğumu söylemiyorsun," diye bağırıyordum, boğulur gibi...

"Kendimizi kandırmayalım," dedi, "senin ona âşık olduğunu başından beri biliyorum ben. Sormuyorum çünkü duymak istemiyorum. Kalbinde başka birisi olan bir kadına söylenecek ne olabilir? Hayır ben seni ahlaksız bulmuyorum, adi de bulmuyorum..."

"Ama öyleyim, öyleyim..." dedim.

"Demek ki kaderde bunu yaşamak da varmış," dedi kalkarken, "ne yapalım..."

O bezgin, mutsuz sesi hâlâ zaman zaman duyarım.

Aslında biraz şaşırmıştım. Büyük bir kavga, duymak istemediğim sözler, çirkinlikler olmadığı için sevinmiştim. Ama yine de anlayamadığım birşey vardı. Turgut'un bütün bu söylediklerimi böylesine sakin karşılaması bana garip geliyordu.

Bu yaptıklarımın bir koca için kabul edilemeyecek şeyler olması bir yana aynı zamanda onun hayatını tümüyle değiştirecek olması çok acıydı.

O gece çok ağladım.

Yalnızca herşeyi açıkça söyleyerek, günah çıkartarak insanın vicdanını rahatlatması o kadar kolay değilmiş.

İşte aylardır kurduğum, yapmaya çalıştığım şeyi yapmıştım ama yine de üzgündüm.

Üstelik onun böylesine çaresizce olanları kabullenmesi beni iyice yaralamıştı. Nedense o an'a kadar daha çok kendimi düşünmüş, onun hayatıyla, onun duygularıyla pek ilgilenmemiştim. Sanki beni, onunla ilgili üzen tek şey onu aldatmak, haketmediği bir biçimde arkasından iş çevirmekti. Oysa şimdi asıl bu yaptığımla onun hayatını altüst ettiğimi yeni fark ediyordum.

Hatta belki de bütün bunların söylenmemesini, gizli kalmasını, hiç duymamış olmayı isterdi.

Ama söylenmişti ve artık birşey yapmak zorundaydı. Belki de aklına gelen, kuşkulandığı ve başından beri biliyordum dediği şeyleri görmezden gelmek, belki geçici bir macera olarak almak, nasıl olsa biteceğini düşünmek onun için daha kolaydı.

Belki de hepimiz için böyledir.

Geceyi yorgun, baş ağrısıyla, ikide bir uyandığım karmaşık rüyalarla geçirdim.

Sabah uyandığımda Turgut gitmişti ama başucumdaki komodinin üzerinde bana yazdığı bir mektup vardı. Yatağın içinde oturdum, gözlerim hâlâ tam açılmamış, hâlâ yarı uyur yarı uyanık, ikiye katlanmış kâğıdı açıp okumaya başladım.

"*Sevgili kızım,*" diye başlıyordu. Bana böyle kızım diye seslenmesi garip geldi ama daha önce ondan mektup almadığım için başka zaman olsa ne yazacağını da bilemedim.

"Keşke hayatta herkes her istediğini yapabilse ve mutluluk böyle seçilebilecek birşey olsaydı.

Beni belki, duygulara uzak, yalnızca kurallarla yaşayan, soğuk bir adam olarak görüyorsun. Belki de haklısın. Seninle evlendiğimiz günden beri hep kendi hayalimdeki yuvayı kurmaya çalıştım. Bir erkeğin görevi bu değil midir? Ben bütün görevlerimi harfiyen yerine getirdim. Ama birşeyi unuttum. Senin gibi güzel, akıllı, parlak bir genç kızın hayalinin gerçekte ne olduğunu hiç sormadım. Çünkü takdir edersin ki böyle, bir anlamda görücü usulüyle evlenmeyi kabul ettiğin için senin de sakin, mutlu bir yuva istediğini sandım. Senin küçük bir kız olduğunu, zaman içinde büyüyüp değişeceğini, hayattan farklı şeyler isteyebileceğini düşünemedim.

Evet sana kızgınım. Benim hayalimi kırdın. Ama bir yandan da düşünüyorum, ben de seninkini kırmışım. Öyle olmasaydı kimse seni baştan çıkartamazdı.

Seni her zaman bir âşık, bir sevgiliden çok çocuğum gibi gördüm. Şimdi de senin, uzun zamandır unuttuğumuz şirinliklerini, çocuksu hallerini bir daha göremeyeceğimi düşünüp içime bir bıçak saplanıyor."

Burada bir an benim de içime bir bıçak saplandı. Bunca yılı bir çırpıda bırakıp gitmek ne olursa olsun çok acı değil mi... Yeniden ağlamaya başlamamak için kalktım, soğuk suyun altına girip bir süre öylece durdum. Sular üstümden akarken kendi kendime, şimdi mektubu okuyacaksın ve artık kendini üzmeyeceksin, bir karar verdin, iyi ya da kötü en azından bunu başardın, şimdi artık üzülmenin, ağlamanın kimseye faydası yok, bundan sonra olacakları şimdiden düşünme, diyordum.

Duştan çıktım, üstümü giydim, aşağı inip kendime sert bir kahve yaptım, başım çatlayacak gibi ağrıyordu, bir ilaç aldım, radyoyu açtım, koltuğa oturup kaldığım yerden okumaya başladım.

"Dün akşam bana söylediklerinden sonra yapacak fazla birşey kalmadığını biliyorum. Ama bütün gece düşündüm. Seni, böyle sonu olmayacak bir maceraya bırakmamın doğru olmadığına karar verdim. Birşeyi yapmak istediğinde seni kimsenin durduramayacağını iyi biliyorum. Ama senden boşanmayacağım... En azından bu çılgınlığın belki de geçici bir bunalım olduğunu, doğruyu görmen için bir süre geçmesi gerektiğini düşünüyorum."

Burada yeniden şaşırdım. Aklından neler geçiyordu? Demek hâlâ gözlerimin körleştiğini, aptalca bir tutkunun peşinden sürüklendiğimi sanıyordu. Hızla geri kalan bölümü de okudum.

"Bundan sonrası biraz da sana bağlı. Ben yaraların kapanabileceğini sanıyorum. Açık söylemek gerekirse kendim için de birşeyden emin değilim. Ama bir zaman ayrı kalsak daha iyi olur. Hayat çizgisini değiştiren kararları böyle ani ve karışık zamanlarda vermemek daha doğrudur. Başkalarını bu yaşananlara ortak eder misin, etmez misin bilemem ama benim için hepsi ikimizin ara-

sında kalacaktır. Bana büyük bir sevgi duymasan da bir parça saygın varsa bu söylediklerimi anlayabileceğini umut ediyorum. Ev senindir, istediğin gibi kalabilirsin, ben birkaç gün burada olmayacağım.

Her zaman yalnızca senin iyiliğini düşündüğüme hiç şüphen olmasın."

Bu mektup beni hiç sanmadığım bir biçimde etkiledi. Kendimden utandım. Yanı başımdaki insanı hiç tanıyamadığımı düşündüm. Kuşkuya kapıldım. Eğer onu bile hiç anlamamışsam acaba Fuat'la ilgili duygularım gerçek miydi?

Yoksa yalnızca bir rezalet çıkmaması, düzenin bozulmaması için mi böyle davranıyordu?

Hayır, sanmıyorum.

Gerçekten de benim için en iyisini düşündüğünü ve sözlerinde samimi olduğunu, bütün acısına, bütün öfkesine rağmen yalnız benim yüzümü görebilmek için herşeyi kabullendiğini şimdi çok iyi biliyorum.

Ama o anda emin değildim. Kuşkular, gelgitler, çelişkiler içinde kıvranıyordum. Ne yapmam gerektiğini bilmiyordum. Üstelik boşanmayacağını söylemesi beni korkutmuştu. Sanki bir anda herşey bitip çözülecek ve ondan sonra ne olacaksa olacak sanıyordum ama işte o kadar kolay değildi. Uzun uzun düşündüm. Kendimi toplamaya çalıştım. Fuat'ı aklımdan çıkartıp yalnızca kendimle ilgili düşünmeye çalıştım. Zaten onun (her zamanki gibi) hiçbirşeyden haberi yoktu.

Şimdi önüme bir önceki günden farklı bir durum çıkmıştı. Bu mektup bana açıkça, git düşün, bu sonu gelmeyecek ilişkini bitir, geri gelmek istersen kapım açık, yeniden başlayalım, diyordu.

Kahvemi bitirip yeniden yukarı çıktım. Üstümü değiştim. Aynanın karşısına oturdum. Aslında yaptığım herşeyi öylesine yapıyordum. Ne giysilere, ne eşyaya bakmak bile istemiyordum artık. Bittiğini, bir daha buraya dönmeyeceğimi düşünmek beni yaralayacaktı, bundan kaçmaya çalışıyordum.

Belki de pek az insana, sonsuza dek değişmiş, elinde olmayan bir yanlışla parçalanmış hayatına geri dönebilmesi için böyle bir şans verilir değil mi?

Gerçekten de o günlerde, kimsenin birşey bilmediği, henüz hayalden gerçeğe dönüştüğü bile belli olmayan bu ilişkiyi bitirmek ve kaldığım yerden devam etmek (bütün olanlara rağmen) mümkün görünüyordu. Üstelik işte ona anlatmıştım ve kendimi en azından "temiz" hissediyordum.

Ama farkında olmadığım şey, bütün bunları açıkça anlatmakla kafamın içindeki karmaşayı düzeltmemin mümkün olmadığıydı.

Çünkü aslında benim için önemli olan Turgut'un ne düşündüğü ya da bu ilişkinin ortaya çıkıp bize zarar vermesi değildi ki...

Ben ne yapacağımı bilmediğim için böyle garip bir ruh hali içindeydim.

Bana, "Git onunla ne istiyorsan yaşa ve sonunda anılarındaki bir macerayla buraya geri dön, ben yine de sana bu güvenli evi hazır tutarım," dese ne fark edecekti sanki.

Sanki ayağımın altında sürekli kayan bir yerde yürümeye çalışıyordum. Tutunmaya çalıştığım ne varsa bir hayal gibi yitip gidiyordu.

O zaman birden Fuat'a da kızdığımı fark ettim. O güne kadar bunu hiç düşünmemiş, onun yaptıklarında en küçük bir kusur görmemiş, herşeyi olduğu gibi kabullenmiştim.

Ama şimdi birdenbire onun neden birşey söylemediğini, neden bize ne olacağıyla ilgilenmediğini, yalnızca başbaşa geçirilen kaçamak saatlerle sınırlı kalan bu maceradan belki de sıkılmaya başladığını düşünüyordum.

Son karşılaşmamızda hiç de öyle eskisi gibi ısrarcı değildi.

Bana göre eşsiz geçen o öğledensonrayı sanki unutmuş, o günden sonra ortadan kaybolmuştu. Son görüşmemiz de (belki biraz benim yüzümden) pek sıcak geçmemişti.

Kendi kendime bir yandan bunları düşünüp bir yandan da böyle şeyleri aklıma bile getirmemeliyim diyordum. Çünkü hâlâ çaresizce, hayatta aslında bir karşılığı olmayan o hayali yaşatmaya çalışıyordum ben.

Ama elbette yalnızca o hayali yanınızda taşımakla yetinemezsiniz.

Aşağı indim. Yukarı çıktım. Yeniden indim, yeniden çıktım. Böyle uzun bir süre kafamdakilerle uğraşarak evin içinde dolaşıp durdum. Bütün eşyalarımı toplayacak takatim yoktu. Bir bavul hazırladım.

Turgut birkaç günlüğüne bir toplantıya gitmişti. Ben de bulduğum ilk uçakla yeniden İstanbul'a döndüm. Taksi şoförü bavulu arabaya koyarken dönüp eve yeniden bakmadım bile. Dişlerimi sıktım ve alana giden yol boyunca belki de son kez görüyormuş gibi kente bakıp şoförün gevezeliklerini dinledim.

İstanbul'a geldiğim zaman derin bir nefes aldım. Elbette üzülecektim ama zamanla unutacaktım. Yapmam gerekeni yapmıştım. Artık dönüp arkama bakmayacaktım.

Fuat seçimlerle uğraşıyordu. Döndüğüm zaman seçimleri kazandıklarını öğrendim ama kendi arkadaşlarıyla bile arası açıktı. Onu görevinden almışlar, yeniden büyükelçi olarak yurtdışına yollamak istiyorlardı. Bunları gazetelerden okuyordum. Bir zaman hiç konuşamadık. Ben aramıyordum, o da belli ki kendi derdine düşmüştü. Aslında ben olanlardan memnundum. Bu sayede artık politikadan kurtulacağını düşünüp seviniyordum. Ama nasıl olduysa bu anlaşılmaz hırsın onu da esir aldığını farketmemiştim.

Artık kış gelmişti. Ben ne yapacağımı bilmez bir halde öylesine günler geçiriyordum. Turgut bir zaman inat etti. Hatta kalkıp İstanbul'a geldi. Annemlerle konuşup onları ikna etmeyi düşünüyordu. Ama sonra bunların hepsinin boşuna olduğunu anladı. Biraz tatsız bir konuşmanın ardından, "Sonunda pişman olacaksın ama çok geç olacak, benim artık yapacağım birşey kalmadı," deyip gitti.

(Şimdi, o gün onun bıkkın, bezgin, gözlerime bakamadan iki eliyle ellerimi tutup ayrılışı geldi gözümün önüne. Omuzları düşmüş gibiydi. Arkasından bakmak istememiştim. Kimbilir belki de öyle omuzları düşmüş yürümesine dayanamayıp çağırırım diye mi? Birkaç yıl sonra beni aradı ama görüşemedik. Çok yıllar sonra İstanbul'da bir otelin çay salonunda gördüm onu. Yanında şişmanca bir kadın vardı. Gözlük takmış, saçları dökülmüştü. Beni eşiyle tanıştırdı, gözlerime uzun uzun baktı. Bu sefer de ben gözlerimi kaçırdım. Ankara'daydılar. İki oğlu olmuştu. Onlardan birinin mezuniyeti için İstanbul'a gelmişlerdi.)

O gün o gittikten sonra üzülsem de bir an için rahatladım. En azından artık resmen boşanmamış olsam da bu işin bittiğine seviniyordum.

Leylak büyümüş, kimseye yüz vermeyen, havalı bir hanım, evin kraliçesi gibi ortalıkta dolaşıyordu.

Farkına varmadan aylar geçmiş ve ben bunca zamandır herşeyi ertelemenin verdiği sıkıntıyla biraz zayıflamış, iyice durgunlaşmış, sessiz, keyifsiz bir kız olup çıkmıştım. Nihat beni gezdiriyor, akşamları sürekli bir yerlere götürüyor, eve kapanmamam için uğraşıyordu. Yine bir akşam herhalde Melek sinemasında *"Harp ve Sulh"* filmine gitmiştik. Filmden çıkıp gelince içimde ne zamandan sonra yine o heyecanı duydum. Belki de yaklaşan bahar beni uzun kış uykusundan kaldırıyordu.

Sabah uyanır uyanmaz, bana verdiği numaradan onu aradım. Telefonu açtı. Sesimi duyunca heyecanlandı ama yanında birileri vardı.

"Neredesin?" dedi.

"İstanbul'dayım," dedim.

"Burası biraz karışık," dedi, "ne zaman konuşabiliriz?"

"Bilmiyorum," dedim, "burası da biraz karışık..."

Bir sessizlik oldu. Her zamanki gibi değildi sesim.

"Sen iyi misin?" diye sordu.

"İyiyim," dedim.

"Bir terslik yok değil mi?" dedi, sanki bunca zamandır konuşmamış olmamız bir terslik değilmiş gibi.

"Sana birşey sormak istiyorum," dedim birden. Aslında bunu düşünmemiştim, o anda aklıma gelmişti. Şimdi bana pek zavallıca geliyor ama sordum işte: "Bana âşık mısın?"

Bir an sustu.

"Bu ne biçim soru böyle?" dedi.

Yanlış cevap. Ne sanıyorsunuz? Bu oyunda bu sorunun tek bir cevabı vardır ve eğer bir erkek o cevabı vermiyorsa yanar, oyun bozulur.

"Öylesine sordum," dedim, "sonra konuşuruz, herhalde işlerin var, hoşça kal..."

Telefonu kapattım.

Birdenbire herşey üstüme üstüme gelmeye başladı. Biraz daha dursam delirecektim sanki. Çıktım, sokaklarda yürüdüm. Böyle olmayacaktı. Annemleri üzmemek, birilerine birşey duyurmamak, Turgut'un adını kirletmemek, Fuat'ın konumunu düşünmek... Hep tek başıma, hep kendi kendime, hep kafamın içinde düşünmek, düşünmek, düşünmek... Bütün bunlara daha fazla dayanamayacaktım. İçimden deli gibi bağırmak, çığlık atmak geliyor da zor tutuyordum.

Belki de bir yerlere gitmeye, biraz tek başıma kalmaya ihtiyacım vardı. Ama nereye? Birden karar verdim, anneme bir arkadaşımın beni davet ettiğini söyleyip, küçük bir bavul hazırladım. Nihat'a içimden geçenleri anlattım, biletimi ayarladı, nereden aklıma geldiyse Paris'e yola çıktım.

Aklımda hiçbirşey yoktu. Tek düşündüğüm uzaklaşmak, beni kimsenin tanımadığı bir yere gitmek, bütün bu geçen zamandan, düşüncelerden, kendimden kurtulup biraz yalnız kalmaktı.

Paris'te tek bildiğim otel, Fuat'ın bir keresinde uzun uzun anlattığı, her gelişinde mutlaka oraya gittiğini söylediği küçük, sokak içinde üç katlı, büyük pencereleri, yeşil panjurları olan bir yerdi.

Doğruca oraya gittim. Pırıl pırıl bir hava vardı. İnsanlar sokaklarda, cafe'lerde sanki bayram kutluyormuş gibi neşeli bir hava içindeydi.

Dediklerine göre, burada bahar hiç böyle erken gelmez, hava kolay kolay böyle güzel olmazdı. Beni şehre getiren taksi şoförü, "Şansınıza," diyordu.

Burada uzunca bir süre kalmaya karar verdim. Belki de yalnızca bir turist gibi tek başıma gezip tozmak, müzeleri görmek, tiyatrolara gitmek iyi gelecekti bana.

Bavulumu yerleştirdikten sonra Fuat'ın beni evden arayabileceği geldi aklıma. Telefonu kapatmamdaki garipliği anlayıp boş kalır kalmaz aramaya başlayacak ve beni bulamayınca belki de bir saçmalık yapacaktı.

Birdenbire artık bu ilişkiyi bitirmem gerektiğini düşündüm.

Zaten artık herşey sanki benim dışımda biri tarafından yönlendirilmiş gibi kesin, ani, açık bir biçimde olup bitiyordu.

Telefonu bağlattım. Sesimi duyunca heyecanlandı, "Ben de seni arıyordum," dedi, "neler oluyor? Sende bir tuhaflık var..."

"Birşey olduğu yok," dedim, "biraz yalnız kalmaya karar verdim, beni evden arama çünkü orada değilim, İstanbul'dan çok uzak bir yerdeyim," sonra bir an durdum ve "artık bu ilişkiyi bitirmenin zamanıdır," dedim, "eğer bir ilişki denilebilirse tabii..."

"Neler söylüyorsun," dedi, "delirdin mi, ne bitirmesi, çabuk söyle, neredesin?"

Kapı çaldı, oda servisinden güler yüzlü, sevimli bir çocuk yiyecek birşeyler getirdi. O girince sustum. Başka bir isteğim olup olmadığını sordu. Telefonda olduğumu görünce özür dileyerek tepsiyi masaya bırakıp çıktı.

"Nerede olduğumu boş ver," dedim, "bir yerlerdeyim işte, uzun uzun düşündüm, yapacak başka birşey yok, bizim bir sonumuz yok..."

Çocuğun konuşmasını duymuştu.

"Sen Paris'tesin," dedi, "çabuk bana nerede kaldığını söyle, hemen oraya geleceğim..."

"Hayır bir yere gelmeyeceksin," dedim, "bir rüya hiç sonsuza dek sürer mi?"

Bir an ne diyeceğini bilemezmiş gibi sustu.

"Daha önce aradığın zaman seninle konuşamadım, burası doluydu," dedi, "ama bana sorduğun sorunun cevabını hemen söylemek istiyorum, evet sana âşığım, hem de deli gibi... Dur, sakın kapatma, benim de iki çift sözüm var, onu dinle..."

Sustum.

"En baştan sana söyledim, senin için ne istersen yaparım, herşeyi göze alırım dedim, dinlemedin. Senin hayatını bozmamak için ben de sesimi çıkartmadım. Ne düşündüğünü, ne hissettiğini bile bilmiyorum. Sen bana hiçbirşey söylemedin ki... Varsa yoksa ben anlatıyorum..."

Aslında doğru söylüyordu. Ben, ona, "Seni seviyorum," bile dememiştim. Sanki bu öylesine doğal, öylesine gerçek, öylesine belli birşeydi ki bunu söylemek bile saçma gelmişti belki bana...

Kendi kendime şaşırdım. Aman Allahım, demek uğruna kendimi bile kaybettiğim adam, onu ne kadar çok sevdiğimi bilmiyor. Ona kendimi verişimdeki saflığı bile anlamış değil.

"Bazı şeyleri söylemek mi lazım?" dedim.

"Değilse sen neden böyle kuşku içindesin peki?" diye sordu.

"Bilmiyorum," dedim, "gerçekten de bilmiyorum. Var mısın, yok musun belli değil. Kaybolup giden bir hayal gibi. Bir görünüp bir yokoluyorsun. Ne düşündüğünü, ne yaptığını, ne hissettiğini anlamıyorum."

"Ne hissettiğimi anlamıyor musun?" dedi şaşkınlıkla, "Buna inanmam işte. Benim aklımı kaybettiğimi senden başka herkes fark etti, bir sen mi anlayamadın? Sen bana kızmışsın, söyle bakalım niye kızdın?"

Evet kızmıştım. Ama şimdi nasıl o öğledensonranın

ardından ortadan kaybolmasının ne korkunç birşey olduğunu söyleyebilirdim ki...

"Olmayacak birşeye kalkıştık, böyle kaçamak saatler, böyle gizli saklı işlerle nereye varılır ki... Ben hep üzülüyorum, şimdi içimde herşey kırılmış gibi, ne yapsam olmuyor," dedim.

"Peki sen neden beni aramadın?" dedi, "Son karşılaşmamızda bana biraz zaman ver deyip sonra da ortadan kaybolmadın mı?"

Bir an durdum. Gerçekten de böyle mi olmuştu?

Fazla düşünmeme izin vermedi, "Bana nerede kaldığını söyle, hemen geleyim, konuşalım, ne istiyorsan cevabını veririm, hayatımda görmek, konuşmak, gözlerine bakmak istediğim bir tek sen varsın..." dedi.

"Hayır," dedim, "söylemeyeceğim, yalnız kalmak istiyorum, kendi kendime düşünmek istiyorum..."

"Bana bir tek şey için söz ver," dedi, "ne istersen yap, ne istersen düşün ama beni bırakma, istediğin gibi olsun, yılda bir saate bile razıyım, ama ayrılık deme bana... Hayatında en küçük yer bile benim için dünyanın en güzel yeri, bunu sakın unutma..."

O akşam kendimi sanki ilk kez evinden dışarıda kalan, gizlice, beklenmedik birşey yapmaya kalkışmış küçük bir kız gibi hissediyordum.

Evet bir geceliğine başından büyük bir maceraya kalkışmış okullu kızlar gibi... Ama tuhaf olan şuydu ki, ne yapacağımı bilemiyordum.

Bu kenti tanımıyordum. Burada oturan tanıdık bir iki uzak isim bulunurdu belki ama onlara ne anlatacaktım ki?

Burada bir otel odasında oturup ağlayacak mıydım yoksa?

Aynanın karşısında aptal aptal otururken birdenbire karar verdim. Hayır, bu gece benimdi. Belki de ilk kez hayatımda böyle tek başıma, kimsenin nerede olduğumu bilmediği bir anda, üstelik hayatımın en büyük kopuşlarından birindeydim ve bu küçük odada oturup ağlayacak değildim.

Kendi kendime, herkesi kaybetsem bile uzakta bir yerde küçük bir kedim var nasıl olsa diye güldüm.

Şöyle bir düşünürsek, şu an ne yapacağını bilemez halde, bütün hayatı benim yüzümden dağılmış, yeniden toparlamanın yollarını arayacağını çok iyi bildiğim kocam, garip bir telefon konuşmasının ardından ne düşündüğümü anlamamış ve sanırım aslında kendisinin de ne yapacağını bilemeyen bir sevgilim, hiç görmediğim uzak bir yerde, kimbilir ne zaman, ölümsüz olabilmek için hayatlarını tabletlere yazdıran kralların peşinden toprağı eşeleyen bir arkadaşım, benim anlaşılmaz hallerim yüzünden şaşkına dönen annem, ne istersem yapan, birşey sormayan ama artık kaygısı yüzünden okunan ağabeyim ve güzel kedim...

İşte hayatım buydu.

Sanki önümde toprak ikiye parçalanıyor, gitgide açılan bir uçurumun kenarında duruyordum ve bir an önce hangi tarafta kalacağıma karar vermem gerekiyor ama ben uçurumun giderek açılmasını izliyordum yalnızca.

Evet, pek parlak bir durum sayılmazdı.

Ama bir de öte yandan (biliyorum hoş değil ama) hayatımdaki erkeklerin ikisi de ne olursa olsun benden vazgeçmek istemiyordu.

Aklıma bu gelince aynanın karşısında bir an durup gülmeye başladım. "Kaçıksın kızım sen," dedim kendi kendime.

İşte tam da hayatımın o kırılma noktasında duruyordum ve ikisi de nerede olduğumu bilmiyordu.

İlk kez böylesine tek başıma kalmıştım hayatta ve tanımadığım bir kentte, bir otel odasında, kimbilir ne zamandan kalma, varakları dökülmeye başlamış, sırları kenarlardan çözülmüş oval aynanın karşısında kendi kendime kahkahalar atıyordum.

Hayır, bu gece oturup da hayatımla ne yapacağıma karar verecek değildim.

Hem zaten ne zaman birşeylere karar versem yüzüme gözüme bulaştırmamış mıydım?

Parlak kırmızı rujumu sürdüm, saçlarımı topladım, uzun kirpiklerimi belirginleştirdim, eflatuna çalan bir far sürdüm.

Sonra beyaz büyük noktalı lacivert elbisemi giydim. Beyazlı, lacivertli ayakkabılarımı, çantamı aldım. Hayır saçlarım güzeldi, şapka takmayacaktım.

Tam kapıyı kapatırken aklıma geldi, dönüp açık mavili, eflatunlu ince şalımı aldım.

Dışarı çıktığımda hava henüz kararmamıştı. Cadde boyunca sıralanmış cafe'ler tıklım tıklım doluydu. Oturacak yer bulamayanlar, gençler kaldırımlarda bekleşiyor, kimileri yerlere oturmuş sohbet ediyordu.

O sıralar pek moda olan küçük motosikletlerin üzerinde oturup gelene geçene laf atan, kendi aralarında eğlenenler, küçük, tüylü köpekleriyle yürüyüşe çıkıp onların önünden geçerken gülümseyerek başlarını yukarıya kaldıran şık hanımlar, buruşuk giysileri ve dağınık halleriyle hemen ötekilerden ayrılan sanatçılar, mağazalardan paketlerle çıkıp kendilerini bekleyen şoförün açtığı kapıdan arabalarına binenler, hasır sandalyelere oturmuş gazetelerini okurken bir yandan da güneşin son demlerinden yararlanmaya çalışan yaşlılar, herkese birden yetişemeyeceklerini anlayıp boşvermiş, kendilerine yönelen ellere, seslenişlere uzaktan şakalarla karşılık veren garsonlar, birkaç fotoğraf karesine bu unutulmaz tatili sığdırmaya çalışan turistler...

Paris'te bir bahar akşamıydı.

Hiç değilse bir geceliğine, hayatım boyunca ilk kez bütün sorumluluklardan, bütün bağlılıklardan, yapılması gerekenlerden, tanıyanlardan, sorulardan, bekleyenlerden, alışılmış görüntülerden uzaktaydım.

Caddeyi gören bir lokantaya girip kendime beyaz şarap söyledim. Bir sigara yaktım. Gazeteyi alıp *"bu gece kentte"* başlıklı sütunları okudum. Şu yeni sarışın bombanın bir filmi başlamıştı. *"Bütün erkeklerin peşinden koştuğu güzel yıldız B.B."* başlığının altında, ayağını renkli bir plaj topunun üstüne koymuş, mayolu bir resmi vardı.

"Karım bu filme gitmeme izin vermiyor," dedi yaşlı garson kadehimi doldururken, "inanabiliyor musunuz?"

Güldüm, "Ama bu daha çocuk," dedim, "yoksa onu kıskanıyor mu?"

"Ah, haklısınız hanımefendi," dedi, "ben de söyledim, torunum ondan büyük ama gelin de bunu karıma anlatın, mayo giyen herkes ünlü oluyorsa bunda benim ne suçum var?"

Hayır, gidip de bu yeni çocuğun belli ki pek de iç açıcı olmayan filmini görmek istemiyordum. Buradan yürüyerek gidilebilecek bir yerde ünlü bir zenci saksofoncu çalacaktı. Tanımıyordum ama bana daha cazip geldi. Karısıyla küçük kızın filmi arasında anlamsız bir seçime zorlanmaktan suratı asılmış garsona orada yer bulup bulamayacağımı sordum.

"Pek sanmam," dedi, "küçük bir yer, meraklısı da çoktur ama isterseniz telefon edip sizin için yer ayırtırım."

Ben suyun içinde yüzen midyelerle uğraşırken onlar benim yerimi ayırtmıştı bile.

Yemekten sonra sokaklarda dolaştım, bir cafe'ye oturup kahvemi içtim. Yalnızlığın tadını çıkartır gibi yavaş, tembel, zaman öldürdüm.

Yerin bir kat altındaki kulüp, küçük, karanlık, tıka basa dolu, duman içinde bir yerdi.

Sahnenin hemen yanında küçük, yuvarlak bir masaya oturdum. Duvarlar kırmızı kadife perdelerle örtülmüştü. Yer yer duvarlara, perdelerin üzerine eski çalgılar asılmıştı. Her yerde siyah beyaz, büyük çerçeveli, imzalı fotoğraflar vardı. Yerleri kaplayan koyu mavili, kırmızılı halılar öylesine eskimişti ki neredeyse liflerinden kopup ayrılacak gibi görünüyordu. Küçük ahşap masaların üstündeki kırmızı küçük abajurların ve duvarlardaki apliklerin verdiği ışıkta kesif duman bir sis tabakası oluşturmuştu.

Biraz sonra hiç tanımadığım ama oradakilerin çılgınca alkışlarından çok ünlü olduğu anlaşılan, siyah takım elbiseli, şapkalı, iriyarı bir zenci gelip sahneye, burnumun dibine oturdu ve eski püskü bir çantadan saksofonunu çıkarttı, çalmaya başladı. Önce neşeli bir calypso, sonra gürültülü bir parça ve sizi hemen kuşatan, içinizde buruk sesler bırakan güzel bir balad çaldı. *"Bugün ağlayacağım,"* gibi bir adı vardı.

O parçayı sonradan çok aradım ama ne garip, bulamadım. Belki de hiçbir zaman plağa almadılar.

O uzun, hüzünlü parçayı çalarken gözlerini ne zaman açsa bana bakıyormuş gibiydi. Sonra herkes onu ayakta alkışlarken ara verdiler. Sanki çok eskiden tanışıyormuşuz gibi gelip benim yanımda durdu, "İyi akşamlar," dedi. Şaşkınlıkla başımı kaldırıp yüzüne baktım. Bir sandalye uzattılar, oturdu.

"Burada tek başınıza ne yapıyorsunuz?" diye sordu.

"Tek başına gelen hanımların masasına oturmak da konserin bir parçası mı?" dedim.

Kalın, dumanlı sesiyle güldü.

"Ara verince sahnede oturmak komik oluyor, ben elimde saksofon yokken nasıl oturacağımı bile bilmem," dedi, "hem baksanıza oturacak başka yer yok ki..."

Bir içki getirdiler, hemen dikip bitirdi, yenisini istedi.

"Evet, anlaşılan çok ünlüsünüz," dedim.

"Adım Dexter," dedi, "son şarkımı beğendiniz mi?"

"Çok beğendim, siz mi yazdınız?"

"Henüz yazmadım," dedi, "aslında bu gece çalacağımı ben de, çocuklar da bilmiyorduk..."

"Ben de bu gece burada olacağımı bilmiyordum," dedim, "bana sorarsanız bu şarkıyı hemen yazın çünkü çok güzel..."

"Merak etmeyin çaldığım parçaları unutmam," diye güldü. Sonra kalkarken, "Sizin için çalmamı istediğiniz birşey var mı?" diye sordu.

"Hayır," dedim, "o ünlü yakışıklı trompetçiden başka cazcı tanımıyorum, birkaç şarkıdan başkasını da bilmiyorum."

Sonra yeniden başladılar. İkinci parçasına başlamadan önce durdu, "Şimdi nereden geldiğini bilmediğim genç bir hanım için eski bir şarkı çalmak istiyorum," dedi.

İşte o çaldığı şarkıyı sonradan buldum: *"Her elveda dediğimizde..."*

O plaktan iki tane aldım. Biri Fuat'ın biri de benim.

Ne garip o gece hiç tanımadığım ama bütün dünyanın tanıdığı bu iriyarı zenci sanki herşeyi bilirmiş gibi benim için bu şarkıyı çalmıştı.

"Her elveda dediğimizde / biraz daha ölüyorum..."

Geceyarısını çoktan geçerken, onlar çalmaya devam ederken, küçük bir kâğıda, *"Bay Dexter, ben de her elveda dediğimde bu şarkıyı hatırlayacağım, sizi tanıdığıma sevindim, kimbilir belki dünyanın başka bir yerinde, başka bir zaman yeniden karşılaşırız,"* yazdım, çıkarken garsonla ona yolladım.

Kulağımda o şarkı, biraz ayaklarım yerden kesilmiş, gecenin serinliğinde ayılmaya çalışarak yürüye yürüye otele döndüm ve kendimi uzun zaman sonra ilk kez iyi hissederek yatağa attım.

İşte bizim kendi küçük pencerelerimizin dışında hiç beklenmedik, bambaşka bir hayat vardı.

Tek başıma, sabaha karşı, ayakkabılarımı elime alıp, çıplak ayaklarla bulvarlarda, soğuk taşların üzerinde yürümüştüm.

Bütün bunları ilk kez şimdi, yıllar sonra böylesine açıklıkla yerli yerine koyabiliyorum. Sanki evimde büyük bir temizlik yapar gibi. Atılacaklar var, ayıklanması gerekenler, birilerine verilecekler, her nedense bir yerlerde unutulmuş oysa görür görmez ne çok özlediğinizi anladığınız şeyler – hadi tozunu alalım onların, yeniden başköşeye koyalım!

Siz ne kadar uğraşsanız da herşey birikir, atılacaklar unutulur, dalgaların taşıyıp kıyıya vurduğu süprüntüler gibi hayatın ayrıntıları oraya buraya yığılır.

İşte sanki burada o bahar temizliğini yapmak için sabah erkenden pencereyi açıyorum, tüller uçuşuyor, dışarıdan çocukların bağırışları geliyor ve birdenbire kendimi orada, ilk kez tek başıma, herkesten uzakta, kimsenin nerede olduğumu bilmediği, kimsenin beni tanımadığı bir kentte hayatımla ne yapacağıma karar vermeye çalıştığım o gecenin sabahında buluyorum.

Karmakarışık, geç saatlere kadar müzikle, içkiyle biraz esrik, yapayalnız bir geceydi.

Az sonra bana artık nasıl bir hayatım olacağını söyleyecekleri bir bekleme odasında oturur gibiydim.

Ne istediğimi biliyor muydum?

Aslında bana sorsanız o an tek isteğim hep burada, bu bekleme odasında kalmaktı belki de... İçeri girip bundan sonra neler olacağını öğrenmeden...

Gece geç saatlerde, tek tük sarhoşların, bağırarak, birbirleriyle şakalaşarak yürüyen kızlı erkekli gençlerin arasından geçerek otele gelip kendimi yatağa attığımda biraz başım dönüyordu. Mutsuz muydum? Hayır. Korkuyor muydum? Hayır. Şimdi hatırlamaya çalışınca anlıyorum ki aslında kendimi sanki bu dünyadan uzaklaşmış, hafiflemiş gibi hissediyordum.

Artık düşünmek istemiyordum. Hiç olmadığım kadar yorgundum, yalnız bu yolculuğun, o günün, gecenin değil, uzun zamanların, sanki içimden çıkmaya çalışan birini içimde tutmaya, hapsetmeye çalışarak geçen ayların verdiği bir yorgunluktu bu.

Hani çok yorulduğunuz zaman yatarsınız da, kendinizi uçuyormuş gibi hafif hissettiğiniz bir uykuya dalarsınız...

Beni derin, huzurlu bir uykudan uyandıran, gece açık unuttuğum pencereden gelen güneş değil, belli belirsiz bir akordiyon sesi oldu.

Bir an şaşkınlıkla kulak kesildim, hâlâ yarı uykuda, nerede olduğumu çıkartmaya çalıştım, evet yalnızdım, küçük bir otel odasındaydım ama bu şarkı? Bu nasıl olabilirdi?

Hayır yanılmıyordum, o şarkı çalıyordu.

Bizim şarkımız.

Bir rüya değildi, gerçekti. Sanki bir peri, sihirli değneğiyle bana bir işaret vermek istiyordu.

Rüyamın içinde çalan o akordiyon sesini hiç unutmadım.

Hâlâ kimi bahar sabahları sanki o sesi duyarmış gibi, sanki yine ben nerede olursam olayım dışarıda bir yerde, kapının önünde biri o şarkıyı çalıyormuş gibi uyanırım.

Bir an oradan buraya, rüyanın ülkesinden gerçek dünyaya geçemem, içimde, bir çocuğun nedeni bilinmez bir heyecanla yataktan fırlaması gibi garip bir telaşla kalkarım, bütün o eşsiz zamanın geçmişte kaldığını bilsem de çok kısa bir an uzak anılardaki otel odasında uyanan o genç kızla yer değiştiririm.

Her keresinde bu inanılmaz yaşantı tüylerimi ürpertir, tarifsiz bir mutlulukla olgun bir hüzün, yılları, yalnızca birkaç dakikada geçip gelen, beraberinde geldiği yerin kokusunu, havasını, ışığını, duygusunu da getiren tatlı bir bahar esintisi gibi yer değiştirir.

Ben geriye doğru, o genç kıza dönüşürken, o mutluluk da bugüne doğru artık alışılmış bir hüzne dönüşür.

Ve inanır mısınız, içimden bu inanılmaz gerçeğe isyan etmek geleceği yerde bu olağanüstü duyguyu yitirmediğim, yeniden sanki gerçekmiş gibi yaşayabildiğim için sevinirim.

Şaşkınlıkla uyanıyorum. Bir an kulak kesilip gerçekten bu sesi duyup duymadığımı, yoksa yalnızca rüyamda, beynimin içinde bir yerde mi çaldığını çıkartmaya çalışıyorum.

Sonra fırlayıp pencereye gidiyorum, tüller uçuşuyor, eğilip bakıyorum, otelin önünde, başında kırmızı, ponponlu beresi, çizgili mavi gömleği, elinde küçük akordiyonuyla kör bir adam, *"herşey silindi ve artık yalnız sen varsın"* şarkısını söylüyor. Beyaz tüylü büyük köpeği yanında, kaldırımda yatıyor.

Önce anlamıyorum. Heyecanlanıyorum. Bunu yalnızca bir rastlantı sanıyorum. Ama ben henüz baharın o güzel kokusu ve ışığıyla süslenen rüyadan çıkamamışken kapı çalınıyor. Ellerinde küçük odayı neredeyse dolduracak kadar çok çiçekle, rengârenk güllerle kepli, kırmızı üniformalı çocuklar giriyor.

Tüllerin uçuştuğu, açık pencereden kentin sesleriyle, kokusuyla o şarkının girdiği, rüyamın çiçeklerle dolduğu o sabah gerçekten de herşey siliniyor ve bir tek o kalıyor.

İşte o andan sonra ne daha fazla düşünmek istiyorum, ne karar vermek, ne geri dönmek, ne bir yere gitmek... Sanki olacakları artık bilirmiş gibi, bilmesem de bütün bir geleceği o gün kabullenmiş gibi herşeyi unutuyorum.

Düşünmem gerekenler, sorumlu olduğum insanlar, doğrular, yanlışlar, kuşkular, çelişkiler, gelecek kaygısı, geçmişin bağları, hepsi bir anda uçup gidiyor.

Orada, yıllar, yıllar önce –herşey değişti belki, kentler, insanlar, hayatlar, şarkılar bile ama işte o bahar sabahları hiç değişmedi, belki de benim için sonsuza dek o sabahın mührüyle her bahar yeniden açılmak üzere kapandı– bir bahar sabahı, sözcüklere, düşüncelere, çekişmelere, akıl yürütmelere, sonuç çıkartmalara gerek kalmadan, içimde artık hiç kuşku kalmadan kendimi geleceğe bırakıyorum.

O sabahı hep saklamak isterim.

Uçuk yeşil çiçeklerle süslü beyaz porselen fincanda çay... Uçuşan tüller... Bütün sokağın, nedenini bilmese de benimle paylaşmak zorunda kaldığı o şarkı... Soluk turuncu, mor, sarı, beyaz, kırmızı, pembe güller... *"Dünyanın neresine gidersen git peşinden geleceğim..."* Dağınık yatak... Oraya buraya savrulmuş giysiler... O güzel baharın sabah esintisi... Gülmek istiyorum... Ağlamak istiyorum... Burada, kimsenin görmediği büyük, ağır kanatlarımla böyle oturmakta zorluk çekiyorum...

Ve sonunda telefon çalıyor.

"Beni yine buldun," diyorum.

"Söylemiştim," diyor.

"Sen şimdi burada nasıl bir büyü yarattığını bilmiyorsun," diyorum, "bunu sana anlatmam imkânsız..."

"Büyülenen biri varsa o benim," diyor, "seninle dans ettiğimiz o geceden beri... Sen hiç bilmiyorsun, yalnız sesini duymak bile bütün dünyayı unutturuyor bana..."

"O kadar çok çiçek var ki," diyorum, "odanın içinde neredeyse kıpırdayamıyorum, öyle güzeller ki... Onların kokusunu duyamayacaksın ama sana birşey dinletmek istiyorum..."

Sonra telefonu pencereye tutuyorum şarkıyı duyması için.

"Sakın oradan bir yere ayrılma," diyor.

"Zaten gitmek istediğim bir yer yok..." diyorum.

İçimde yeniden anlatılması mümkün olmayan o duygu

var. Ancak hissedilebilen ama anlatılamayan birşey. Evet o Fransız oğlanın yazdığı romandaki gibi, içimde bir çiçek büyüyormuş gibi... Ama bu mükemmel görüntü, bu eşsiz an, sonsuza dek içinde kalmayı istediğiniz bir oda, bu bakmaya kıyamadığınız kadar güzel resim dağılıp gitmeyecek mi?

Ya o içimdeki o su çiçeği büyür, büyür ve beni kurtulunması imkânsız bir hastalığa sürüklerse?

Hayır, bütün bunları düşünmek istemiyordum.

Olacak herşeye hazır, öylesine cesur, hayatımı yeniden kazanmış, kimselerin bilmediği bir savaştan zaferle çıkmış gibi mutluydum.

O gelinceye kadar yapılması gerekenler vardı. Annemi aradım, merak etmemesini, bir arkadaşımın yanına geldiğimi, fazla konuşamayacağımı, sonra yeniden arayacağımı söyleyip hemen kapattım.

Dolapları yerleştirdim. Odayı topladım. Yeniden sokaklara çıktım, önce bir köşeye oturmuş öğle yemeğini yiyen akordiyoncuya teşekkür ettim, ona yarın sabah da aynı saatte gelmesi için para verdim. Sonra bu pek tanımadığım kenti gezdim, nehir kıyısında resim yapanları izledim, ünlü kuleye çıkıp kente tepeden bakarken biraz üşüdüm, bulvar kahvelerinden birine oturup birşeyler yedim.

Paramın yetmeyeceğini bile bile vitrinlerini yeni modellerle süslemiş mağazalara girip çıktım. Giysileri deneyip aynada kendime bakmama izin veren, bana iyi davranan satıcılarla sohbet ettim. Ama sonunda biraz hovardalık yapıp en beğendiğim günlük elbiseyi ve ayakkabıları aldım.

Şehir rehberini, dergileri, turistler için hazırlanmış kitapçıkları topladım. O geldiğinde birlikte gideceğimiz yerleri seçmeye, yalnız ikimize ait bir kitabın, bir fotoğraf albümünün içini nasıl dolduracağımı kurmaya başladım.

Champs Elysées'de kestane ağaçları çiçek açmıştı. İnanılmaz bir havaydı ve çocuklar gibi neredeyse sıçrayarak yürüyordum sokaklarda.

Sonra kapı çalındı. Neredeyse tutamayacağım kadar hızlı atan kalbimi biraz olsun durdurabilmek için derin bir nefes aldım. Kırlaşmış saçları biraz uzamış, bembeyaz gömleğinin üstüne açık mavi bir süveter giymiş (gözlerine yansıyor, gözlerinin rengini açıyor) elinde küçük deri bir yol çantası, öylece durdu kapıda.

Sonra içeri girip çantayı yere attı, iki eliyle yüzümü tutup uzun uzun öptü beni. Yere, yumuşacık, kırmızı küçük benekli lacivert halının üstüne oturduk. "Dur da sana bakayım biraz," diyordu. Ben gözlerimi kaçırıyordum.

"Ne kadar güzelleşmişsin," dedi, "insan bu yüze ömrü oldukça bakar ve mutlu olur."

"Asıl sen beni unutmuşsun..." dedim.

Saçlarımı, yüzümü okşadı, başımı omzuna yasladım, orada bir süre öylece oturduk.

"Bana neler olduğunu anlatacak mısın?" dedi.

"Hayır, anlatmayacağım," dedim, "sen buradasın, yanımdasın, başka birşey duymak, konuşmak istemiyorum artık..."

Bilmem anlıyor muydu?

Onu her gördüğümde, ikimiz için hazırlanmış bu büyülü gerçekliğin kırılmasından, sıradanlaşmasından, hemen günlük hayata dönüvermesinden korkardım.

Bence o herşeyi anlıyordu. Ama çoğu zaman komiklik yaparak, çocuksu bir alayla gülerek, hikâyeler anlatarak, bir anda beni elimden tutup gerçeğe döndürecek şeyler söyleyerek kuşkuda bırakırdı.

O büyünün içinde kaybolup gitmemden korktuğu için mi, kısacık anlarda yaşayabildiğimiz bu rüyadan bir gün uyandığımızda üzüleceğimi düşündüğünden mi, bilmem.

Beni hep masum, küçük bir kız gibi gördüğünün farkındaydım.

"Korkma," derdim ona bazen, "ben herşeyi biliyorum ve o herşeye rağmen yine de kimsenin olamayacağı kadar mutluyum..."

O zaman bir an için dalar, gözlerinden belli belirsiz bir bulut geçer, söylenmesi gerekenleri ertelemek ister gibi sözü değiştirirdi.

"Hadi şimdi giyin," dedi, "seni götürmek istediğim yerler var, yarın da buradan gidiyoruz, birkaç gün kayboluyorum, kimse nerede olduğumu bilmiyor, kimseye telefon bile etmem gerekmiyor..."

Bileğimin hemen üstünde kalan, paçaları düğmeli, katlı, dar lacivert bir pantolonla beyaz ipek bir gömlek giydim. Sırtıma bebek mavisi bir kazak aldım. Kırmızılı, mavili bir fular taktım. Yeni aldığım topuksuz, beyaz ayakkabıların üstünde sanki içimdeki uçarılığı gösterir gibi kelebek fiyonklar vardı.

İlk kez onunla sahici âşıklar gibi el ele yürüdük sokaklarda. Güneşin batışını nehrin kıyısında, öğrencilerin ayaklarını sallayıp oturdukları bir duvarın üstünde izledik.

Ben manzaraya bakarken o beni seyrediyordu. Beyaz, kedigözü dedikleri güneş gözlüklerimi çıkarttı, "Ben yanındayken bunları takma," dedi. Sonra gömleğimin üstten açık kalmış bir düğmesini kendi eliyle ilikledi.

Yıllarını geçirdiği kentin arka sokaklarında dolaştık

sonra. Tıkış tepiş oturulan bir meyhanede yemek yedik. Çok uzaklardaki ülkesini, oradaki sevgilisini ne çok özlediğini anlatan acıklı şarkılar söyleyen yaşlı Kübalı bir gitaristi dinledik. Geç saatlerde canlanan, serserilerin, sanatçıların, şairlerin, yıldızların geldiği barlara girip çıktık.

Ona dokunmak, koluma girmiş yürürken bedenine iyice yaslanmak, karanlık, kalabalık, duman içindeki kulüplerde, bir duvar kenarında öpüşenlerin arasına karışmak, gözlerime bakışındaki korkutucu isteği görmek, dans ederken kollarının arasında kulağıma fısıldadıklarını duymak başımı döndürüyordu.

Neler mi söylüyordu? Beni özlediğini, aylardır hayalimle yaşadığını, her yerimi öpmek, koklamak istediğini, üstümdekileri çıkartıp seyretmek istediğini, kucağına oturmamı istediğini... Böyle aklımı başımdan alacak bir sürü şey söylüyordu işte. Bir yandan utanıyordum. Kendi düşündüklerimi söylemiyordum. Bunca zaman aklıma gelenleri, hayallerimi... Yalnızca dinliyordum. Sonra bir cafe'de gece yarısı kalabalığın, gürültüyle çalan bir Fransız şarkısının eşliğinde konyaklarımızı içerken, yanımızda oturanlarla –masalar öylesine içiçeydi ki birkaç dakika sonra onlarla dostluk kurmamak imkânsızdı– sohbete dalmışken kulağıma eğildi, "Aslında ne istediğimi şimdi buldum," dedi, bir yandan yanımdaki kadının ilgisiz sorularına cevap vermeye çalışırken yüzüne baktım, bu kez kulağıma fısıldamadı, yüksek sesle Türkçe, "Seni yemek istiyorum," dedi. Kıpkırmızı oldum. Bir an gözgöze durduk. Anladım ki gülünecek birşey söylemiyor.

Çok garip bir anı, biliyorum ama onca kışkırtıcı şeyden çok nedense bu söz beni çılgına çevirdi. Sanki bana hâlâ, bir insanı istemenin, sevmenin en son noktası buymuş gibi gelir. Birini yemek istemek!

Komik değil mi?

Renkli güllerin içinde seviştiğimiz ve sabahın ilk ışıklarıyla uykuya daldığımız o gece, birinin böylesine bana yakın olabileceğini, yakın değil, benden bir parça, benimle bir bütün olabileceğini hiç düşünmediğimi, belki hayal bile edemediğimi anladım.

Öyle anlar vardır ki bir başkasına, başkalarına anlatıldığı zaman birdenbire bütün sihrini kaybeder, alelade hatta bayağı birşeye dönüverir.

Ben dokunmanın, bir başkasının tenindeki kokunun, dudaklarındaki şehvetin, kulağa gizlice fısıldanan sözlerin, erkekle kadının kendi benliklerinden ayrılarak ikisinden farklı yeni bir ruh haline gelmesini onunla öğrendim.

Bütün bu aramızdaki şehvetin aynı zamanda nasıl masum, nasıl çocukça olduğunu anlatamam ki...

Hatta belki de öyle olduğu için, böylesine saf, masum, çocukça olduğu için böyle bambaşka, böyle eşsiz birşeydi.

Belki de bütün bir hayatını birarada geçiren insanların bile birbirlerine söyleyemeyeceği şeyleri biz orada, çocukken saklandığınız yumuşak yorganların karanlığında, anlaşılmaz bir yangının içinde birbirimize söylüyorduk. Başka bir yerde duysam hatta bir kitapta görsem utanıp kızaracağım, belki adi, çirkin bulacağım bu sözler bizim için sanki yeni bir dilde yeni anlamlar taşırmış gibi başkaydı.

İnsan hayatında sözcüklerden çok kullanılan ne var?

Onun için sözcükler eskidir, yıpranmıştır, kirlidir.

İçleri hep, yüzyıllar boyu ortak anlamlar oluşturan şeylerle doldurulmuştur.

Onları alıp yeniden, sizinle bir başkası arasında, yalnız ikinize ait çağrışımlarla dolu, yalnız ikinizin tam olarak ne anlama geldiğini bildiğiniz sözcüklere dönüştürmek neredeyse imkânsızdır.

İşte biz sanki iki çocuk bir dili yeniden öğreniyorduk.

Bana öyle gelirdi ki, büyüklerden kaçıp gizlenmiş iki çocuk gibi birbirimizi soyar, yalnız giysileri çıkartmakla kalmaz, tenlerimizi de soyar, bedenlerimizin içinde gizli bir yolculuğa çıkıp orada kimselerin bilmediği ama hep söyleyip durdukları, belki de hayatın özü, ruhu dedikleri şeyi arar, o maceranın heyecanı içinde böylesine kendimizden geçerdik.

Neye benziyordu?

Deli bir rüzgârın önünde yelkenliyle gitmeye mi?

Önce korkuyla korunmaya, yön bulmaya, rüzgâra direnmeye çalışıyorsun. Sonra bırakıyorsun, seni alıp götürmesine, hızla, gittikçe hızla, çılgınca bir hızla, artık başka hiçbirşeyin önemi kalmayıp geride yalnızca giderek rengi koyulaşan mavi bir denizin ve onunla birleşen gökyüzünün içinde uçarmış gibi gitmekten duyulan o tuhaf haz kalıncaya dek...

Yoksa bahçenin içinde, çalılıkların arasında gizli bir geçit bulmuş küçük bir çocuğun heyecanına mı benziyor?

Girmekle girmemek arasında bir an kararsız bekliyor. Sonra bir kerecik, yalnızca bir kerecik bakmaya ve hemen çıkmaya karar veriyor. İçeri girdiği zaman önce birşey göremiyor. Sonra gözleri karanlığa alışıyor. Biraz daha, biraz daha ilerlemeye başlıyor. Zamanı unutuyor, yönünü kaybediyor, rastladığı herşeyden yeni, farklı anlamlar çıkartıyor. Böyle adım adım geldiği kapıdan uzaklara, bilmediği, belki de artık geri dönme şansı kalmayan yerlere gidiyor.

Şehvetle çocukluk biraraya gelir mi?

Evet ben orada, onun kollarında, yüzlerimizin başka kimselerin bilmediği biçimlere büründüğü, sözcüklerin başka anlamlara geldiği, parmaklarımızın bile zevk çubuklarına döndüğü, istekle dolu inleyişlerin utangaç gülümsemelerle, pervasız gülüşlerle karıştığı bu anlarda kendimi küçük bir çocuk gibi hissederdim.

Meraklı, utangaç ama korkusuz.

Bir keresinde Ayla bana, "Onu gerçekten tanıyor musun, şunun şurasında kaç kere beraber oldunuz..." gibi birşeyler söylemişti.

Evet onu tanıyordum.

Ve her keresinde yeniden hiç tanımadığımı anlıyordum.

Bir eve ilk gittiğinizde gördüklerinizle, o eve aşina olduktan sonraki görüşünüz nasıl çok farklıysa ben de şimdi bu yeni görüntüye hayretle bakıyordum.

O çocuksu halleri, bazen sanki, "Ah sevgili bebek, sen hiçbirşeyi bilmiyorsun, daha çok küçüksün," der gibi yumuşacık bakışları, bazen heyecanla hikâyeler anlatması, anlatırken sanki o an'ı yaşarmış gibi coşması, ayaklara fırlayıp ellerini, kollarını kullanarak oynaması, benimle olmadık hayaller kurup sonra birden dudaklarını büzerek gözlerinin dolması, "Ama ben yaşlıyım, sen çok gençsin ya sonra beni bırakır da gidersen, ya benden sıkılırsan," demeleri...

Bir keresinde onu aynanın önünde çıplak, göbeğini

içeri çekmeye çalışırken yakalamıştım. Utanıp, kızmış, beni odanın içinde kovalamış, ben bir yandan çığlıklar atıp bir yandan onun böyle çırılçıplak koşuşturmasına gülerken, hiddetlenerek, "Sana iyi bir dayak lazım," diye söyleniyordu.

Bana bazen "küçükhanım", bazen "yumurcak", bazen "ışığım", bazen "bebek sevgilim", bazen de "güzel kızım" derdi.

Gittiğimiz yerlerde biri bana baksa, başka bir erkek bana bir iltifatta bulunsa, dansa davet etse, oturduğu yerde duramaz olur, "Şimdi şu sersemin boynunu kopartayım da gör," veya ona göre en sert bir ifadeyle, "Habenneka herif, haddini bilmez, şuursuz..." diye öfkesinden yüzü kızarırdı.

Ben onun böyle kızmasına hatta sonradan hiç suçum yokken bana küsmesine çok güler, bununla eğlenirdim.

"Herkese mavi boncuk dağıtıyorsun, nezaket başka, elin adamıyla samimiyet başka şey..." diye kendi kendisine söylenirdi.

Bizi kimsenin tanımadığı yerlerde hep evli olduğumuzu sanırlar, o da buna sevinir, "Seni karım sanıyorlar, hepsi beni kıskanıyor," derdi.

Suratımı astığımı görünce, "Zaten gerçek de bu değil mi, benim gerçek karım sen değil misin," diye düzeltmeye çalışırdı.

Ben onun çapkınlığını, birçok hanımlarla çıkan söylentilerini bilirdim. Güzel kadınlarla sohbete bayıldığını, bir kadını, kıyafetinin en küçük ayrıntılarına kadar saniyesinde gördüğünü de bilirdim.

Ama benim yanımda başını çevirip de kimseye bakmadı. "Seninleyken kadınları değil bütün bir dünyayı unutuyorum," dediği gibi sahiden de başka hiçbirşey umurunda olmazdı.

Yine o akordiyonun sesiyle uyandık. Gözlerimi açtım ve onun saçları dağılmış, şiş gözleriyle bana baktığını gördüm. O şarkı yine çalıyordu ve ben şimdi onu ilk kez uyanmışken görüyordum.

"Kalk bakalım küçükhanım," dedi, "senin şarkın çalıyor..."

"Bizim şarkımız..." dedim, "evet, ona bugün de gelmesini söyledim..."

Sonra onu boynundan yakalayıp yeniden örtülerin altına çektim.

Beni öptü ama yeniden kalktı.

"Bana kızacaksın şimdi ama hemen çıkmamız lazım, geç kalıyoruz, seni uyandırmaya kıyamadığım için bekledim ama vapura çok yolumuz var..."

Biliyor musunuz, ne vapuru diye bile sormadım. Nereye gittiğimizi, neden gittiğimizi, kaç gün kalacağımızı... Hiç sormadım. Umurumda bile değildi.

Nasıl toparlandığımı, elbiseleri bavula tıkıştırıp nasıl hızla giyindiğimi, gülleri almak için tutturuşumu, ben giyinirken onun kocaman bir buket yapıp elime vermesini, hâlâ tam uyanamamışken, hiç susmadan konuşan bir şoförün kullandığı küçücük bir arabaya binişimizi, yolda, vitrinine, plaj havlusunun üzerine uzanmış mankenler konmuş büyük bir mağazanın önünde duruşumuzu, aceleyle içeri girip birşeyler alışımızı, dönemeçlerle dolu ağaçlık yollardan, düzenli, temiz köylerden, uçsuz bucaksız kırlardan geçip havaalanına gidişimizi, önce uzun bir yolculuk için pervaneli bir uçağa, sonra vapur dediği şekilsiz bir tekneye binişimizi (son anda) nasıl unuturum?

Öğle güneşi, çalkantılı denizin üstünde altından oyunlar yaratıyordu. Güvertenin demirlerine tutunmuş, uzaklaştığımız kıyıya bakıyorduk. Açık renk keten ceketini çıkartıp omuzlarıma koydu. Başımı biraz uykulu, biraz yorgun göğsüne yasladım.

"Ben seni çok seviyorum," dedim.

Saçlarımdan tutup iyice kendisine çekti, biraz eğilip kulağıma, "Ben seni daha çok seviyorum," dedi.

Kıyıdan uzaklaşıyorduk, güneş iyice yükselmişti ve nereye gittiğimizi bilmeden onun yanında ilk kez gördüğüm bir denizde alçalıp yükselirken gerçekte nerede olduğumu anladım:

Evimde.

Benim hiç evim olmadı.

Dünyanın farklı yerlerinde, farklı evlerde yaşadım ama çocukluğumun odasından sonra ilk kez orada, onun yanında evimi buldum.

"Belki de," diye düşündüm bir gece yarısı, içimde tanımlayamadığım bir karmaşayla, çılgınca bir coşkuyla beni bir anda ölümün kıyısına götürebilecek bir hüzün arasında gidip gelen dalgaların içinde, "belki de onu böylesine sevmenin nedeni budur... Benim evim o..."

Şimdi artık biliyorum, insan çocukluğunun evinden bir gün çıkıyor, sonra o eski romanlardaki maceracı gezginler gibi oradan oraya savruluyor. Hanlarda kalıyor, tanımadığı insanların evine misafir oluyor, hiç bilmediği perili köşklerde geceliyor, kaderin önüne çıkarttığı yollardan bazen birini bazen ötekini seçerek hayatı keşfe çalışıyor. Kimi zaman bir yerde durup artık yorulduğunu, daha fazlasını görmek istemediğini düşünerek kendisine sazlardan bir kulübe kuruyor. Sonra bazen o kulübeyi yıkıp yeniden yollara düşüyor.

Ama hep sonunda kendi evini, gerçekte ait olduğu, hiçbirşey yapmadan, yalnızca içinde oturduğu için bile mutlu olacağı o eşsiz yeri, ruhunun sığınağını arıyor.

Kaç kişi bulabilmiştir ki?

Kaç kişi, kendisine göre eşsiz bir maceranın ardından

güverteye çıkıp ufka bakarken, "Kıyı göründü," diye bağıracak kadar şanslı olmuştur?

Hatta kaç kişi gerçekte bütün bu çılgınca yolculuğun amacını anlayabilmiştir ki?

O günlerde gazeteler hep mucizelerden sözediyorlardı. Uzay yolculuklarından, hastalıklara çare bulmaktan, gençlik aşısından...

Ama benim için mucize işte oradaydı, bir öğledensonra, bir ilkyaz günü, parlak güneş ışığıyla her yerin aydınlandığı, adını bilmediğim büyük deniz kuşlarının bile şaşırıp, sevinç çığlıkları attığı o gün gözlerine baktığım zaman gördüğüm şeydi.

Öyle şeyler vardır ki, görürüz ama gördüğümüzün farkına varmayız. Eğer gerçekten de hayatta mucizeler varsa mutlaka gördüğümüz ama gördüğümüzü anlayamadığımız şeylerin arasındadır.

"Ne olursa olsun, dünya tersine bile dönse biz hiç ayrılmayalım, bana söz ver, senden her uzaklaştığımda kendimi bir yerde unutmuş gibi oluyorum, bana söz ver..." dedi.

Gözlerinin içine bakıyordum, o kadar mutluydum ki neden ağlamak istediğimi anlamıyordum.

O kendini burada unutmuş gibi oluyordu... Ya ben?..

Her elveda dediğimizde, evine gelmiş ama kapının önünde kalmış, her zaman açılan kapıyı çalıp, bu kez kimsenin çıkmadığını gören küçük bir çocuk gibi şaşkına dönüyordum.

Onunla hep avare âşıklar gibi çalınmış saatler yaşadık. Kimsenin bilmediği mahallelerde gezdik, fakir semtlerdeki lokantalarda oturduk, köprü altlarında öpüştük...

Bizi kimsenin tanımadığı otellerde kaldık, kalabalık yerlere çıktığımızda gizli ajanlar gibi işaretlerle anlaştık. Pusulalar yazılıyor, sonra hemen yırtılıp atılıyordu.

Tıpkı bir gün bana getirdiği o romandaki gibi...

Ağzında lolipopla dolaşıp, beyaz çorapları ve kısa eteğiyle çember çeviren küçük bir kıza âşık olan yaşlı adamın onu alıp bir kasabadan ötekine gizli saklı dolaştıkları o tuhaf romandaki gibi...

İşte o da evini bulmuştu. Ama olmaması gereken yerde... Acaba öyle mi? Doğrusunu kim söyleyebilir?

Bir sonraki gelişinde onunla buluşmaya okul çocuklarının giydiği kıyafetle gitmiştim, saçlarımı kuyruk yaptım. Beni görünce önce şaşırdı sonra kahkahalar atmaya başladı.

"Beğendin mi kitabı," diye sordu.

"Mutsuz sonları sevmem," dedim.

Güldü, "Galiba bu kitapla ilgili yapılan en ilginç yorum bu, yazarının duymasını isterdim," dedi.

"Ben küçük bir kız değilim," dedim, "hem olsam da fark etmezdi.."

İçimden dedim ki, olsam da fark etmezdi, yine senin peşinden gelirdim, gittiğin her yere peşinden...

"Sen küçük bir kızsın," dedi, "öylesin ve ben onun için ne yapacağımı hiç bilmiyorum..."

"Yaa, demek bilmiyorsun..."

Dünyanın en büyük bombasını yapmışlardı... Dünyayı yok edecek büyüklükte bir bomba... Şimdi herkes evinin altında, bodrumlarda sığınaklar yapıyor, böylece bomba patladığında kurtulacaklarını sanıyorlardı. (Ama ne gariptir ki bombayı yapana değil de o garip aşk romanını yazan adama kızıyorlardı. Bombaları değil de kitapları yasaklıyorlardı.)

"Eğer sonuna kadar seninle birlikte böyle bir sığınakta kalacaksak o bombanın atılmasına bile razıyım," dedim...

Yüzümü ellerinin arasına aldı, buruk bir gülümsemeyle baktı gözlerimin içine, "Dünya yüzünde benim için yaratılmış biri olduğunu biliyorum artık," dedi, "Tanrı korusun, biz sığınaklarda kalmayacağız, günün birinde sana dünyanın en güzel evini alacağım, orada beraber oturacağız, böyle saatlerce ellerini tutup hiçbirşey yapmadan gözlerine bakacağım..."

Zaten dünyanın en güzel evindeyim, bilmiyor... Bu evin duvarları yok, pencereleri, perdeleri, kapısı, bacası yok ama yine de dünyanın en güzel evi...

"O zaman ben de sana söz veriyorum," dedim, "ne olursa olsun, dünya tersine bile dönse ayrılmayacağız... Yeter ki sen üzülme..."

Hâlâ o buruk gülümsemeyle baktığını görünce dedim ki, "Ben daha çok küçüğüm ama herşeyi başarabilirim, her zorluğun üstesinden gelebilirim, göreceksin..."

O zaman güldü, elimden tutup kaldırdı, "Sen Süperkız'sın, biliyorum..." dedi.

Ama bunlar çok sonraydı.

O gün, o küçük vapur bizi başka hiçbir yerin görünmediği ıssız, yeşil bir adaya getirdiği zaman henüz ikimiz de ne yapacağımızı, bundan sonra neler olacağını bilmiyorduk.

Sanıyorum benim gibi o da, böyle herkesten uzak, gizlenmek zorunda olmadan, birilerinden korkmadan, saatlere, sözlere, randevulara yetişmek gerekmeden, aklımızın bir köşesinde başka birileri, belli belirsiz gölgeler yokken yalnız kalmayı, böylece belki de herşeyin kendiliğinden çözüleceğini düşünmüştü.

Ona neden buraya geldiğimizi, burayı nasıl bulduğunu sormadım. Yalnızca,"Buraya daha önce geldin mi?" diye sordum. "Hayır," dedi, "burayı bana bir Fransız dostum önerdi, yemek yemek için kolalanmış örtüleri beklemeyeceğimiz bir yer aradığımı söylemiştim..."

Burası sahiden de kendi halinde, dünyadan uzak, yabancılara henüz alışmamış bir yerdi. Büyük, karmakarışık, yabani bir bahçenin içinde kendi oturdukları evin hemen yanındaki küçük barakayı pansiyona çevirmiş bir ailenin misafiriydik. Küçük, dağınık, uzun saçlı, çilli oğulları sabah erkenden çeşitli meyveler, sıcak çörekler getirip kapıyı vuruyordu. Sonra tombul, yanakları kıpkırmızı, saçları iki yandan örgülü sarışın ablası çayla süt getiriyordu. Eğer yıkanmak isterseniz bahçenin içindeki püskürtme hortumunun altına girmek zorundaydınız.

Barakanın her yeri hasırlarla kaplıydı. Ağaçların, büyük yaprakların, yaban bitkilerinin arasına gizlenmiş, en sıcak saatte bile hep serin, yarı karanlık, büyükçe bir odayla küçük bir girişi vardı.

Yatağımız küçücüktü. Oturmak için yalnızca eski püskü, yayları çıkmış bir koltuktan başka birşey yoktu. Dev gibi, uzun tüylü, sarkık kulaklı iki köpek bütün gün bahçenin içinde oraya buraya çarparak deli gibi birbirini kovalıyor, güneşin dayanılmaz olduğu saatlerde girişteki ahşap taraçada, dilleri bir karış dışarıda, nefes nefese yatıp kalıyorlardı.

Büyük evin, bahçenin otlarıyla birleşmiş büyük renkli taşlardan yapılma girişinde, mavisi solmuş giysileri ve başörtüsüyle yaşlı bir kadın neredeyse bütün gün sallanan bir koltukta oturuyor, kendi kendine konuşuyordu. İriyarı, posbıyıklı baba çoğu zaman dışarıda oluyor, tombul ama güzel yüzlü anne kızıyla beraber burayı çekip çeviriyordu.

Yanımızdan bisikletle küçük çocukların, bej rengi kısa kollu, kısa pantolonlu üniformasıyla postacının, mavi giysileriyle birkaç rahibenin, uzun saçlı midillisine sebze yüklemiş çiftçi kadınların geçtiği otlarla kaplı daracık bir yokuştan inip deniz kıyısına geliyorduk sabahları. Bazen evin küçük oğlu da peşimizde...

Uzaktaki kahvede yaşlılar pinekliyor, balıkçılar kayıklarını temizliyor, o kocaman deniz kuşları, ev sahibi olduklarının farkındaymış gibi rahat, aldırışsız yanımıza kadar sokuluyor, anlamadığımız bir dilde bizimle gevezelik ediyorlardı.

Taşlarla kaplı kumsalda koşuyor, yatıyor, güneşin altında tembelliğin, zamansızlığın tadını çıkartıyor, saçlarımız yanmaya başlayınca yeniden dibi mercanlarla, yosunlarla kaplı, hiç görmediğimiz balıkların biraz altımızda dolaşıp durduğu, laciverten açık yeşile renklerle dolu denize atıyorduk kendimizi...

Hiç görmediğimiz, hiç bilmediğimiz bir gezegende sanki ait olduğumuz yeri bulmuş gibiydik.

Çocuklar gibi, akşama kadar yarı çıplak, yerliler gibi doğal, ayaklarımız kesilerek, ellerimiz acıyarak, denizdeki kayalıklara tırmanarak, yüzerek, çocukluğumuzdaki gibi oyunlar oynayarak, mucizevi renklerdeki balıkların biz yüzerken altımızdan aile gezmesine çıkmış gibi salına salına geçip gitmesini izleyerek, görmediğimiz güzellikte deniz kabuklarını toplayarak, ikimiz de güneşten yanmış, saçlarımız canlanmış, deniz kokarak, gözlerimiz parlayarak, saatlerce hiç yorulmadan, sonra birdenbire uykunun o dingin kuytuluğuna düşerek...

Eğer dedikleri gibi gizlenmiş bir cennet varsa herhalde işte burası olmalıydı.

Buradan çok uzaklarda, gözle görünmeyecek kadar uzakta bizi bekleyen bir dünya vardı ve biz şimdi ondan kurtulmuştuk. Bizi bekleyen bir dünyadan. Bizi bekleyen gerçekten.

Orada o uzun saatlerde, güneşin altında uzanmış yatarken, gözlerimizi kapatıp her yeri kaplayan o sıcak ışıltının başdöndürücü dokunuşunda, geceleri birdenbire gökyüzünü aydınlatan ve sanki başka hiçbir yerde göremeyeceğimiz kadar büyük dolunayın gülümseyen yüzünde ne çok şey konuştuk.

Birbirimize sanki bütün bir hayatı anlattık. O hayatın içinde birikmiş ama bir başkasına söylenmeden gizlenmiş, günün birinde karşımıza çıkacak birine, bütün bunları anlayabilecek birine anlatılmak için beklemiş ne çok şey vardı...

Ona çok şey anlatıyordum ama yine de ne çok şeyi bilmiyordu.

Anlatamadıklarımı, sözlere dökülemeyeni, onu nasıl bir aşkla sevdiğimi, hayır, aşkların, tutkuların, isteklerin dışında, nasıl bir sevgiyle bağlandığımı...

Konuştuklarımız bunlar değildi. Bizi birbirimize daha da yakınlaştıran anılar, ayıklanmış geçmiş, unutulmaz şarkılar, başucu kitapları, hiç bitmesini istemediğimiz filmler, farklı zamanlarda ama aynı yaşlarda geçtiğimiz bir sokak, köşedeki o beyaz köşk, hayaller, utanmalar, çocukluğun tavan arasında saklanmış şeyler...

Burada bizim için yeni olan şeylere bakışımız...

Kimi zaman birimizin başladığı bir sözü ötekinin bitirivermesi... Bazen aynı anda aynı şeyi söyleyişimiz...

Onun şimdi başka insanlarla konuşmasını izliyordum. Bir çocukla anlaşmasını... Balıkçılarla pazarlık etmesini... İlk kez birileri onun için herşeyi yapmazken, ilk kez tek başınayken nasıl bir adam olduğunu... Yabancı bir yerde, tanımadığı insanların arasında... Güçlüydü, korkusuz, rahat... Bir kayık bulup uzaktaki kayalıklara tırmanmaya gidilemez miydi? Neden olmasın? En tepeye çıkıp adaya neden bakmıyorduk sanki? Çıkılıyordu. Denizin içinde belimize kadar suyun içinde yürürken bir mağaranın girişi beliriyordu, el ele tutuşup giriyorduk. Zar zor yürüyebildiğimiz, sonunda nereye varacağımızı bilmediğimiz bir yerde kimbilir kaç milyon yılda böylesine düşsel bir yer haline gelmiş bu sarkıtların, mercanların, tutunamayacağınız kadar kaygan kayaların, uzaktan sızan ışıkla renkli desenler yaratan suyun, deniz bitkilerinin, hiç tanımadığımız garip yüzlü balıkların, suyun kayalıklara vurarak çıkardığı yankıların içinde keşfe çıkmış eski zaman gezginleri gibi ciddi, bir ara yolumuzu kaybettiğimizi sanınca kuşkulu, sonra kolayca çıkışı bulunca çocuklar gibi gülerek...

Çocukken okuduğum o romanlarda gibi hissediyordum kendimi... Bütün bunlar sanki gerçek değildi.

Onun mavi çizgili, beyaz, incecik kısa kollu gömlekleri... Uzun parmakları... Yeşil taşlı yüzüğü... Ellerinin üstünde, kollarında, boynunda belirgin damarlar... Islandığı zaman geriye yatan, yanlardan açılmış, kuruyunca dağılan, güneşte beyazları iyice parlayan saçları... Yüzerken denizin mavilerini, yeşillerini alan, akşama doğru koyulaşan gözleri... Gülerken gözlerinin altında, kenarlarda beliren kırışıklar... Sigarasından derin bir nefes alırken... Bir an dalmış, çocuklar gibi somurturken... Beni öpmek için yüzü yaklaşırken...

Onun yanında kendimi iyi hissediyordum.

İyi ve güvende...

Onun yanında kendimi başkalarından korumama gerek yoktu. Hayır, aslında daha önemlisi, kendimi ondan korumama gerek yoktu.

Buraya gelirken hiçbirşey düşünmemiştim. İlk kez yalnız kalıyorduk. Ya bütün o sihir bir anda yitip gitseydi? Ya sıradan birşey asla söylenemeyen ama geri dönüşü olmayan bir biçimde bizi birbirimizden soğutsaydı?

Bunları bile düşünmemiştim. Sanki onu binlerce yıldır tanırmış gibi, sanki bütün bunların böyle doğal olacağını bilirmiş gibi...

Garip olan neydi biliyor musunuz, bütün bu beklenmedik yakınlığa, tanıdıklığa rağmen içimde bastırılamayan o heyecan hiç azalmamıştı.

Şimdi bunları böyle anlatıyorum ama herhalde güneşin morlara bulanarak alçaldığı alacakaranlıkta sırtıma şalımı sarmış, ona yaslanmış otururken hiçbiri beni ilgilendirmiyor, aklımdan bile geçmiyordu. Ve hiç kuşkunuz olmasın aklımdan geçse bile bunları ona hissettirmemek için biz kadınlara doğuştan öğretilmiş bütün oyunları oynuyordum.

Acaba onun aklından ne geçiyordu?

O benim bütün bunları unutacağımı, parlayıp sönen bir ışığın peşinde gittiğimi, bunun yalnızca küçük bir kızın macera isteği olduğunu mu sanıyordu?

Evet belki de öyle sanıyor, yılın ilk güneşinin altında kumların üzerine yatmış, bizi bütün dünyadan kaçıp saklandığımıza inandıracak denli göz alabildiğine uzanan renk renk denize bakarken, gözlerimizi artık dayanılmaz sıcaklıktaki güneşten korumak için kapamışken, dev çekirgelerin, cırcırböceklerinin, yavaşça kıyıya dokunup giden dalgaların, ara ara hafif bir esintiyle hışırdayan çalıların, nereden nereye gittiğini bilmediğimiz bir uçağın sesinin bize burada böyle tembel, aldırışsız, uzakta, sonsuza dek yaşayabileceğimizi söylediği bu küçük adada, filmlerdeki gibi bir aşk macerası yaşamak istediğimi sanıyor belki...

Ama yanılıyor.

Bütün o ayrıntıları, sayısız küçük şeyi, mesajları, notları, mektupları, konuşmaları, sözcüklerin dizilişlerini, gülümseyişlerini, yanağımı tutup beni öperken bakışını, karanlıktaki desenini, giysileri, kokuları, eşyaları, dokunuşları, sıcaklığı ne çok şeyi asla unutmadığımı, onların hepsini sanki bir deftere yazar gibi kaydettiğimi de bilmiyor.

Benim kendi hayatım için verdiğim kararı bilmiyor.

İçimden onun bir parçasını zorla söküp aldıklarını bilmiyor.

Buraya gelirken evimi terkettiğimi bilmiyor.

Bir gün bir müzedeki konserden çıkmış takside giderken ve bana belki de hayatım boyunca bir başkasından duyduğum için hiç bu kadar heyecanlanmadığım şeyler söylediğinde bir an bütün dünyayı unutup bambaşka bir yere, işte tam da böyle bir adaya, kayıp bir ülkeye gelmeyi, burada sazdan bir kulübede ömrümüzün sonuna kadar yaşamayı hayal ettiğimi de bilmiyor.

Ah, daha küçük bir çocukken ona âşık olduğumu bile bilmiyor.

Bilmediği öyle çok şey var ki... Günün birinde hepsini anlatmalıyım... Belki... Sonra...

Onun yanındayken hiç uyumak istemiyorum. O uyurken karanlıkta bile sessizce oturup onu seyrediyorum. Bilmiyor. Orada herkesten uzak ama ilk kez birbirimize böylesine yakın, zamanın geçişini durdurmak, durduramasam bile yaşanan zamanı uzatmak, her an'ı büyütebildiğim kadar büyütmek istiyorum. Bilirmiş gibi... Bütün bunların hemen biteceğini bilirmiş gibi...

Sonunda uyuyakaldığım zaman kendimi okul günlerinde buluyorum. Onun eve geldiğini, dolabımda saklandığını, benim odamda, dolabımda yaşadığını, okula gidip geri döndüğümde onu bıraktığım yerde bulduğumu görüyorum rüyamda. Sonra uyanıp bahçede meyvelerle, tatlı çörekler ve çayla kahvaltı ediyoruz.

"Keşke benim odamda, dolabımda yaşayabilseydin, uyandığın zaman sana kurabiyeler getirirdim, geceleri herkes yattıktan sonra sessizce oyunlar oynardık, fısıltıyla konuşurduk..." diyorum.

Ama zaten gerçek bu değil mi? Ben onu bir dolapta, içimdeki gizli bir çekmecede saklamıyor muyum?

Bir keresinde yatağın içinde oturuyorduk, çırılçıplak, yüzümü iki eliyle tuttu, kaldırdı, gözlerimin içine bakarak,

"İnsan bir düşü sevebilir mi?" diye sordu.

"Evet," dedim hiç düşünmeden, "bence zaten en çok onu sevebilir, bir düşü..."

Küçücük bir adada, keşmekeşin, kalabalıkların, dev kentlerin, fabrikaların, savaşların burnunun dibinde ama sanki bütün bunlar yokmuş gibi, sanki bütün bunların arasından kendisini belli etmeden süzülüp geçmiş gibi saf kalan o cennetteki birkaç günün ardından, arkamızdan el sallayan insanlar bırakıp yola çıktık.

Uzaklaşırken gördüğümüz ada sanki artık tanıdığımız, yeniden geri geleceğimiz bir yer gibiydi.

Orada, telefonla bile kimseye ulaşamayacağım bu adada hayatımda ilk kez böyle ortadan kaybolmuştum ve ne garip gerçekten de geride kalanları hiç düşünmemiştim.

Elimde küçük bir çantayla, dünyanın herhangi bir yerinde hayata yeniden başlayabileceğim düşüncesi beni ürküttü.

"Hayatımı burada, hiçbirşey yapmadan geçirebilirdim," dedim...

"Biliyor musun, belki de ilk kez bir yerden ayrılırken bu kadar üzülüyorum," dedi.

Biz kendimizi olmadık hayallere kaptırmış, birkaç gün için bile olsa buna izin veren bir yerde, hayatımızın en guzel gunlerini geçirmiş (en azından benim ıçın) geri dönerken aslında başka bir yerde, hayatlarımızı belirleyecek bir yerlerde neler olup bittiğinin farkında bile değildik.

Belki kendi saatimizi durdurmuştuk ama dünyanın saatini değil...

O zaman cebinden küçük, kadife bir kutu çıkardı. Eski, sarı pırlanta taşlı bir yüzüğü benim parmağıma taktı.

"Artık bir daha ayrılmaktan sözetmek yok," dedi.

"Zaten ayrılmaktan sözetmemiştik ki..." dedim.

"Bu yüzüğü aslında çok önce almıştım ama bir türlü cesaret edip veremedim."

"Çok güzel," dedim, "ilk kez bu renk bir taş görüyorum..."

"Onu takmasan bile," dedi, "hep sakla olur mu?"

"Neden takmayacakmışım," dedim, "hep takacağım..."

Sanki hep ertelemeye çalışmıştık. O konuşmayı, ikimizin de tam olarak ne söyleyeceğini bilemediği, yapmak istediklerimizle gerçeklerin birbirine uymadığı, birbirimizi incitmekten korktuğumuz o konuşmayı bugüne kadar hep ertelemiştik...

"Sen ne biçim kadınsın," dedi uzun bir sessizlikten sonra, "hiçbirşey sormuyorsun..."

Güldüm. Aklımdan geçenleri, aslında bunca zamandır kendi kendimi yiyip bitirdiğim bütün o soruları tek tek sormalı mıydım acaba?

"Ben sormayacağım," dedim, "sen de birşey söyleme, hiçbirşey insanın düşündüğü gibi olmuyor nasıl olsa..."

Yüzüme baktı. Düşünceli... Birşey söylemek istermiş gibi... Ama sustu.

O anda, aslında, akşamüstünün esintisinde güvertedeki demirlere yaslanmış geri dönerken belki ben hiçbirşey sormasam da söylemesini istediğim şeyler vardı.

İçimden bir ses (tıpkı Turgut'un o gece söylediği gibi) bunu başaramayacağını, ayrılamayacağını, karısını, kızını bırakamayacağını söylüyordu.

Ne beni, ne onu...

O anda bunları düşünmek istemiyordum ama kendime engel olamıyordum.

Benimle mutluydu. Beni seviyordu. Bunu biliyordum. Ama şimdi yeniden kendi hayatına dönecek, bu birkaç günlük kaçamağın mutluluğuyla, heyecanıyla aslında bunaldığı, istemediği, kurtulamadığı hayatına devam edebilecekti.

Ama ben öyle yapmamıştım. Ben böyle ikili bir hayatı sürdürememiştim. Yalnızca dürüst olduğum için mi? Yok canım. Aslında beceremediğim için.

Belki de o benim kadar güçlü duygulara sahip değildi. Söyleyip durduğu gibi büyük bir aşkla sevse bir başka kadına, kim olursa olsun bakmaya bile katlanabilir miydi?

Birdenbire anladım ki, karşıma böyle lambadaki cin gibi her çıkışında yalnızca o an'ın bulunmaz mutluluğunu yitirmemek için kendimi bırakırsam asla bir karar veremeyecekti.

Oradan oraya, çılgınca bir koşturma içinde, büyük kararların, tartışmaların, kavgaların, sorumlulukların arasında benimkiyle karşılaştırılamayacak kadar hızlı geçen bir hayatta, bir an durup herşeye yeni bir yerde, bir başkasıyla, sıfırdan başlamayı asla düşünemeyecek.

Ben bir karar vermiştim. Henüz kesinleşmemiş olsa da benim için gerçek buydu. Bütün hayatım işte bu birkaç günde değişiyordu. Böylece ne zamandır içinde yaşadığım o ikilemin biteceğini sanmıştım. Ama hiç de öyle olmamıştı.

Şimdi yine büyük bir belirsizlik yaşıyordum. İşte biraz öncesine kadar ayaklarım sapasağlam yere basıyor, kendimi ait olduğum bir yerde, evimde hissediyordum ama şimdi birdenbire yine yersiz yurtsuz kalıvermiş gibiydim.

Bunları ona anlatabilir miydim, bu gelgitleri?

Belki sorsaydım, zorlasaydım başka türlü olurdu. Ama öyle güzeldi ki... En küçük bir dokunuşun bile bozabileceğinden korktuğunuz uçsuz bucaksız kar örtüsü gibi... Uyurken seyretmeye doyamadığınız bir bebek gibi... Hemen sonra değişen, bir daha göremeyeceğiniz bir günbatımı gibi... Karanlıkta koltuğa gömülmüş asla bitmesini istemediğiniz ama yazık ki her an biraz daha sona yaklaşan bir film gibi...

Yanımda durmuş, dalgın, uzaklara bakıyor. Ona bakmıyorum ama biliyorum. Aynı yere bakıyoruz, ufka doğru, göremediğimiz bir kara parçasının belirmesini bekler gibi, belki aynı şeyleri düşünüyoruz ama bizi bekleyen geleceği kurmak için birşey yapamıyoruz.

Ama kendi kendime söz vermiştim değil mi, ondan birşey istemeyeceğime, hiçbirşey beklemeyeceğime, ikimiz için geleceğe dair hayaller kurmayacağıma...

Bir gün farkına vardım ki, dünyanın neresine gidersem gideyim, en güzel kentlerde, tertemiz meydanlarda, büyük bulvarlardan geçerken, görkemli sarayları gezerken, birbirine çarpan, birbirinin yanından geçip giden insanların kendilerine kurduğu görkemli şehirlerde, kalabalıklardan uzak, kendi dünyalarında yaşayan insanların adalarında, tarihöncesinden kalma alışkanlıklarını sürdüren uzak kıtalarda, soğuk okyanuslarda, uçsuz bucaksız kırlarda, kendimi bütün dünyadan uzakta, herşeyin üstünde, tek başıma sandığım ıssız yerlerde bile hep İstanbul'u aramışım.

Çocukluğumun geçtiği Ankara'daki evi değil de yazları gittiğimiz büyükannemin Kandilli'deki evini özlemişim. Güçlükle açılan demir kapının çıngırağını, çardak gülleriyle, manolyalarla kaplı bahçeyi, akşamüstleri sulanan taşlığın serinliğini...

Neşeyle birbirlerine seslenen kuşları duydum hep.

Kapıdan girince hemen sağda, duvarda kocaman çerçeveli bir eski yazı vardı, gözümün önünden hiç gitmez: "*Herşeye can veren sudur!*"

Büyük, eski bir kafesin içinde başka hiçbir yerde bir daha görmediğim güzel sesli, tombul, kırmızı bir kanarya.

Önünde durup kendimi seyrettiğim yaldız işleme çerçeveli dev ayna.

Uzun, dar pencerelerin üstündeki renkli camlardan süzülen ışığın aydınlattığı duvarlardaki büyük fırtına resimleri... Dedemin çerçeveli, sonradan renklendirilmiş fotoğrafı... Hemen yanında evlendikleri gün çekilmiş bir başkası...

Üzerinde yuvarlandığım, öğle yemeklerinden sonra uyuyakaldığım yumuşacık, büyük, yeşil kadife kanepe... Onun içine gömülmeyi ne çok severdim. O sıcak öğleden-sonraları girişteki bu loş salonda koltuğa gömülüp kitap okur, minderin üstüne elimle desenler çizer, tavandaki süslemelere bakar, sonra da uyuyakalırdım. En sevdiğim, Selanik gevreğiyle simit yiyeceğim çay saatine kadar...

"*Çalıkuşu Feride*"yi orada okumadım mı? "*Aşk-ı Memnu*"yu? Ya "*Pol ve Virginie*"yi?

Ne güzel yazmıştır Yahya Kemal, "*Kandilli yüzerken uykuda / Mehtabı sürükledik sularda / Bir yoldu parıldayan gümüşten / Gittik, bahs açmadık dönüşten.*"

Tam o koltuğun karşısında büyük bir ev gibi, kapalı bir mabet gibi, çocukken beni hep meraklandıran, nasıl çalıştığına akıl erdiremediğim, kilitli olduğu için daha da ilgimi çeken ahşap çalar saat vardı. Camekânın içindeki büyük sarkacın gidiş gelişlerini izlerken uykum gelirdi. Orada, o sofadaki günlerimi, o huzuru, o temiz kokuyu, en tatlı uykularımı tıpkı çocukmuşum gibi hep duydum.

Avrupa kentlerinin içinden büyük nehirler geçer hep. Ama ben ortasından dev gemiler geçen kendi kentimi özledim. Anadolu Hisarı'ndan bakınca alabildiğine uzanıp giden, sanki sonsuzluğa açılan o denizin sabah ışığındaki parıltısını hiç unutamadım.

Anneannem bir keresinde artık gözlerinin görmediği, kimi zaman insanları birbirine karıştırdığı, tanıyamadığı günlerin birinde demişti ki, "Martıların sesini duyuyorum, sabah oldu diyorum, uyanıyorum, ama sonra bakıyorum denizi göremiyorum, martılar buradaysa deniz de buradadır, o zaman niye göremiyorum, hadi beni denize götür çocuk..."

Orada yediğimiz akşam simitlerinin, fırından yeni çıkmış sıcak ekmeğin kokusu beni dünyanın neresine gidersem gideyim gelip bulmadı mı bunca yıl?

Böyle olacaktı işte. En çok alıştığınız görüntüler bile silinip gidecekti. Anlamak istemeyecektiniz ama böyleydi.

O günlerde benim için herşey parlaktı tabii, unutulacak, silinecek gibi gelmiyordu.

Oysa nasıl da silikleşiyor anılar çabucak.

Başkalarına anlatırken, hayır, yalnızca kendi kendimize hatırlarken bile kendi hayatımızın anlamsız ayrıntılarının gerisine, bir sürü saçmalığın arasına sıkışıveriyor. Sanki aptalın tekinin telefon numarasından, bir televizyon dizisinin oyuncularının isimlerinden, hiç görmediğimiz bir ülkedeki bitmek bilmez politik dalgalanmalardan daha önemsizmiş gibi unutuyoruz işte...

Sözcüklere dönüştürdüğümüz an hayatımızın en önemli anları, dönüm noktaları, asla unutmayacağımızı sandığımız fotoğraflar silinip gidiyor, bir an belirip parlarmış gibi...

Hatırlamak böyle birşey. Geriye yalnızca belli çizgilerin kaldığı eskimiş bir resim.

Koskoca bir hayatı, onun içine giren, çıkan, değen başka hayatları anlatırken bütün hepsi yalnızca birkaç sözcüğün içine sıkışıyor. Orada bitiyor.

Oysa anlatılamayan şeyler var. Sözcüklere dönüştürülemeyen, bir başkasına tanımlanması imkânsız olan şeyler... En yakınlarımızın bile durup bir an gözümüz daldığında sordukları sorulara cevap veremeyişimizin nedeni bu belki de... En yakınımızdakiler bile o anlatılamayan şeyleri bilmiyor, bizim onların tanımlanamayan anlarını bilemediğimiz gibi. Ne garip... Birini anlatmak için, birini tanımlamak için, birinin kim olduğunu çizebilmek için sözcükleri kullanıyoruz.

Oysa, onları asıl oluşturan şeyin sözcüklerle anlatılması imkânsız anlar olduğunu bilmiyoruz.

İşte şimdi burada, çocukluğun evinden çok çok uzakta, bambaşka bir zamanda, bambaşka bir ruh halindeyken bilmediğim birşey beni yeniden oraya taşıyor. Ama herhangi bir sözcük değil bu.

Sözcükler üzerine binilip bir yere gidilen şeyler değil.

Ne peki?

Bizi, çoktan yitirilmiş, zamanın yokedici hızında dönüp bakılamaz bir anda, bir yerde bırakılmış o duyguya, o kokuya, o bölük pörçük, silinmiş görüntüye döndüren sözcükler değilse ne?

Bir görüntü, bir koku, bir renk, bir başka duygu mu?

Benzerlikler mi? Rastlantılar mı? Sesler mi?

Hayır, bunların hiçbiri değil, çünkü burada durduğum yerde gerçekte hiçbir yere dönmüyorum. Yalnızca belleğin içindeki yığınla görüntünün, o inanılmaz arşivin içinde bir yere gidiyorum. Hatta hiçbir yere dönmüyorum, yalnızca belleğin o karmakarışık yığını sanki kendi kendine dönüp duruyor ve bir yerde herhangi bir rastlantıyla, benzerlikle, sesle, kokuyla, renkle bir an için beni yeniden o an'a sürüklüyor.

Çocukken odamda ışıklı bir dünya vardı. Yalnız kaldığım zamanlarda, karanlıkta onun başına geçer, ışığını yakar, saatlerce oynardım. Önce hızla çevirir sonra da elimi herhangi bir yere koyup durdururdum. Parmağımın altında kalan ülkeyi, kenti, kasabayı, adayı gözümde canlandırmaya çalışırdım sonra. O an orada neler olduğunu, soğuk mu sıcak mı olduğunu, orada yaşayan benim yaşımda bir kızın neler yaptığını...

Sonra gittim, o ülkelerin, o ışıklı kürenin üstündeki küçük, her biri başka renkle gösterilmiş kentlerin çoğunu gördüm... Ve artık oralardaki hayatın çocukken sandığım gibi bambaşka hayatlar olmadığını biliyorum.

Dünyanın her yerinde birbirine benzeyen insanlar var. Birbirine benzeyen hayatlar... Aynı sıkıntılar, aynı mutluluklar, aynı çözümsüzlükler, aynı kavgalar...

O zamanlar, o oyunu oynarken bambaşka yerlerde olmayı hayal ederdim, içinde bulunduğum saatlerden kaçmak, uzaklara gitmek isterdim, oysa sonra gittiğim o kentlerde de kendi hayatımın saatlerinden kaçmak istedim.

Çocukken, küçük, sevimli odamda, o ışıklı kürenin başında gitmek istediğim yerlere ancak hayalimde gidebiliyor oysa aslında aynı yerde, odamda duruyordum.

Ama sonra, o zamanlar hayal ettiğim yerlere gittiğim ve gözlerimi kapadığım zaman bazen farkına bile varmadan yeniden oraya, ışıklı kürenin durduğu odaya, o eve döndüm hep.

Camlarından pervanelerini izlediğim, dağların üstünden, çarpacakmış kadar alçak giden uçaktan inip biraz yorgun, onun koluna girmiş, ona yaslanmış yürürken hiç beklenmedik birşey oldu.

Sanki bir Hitchcock filmindeki gibi, yanından geçerken bize bakan tanıdık bir yüzün aniden başka tarafa döndüğünü gördüm.

Çok kısa, belli belirsiz bir an gözgöze gelmiştik.

Öyle yorgundum ki önce bunun gerçek olduğunu anlayamadım. Birkaç adım atınca fark ettim. Doğrulup kolundan çıktım ama artık çok geçti. Geri dönüp gerçekten o mu, değil mi diye bakmak istedim ama yapamadım.

"Ne oldu?" dedi Fuat.

Biraz hızlanmıştım. Bana yetişmeye çalışıyordu.

"Niye koşturuyorsun?"

Adını söyledim. "Bizi gördü, sakın bakma, köşede duvara yaslanmış duruyordu, gördü bizi..."

"Belki yanılmışsındır, görmüş olsa gelmez miydi yanımıza?"

"Herhalde şaşkınlıktan ne yapacağını bilememiştir," dedim nefes nefese, "seninle beni birlikte görüp yanımıza gelse ne diyecek adam?"

"O da doğru ya..."

"Ne yapacağız şimdi?"

"İlk gördüğümüz taksiye bineceğiz," dedi ve kapıdan çıkarken, yolcu bekleyen şoförlerden birine çantalarımızı alması için işaret etti.

Kendimi arabanın arkasına attım. Elimde olsa başımdaki şapkanın içine girip kaybolmak istiyordum. Nasıl kızıyordum şimdi kendime. Birkaç dakika öncesine kadar üstüme sinmiş o tembel, sakin, huzurlu hal bir anda gitmişti. Sorular yığılıyordu aklıma. Ne diye kalabalığın içinde adamın koluna girersin? Ne diye o kadar yaslanırsın? Ama belki de emin olamamıştır, kısacık bir an gördü... Nereden biliyorsun, belki de biz yaklaşana kadar uzaktan bizi izliyordu. Belki de gözgöze geldiğimiz an başını çevirdi. Öyle bir uçaktan iniyoruz ki yalan bulmaya imkân yok. Üstümüzde hâlâ tatil giysileri... Güneşten iyice yanmışız. Yalnız onu görmüş olsa, yalnız beni görmüş olsa zaten koşar gelirdi mutlaka, başını çevirmesinden anla şaşkınlığını... Ah, bundan büyük haber olur mu, en ağzı sıkı insan bile böyle bir haberi dayanamaz birilerine anlatır. Beyefendiyle evli âşığı tatilden dönerken... Kolkola... Gözgöze... Mutluluktan sarhoş... Gözleri kimseyi görmüyor... Nasıl böyle bir aptallık yapılır... Ancak gözlerin kimseleri görmeyecek kadar körleşmişse...

"Pek de çenesi düşüktür," dedi Fuat, şoföre nereye gideceğimizi söyledikten sonra. Yüzü asılmıştı.

"Bilmez miyim," dedim, "yarına kalmaz bütün Ankara öğrenir... Hem de kimbilir ne eklemelerle, ne süslemelerle..."

Bunu söylediğim an yüzüme al bastı. Felaketin büyüklüğünü yavaş yavaş anlıyordum. Oyun bitmişti. Allahım, sen bunca şeyin içinden sessiz, sakin çık, gel burada budalanın birine yakalan... Yok yere herşeyi birbirine karıştır...

"Hatta eğer şimdi oradaki telefondan aramıyorsa ben de hiçbirşey bilmiyorum..."

"Pek süslemeye de gerek yok ya..." diye güldü, sonra elimi tutup sıktı.

"Üzme canını," dedi, "herşeyin bir nedeni vardır, tam bu anda bizi burada görmesinde bir hayır var herhalde..."

Ama ben onun gibi gülemedim.

"Ne hayır olacak, bal gibi yakalandık, adamın elinde bir fotoğraf makinası eksikti..."

Yüzüme baktı. Gülümsedi. Biraz zoraki, düşünceli ama yine de soğukkanlı...

"Kötü bir rastlantı oldu ama aldırma," dedi, "dedikodu her zaman çıkar, bazen neler yaparsın kimse inanmaz, bazen hiçbirşey yapmazsın, hakkında olmadık şey söylerler..."

Keyfim kaçmıştı. Kendimden çok onu düşünüyordum. Karısı duyacaktı mutlaka. Arkadaşları...

Birden iyice gerildim. Bu adam onlara yakın değildi. Ya gazetelere giderse... Bundan iyi fırsat olur mu? Zaten olur olmaz ne duyarlarsa yazıyorlar, demediklerini bırakmıyorlar onun için...

"O kadar ileri gideceğini sanmam," dedi, "korkar." Sonra bir an durdu, gülerek ekledi: "Ama tabii fısıltı gazetesi başka... İşin kötüsü en çok tirajı olan da o..."

Birdenbire paniğe kapılmıştım. Kafasında ne yapacağını kurduğunu biliyordum ama yine de umurunda değilmiş gibi pencereden dışarı bakıp ıslık çalmasına deli oldum.

Akşam dışarı çıkmak istemiyordum, sanki o anda bütün dünya bizi biliyormuş gibi gizlenmek, kimsenin bize ulaşamayacağı bir yerde kalmak istiyordum. Ama ısrar etti. Pek kimselerin bilmediği, birkaç masalık bir lokantaya gittik. Kadehini kaldırıp, "Hadi bakalım küçükhanım," dedi, "asma suratını, böyle küçük şeylerden korkacak değilsin herhalde..."

İçimde büyük bir huzursuzluk vardı. Korkuyordum evet. Kendimi suçluyordum. Nasıl böyle düşüncesiz davrandığımı soruyordum sürekli. Hem ona zarar verecekti bu hem de Turgut'u çok üzecekti.

Sonra birden anladım ki, o da beni düşünüyor, kendim için üzüldüğümü sanıyor. O zaman niye korktuğumu anlattım.

"Sakın bunları düşünme," dedi, "benim için neler söylüyorlar, bir de bunu söylesinler..."

"Neler söylüyorsun," dedim, "bunca zamandır en çok korktuğum şey buydu, benim yüzümden başına gelecekleri düşündükçe..."

Gülerek, şefkatle baktı bana... Omuzlarını silkip, "Aman canım hiç değilse bu doğru, ötekilerin hepsi yalan, canım sıkılacaksa bari doğruya sıkılsın... Sen de inkâr edersin, karıştırmış dersin, olur biter..."

Anladım ki o daha çok benim kocama ne söyleyeceğimi düşünüyor. Bir sessizlik oldu.

Sonra birden damdan düşer gibi, "Fuat ben kocama herşeyi söyledim," dedim.

Yüzüne dikkatle baktım ama hiçbirşey belli etmedi. Kadehi yerine koydu. Cebinden tabakasını çıkartıp bir sigara yaktı. Kaşlarını kaldırıp, "Herşeyi mi?" der gibi yüzüme baktı.

"Sana sormadan yaptım biliyorum ama böyle olmuyordu. Ben böyle yalanlar içinde yaşayamam ama ona kimsenin bilmediğini söylemiştim, şimdi bu fena oldu..."

Bunca zamandır bunları ona niye söylemediğime şaşırmış, birşeyler anlamaya çalışır gibi düşünceli beni dinliyordu.

"Boşanmaya karar verdik, ben de çekip çıktım, anneme de söyledim ama nereye gittiğimi hiçbiri bilmiyor..."

"Ben de, arkadaşınla tatile gittiğini söylediğini düşünmüştüm," dedi, "İstanbul'da o kadar uzun kalmandan birşeyler çıkarttım ama o gün, Pera Palas'a geldiğin zaman birşey söylemediğin için emin olamadım..."

Bir yandan bunları söylemek zorunda kaldığım için canım sıkılıyordu ama bir yandan da rahatlamıştım.

Yüzü asılmıştı, düşünceli görünüyordu.

"Peki şimdi nereye gideceksin?" diye sordu.

"İstanbul'a, annemin yanına," dedim, sonra gülerek, "ve tabii kedimin..."

Sanki onlar hiç taşınmamışlar, sanki ben oradan hiç çıkmamışım gibi yerleştirip öylece korudukları, bunca zamandır boş duran odama, ışıklı küremin yanına dönecektim.

Belki de yine geceleri, karanlıkta onun ışığını açıp bakardım. Ama artık parmağımı üstüne koyduğum yerlerdeki hayatları merak etmeyecektim.

İnsanın en beklenmedik mutluluktan, gökyüzüne dokunacağını sandığı bir yerden ansızın korkutucu bir boşluğa düşmesi hiç de zor değildir.

Söylediklerimin onu düşündüğüm gibi heyecanlandırmadığını, olsa olsa kaygılandırdığını anlamıştım o gece... Herhalde o bana gelip aynı şeyleri söylese ben yerimde duramaz, çılgına dönerdim.

Ama sanırım o, sessiz, düşünceli, gözlerinde endişeyle, başka şeylerden konuşsak da, gizli bir anlaşmayla birdenbire –birşeyler söylenmeden, birşeyler anlaşılmadan, öylece hep olduğu gibi zamanın geçişine bıraksak da– herşeyin değiştiğini düşünüyordu.

Belki de benim bu yaptığım, yaşanacak güzel günlerin sonunu getiriyordu.

Çünkü böyle, gerçekle yalanın, rüyayla hayatın arasında belli belirsiz bir geçitte gizli bir hayatımız vardı ve ürkütücü ama uçarı, tehlikeli ama heyecanlı, elle tutulamadığı için ayaklarımızı yerden kesen, tanıdık zamanın, bildik dünyanın içinde bulamayacağımız bambaşka, çocuksu bir macera yaşıyorduk.

Mumların ışığında, kırık dökük ahşap bir masada yediğimiz yemeğin bu konuşmayla bozulduğunun farkındaydım. Birisi koyu renkli tahtaya çakıyla bazı yerleri silinmiş bir şiir yazmıştı. *"Sana büyük bir sır vereceğim: Zaman sensin."*

O bana birşeyler anlatırken ya da artık engelleyemediğimiz, gitgide uzayan, sonra ikimizden birinin yalnızca bozmak için birşeyler anlatmaya başladığı sessizliklerde gözlerim oraya kayıyor, şiiri okumaya çalışıyordum.

"Sana büyük bir sır vereceğim: Korkuyorum senden... / el, kol oynatışından, söylenmeyen sözlerden..."

Sanki dünyanın bittiği bir yerde yaşadığımız o üç günden sonra (şimdi ilk günden bunları anlatmadığıma seviniyordum) havaalanında bugünkü gerçekle çarpışmış (dünyaya dönmüş), hemen ardından yarın neler olacağını sormak zorunda kalmıştık...

Hatırladım sonra, masanın üstüne kazınmış dizeler, o ünlü Fransız şairindi, sevgilisi için eşsiz şiirler yazan, *"Mutlu aşk yoktur,"* diyen şairin...

Yok muydu gerçekten?

İstediğimiz kadar gizlemeye çalışalım, ikimiz de farkındaydık ne olduğunun, bunu bildiğimizin de farkındaydık ama yine de geri dönmeyi, birkaç saat öncesinin neşesini, çocuksu umursamazlığını, avareliğini yeniden yaşamayı başaramadık.

Neyse ki yorgundum ve hâlâ o rüya sersemliğini üstümden atamamıştım. Döner dönmez üstümü değişip derin bir uykuya daldım. Sanki yıllardır berabermişiz gibi yatakta arkamdan bana sarılmasına bile ne çabuk alışıverdiğime şaştım.

Sabah erkenden onu uğurlarken düşünceli ama suskundu.

"Birşeyler yemez misin?" dedim.

"Geç kalıyorum," dedi, "hiç de içimden gelmiyor şimdi dosyaları okuyup görüşmelere girmek ama ne yapalım..."

İçimden ona, "Bu bir oyun değil, şimdi yeni bir adım

atma sırası sende değil, meraklanma..." demek geldi ama nedense söyleyemedim.

Otelin kapısında beni kucaklayıp çok yakında görüşeceğimizi söyleyerek gitti.

Kapıcının şaşkın bakışları arasında arkasından yine her zamanki gibi bir bardak suyu yola döktüm.

Evet yollara su dökerim, kulağımı çekip tahtaya vururum, başka dünyalara gittiğini söyleyenleri dinlerim, kahve falıma bakacak birini buldum mu dayanamam... "Nuh Nebi'den kalma âdetlere mi inanıyorsun?" diye benimle alay eden Ayla'ya inat dilek taşlarına bile uğurlar takarım. Al işte hâlâ boynumdaki zincirin ucunda annemin verdiği dua saklı. Ne olmuş? Her yıl doktora gittiği için hastalanmayacağını sanan insanlardan mı olsaydım? Güldürmeyin beni!

Odaya çıkıp eşyalarımı topladım. Aynı havaalanına ama farklı bir yöne doğru yola çıkmak için hazırlandım.

Aslında herşey şimdi başlıyordu.

Bundan sonra neler olacağını bilmesem bile kolay olmayacağını anlıyordum.

Ne olduğunu tam bilemediğim bir duygu, birdenbire üstüme çöken dehşetli bir yalnızlık beni öylesine korkuttu ki bir an kocamı aramayı, yeniden oraya dönmeyi bile düşündüm.

Yapmadım tabii...

Parmağımdaki taşı öptüm yeni bir başlangıç yapar gibi...

Annemle, ağabeyimle yüzleşmek, onların sorularına cevap vermek... Sonra tanıdıklar, akrabalar, başkaları, araya girmeye kalkışacaklar, dedikoduları duyacaklar... Off, bütün bunlar bana öyle uzak geliyordu ki düşünürken bile içime sıkıntılar basıyordu.

Biliyorum, o an aslında İstanbul'a dönmek belki de yapmak isteyeceğim en son şeydi ama başka nereye gidebilirdim? Keşke Ayla'yı bulsam, beni de o ıssızlığın ortasındaki kral mezarlarına götürse, beni kimsenin yargılayamayacağı, kimsenin birşey soramayacağı bir yerde kalsam...

Ama hayır, güçlü olmaya karar vermiştim, korkmamaya... Bundan sonra ne olacaksa katlanmaya... Onun için şimdi en zor olanı yapacak, gerçekle yüzleşecektim. Biliyordum, bu ilk karşılaşma en zoruydu.

Uçakta giderken bu yaşta bile ne çok yolculuk yaptığımı, ne çok yerden ayrıldığımı, her yolculukta neden kendimi böylesine üzgün hissettiğimi düşünüyordum.

Bulutların içinde sarsılarak giderken aklıma gelenler herhalde olacakların en kötüsüydü. Yaptığı kabahat öğrenilmiş, okuldan eve gelen kız çocuğu gibi kendimce yalanlar bulmaya, birşeyler kurmaya çalışıyordum ama sonunda bunların hiçbirinin işe yaramayacağını, herkesin gerçeği nasılsa öğreneceğini de biliyordum.

Bugüne kadar bunu ertelemiş, bir yolunu bulup kaçmayı başarmıştım ama artık buraya kadardı.

Sonunda yorgun düştüm ve hepsinden vazgeçtim. Aslında bana vız gelir diyordum kendi kendime. Ben böyleyim, evet hepsini yaptım, kocamı aldattım, evli bir adamla beraber oldum, kaçıp tatile gittim, şimdi de boşanıyorum, üstelik bunlar henüz bildikleriniz... Ne yapayım, öleyim mi?

Hem eğer bilmek istiyorsanız söyleyeyim, eğer başkaları üzülmeyecek olsaydı daha kimbilir neler yapardım...

Yazık ki insan, hayatın, hızla ileriye sarılan bir görüntüler kuşağı, bir an sonra geriye bir kez daha bakmasına bile izin vermeden bitebilecek bir oyun olduğunu, ona verilmiş bu bilinmez zaman parçasında karşısına çıkan rastlantıların içinde onu en çok mutlu edenleri bulduğu an geriye kalan herşeyi boşvermek gerektiğini bilse de, yapamıyor.

Bu çözülmez karmaşanın içinden yalnızca en güzel görüntüleri seçip alamıyor.

Kendisini en güçlü sandığı anlarda bile hiç umursamadığı insanların sözleriyle, tanımadığı birilerinin yargılarıyla, en yakınındakilerin anlayışsızlığıyla başa çıkamıyor.

Öylesine, sıradan bir rastlantıyla kurulmuş hayatını günün birinde bir başka rastlantıyla yıkıp yeniden yapması hiç de kolay olmuyor.

İstanbul'a gelip de çocukluk odama (anneciğim, küçük bebeklerimi bile saklamıştı) yerleşince bir anda yalnız küçük bir odaya değil aynı zamanda uzundur uzaklaştığım ve unuttuğum küçük bir dünyaya da geri döndüğümü anladım.

Ben burada neler olup bittiğini belki fark etmemiştim ama eski okul arkadaşlarım, komşularım, tanıdıklarım, prenseslerin, kralların hayatlarından, sinema aşklarından, dünyanın dört bir yanındaki dedikodulardan hiç geri kalmamışlardı.

Henüz yeni çıkan dergilerdeki "cemiyet haberleri"ne

kadar düşmesem bile artık o dedikoduların arasında ben de vardım.

Bakışlar... Nazikçe geçirilen birkaç söz... İmalı öyküler... Hatta ben geldiğim zaman masadan bir edayla kalkıp giden ünlü hanımlar...

Maskeli balolar, çılgın partiler, üstüste açılan Amerikan tarzı kulüpler, barlar, Hilton çayları...

Gelip giden prensler, prensesler, krallar... Başka bir ülkenin hayatını yaşamaya çalışan bir avuç insan...

Öte yanda çocukluğumun İstanbul'u yıkılıyordu. Yeni yollar açılıyor, bulvarlar yapılıyor, bu başka ülkenin hayatı kentin görüntüsüne de yerleşiyordu.

Ama anlıyordum ki bütün bunlar yalnızca görüntüdür. Üstümüze giydiklerimiz, yeni mobilyalar, yeni arabalar, yeni kulüpler, İngilizce, Fransızca isimler, kendi yemeğinizi aldığınız cafeteria'lar, caz çalınan kulüpler, mevsim baloları, rock'n roll çalan gençler, "cıbıl kız"lar, Dior takımlar, Balmain eşarplar, üstüste açılışları yapılan modern oteller bu ülkenin gerçek hayatı değildir.

Böyle bir gün gazeteleri okurken bu haberlerin arasında bir başkası ilgimi çekti: *"Türkiye'de 1 milyon 771 bin eşek var!"*

Kahkahalarla gülerken Nihat geldi, "Neye gülüyorsun öyle kendi kendine deli gibi?" dedi.

"Al da bak," dedim, "eşekleri saymışlar..."

Aldı, haberi okuyunca o da gülmeye başladı, "Bu kadar eşekle kalkınmamak mümkün değil," dedi.

O da pek çokları gibi bu yeni hayatın gerçek olmadığını düşünüyor, bütün bu görüntülerin bizi bir yere götürmeyeceğine, yenilik, Avrupalılık, modernlik diye yapılanların aksine bizi geriye sürüklediğine inanıyordu. Bir dergide Halide hanımın *"Sallan ve Yuvarlan"* diye yeni romanı tefrika edilmiş, onları kesip benim için saklamıştı.

Ben bilemiyordum. O günlerde herşey tıpkı benim hayatım gibi çok karışıktı. Hayat değişmeye mecburdu. Ama böyle birilerinin istediği gibi çabucak olmuyordu. Sanki direnen, insanlar değil de bu toprakların içten içe çalışan kendi saatiydi.

İşte sonunda İstanbul'a dönüp yerleşmiştim ama birdenbire kendimi yapayalnız bulmuştum.

Nereye ait olduğumu bilemiyordum, bu, şöyle bir kazınmakla bile silinip giden yaldızlı görüntüye mi, bir tramvay ötedeki eski mahallelere mi, yaşadığım, gördüğüm uzak ülkelere mi?

Başlarda bambaşka şeye yorduğum ve bir türlü geçmeyen o garip, suçluluk duygusuna benzer iç sıkıntısının nedeninin gerçekte odak noktamı kaybetmem olduğunu çok sonra anlayabilecektim.

O güne kadar kim olduğumu sormaya gerek duymamıştım. Yabancı ülkelerde yaşayan bir diplomat eşiydim. Dil bilen, kültürlü, konuşmasıyla, canlılığıyla insanları etkileyen genç, evli bir kadın.

Benim hiç umurumda olmayan bu keskin hatlar aslında bir insanın resmini tamamlar ve onu hayatın içinde bir yere koyar. Böylece kendinizi her açıdan sağlam dayanaklar içinde, ayaklarınız güçle yere basmış, geleceğe yürürken bulursunuz. Ya da öyle sanırsınız.

Ama şimdi, genç, evli bir kadın, yakın geleceğin annesi değildim artık.

Bir mesleğim yoktu.

Bir evim yoktu.

Gittiğim yerlerde tanıştığım insanları orada bırakmıştım.

Tam büyüdüğüm sırada ayrı kaldığım annemle ağabeyim de artık bana çok farklı geliyorlardı.

Anneannemin olmadığı bu ev, babamın olmadığı bir aile, geçmişi yaşamamı da engelliyordu.

Görünüşte ben de beğenmeyip güldüğüm o kadınların, çay saatlerinden balolara, partilerden açılışlara, kokteyllerden davetlere koşturup duran, giyim, süs, dedikodu dışında birşeyle ilgilenmeyen ama yine de olur olmaz konularda kocalarından duyduklarını tekrarlayıp bilgiçlik taslamaktan vazgeçmeyen insanların arasındaydım. Onlardan biriydim.

Ama aslında onlarla geçen yarım saat bile beni boğacak gibi oluyor, nasıl kaçacağımı bilemiyordum.

Zaten onların da beni çok sevip istediği söylenemezdi. Ya sessiz oturuyor ya da konuşmalara gerektiği kadar ve alışılmış cümlelerle katılıyordum. Ama sanki elimde değilmiş gibi bir yer geliyor dayanamayıp öyle bir laf söylüyordum ki herkes neye uğradığını şaşırıyordu.

Herşey öylesine belirsizdi ve kendimi öylesine sıkışmış hissediyordum ki önce geri döndüğüm için büyük bir pişmanlık duydum...

Sabahları kahvaltıdan sonra yürüyüşe çıkıyor, sahilde biraz gezdikten sonra eve gelip okuyordum.

Yaz bitiyordu. İşte herhalde küçük Fazıla'nın prenses olmayı beklediği ama Irak Kralı'nın uçağı yerine ihtilal ve ölüm haberinin geldiği yazdı. Gazetelerde bütün devlet erkânının frakları ve tuvaletleriyle, bu haberi aldıktan sonra Yeşilköy havalimanında koşuşturmasının fotoğrafları vardı. Belki de ihtilal düşüncesinin yüksek sesle konuşulmaya başlaması da bundan sonra olmuştu. (Boğaz'da bir yalıda, kralını bekleyen güzel Fazıla'ya ne oldu, bu haberi aldıktan sonra ne yaptı kimbilir?)

Evet yaz bitiyordu. Hem de herhalde yaşadığımız en sıcak yaz...

Bazen üstüme bir pantolon, gömlek geçiriyor, vapurla karşıya geçiyor, çay bahçesinde oturup bir çay içiyor, akşama doğru yeniden dönüyordum.

Kendi kendime garip bir melankoli içinde günbatımlarını izlemek, şiirler okumak, unuttuğum şehri yeniden görmek hiç değilse zamanı geçirmeme yardım ediyordu.

Ne akrabaları, ne tanıdıkları, komşuları görecek halim yoktu. Annemin bir yandan, içinden bana nasıl kızdığını ama öte yandan kucağımda kediyle bütün gün kitap okuduğumu gördükçe nasıl üzüldüğünü de anlıyordum.

Tek bir söz bile söylemiyordu. Belki de çok kısa bir zamanda bu sevdadan vazgeçeceğimi, herşeyin yoluna gireceğini sanıyordu.

Artık herkes olup bitenleri biliyor ama kimse yüzlemiyordu.

Bir gece odamda ağlarken içeriye Nihat girdi.

Yanıma gelip oturdu.

"Niye ağlıyorsun?" diye sordu.

"Kendimi büyük bir suç işlemiş de bunu gizlemek zorunda kalan biri gibi görmekten bıktım, usandım," dedim. "Ben ne yaptığımı biliyorum, iki insanın birbirini sevmesinde ne suç var? Asıl suçlu onların yoluna dikilenler değil mi?"

Önüne baktı. Uzun zamandır kendisini tuttuğunun farkındaydım. Ama sonunda dayanamayıp, "Bu hiç olacak şey mi?" dedi, "Sen bu işin olacağına sahiden inanıyor musun?"

Böyle birdenbire açıkça karşı çıkmasına şaşırdım.

"Evet inanıyorum," dedim, "onu çok seviyorum, kim ne derse desin çok seviyorum."

Sesimin sertleştiğini anlayınca söylediğine pişman oldu. Ben böyle yüksek perdeden ters bir cevap verdiğim zaman aslında ağlamaklı olduğumu bilirdi.

Bir sigara yaktı, bir tane de bana verdi.

"Annem çok üzülüyor," dedi, "ne yapmayı düşünüyorsun?"

"Sen ne düşünüyorsun?" diye sordum gözlerine bakarak.

Bir an şaşırdı, ne diyeceğini bilemedi, gözlerini kaçırdı.

"Seni onunla tanıştırdığım günü hatırlıyorum da..." dedi birden...

"Çocuktum..." dedim, "Hiç akla gelir miydi?"

Güldü.

"Hâlâ çocuksun," dedi, "korkarım hep böyle kalacaksın..."

O zaman ona sarıldım.

"Sen de hep benim iyi kalpli ağabeyim olarak kalacak mısın?" diye sordum.

Sanki boğazına düğümlenen birşey varmış gibi yutkundu, alçak sesle, gülmeye çalışarak, "Ne yapalım," dedi, "bir kere söz verdik..."

Ben cumartesilere âşığım.

İnanılmaz şey ama bunca yıl sonra, bugün bile her cumartesi sabahı başka günlerden farklı uyanırım. Nedeni bilinmez bir heyecanla, coşkuyla, içim titreyerek...

Dönüşümün üzerinden fazla geçmedi, Fuat neredeyse her haftasonu İstanbul'a gelmeye başladı.

Hatta bazı imzasız gazete sütunlarında, "*Kabine artık İstanbul'da toplanıyor!*" gibi imalı yazılar bile yazıldı.

Telefon sabahları yeniden başlamıştı. Hemen her gün uyanır uyanmaz onun aramasını bekliyordum. O günlerde zaman zaman hırçınlaşıyor, hiç yapmadığım, sonradan kendi kendime şaşırdığım çocukça şımarıklıklar, nazlar yapıyordum.

Bir gün aramasa sinirleniyor, tırnaklarımı yiyor, bütün gün nereye gittiğini bilsem bile kendi kendime yine de kuruyordum.

Aslında şöyleydi: Pazartesi günü henüz neşeli, haftasonunun sarhoşluğunu üstümden atamamış, tatlı bir keyif içinde oluyordum. Kendi kendime gezmeye gidiyor, evde annemle sohbet ediyor, akşamları gülüp anlatıyordum. Salı günü yavaş yavaş düşüş başlıyordu. Evde oturup kitap okuyor, sıkıntıyla dolaşıyor, dalıp dalıp gidiyordum. Çarşamba, perşembe yanıma yanaşılmıyordu. Cuma yeniden heyecanlanmaya, gelip gelmeyeceği haberini beklemeye başlıyordum. Ve eğer geliyorsa yine canlanıyor, cumartesi sabahı da neredeyse gün ışığıyla yataktan fırlıyordum.

Sanki bir gün önceden düşünmemiş gibi yeniden ne giyeceğimi bulmaya çalışıyor, aynanın karşısında birini giyip ötekini çıkartıyor, yine yüzümü beğenmiyor, saçlarımı topluyor, bozuyor, dağıtıyor, örüyor böyle öğlene kadar kendi kendime uğraşıp duruyordum.

Ne garip! Onun bütün bunlardan hiç haberi bile olmadı.

Belki de böylesine âşık olunan hiçbir erkek, onların akıllarına bile gelmeyecek küçük ayrıntılar için ne çok çaba harcadığımızı bilmez.

Yalnız bana derdi ki, "Seni her görüşümde yeniden beğeniyorum, sanki daha güzelleşmişsin, daha farklıymışsın gibi geliyor, hayal feneri gibi, hiç böyle şey görmedim..."

Annemle, ağabeyimle aramızda gizli bir anlaşma varmış gibi kimse bana her cumartesi sabahı nereye gittiğimi, akşam nereden döndüğümü –sonra ertesi gün yeniden– sormuyordu.

O, deniz kenarında yeni açılan otele gelip yerleşiyor, hemen arkasından öğleye doğru ben de gidiyordum.

Bugün kaç kişi Ariane'ı hatırlar?

Audrey Hepburn'ün, çello öğrencisi genç bir kızı oynadığı *"Öğledensonra Aşk"* filmini?

Orada, dünyaca ünlü yaşlı bir çapkın tarafından baştan çıkartılırken bir çocuk değil de feleğin çemberinden geçmiş bir kadınmış gibi onu kandırmaya çalışmasını...

O "büyülü" şarkı çalarken, onlar dışarıdan vuran dolunayın ışığında dans ederken, sayısız kadınla aynı sahneyi defalarca yaşamış Bay Flannagan'ın gözlerine takılıp kalmasını...

Genç kızın babasının, olanları anladıktan sonra çaresiz bir sesle, ünlü çapkına, "Ne olur ona bir şans verin, o küçük balığı suya bırakın, o size göre değil," deyişini...

Kendimi ona benzetir miydim o cumartesi öğleden-sonralarında? Ben de saçlarımı öyle iki yandan tokayla tutturur muydum?

Ben de öyle çok şey bilen bir kadın edasıyla konuşurken aslında ürkek bir kız çocuğu gibi gözlerimden yakalanır mıydım?

O dünyayı umursamaz havamın altında, gözlerime bakıp, derin, acıtan bir korku olduğunu anlar mıydı acaba?

Keşke bunları ona sormuş olsaydım.

Tabii insan kendisini sürekli bir aynada göremiyor. Bildiğini sansa da, başkalarının aynasında nasıl göründüğünü de bilemiyor hiç.

O telefonlarda esip köpüren ben, onu görünce birdenbire nasıl da kedi gibi olurdum. Bana sarılmak istediğinde kalkıp başka yere oturur, suratımı asar, çocuklaşırdım ama içimden ona asla kızamadığımı, kendimi ona bırakmaktan başka hiçbirşey istemediğimi anlardım.

O zaman ne yaptığımı, neler olacağını, geleceği, söylentileri, başkalarını, sorgulamaları, üzüntüleri, içimi kemiren şeyleri bir anda boş, anlamsız bulurdum.

Burada, kimsenin bilemeyeceği, kimsenin anlayamayacağı (dünyada bir tek benim böyle âşık olduğumu sanıyordum) yalnız ikimize ait anları, o hemen gelip geçen, bir anda biten saatleri bu saçmalıklarla dolduramazdım.

Ama biliyor musunuz garip olan ne?

Sanıyordu ki aslında herşeyi yerli yerine koymaktan, ilişkimizi bir düzene sokmaktan, ondan her kadının isteyeceği şeyleri istemekten uzak duran benim...

"Elle tutulmaz birşeysin," demişti bir keresinde, "yoksa benim gibi delinin biriyle hayat geçmez diye mi düşünüyorsun, onun için mi kaçıyorsun?"

Kaçmak mı?

Şu erkekler ne saf!

Demek onu bütün bunlara inandırmıştım.

Acaba ne düşünüyordum?

Turgut'un dediği gibi onun asla karısından boşanamayacağını, ailesinin, çevresindekilerin hatta Başvekil'in buna izin vermeyeceğini yavaş yavaş anlamıştım.

Hele o günlerde böyle birşey yapmaya kalkışsa herhalde yalnız aile değil bütün ülke birbirine girerdi.

Üstelik şimdi bir başka kadın olduğu fısıltı gazetesiyle yayılmış, herkesin diline düşmüştü.

Ülkenin gündemindeki en önemli adamlardan biri başka bir kadın için karısını, çocuğunu bırakacaktı!

Düşmanlarından önce dostları için iyi bir linç fırsatı olurdu bu. Onu çekemeyenlerin, sevmeyenlerin, birdenbire tepesi atıp kırdığı bütün o insanların beklediği fırsat böylece doğmuş olmaz mıydı?

Bütün bunlara neden olduktan sonra, başımıza gelecek bütün sıkıntılara katlanarak burada nasıl yaşayabilirdik?

Birlikteyken politikadan hiç sözetmezdik ama zaman zaman aklına birşey gelir ya da kızmış olur, o zaman anlatırdı bana...

Bir keresinde yine böyle çok öfkeliyken, "Hani herşeyi bırakacaktın..." dedim, "Hani artık bütün bunlardan sıkılmıştın, gittikçe daha çok üstüne geliyorlar, eskiden seni sevenler bile..."

Dikkatle yüzüme baktı. Sözümü tamamlayamadım. Eliyle "boşver" anlamına gelecek bir işaret yaptı, "Allah hepsinin layığını versin..." dedi.

"Ama sen bunları haketmiyorsun..." dedim.

İlk kez o zaman, sözü geçiştirmeyi bırakıp bana dedi ki: "Biliyorum, biliyorum, söylediklerinin hepsinin farkındayım, ama şu anda olmaz, ben bir işe giriştim, herkesi hele Başvekil'i yüzüstü bırakıp, üstüme geliyorlar diye çekilip gidemem..."

Sonra ayağa kalktı, bir sigara yakıp pencereye gitti, uzaklara baktı, "Bu nasıl bir kör dövüşüdür, nasıl bir kavgadır ben de şaşırdım, bıktım, en doğru şeyi yapsam yine en kötüsü diye gösteriyorlar, sonra da politika böyledir üzülme diyorlar, keşke en baştan seni dinleseymişim..."

Ben o zaman sustum. Ona, kaçmasını, kurtulmasını söyleyip durmaktan vazgeçtim.

Sonra kendi kendime diyordum ki, eğer bir çılgınlık yapmaya karar verecekse, olacakları göze alacaksa buna yalnız kendisi karar verebilir. Benim söylememle değil...

Eğer beni söylediği kadar çok sevseydi, yapardı, diye düşünmedim hiç.

Kendi kendime öteki kadınlara benzemeyeceğime söz vermemiş miydim yıllar önce? Hayatı önce babasının, sonra sevgilisinin, kocasının, sonra çocuklarının üstünden yaşayan o kadınlardan biri olmayacağıma...

Beni sevdiğini biliyordum. Ama sıkışmıştı. Nasıl aslında hiç olmak istemediği bir yerde, bütün bunlara hiç karışmadığı günlere dönmek istiyor ama yapamıyorsa, eşini, kızını bırakmaya, buraya benim yanıma koşmaya da çoktan hazırdı ama yapamıyordu.

Herkesin sandığı gibi rahat, umursamaz bir hayat değildi onunki, her yandan kapana kısılmış, istemediği bir hayatın ortasında çırpınıyor, belki benimle geçen bu saatlerde, belki yalnızca benim varlığımla biraz olsun kendisine dönmeye çalışıyordu.

"Bir tek burada nefes aldığımı hissediyorum," demişti bir keresinde, "bu küçücük odada..."

İsterdim ki herkesin hayatını kuşatan o dünya buraya, bu küçük odaya giremesin.

Birkaç kez söz açtığında, "Bana boşanma lafı etme, eğer kaderimizde varsa günün birinde ne olacaksa olur, ben halimden memnunum, ne olacağımızı, ne yapacağımızı konuşup durmak istemiyorum," deyip kestirip atmıştım.

Yoksa ona sorsanız zaman zaman hülyalara dalar, bir gün gittiği gezide gördüğü bir yerde, bir gün gençliğindeki bir kasabada, bir başkasında benim en sevdiğim semtte nasıl bir ev kuracağımızı, nasıl herşeyi bırakacağını, her gün neler yapacağımızı, böylece dünyanın en mutlu insanı olacağını anlatmaya başlardı.

Kimbilir belki de gerçekten inanırdı bütün bunlara...

Küçücük bir odanın içinde...

Artık neredeyse bütün renklerini, koyu yeşil perdelerin desenlerini, duvar kâğıtlarının çizgilerini, pencereden görünen manzarayı (çok uzaklardan gemiler geçer, akşama doğru balıkçı kayıkları çoğalır), dağınık bavulunu, giysilerini, hava güzelse balkonda yediğimiz yemekleri, kimi zaman yatağın, yorganın, giysilerin birbirine girip dağıldığı o mutlu yorgunluk anlarını, kahveyle sigarayı, bana nereden bulduysa getirdiği "dünyanın en küçük pikabı"nda dinlediğimiz şarkıları, hep o uzaktaki oteli hatırlatan gülleri, çocuklar gibi gülüşümüzü hatırlıyorum. (Neye gülerdik acaba bunca çok...)

"Biraz daha kal," deyişini...

"Yine mi gidiyorsun!" deyişini...

Çocuk gibi ayakkabılarımı saklayışını...

Sanki her keresinde bir daha görüşmeyecekmişiz gibi kapıda beni sıkı sıkı kucaklamasını...

Cumartesiler yeniden uyanış günüydü. Her cumartesi sabahı bahar gelmesi gibi...

Pazarlarsa ayrılık günü.

Her keresinde:

"Araba seni götürsün..."

"Ben giderim..."

Çabucak çıkmaya çalışırdım kapıdan. Fazla konuşmadan, haftaya yeniden buluşup buluşmayacağımızı sormadan, ayrılık sözleri söylemeden...

Çarşıya gidiyormuş da akşama dönecekmiş gibi...

"Ne acayip şey," derdi, "daha buradan çıkmadan seni özlemiş oluyorum, çocuk gibi, yola çıktığım zaman geri dönmemek için zor duruyorum..."

Küçücük bir otel odası...

Bütün dünyamız...

Yalnız ikimize ait bir dünya...

Bu dünyanın içinde kendimize kurabildiğimiz tek oda...

Kimsenin bize dokunamadığı, kimsenin bize ulaşamadığı, herkesten gizlendiğini, başka bir ülke bulduğunu sanan çocuklar gibi içine girdiğimiz büyük karton kutu...

Kumaşlar, dokunuşlar, öpüşler, duygular, sözcükler, gülüşler, bakışlar, anılar...

Ne çok şey anlatırdı bana... Kocaman bir hayat... Ünlü insanlarla, devlet adamlarıyla, krallarla, prenslerle, sanatçılarla, şairlerle, çılgınlarla dolu...

Orada oturur onu, bu renkli hikâyelerini dinlerdim.

Anlatırken kendisini kaybedişini, taklitler yapmasını, şapkasından sürekli tavşan çıkartan biri gibi hep yeni bir hikâye bulmasını, tanımadığım, görmediğim insanları bana daha canlı anlatabilmek için uğraşmasını, ellerini, gözlerini, birdenbire ayağa fırlayışını...

Çocukluğunun geçtiği yerleri, artık denize çıkamadığı için küsüp deniz görmeyen bir evde saat tamirine başlayan kaptan amcasını, iriyarı Trakyalı aşçıyı, babacan ama herkesin korktuğu paşa dedeyi, hâlâ dediğinden çıkamadığı annesini, yatılı okurken bir yaz eve döndüğünde kaybettiğini öğrendiği kardeşini, o öldükten sonra kendisini alt katta kitap okumaya, dualara, hat yapmaya veren babasını, r'leri söyleyemeyen büyükanneyi sanki ara ara ziyaretine gittiğim uzak akrabalar gibi gözümde canlandırabilirdim.

Dalar giderdim bazen ne anlattığının farkında olmadan.

Sanki o büyük camlardan yansıyan ışıkta parlayan lacivert gözlerin içine girip çok uzaklara, bilmediğim hayatlara giderdim ben o anlatırken...

Sonra bir an durur, kuşkuyla bana bakar, bütün bu hikâyelerin beni ilgilendirmediğini sanırdı.

"Ama dinliyorum," derdim yakalanmış gibi...

Yüzümü okşar, "Ben sanki hayatımı bitirmişim de farkına varmamışım, seninle yeniden başladım, yeniden yaşadığımı anladım, bütün bu sıkıcı şeyler bana yeniden heyecan veriyor artık..." derdi.

"Doğru söyle bana âşık mısın, yoksa gönül mü eğlendiriyorsun?" diye kızdırırdım onu.

Elbette Ariane, ünlü çapkına deliler gibi vurulur. Hem de ilk görüşte. Yaşlı çapkınsa yavaş yavaş farkına varmadan ona...

Eğer gitmeyecekseniz filmin sonunu söyleyeyim, yağmurlu bir ağustos günü Paris garında Gary Cooper, kendisini uğurlamaya gelen ve gözyaşlarını saklamaya çalışan Audrey Hepburn'ü kucaklayıp, giden trene çeker.

O sahne bana hep başka bir aşk öyküsünü hatırlatır. Ama o romanın sonunda Anna trenin altına atlamıştı, buradaysa Ariane trene binmeyi başarır.

Bense bana ne olacağını bilmiyordum.

Trenin altına mı atlayacağımı, arkasından el mi sallayacağımı, yoksa onunla beraber binip uzaklara mı gideceğimi...

Hıçbir zaman da bilemedim.

O küçük oda sanki bizim evimiz olmuştu.

Bazı eşyalarımızı çekmecelere koymüştuk. Odayı biz yokken de kimseye vermiyorlar, boş tutuyorlardı. Onun küçük bir bavulu hep buradaydı. Birkaç takım elbisesi, gömlekleri, çamaşırları dolapta duruyordu. Ben de böyle birkaç şey getirmiştim. Yavaş yavaş oda bizim eşyalarımızla dolmuştu.

Kitaplar, dergiler, gittiği yerlerden aldığı ufak tefek hediyeler, işte Bavyeralı sevimli kirpi ailesi, İtalya'dan küçük cam filler, Viyana'dan porselen bir kız biblosu (görür görmez beni hatırlamıştı), Japonya'dan kâğıt ev...

İstanbul'a gelirken yolda okuduğu dergilerden birşeyler keser, saklardı. O dergilerden birini, kapağı yırtılmış, sayfaları dağılmış ama yine de atmamışım.

İşte bana şu başlığı gösterdiği günü hatırlıyorum: *"Kadınlar niçin yaşlı erkekleri tercih ediyor?"*

Karşımdaki koltuğa oturup sigarasını içerken ben yüksek sesle yazıyı okumaya başladım:

"Günümüzün en şöhretli romancılarından Françoise Sagan geçenlerde Guy Schoeller'in eşi oldu. Schoeller, henüz 22 yaşındaki Françoise'dan yirmi yaş büyüktür.

Sagan gibi kendisinden çok yaşlı erkekleri seven sayısız kadın vardır. Bunların en başında gelenlerden biri hiç şüphesiz ki Sophia Loren'dir. Loren henüz 23 yaşında olmasına rağmen kırkını çoktan aşmış prodüktör Carlo Ponti'yi sevdi ve evlendi.

Diğer taraftan prenses Ira Furstenberg iki yıl önce 15

yaşında bir çocukken 35'lik prens Alphonse'a âşık oldu. Bu aşk da izdivaçla neticelendi. Audrey Hepburn de gene kırkını geçmiş Mel Ferrer'le evlendi.

Bu listeye aralarındaki 35 yaş farka aldırmadan Charlie Chaplin'le evlenen ve herkesi hayretlere düşüren Oona O'Neill ve tabii daha 19 yaşındayken beynelmilel çapkın Porfirio Robirossa ile sevişip evlenen Fransız tiyatro sanatkârı Odile Rodin'i de koymak lazım. Genç yıldız, Robirossa'nın geçmişiyle ilgilenmeyip kendisine sokulmuştu çünkü çapkın adam olgundu, kendisiyle meşgul olmayı biliyordu."

Yazının burasında kendimi tutamayıp kahkahalar atmaya başladım, o da benimle beraber gülüyordu.

"Ben de seninle meşgul olmayı biliyor muyum küçükhanım?" dedi.

"A dinle dinle, bak Sophia Loren ne demiş? Carlo'nun yanında hiç sıkılmıyorum. Hayatım gayet sakin ve endişesiz geçiyor. Halbuki gençler çok boş ve manasız. Üstelik insana istikbal için hiçbir garanti vermiyorlar."

Gülmeyi kesti. Okuduğum cümlenin farkına varınca ben de bir an şaşırdım. Yüzü asıldı.

"Yok bu sana pek uymuyor," dedi, "benim sana istikbal için değil yarın için bile birşey söyleyebildiğim yok..."

Sözü değiştirebilmek için, "Hayır canım," dedim, "ben Ira'nın söylediklerine katılıyorum."

"O ne diyor?"

"Yaşlı bir erkek zamanla size bir ruh, bir beyin ve nihayet büyük bir yaşama arzusu verir, diyor..."

"Ama," dedi, "psikologlar, genç kızların yaşlı adamlarla evlenmelerini baba şefkati aramalarına bağlıyorlarmış..."

"Belli ki sonunu okumamışsın," dedim, "asıl sebep

gençlikleri ve tazelikleri ile sevilmenin verdiği gururmuş..."

Dar, paçaları katlı, koyu yeşil bir pantolon, açık sarı bir kazak giymiştim o gün. Saçlarımı yine iki yandan tokayla tutturmuştum. "Böyle sahiden de çocuk gibi görünüyorsun," dedi, "neyse ki dışarı çıkmıyoruz yoksa utanmaz ihtiyar diye üstüme gelecekler..."

"Utanmazsın tabii," dedim, "küçücük bir kızı kandırdın..."

"Çıkıp bir bakalım istersen?" dedi birden.

Anlamayarak yüzüne baktım.

Dışarıda deli gibi yağmur başlamıştı. Deniz durgundu. Griye dönüyordu.

"Nereye?" dedim.

"Dışarıya," dedi gülerek, "seni dışarı çıkartmadığım için hiç şikâyet etmedin ama ben seni esen rüzgârda, yüzüne çarpan yağmurda, kalabalığın içinde görmeyi özledim."

Bir an içim acıdı. Hem sevindim, hem şu halimize acıdım. Bunca zaman içimden kaç kez geçmişti, dışarıda, sahilde el ele yürümek, bir sinemaya gidip karanlıkta onun omzuna başımı koymak... Yalnızca bunu yapabilmeyi bile ne çok istemiş ama söyleyememiştim.

Aşağıya telefon etti. Otelin müdürü kendi arabasını vermişti. O, açık renk yağmurluğunu, şapkasını, şemsiyesini aldı, ben ekose ceketimi giydim, eşarbımı taktım. Silecekler yağmuru silmeye yetişemiyordu. Sahil yolunda, küçük bir arabanın içinde yavaş yavaş gidiyorduk ve ben onu ilk kez araba kullanırken görüyordum. Sanki okuldan kaçmış, babasının arabasını çalmış çocuklar gibi öylesine heyecanlıydım ki...

Saat öğledensonra 3'e geliyordu ama hava neredeyse kararmıştı. Yağmur azaldı. Deniz fenerinin oralarda bir yerde durdu. Arabadan indik, el ele yağmurun altında yürüdük. Sonra bana sarıldı, ben de iki elimle ona sarıldım, hiç konuşmadan öylece durduk. Martılar deli gibi bağırışarak kıyıya yakın çöpleri tırtıklıyor, birbirlerinin ağzından kapmaya çalışıyorlardı.

O büyük, renkli ağlarla dolu balıkçı tekneleri geçiyordu. Birinin adını gösterdi, "*Aratma Bizi*".

"Ne güzel bir isim bulmuşlar," dedim.

Yüzümü kendisine çevirdi.

"Bana söz vermeni istiyorum," dedi.

"Söz mü?"

Yağmurluğu ıslaktı, yağmur kokuyordu.

"Evet söz. Ne olursa olsun, bir gün bana çok kızsan da, şimdi bilemediğim birşey de olsa sakın beni bırakma..."

Ne çok söz vermiştik ayrılmayacağımıza...

Başımı göğsünde biraz kaldırıp gözlerine baktım.

"Ya sen beni bırakırsan..." dedim.

"Ben çoktan söz verdim," dedi, "ben seni asla bırakamam ama bak ben yaşlıyım, elden ayaktan düşersem ne olacak?"

"Nereden çıktı bu yaşlılık lafı," diye kızdım, "hiç de yaşlı değilsin, hem merak etme ben sana bakarım."

"Söz mü," dedi yeniden.

"Evet," dedim hiç düşünmeden, "söz..."

O gün arabayla gezdikten sonra beni eve o bıraktı. Kimse bizi görmedi. Görenler, mısır aldığımız satıcı, üşüyüp çay içtiğimiz çay ocağındakiler, yanımızdan gelip geçenler de tanımadı.

Oteldekiler sanki bu sırrımızı hep koruyacakmış, bizim bu halimizden anlarmış gibi onlara aldırmıyorduk zaten.

Gelip giderken ya gözlük takıyor ya başıma eşarp, şapka alıyor ya pardösümün, ceketimin yakalarını kaldırıyordum. Böylece beni kimsenin tanımadığını düşünüyordum. En azından kim olduğumu bilmiyorlar, onun sevgilisi, metresi, belki de ucuz bir kadın olarak görüyorlardı.

Bir keresinde bir cumartesi akşamı yine arabayla dolaştık. Otelin iskelesinden bir kayığa bindik, üstümüzde yağmurluklarla açıldık. Balık tutmaya kalkıştık ama ben oltaları karıştırdım. Onları açmakla uğraşa uğraşa akşamı ettik. Hava döndü, hem üstümüze gelen dalgalardan, hem kürek çekmekten perişan, üşümüş, yorgun zar zor geri geldik.

Bir başka gün Galata köprüsünden geçtik, tramvayların, yaya kalabalığının, vapurların, balıkçı kayıklarının arasından Balat'ta eski bir eve gittik. Bütün yol boyu nereye gittiğimizi sorduysam da söylemedi.

Eski, ağır, koyu yeşil boyası eskimiş, çatlamış ahşap kapının üstündeki demir aslanbaşını vurduk. Başörtülü, örme hırkasına sıkı sıkı sarınmış yaşlı bir kadın açtı kapıyı. Bizi görünce çok şaşırdı, sevindi, ne yapacağını bilemedi, sonra tam içeriye seslenecekken Fuat ona eliyle susmasını işaret etti. Ayaklarımızı çıkartıp girdik. Sobanın yandığı odanın kapısı kapalıydı. Kapıyı açıp içeri girdi, beni de elimden tutup çekti. Bir sürü ıvır zıvırla dağınık eski, büyükçe bir masanın başında yuvarlak gözlükleriyle, siyah yeleği, beyaz gömleğinin kollarına kâtipler gibi kolluklar takmış yaşlı bir adam saat tamir ediyordu. Gözlüklerinin üstünden bakıp bizi görünce elindekileri bırakıp ayağa fırladı. Fuat hemen gidip elini öptü. Beni tanıştırmak için döndü ama ben onu görür görmez tanımıştım. O kaptan amcaydı.

Eski su yeşili çini sobanın başında oturup çay içtik onlarla. Ne bu kadın kim diye sordular, ne birşey merak ettiler. Nigâr teyze ona bakıp bakıp ağladı, muzırlıklarını, yaramazlıklarını, şimdi ne büyük adam olduğunu görüp nasıl övündüğünü anlattı. Görmüş geçirmiş kaptan amca ona hâlâ küçük Fuat gibi davranıyordu. Gidip büfeden onun topacını getirip gösterdi. Sanki hep tanışıyormuşuz gibi öyle oturup sohbet ettik. Giderken Fuat'ı kolundan tuttu, "Kendine dikkat et, bunlar sana göre işler değil," dedi, sonra da göz kırpıp, "Paşa'yı da fazla üzmeyin, çekerim kulağını ona göre..." diye ekledi.

Çıkınca, "Sen varsın diye fazla birşey söylemedi, yoksa canıma okurdu, ölene kadar Halk Partili kalacak," dedi Fuat.

Bir başka pazar günü odada yemeğimizi yemiştik. Bir iki saat sonra gitme zamanı gelecekti. Pazar günleri hep o ayrılık saati gelecek diye sıkılır, yüzüm asılırdı. Bana dedi ki, "Bu sefer kapıda vedalaşmayalım, çıkıp biraz yürüyelim."

Hava soğuktu. Dışarı çıkınca boynundaki yün atkıyı çıkartıp benim boynuma sardı. Sokaklarda pek kimse yoktu. Ara sokaklarda biraz dolaştık. Sonra denize inen çıkmaz sokaklardan birine girdik ve ben orada, sokağın sonunda bakımsız, yaban otlarının sardığı bahçenin içinde bir ev gördüm. Sanki tanıdık birşey beni çekiyormuş gibi oraya yürüdüm. Eski demir kapısını açıp bahçeye girdim. Evin perdeleri sıkı sıkı kapatılmıştı, belli ki ne zamandır kimse oturmuyordu. Yan taraftan başka bir evin hizmetlisi çıktı. Bize kimi aradığımızı sordu.

"Yeni evliyiz de," dedi Fuat, "ev bakıyoruz."

Yüzüne baktım şaşkınlıkla, göz kırptı bana.

"Bilmem ki," dedi adam, sonra bir sır veriyormuş gibi alçak sesle, "kadıncağız geçen sene bir kazada kocasını kaybetti, zaten kendi de hastalandı, artık nereye bilmem ama kızının yanına yabancı bir memlekete gitti dediler, döner mi dönmez mi kimsenin haberi yok, ama şu ilerde bir tane satılıktı, isterseniz bir de oraya bakın..."

"Sağol bakarız," dedi Fuat.

Gülerek koluna girdim. Biraz yürüdük.

"Yeni evlendiğimizden benim niye haberim yok?" diye sordum.

"Sürpriz olsun diye söylemedim," dedi.

"Ne güzel bir ev değil mi Fuat?" dedim, "Görür görmez uzaktan içim ısındı, böyle bir yerde otursaydık keşke, ağaçların arasında gizli saklı, hem deniz kenarında, küçücük..."

"Kimbilir," dedi, "belli mi olur, belki bir gün burada otururuz..."

Böyle kendimize göre bir hayal âleminde, çalınmış haftasonlarında herşeyi unutup mutlu olduk.

Evet herşeyi unutup...

Ta ki, o akşam o konsere gidene kadar...

Nihat herhalde biraz insan içine çıkmam, biraz eğlenmem için bir davetiye bulup gelmişti. O zamanın harika çocuğu İdil, Saray sinemasında çalacaktı. Bir cuma akşamıydı ve o cumartesi Fuat'ın gelemeyeceğini öğrendiğim için canım sıkılıyordu. Hem bu kızı dinlemek istiyordum hem de o kalabalığa çıkacak halim yoktu. Ne kadar direndiysem de ısrar etti ve gittik.

Yerimiz en öndeydi. Biraz erken gitmiştik ve fuayedeki kalabalığın bana bakıp fısıldaşmalarını duymamak için hemen içeri girip oturduk.

Perdenin arkasından orkestranın prova sesleri gelirken seyirciler de yavaş yavaş girmeye başladı.

Nihat bana birşeyler anlatıyordu ki bir an durdu. Gözü bir yere takılmıştı.

Ben de başımı çevirip onun baktığı yöne, sağıma baktım ve onu gördüm.

Onu gördüm ve sanki bir an tanıyamadım. Aslında görür görmez tanıdım ama sanki başka birine bakar gibi baktım. Garip birşey. Anlatması zor.

Önden resmi giysili biri yol gösteriyor, onlar da arkasından yürüyorlardı.

Önde karısı yürüyordu. O da beni gördü, görmemiş gibi yaptı. Ama Fuat tam önümüze geldiği zaman durdu. Nihat ayağa fırlayınca ben de kalkmak zorunda kaldım. Resmi bir biçimde elimizi sıktı, bana hiç bakmadan yürümeye devam etti. Arkasından gelenler de şöyle bir baş selamı verip gülümseyerek geçtiler.

Siyah bir takım giymişti. Hızla önümüzden geçtiler ve birkaç koltuk ilerideki yerlerine oturdular.

Yerime otururken ayaklarımın titrediğini farkettim.

Kıpkırmızı kesildim. Elimdeki kâğıttan programa baktım. Hiçbirşey olmamış gibi davranmaya çalışıyordum ama kalbim deli gibi çarpıyor, nefes alamıyordum. Heyecan, kızgınlık belki de hayatımda ilk kez aldatılmışlık, utanma, bütün o duygular biraradaydı.

Demek onun için cumartesi görüşemeyeceğimizi söylemişti. Bu haftasonunu karısıyla geçirecekti. Hem de burada. Üstelik benim haberim bile yoktu ve buraya gelmesem olmayacaktı da...

En çok da, elimi sıkarken gözlerime bakmayışı dokunmuştu bana.

Dönüp yüzüne bakamıyordum ama bir an Nihat'ın bunu bilerek yaptığını düşündüm. Belki de benim onları birlikte görmemi istemişti.

Ben bunları düşünürken perde açıldı ve beyaz saçlı, siyah elbiseli bir kadın elindeki çubukla gelip orkestranın başına geçti. Sonra da büyük alkışlar arasında İdil gelip zarif bir selam verdi ve uzun kırmızı elbisesiyle piyanoya oturdu.

Konser başladı ama benim kulaklarım çınlıyordu. Çıldıracak gibiydim. Ağlamakla yerimden kalkıp onu öldürmek arasında bocalıyordum aslında. Kendi kendime sürekli, neden yaptı bunu, neden bana yalan söyledi, neden gizledi, neden neden diye sorup duruyordum.

Keşke hemen oradan kalkıp gitseydim. Aslında öyle yapacaktım ama en önde oturuyorduk ve kalksam herkes beni görecekti. Çırılçıplak yakalanmış gibi hissediyordum. Bir an o rüyayı hatırladım. Hani Fuat bizim evimize geliyor ve herkes gerçeği biliyor ama kimse konuşmuyor. Sanki o rüya gerçek olmuştu. Üstelik bu kez yalnız ailem değil bütün İstanbul ve karısı da oradaydı.

Ne yapmam gerektiğini bilemiyordum. Karanlıkta bir

yolunu bulup sessizce kaçmalı mıydım? Yoksa öylece konseri izlemeye devam mı etmeliydim?

Bir an fark ettim ki dışarıya birlikte çıkmaya başladığımız, o sevimli okul kaçakları gibi gizli gizli bir yerlere gittiğimiz günlerden sonra ben artık başka herkesi unutmuşum. O rüyayı gerçek sanmaya başlamışım.

Oysa gerçek şimdi karşımdaydı.

Ben bu filmdeki *"esas kız"* değildim.

Alkışlarla kendime geldim. Nihat, "Hadi çıkalım," dedi, sessizce kaçtık.

O akşam, bunca zaman sonra canımın yandığı ilk akşam oldu.

Hayır, kendimi kötü kadın, ikinci kadın, metres, âşık, kapatma gibi gördüğüm için değil.

Bütün bunlar umurumda bile değildi. Öyle söylemek isterlerse söylesinler. İkinci kadın olmanın benim için bir anlamı yoktu çünkü ben bir başka kadın olduğunu sanki unutmuştum.

Ama işte o gece, o kadını gördüm.

Ve ilk kez orada, gölgede kalan o kadının da duyguları olduğunu, bir hayatı olduğunu, kimbilir bunca yıl neler yaşadığını, kendine göre bugüne kadar o hayatla mutlu olduğunu hatırladım.

Yıllar boyunca sürmüş bir evlilik. Paylaşılmış ne çok şey vardı kimbilir. Ne çok fotoğraf, ne çok anı... Gidilen yerler, yabancı kentler, tanıdık insanlar, herkesin güldüğü fotoğraflar, küçük kızın resimleri...

Her nedense bütün o aşk hikâyelerinde, filmlerinde gölgede kalan o kadın hep unutulur. Hepimiz birbirini seven iki insanın biraraya gelmesini isteriz ve orada birdenbire, hiç beklenmedik bir anda herşeyini kaybeden öteki kadının neler yaşadığıyla ilgilenmeyiz.

Hiç konuşmadan eve geldik. Sanki böyle birşey olmamış, sanki ona rastlamamışız gibi bir daha da o geceden hiç sözetmedik.

O gece çok ağladım.

Kendi kendime verdiğim sözleri unuttum. Aldığım kararların hepsi aklımdan uçup gitti.

Bir an ona kızıyor sonra buna hakkım olmadığını düşünüyordum. Bana yalan söylemişti. Buna mı kızıyordum? Karısına sürekli yalan söylemiyor muydu? Ertesi gün İstanbul'da bir akşam daveti vardı. Yine yabancı bir lider gelmişti. Herkes eşleriyle katılacaktı. Bunları sonradan öğrendim ama o an da düşünebiliyordum. Peki neden bana söylememişti? Nasıl olsa öğreneceğimi bilmiyor muydu? Bütün hayatımı o cumartesi sabahları için yaşadığımın farkında değil miydi? Benden mi korkmuştu yoksa artık bütün bunlara aldırış etmiyor muydu?

Belki de, diyordum, beklenmedik bir anda birşey çıktı, bana telefonda söylemek istemedi. İçimden onu haklı çıkartabilmek için sürekli bahaneler uydurmaya çalışıyordum. Kendimi onun yerine koyuyordum. Aslında benden zor durumdaydı. Sanki doğruyu söylese ne olacaktı? Gitme mi diyecektim? Bütün bunları çoktan kabullenmemiş miydim? Ankara'da karısıyla her davete gitmiyor muydu? Balolara katılmıyor muydu? Ne safım, zaten aynı evde yaşamıyor muydu?

Böyle düşünürken birden yine o karşılaşma an'ı, o kadınla gözgöze gelişimiz, gözlerini çevirmesi, yüzündeki o tuhaf ifade aklıma geliyor ve içimi büyük bir sıkıntı kaplıyordu.

Elbette biliyordu. Ama ne düşünüyordu, ne hissediyordu, neden hiçbirşey yapmamıştı bugüne kadar? Belki de yapmıştı. Belki de evde büyük kavgalar çıkmıştı. Bilmiyordum ki...

Ama ikimiz de birbirimizi yok saymıştık o güne kadar. Onunla ilk karşılaşmamızı, bizi tanıştırdığı o balo gecesini hatırlıyordum. Bu ikinci karşılaşma çok farklıydı ama onun da hatırladığını biliyordum.

Ya o an gözlerini kaçırmak yerine durup bana birşey söyleseydi!

Bunu düşününce bir anda yerin dibine girip kaybolmak istiyordum.

Sabaha kadar uyumadan bunları düşündüm. Sigara üstüne sigara içtim. Gün ışırken dalmışım.

O cumartesi başka uyandım.

Sakinleşmiştim ama bıkkındım.

Bütün bunların geçeceğini, beni yeniden kandıracağını, aslında benim de kanmak istediğimi bilsem bile hiçbirşey dünkü gibi değildi artık.

Bazen insan kendisini çıkışsız bir durumda sanırken, yapayalnız hissederken beklenmedik bir rastlantı onu kurtarır ya, sanki göklerden gönderilmiş gibi Ayla çıkıp geldi.

Boşuna değil ona, "Sen benim perimsin, ne zaman birşey olsa bir yerden çıkıp yetişiyorsun," deyişim.

Annem bize hâlâ çocukmuşuz gibi zorla öğle yemeği yedirdi. Sonra acele çıkıp bir yere gittik. Ne zamandır haberleşememiştik. Olup biteni bilmek istiyordu. Ona anlattım ama en çok da bir gece öncesini...

"Bunun böyle olacağını bilmiyor muydun?" diye sordu.

"Biliyordum, üstelik hiç aldırmadığımı sanıyordum ama karşı karşıya gelince, ne bileyim, böyle gözümle görünce allak bullak oldum..."

"Hayatta öyle şeyler var ki," dedi, "ne yapacağımızı bilsek de, söylesek de bir işe yaramıyor..."

Ne demek istediğini anlamamış gibi yüzüne bakınca devam etti:

"Başından beri biliyorum ki ne söylesen, ne yapsan

değişmeyecek, sen o yelpazeyi aldığın gece de, ikinizi beraber gördüğüm o sabah da çok korktuğum, seni uyarmak istediğim halde bunu anlamıştım."

"Evet biliyorum," dedim, "ben kendimi az mı uyardım sanıyorsun, az mı çekilmeye, kaçmaya çalıştım?"

Çay fincanını yerine bıraktı. Sonra tam gözlerimin içine bakarak, "Beni asıl korkutan bu değil," dedi, "kendini unutuyorsun, farkında mısın?"

Birden hiç düşünmeden, yüzüme gelen saçları toplamaya çalıştım. Güldü, "Yok, ondan sözetmiyorum," dedi, "her zamanki gibi çok güzelsin, ben bütün zamanını böyle geçirmenden sözediyorum."

"Nasıl?"

"Bilmem ki," dedi, "bir işe mi girsen, birşeyler mi yapsan?"

"Hayatımın en güzel yıllarını sonu bilinmez bir maceranın peşinde geçiriyorum öyle mi?" diye sordum.

"Başını, sonunu bilmem," dedi, "ama çok şey yapabilecekken böyle boş oturman hoşuma gitmiyor, hem bak aklıma geldi, istersen sana çevirilecek kitaplar getireyim, hem bizim işimize yarar hem de oyalanırsın..."

İşte şimdi belki birkaç üniversitenin kütüphanesinde, tozlu raflarda unutulmuş kitapları çevirmemin nedeni o gün onun söylediği bu sözlerdir.

Birdenbire fark ettim ki iyice tembelleşmişim. Neredeyse kitap okumayı bile unutmuşum. Annem bana çocuk gibi davrandığı için evde de hiçbirşey yapmıyorum. Haftasonlarını beklemekle, gazeteleri, dergileri karıştırmakla, kediyle oynamakla günlerim geçip gidiyor.

Haklıydı.

Sevgili arkadaşım. Benim iyilik perim, pek güvendiğim aklımın durduğu anlarda koşup yetişen öğretmenim, ayağımın altından yer kaydığı anlarda elimden tutan kardeşim.

Hayatın bana verdiği en güzel hediyelerden biri.

Sanki o telefonun ince kablosu gibi aramızda her an kopabilecek incecik bir bağ vardı. İşte yine kopmuştu. Ama bu kez telefonun başında oturup beklemek istemiyordum.

Annem yemeğe kalması için çok ısrar etti ama Ayla direndi, "Yok, hep ben kalıyorum, annemler bozuluyor, bir kere de sen gel," dedi bana.

Beni görünce çok sevindiler. Hep birlikte taraçadaki küçük masanın başında yemek yedik. Macit amca bu sefer de beni bahane edip rakısını içti. Eski günlerden, çocukluğumuzdan konuştuk. Sonra onlar yine erkenden yatmaya gittiler.

Biz de kapıları kapattık, sobaya birkaç odun attık, demliği üstüne koyduk.

Ben üstüme bir hırka alıp sigara içmek için bahçeye çıktım.

Başka bir şehirde, başka bir bahçedeydik ama sanki herşey aynıydı. Gökyüzü, toprağın kokusu, bahçenin bakımsızlığı, bahçe sandalyelerinin çizgili, solmuş kumaşı, uzaklardan gelen belli belirsiz müzik...

Birazdan bir yıldız kayacaktı, dilek tutabilecektik.

Yıllar önceki bir geceden bizi ayıran hiçbirşey yoktu.

Yıllar dışında tabii...

Yine hep ben anlatmıştım ama orada gecenin sessizliğinde bahçede yıldızlara bakarken anladım ki onun da bana söylemek istediği şeyler var.

Sanki okul günlerindeydik de, gizli saklı şeyler konuşacaktık. Dönüp evde ışıkların sönüp sönmediğine baktı. Dedim ya herşey yıllar öncekinin aynıydı. Söndüğünü görünce, fısıltıyla, "Sana bir haberim var ama sıkı dur," dedi.

"Yine o garip tabletlerden birini mi çözdün, yoksa yeni bir kral mı buldun?"

Güldü, "Evet," dedi, "yeni bir kral buldum..."

"Yakışıklı mı bari? Kaç bin yaşında?" diye alay ettim.

Bahçe lambasının solgun ışığında yüzünü tam göremiyordum.

"Evet yakışıklı, hem de yaşıyor," dedi, "en azından şimdilik..."

Yattığım yerden biraz doğruldum.

"Yoksa..." dedim.

"Evet," dedi, "Bizim Macar geri döndü..."

"E, anlatsana, çatlatırsın adamı, iyi casus olurmuş senden, çabuk anlat, çabuk..."

"Senin maceralarından sıra gelse anlatacağım ama..." diye güldü.

"Bırak beni şimdi canım, ne dedi, ne konuştunuz, senin için mi dönmüş, ne istiyor..."

"Aaa, amma meraklısın," dedi, "ben hiç sana böyle şeyler soruyor muyum?"

"Sorsaydın, ne yapalım, ben meraklıyım, yine surat asıp yollamadın adamı değil mi?"

"Yok surat asmadım," dedi, "ama bu sefer o surat astı biraz..."

"Niye?"

Çocukluğumuzda da, karanlık gökyüzünün altında, yaz sonu, buradan çok uzakta, başka bir bahçede otu-rur, korkunç hikâyeler anlatıp titrerdik. Harap köşkte oturan yaşlı kadınla kedileri, kimsenin bilmediği güçleri olan kambur arabacı, başka bir zamanda başka bir hayat yaşadığına inanan o mavi bakışlı oğlan... Çocukken bize farklı görünen herşey korkutucu bir hikâyenin, dilden dile anlatılan boş efsanelerin, ürpertici öykülerin kurulmasını sağlıyor, onlara inanıp karabasanlar görmek aslında heyecan veriyordu.

Yıkık dökük ahşap evdeki kadını yaşlılar evine yatırmışlardı. Kedilerden başka onu arayan olmuş muydu acaba? Kambur arabacı çoktan ölmüştü. Başka bir zamanda başka bir hayatı olduğunu anlatıp duran mavi bakışlı çocuk, dediklerine göre çok uzaklardaki bir ülkeye gitmiş, bir daha da ondan haber alınamamıştı.

Şimdi artık bütün bu öykülerden, ağaçların hışırtısından, gökyüzünün karanlığından, uzaklardan gelen anlaşılmaz seslerden korkmayacak kadar büyümüştük. Şimdi bizi korkutan başka şeyler vardı, bizim dışımızda, bizim uzağımızda olan şeyler değil, burada, hayatımızın ta kendisi, onunla ne yapacağımız, vereceğimiz kararlar, bugün ve gelecek korkutuyordu bizi artık.

"Söylesene canım," dedim, "ne yaptın yine adama, niye surat astı?"

"Ben birşey yapmadım," diye kestirdi attı, "delinin teki, onca zaman sen beni görme, bir satır yazma, sonra kalkıp buraya gel, evlenelim diye tuttur..."

Az kaldı zaten karanlıkta önümü görmeden zor yürürken yere düşüyordum.

"Ne dedin? Evlenme mi teklif etti?"

"Dur bağırma," diye fısıldadı. "Teklif mi demeli bilmem ki, beni gördüğü andan başladı, gidene kadar başka laf etmedi..."

"E, sen ne dedin, ne cevap verdin?"

"Aman ne cevap vereyim, böyle damdan düşer gibi evlilik mi olur, adamın nerede oturduğunu bile bilmiyorum."

"Böyle mi söyledin yoksa?"

"Ne var bunda, söyledim tabii..."

"Öldürürsün sen insanı, kızım böyle şey söylenir mi?"

"Aa, niye söylenmezmiş anlamadım, bilmiyorum yalan mı?"

"Canım bırak şimdi adamın nerede oturduğunu, bana doğrusunu söylesene şu işin, sen ne düşünüyorsun? Kendi derdime düşmekten senden haberim yok, dağların başında gidip Macar âşık bulmak da sana göre yani, pes doğrusu..."

"Sus, ben de buna gülüyorum, annem duysa yüreğine inecek, söylenip duruyor zaten ne işin var oralarda diye..."

"Kader diye ben buna derim... O kralların laneti tutmuş olmasın seni..."

"Benim de aklıma gelmedi değil, adamların kaç bin yıllık huzurunu kaçırdık, başımıza ne gelse şaşırmam..."

Artık titremeye başlamıştık. İçeri girdik, sobanın başına oturduk.

"Peki geri dönüp bunca zaman seni mi düşünmüş?"

O bir yandan çaylarımızı koyuyordu.

"Ona sorarsan öyle ama tabii ben inanmadım."

"Niye canım, belki doğrudur. Tutulmuştur belki görür görmez... Belliydi zaten..."

"Aman güldürme beni, kimbilir kaç şehir dolaştı, kimbilir kaç kadından kaçtı da gelip dağların tepesinde beni buldu."

"Aa iki dakikada burnum donmuş. Kış geldi iyice... Söylesene, nasıl bir adam bu?"

"Dur bak sana şöyle anlatayım, eğer cip gelmezse en

yakın yere gidip yiyecek almamız bile iki saat sürecek, dağın başında bütün gün tozun toprağın içinde çalışıyoruz, sonra yağmur yağıyor, biz çamurun içinde, ayağımızda koca postallarla yürümeye çalışıyoruz, seninki çadırdan çıkıyor, kafasında şapkası, üstünde tüvit ceketi, ayağında golf pantolonu, bembeyaz çorapları, havayı kokluyor."

"A beğendim, tam bana göre..."

"Evet tam sana göre, eminim tanışsan bayılırsın, beyefendi bir hafta kalmaya iki büyük valizle geliyor, onları taşıtmak için de ayrıca yanında birini gezdiriyor."

"Ne yapıyor orada peki? Yani senin peşinde dolaşmaktan başka?"

"A söylemedim mi, güya bu kazının hikâyesini yazıyor, Anadolu kitabı hazırlıyor, elinde küçük bir defter, sürekli herkese sorular sorup notlar alıyor."

"Nereye gitti şimdi?"

"Aslında Fransa'da yaşıyormuş, Macar dediğime bakma, çocukluğundan beri ülkesine gitmemiş. Hayatı yollarda, kazılarda geçiyor. Hani şu maceraperest dedikleri..."

Guldum, "Fena mı işte, beraber gezersiniz, sen kazarsın, o yazar..."

"Tabii, çocuklara da sen bakarsın artık..."

"Çocuklar mı," diye bir çığlık atınca eliyle bana "sus" işareti yaptı, alçak sesle konuşmaya çalışarak, "ooo kızım sen çoktan havaya girmişsin, şuraya yazıyorum, bu iş fazla sürmez, nikâha geliriz..." dedim.

"Bak nasıl eğlendi, ben seninle böyle alay etmiyordum ama..."

Kimbilir ne zamandır, belki okul yıllarımızdan beri o geceki gibi gülmemiştik.

Ben farkına bile varmadan, belki birlikte yaşanması gereken yıllardan, yan yana geçirilen bir çocukluktan sonra hissedilen o yakınlığı, bir âşığa, bir sevgiliye duyulan değil de hep yanımızda, artık bir başkası olduğunu unuttuğumuz insanlara duyduğumuz sevgiyi duymaya başlamıştım ona.

Öyle olmasa her keresinde çiçeklerle, hediyelerle, şarkılarla gönlümü alabilir miydi?

Ben ona kızamıyordum.

Bütün öfkem, gece gökyüzünde kayıp giden bir yıldız gibi anlıktı.

Yine öyle oldu. Ama bu kez çiçekler, hediyeler gelmedi. Kendisi geldi.

Pazar akşamı karşıdan döndüm. Hava erkenden kararmıştı. Çalkantılı denizde gelirken kara bulutlar her yeri kapladı. Vapurdan inmemle deli gibi bir sağanak bastırdı. Koşa koşa bir taksi bulup eve geldim. Yine de havaya aldanıp ince giyindiğim için sırılsıklam olmuştum.

Telefon gelmemişti. Şaşırdım. Canım sıkıldı. Beyefendi hem suçlu, hem güçlü. Bütün bu olanlardan sonra aramıyor bile...

O yağmur bütün gece sürdü. Gök gürültüleriyle uyudum. Sabah annem beni uyandırıp fısıltıyla dedi ki, "Kızım kalk, dışarıda biri seni bekliyor."

Uyku sersemliğiyle ne demek istediğini anlamadım.

Dışarıda mı?

Kalktım. Pencereye gidip baktım ki, bir ağaca yaslanmış, yağmurun altında öylece duruyor.

Hemen üstüme birşey alıp kapıya fırladım.

"Burada böyle ne yapıyorsun? Delirdin mi?" dedim.

Yaklaştı.

"Çok erken geldim," dedi, "ne yapacağımı bilemedim, hem sen uyuyorsundur diye düşündüm..."

Üstündeki bej pardösü kahverengiye dönmüş, şapkası iyice ıslanmış, gömleğinin yakaları bile su gibi olmuştu.

"İçeri gel," dedim, "iliklerine kadar ıslanmışsın... İnsan bir kapıyı çalmaz mı... İyi ki annem görmüş..."

Onu oturma odasına aldım. Annem sanki bütün bunlar çok doğalmış gibi üstündekileri aldı, ben de Nihat'ın odasından giyecek birşeyler getirdim. Öyle ıslanmıştı ki, koltuklara iz yapmasın diye oturamıyordu. Annem havlu getirdi, o giyinirken biz bir an yalnız kaldık. Gözlerini kaçırıp, "Ben yiyecek birşeyler hazırlayayım," dedi.

Onun buraya geleceği, ağabeyimin giysilerine bürünüp kahvaltı edeceği kırk yıl düşünsem aklıma gelmezdi. O kadar şaşırmıştım ki kızgınlığımı unutuverdim.

"Biraz kısa geldi ama ne yapalım," dedim, "ötekileri hemen kuruturuz..."

Leylak gelip sanki tanımış gibi onun kucağına atladı.

"Amma da büyümüşsün sen," diye sevdi onu, "ne olur kusura bakma, öyle çaresizdim ki..." dedi sonra.

Bir yandan içimden gülüyordum. Hem gelmiş hem de suçunu bildiği için kapıyı çalmaya cesaret edememişti.

Annem tepsinin içinde yemek getirdi. İkisi de ne söyleyeceğini bilemiyordu. Şu bildik, "nasılsınız"lar dışında ikisinin de ağzından bir söz çıkmıyordu.

Çayını koydum. Annem çıkınca, "Kaç saattir buradasın?" diye sordum.

"Bilmiyorum," dedi, "sorma, hiç uyuyamadım zaten, kör şafakta kalktım, geldim."

Anlaşılan herkesle beraber karısını da dün gece yollamış, bir bahaneyle kendisi kalmıştı.

"Aslında içim öyle sıkıldı, öyle fenalaştım ki, çıkıp biraz yürümek istedim, işte sonra da kendimi burada buldum," dedi.

Güldüm, "Epeyce yürümüşsün..." dedim.

Çayından bir yudum aldı. Bir sigara yaktı.

"Bu böyle olmuyor," dedi, birden içime bıçak saplanıyormuş gibi bir acı duydum, "herşey birbirine girdi, seni de perişan ettim, beni sorsan ne yaptığımı bilmez haldeyim..."

"Bana birşey olduğu yok," dedim.

"Biliyorum söylemiyorsun ama çok üzülüyorsun," dedi, "kimseyi üzmeyeyim derken herkesi üzüyorum, sonra da en çok kendim üzülüyorum."

Ben de bir sigara yaktım. Sesimi çıkarmadan bekledim. Hep kaçtığımız, ertelediğimiz bir konuşmaydı belki de bu. Böyle konuşmaları sevmem. Eğer bir konuşmanın sonunda kimsenin istediği olmayacaksa konuşmak neye yarar? Ben sonlardan hep kaçarım. Sonla yüzleşmeyi sevmem.

"Ankara'ya gelir misin?" dedi.

Anlamayarak yüzüne baktım.

"Bir ev tuttum," dedi gözlerini kaçırarak...

"Ev mi tuttun?" dedim.

"Evet," dedi, "sen gelsen de gelmesen de artık orada kalacağım. İçine şimdilik birkaç eşya koydular. Sen gelirsen kendine göre yaparsın. Kavaklıdere'de küçük, bahçe katı, düzayak bir yer. Pencerenin önünde senin sevdiğin gibi kocaman bir salkımsöğüt var."

Ne diyeceğimi bilemedim. Bir zaman öylece sessiz,

birbirimize bakmadan oturduk. Annem kapıyı tıklatıp çay ister miyiz diye sorunca kalktım, bardağını alıp mutfağa gittim.

Bu hiç aklıma gelmemişti. Yeniden Ankara'ya dönmek, yeniden o insanların arasına girmek. Ama insanların arasına da çıkamazdım ki! Bütün gün evde onu bekleyecektim. İçimde bir burulma duydum.

Bana evlenme teklif edemiyordu. Metresi olmamı teklif ediyordu.

Ne yapalım ki böyleydi.

Bunlar olacak şey değildi ama oldu.

Doğrusunu isterseniz ben bu metres sözüne o kadar aldırmazdım. Yüzlerce yıl öncesinden gelen bir aşk öyküsünde, o unutulmaz mektuplarında, öğretmeni, sonra sevgilisi olan rahibe, *"bir imparatorun karısı olmaktansa senin metresin olmayı yeğlerim,"* diyen o küçük kızı hatırlıyordum hep bu sözü duyunca. Ne derlerse desinler, hiç umurumda değildi.

Bir zaman sonra kalkıp Ankara'ya gittim. Elimde bir bavul, söylediği gibi küçük, iki odalı, şömineli o sevimli bahçe katına yerleştim.

Anneme, çevirmenlik için açılan bir sınava gireceğimi, bu arada da eski arkadaşlarımı göreceğimi, onun için birkaç gün, belki bir hafta fazladan kalacağımı uydurmuştum.

Sonra ne yapacağımı, ne söyleyeceğimi bilmiyordum.

Nihat'a doğrusunu söyledim. Yüzü iyice asıldı, çaresizlik içinde, "Ben gitmeni istemem, bu işin bir sonu yok, üzüleceksin ama ne söyleyeyim, sen nasılsa yine bildiğini yapacaksın..." dedi.

Elini tuttum, "Başka çare yok," dedim, "bu böyle olacak, hayat ne gösterirse öyle..."

Zaten aslına bakarsanız trende giderken onun bu hayalinin, benimle bir evde yaşama hayalinin sandığı gibi olmayacağını biliyordum.

Bunun yürümeyeceğinin farkındaydım.

Ama yine de ona hayır diyememiştim. Her taraftan

sıkışmıştı. "Bana biraz zaman ver, herşey yoluna girecek, en fazla bir yıla kalmaz seçime gidilir, artık daha fazla dayanacak hal kalmadı, Başvekil de yoruldu, bir dahaki seçime de ben kendimi kurtarırım, ondan sonra herşey düzelir, kendimize göre bir yol buluruz, istediğin yere gideriz," diyordu.

Ben bunlara pek inanmıyordum. İnanmıyordum ama onun benim yüzümden parçalanmasını, işlerinden kalmasını, daha çok şimşekleri üstüne çekmesini de istemiyordum.

Benim için zamanın önemi yoktu. Zaten birşey yapmıyordum. Bir süre de gidip orada otururum dedim kendi kendime.

Ama yazık ki, o yolculukta, bir tarafı kırılmış bir hayalin heyecanını, kendi evimizde beraber olacağımızın mutluluğunu duyamamıştım.

Hep birşeyler tam istediğim gibi olurken bir yerinden kırılıyordu sanki.

Soğuk bir gündü. İstasyonda indim, bir şoför beni alıp eve götürdü. Oradan buradan uydurulmuş birkaç eşya konmuş, belli ki ben gelmeden temizlik yapılmıştı. Büyuk vazolarda güller unutulmamıştı yine.

İriyarı, bıyıklı, suratsız kapıcı gelip kendisini tanıttı, birşey isteyip istemediğimi sordu. Onu bakkala yolladım. Valizimi açıp kırışacakları çıkarttım, astım. Tam bir çay demleyip oturmuştum ki kapı çaldı. Büyük bir neşeyle, "Evine hoşgeldin," diye koşup boynuma sarıldı, ayaklarımı yerden kesti.

Birkaç gün temizlikle, alelacele aldığım şeyleri yerleştirmekle geçti.

Sanki bütün bu olanlar çok doğalmış gibiydi. Telefonla buradan arıyorlardı onu. En güvendiği adamı, "yaver efendi" diye seslendiği Sami beyi tanıştırmıştı benimle. Eğer bir terslik olursa, ona ulaşamazsam Sami beyi buluyordum. O burada olmadığı, gezilere çıktığı zamanlar beni bulamazsa Sami bey bana bilgi veriyordu.

Sıska, kısa boylu, ince bıyıklı bu yaşlı adam herkesin peşinde olduğu sırların hepsini biliyordu.

Şoför sabahları kapıya geliyor, siparişlerimi alıp getiriyor, beni istediğim yere götürüyordu. Zaten pek bir yere gittiğim de yoktu.

Haftada bir iki gün evde kalıyor, onun dışında geceleri benimle geçiriyordu. Sonradan öğle yemeklerine de eve uğradığını duydum ama o zaman bilmiyordum.

Neler yapardık o evde?

Şimdi birden o günlerin hafızamdan neredeyse silinip gittiğini farkettim. Radyoda akşamları müzik saatlerini dinler, bezik oynar, geç saatlere kadar sohbet ederdik. Kimi zaman söz döner dolaşır ister istemez o günkü bir gazete haberine, günlük konulara gelirdi. Ama eğer keyfi yerindeyse... Yüzü asık gelmişse ne o anlatmak isterdi ne de ben onu daha da üzecek şeyler söylerdim. Bana bazen derdi ki, "Şu senin bana söylediklerini başkası söylese çileden çıkarım, bir tek sana konuşamıyorum..."

"Ben zaten hapisteyim, bana dokunamazlar, bırak da bari burada konuşayım," diye kızdırırdım onu.

"Zaten onun için seni buraya kapattım," derdi, "yoksa ortalık yerde konuşsan başına ne gelir belli olmaz... Artık seni ben bile kurtaramam..."

Gazetelerde sansürlü haberlerden, imalı yazılardan, yeni yasaklardan geçilmiyordu. Artık bizimkiler değil yabancılar bile kaygılı yazılar yazmaya başlamıştı. Bir Amerikalı gazetecinin yazdığı *"On ikiye çeyrek var"* adlı yazı olay çıkartmış, bunu gazetelerinde yayımlayanların hepsine cezalar yağmıştı...

Bir gün artık öyle bir haber gördüm ki kahkahalarla gülmeye başladım. Yemekten sonra oturmuş gazete okuyorduk.

"Ne o, bana da söyle de, ben de güleyim," dedi.

"Bak," dedim, gülmeye devam ederek, "İstanbul'da *'hoola-hoop'* yasaklanmış. Yoksa bunlar da mı vatan haini? ÇÇT, Çember Çevirenler Teşkilatı, hepsini asmak lazım..."

Gazeteyi elimden çekip aldı. Haberi okudu. Sinirlendi. Bir hışım ayağa fırladı. Gecenin o saati telefonu açıp İstanbul'da birini bağlattı. Verdi veriştirdi. Yeniden gelip koltuğa oturunca yüzüme baktı, "Sakın gülme," dedi.

Aslında zaten gülünecek zamanlar değildi.

Karşı komşum Saadet hanımla iki günde kırk yıllık ahbap olmuştuk. Benden çok yaşlıydı ama görmüş geçirmişti. "Sen merak etme kızım, nasıl olsa kazanacak olan sensin," demese sanki olan bitenden haberi yok sanırdınız.

Tabii herkes biliyordu.

Öyle ki ben de artık neredeyse karısı gibi davranmaya başlamıştım. Geç gelse kızıyor, haftanın bir akşamı kulüpte oyun oynamaya gitmesine söyleniyordum. Ne tuhaf! Çekinirdi benden. Bazen Başvekil'in yanına gittiğini bile saklardı. Ben yanındayken bazen telefon gelir, çağırırlar, "Çıkamam, hanım burada, sonra kızar," diye bana göz kırpardı.

Her gittiği yerden telefon eder, ne yapıyorum diye sorardı.

Ne yapacağım. Yine evde oturuyordum. Bazen tek başıma çıksam bile fazla gezinmiyor, biraz alışveriş yapıyor, vitrinlere bakıyor, sonra yine geri geliyordum. Ayla'nın verdiği bir kitap vardı, onu çevirmekle oyalanıyordum.

Bir hafta geçince anneme, yazılıyı kazandığımı, sözlü sınavı beklediğimi söylemiştim.

Saadet hanımla oyun oynardık gündüzleri. Sabah kahvesine ya o bana gelir, ya ben ona giderdim. Falıma bakardı mutlaka. Hep iyi şeyler çıkardı onun fallarında. "Aman Saadet hanımcığım, sen de hiç kötü birşey söylemiyorsun," derdim, "Ne yapayım," derdi, "fal öyle gösteriyor, benim kabahatim ne!"

Yalnız bir sabah uzun uzun baktıktan sonra dedi ki, "Kızım burada birisi yola gidiyor, sen değil de nasıl söylesem başka birisi, o yoldan üzücü bir haber alacaksın..."

"Aman," dedim, "nasıl bir haber?"

"Orasını bilmem," dedi, "ansiklopedi mi bu?"

Güldük, geçtik.

O hafta büyük bir heyetle Londra'ya gidilecekti. Hatta bana, "Keşke sen de gelsen, yine o müzeye gitsek beraber," dedi ama sonra bunun olmayacağını anlayıp suratını astı.

Geldiğimden beri ilk kez uzun zaman ayrı kalacaktık ya sanki alışık değilmişiz gibi üzülüyorduk.

Bir salı sabahı yine arkasından su döktüm, onu uğurladım. Gittikten sonra aradı. Sesinden keyfinin yerinde olduğunu anlıyordum. İşler istediği gibi gittiği zamanlar böyle yüksek perdeden konuşur, telefonu kapatmak bilmezdi.

Gece yatmadan önce mutlaka arıyordu ama sabahları konuşamıyorduk çünkü çok erken uyanıyor, beni uyandırmak istemiyordu.

Ne kadar zaman geçti bilmiyorum, belki bir hafta, belki daha çok. Hatta bir gece, "Çok sıkıldım, seni çok özledim, yarın boş günüm var, asıl heyet iki gün sonra geliyor, dönüp sonra onlarla yeniden gelebilirim..." dedi. "Zaten çok yoruldun, bir iki gün daha sabredelim, bir gün için değmez gelip dönmeye," dedim.

Aslında öylesine söylenmiş bir sözdü. Biraz sevinmiş görünsem gelecekti.

Gelecekti ve iki gün sonra belki de "uzaktan gelen kötü haber"in içinde o da olacaktı.

"Sahiden de çok yorulduk ama neyse ki değdi," dedi, "o zaman yarın çıkıp biraz alışveriş yapayım, istediğin birşey var mı?"

Her zaman sorar, ben her zaman, "Sakın birşey alma, taşıma, ben bir tek seni istiyorum," desem de yine elleri dolu gelirdi. Her keresinde yine aldığı bir sürü şeyin paketlerini, kâğıtlarını çocuk gibi keyifle açar ama açarken de bir yandan ona kızardım. Çok sevdiğim kırmızı, beyaz baston şekerlerimi bile unutmazdı.

"Sen yarın dinlen, gez, keyfine bak, ama güzel kızlara fazla bakma," dedim.

"Baksam da göremeyeceğim merak etme öyle bir sis var ki insan ancak önünü görebiliyor," dedi.

"Aman bilmez miyim," dedim.

Eğer gel deseydim ya da beni dinlemeyip gelseydi o da uçakta olacaktı.

İşte o sisin içinde yolunu kaybedip düşen uçakta...

O sabah Sami bey geldi. Bana olanları anlattı ama beti benzi atmıştı. Sabaha karşı duymuşlardı ama o saatten sonra hep çelişkili haberler gelmişti. Tek bildikleri Başvekil'in sağ olduğu ama bazı yolcuların öldüğüydü.

"Beyefendiyle konuştum, hastaneye gittiler, merak etmemenizi söylediler..." dedi.

Aynı anda hem çok üzüldüm hem de sevindim. Saadet hanımın falı çıkmıştı. Onun o uçakta olmadığına dua ettim.

Dedim ya hayat işaretler verir diye...

Ama okuyabilirseniz...

Geldikten sonra birkaç kez annemle telefonla konuşmuş, kalma zamanımı neden uzattığımı bir türlü söyleyememiş, sınavı kazanıp işe başladığımı, şimdilik geçici bir yerde kaldığımı uydurmuştum. Her zamanki gibi olup bitenlerin farkında olduğunu biliyor ama bir türlü cesaret edip de gerçeği anlatamıyordum.

Sonunda bir gün bana dedi ki, "Kızım o evde oturmak senin ağırına gitmiyorsa benim gidiyor, o evden çık, istersen yine Ankara'da kal, sana bundan başka söyleyecek sözüm yok."

Ama asıl ağırıma giden onun bana belki de hayatımda ilk kez böyle birşey söylemesi oldu. Telefonu kapattık ve uzun zaman bir daha konuşmadık.

Ayla ona uğruyor, bir çay içiyor, bana ondan haberler veriyor, arada Nihat'la da konuşuyordum.

Uçak kazası beklenmedik birşey oldu. Başvekil'in dönüşünde Ankara'da neredeyse kıyamet koptu. Görülmemiş bir kalabalık onu omuzlarında taşımış, yol boyunca kurbanlar kesilmiş, kalabalıkta ezilenler olmuştu. İnsanlar onu neredeyse ölümsüzmüş gibi kutsuyordu şimdi.

Fuat yüzü asık geldi. Uzun zaman keyfi yerine gelmedi. Bu büyük gösteriler, birden durumun iyiye gidiyormuş gibi görünmesi, Paşa'nın bile onlarla barışmış havası onu memnun etmemişti.

Ölen arkadaşlarını uzun uzun anlattı. "Bu kadar çok gidip geliyoruz, o kadar kaza atlattık, her nedense bir gün gerçekten düşeceği hiç aklıma gelmedi," diyordu. Kimbilir kaç kere, bir yerden bir yere yetişmek için olmayacak havalarda uçağı zorla kaldırttığını kendisi anlatmış, ben de söylenmiştim.

Bir yandan da ne zamandır söyleyip durduğu seçimlerin bu kazayla ve bundan sonra başlayan havayla yeniden unutulup gideceğinden korkuyordu. Korktuğu da oldu. O erken seçim lafları yerini, "halk bizi istiyor, halk bizi seviyor," hikâyelerine bıraktı.

Bayramda Ayla gelip birkaç gün benimle kaldı. Yanında Leylak'ı da getirdi. Evlenmeye karar verdiğini söyledi. Annesi yabancı biriyle evlenecek diye çok üzülmüş ama sonunda anlaşmışlar. Babası yakın olsunlar, İstanbul'da kalsınlar diye Levent'te, bahçeli evlerin arkasında yeni yapılan sitelerden bir daire almış onlara...

Ben dergilerden okumuştum. Avrupa'daki gibi içinde sineması, çarşısı, çocuk bahçesi, lokantaları bile olan büyük bir siteydi bu.

"Yılbaşına kadar bitecek, taşınacağız," diyordu Ayla, "yalnız Eric burada ne kadar kalacak, kitabı bitince ne olacak bilmiyorum. Güya evleniyoruz ama ne yapacağımız belli değil..."

"Hani evlenmeyecektin sen, hem bu damat neyin nesi, görünmez adam gibi, gelsin de bir yüzünü görelim hiç değilse, iki lakırdı konuşalım," diye takılıyordum ona.

"Bilmiyorum ki," diyordu, "benim sahiden aklımda yoktu, pek aklım ermiyor bu işe hâlâ ama nasıl olduysa bir kere evet dedirtti bana, dur bakalım ne olacak?"

Bir akşam elinde yabancı bir arkeoloji dergisiyle oturuyordu.

"Ne okuyorsun?" dedim.

Başını kaldırıp, "Ne garip," dedi, "3000 yıl önce de yolsuzluklar, rüşvet aynı bugünkü gibi varmış, mahkeme kayıtlarını çözmüşler..."

Bunu söyledikten sonra bir an sustu, gözgöze geldik. Yanlış birşey söylemiş gibi utandı, lafı çevirmeye çalıştı. Kalkıp çayları tazeledim.

"Sen onu bırak da," dedim, "ne oldu şu aşk hikâyesi, hani bitirecektin, kendi aşkına daldın, onu unuttun..."

"A, hayır, unutmadım," dedi, "kraliçeye âşık olan bir savaşçının hikâyesiymiş... Yani gizli bir aşk..."

"Gerçek mi yoksa bir efsane mi?"

"Aslında sonradan yazılmış ama savaşçının ağzından... En azından anlatılanın gerçek olduğunu sanıyoruz... Ama kraliçenin güzelliğini öyle bir anlatmış ki gerçek mi hayal mi orada karışıyor işte..."

"O zaman gerçektir," dedim, "insan ancak gerçekten âşık olduğu zaman karşısındakini böyle görür..."

"Bak bunu da aklımda tutayım," diye güldü, "ama ne yazık ki gizli aşkı kralın sadık adamlarından biri ortaya çıkartıyor..."

"Aman bana adamı öldürdüklerini söyleme sakın," dedim.

"Ne yaptıklarını henüz bilemiyorum, yalnız bir yer var ki çok hoşuma gitti, diyor ki, şu tarlalardaki kızlardan biri olsaydın, dağlarda yaşayan yabani kadınlardan biri olsaydın, düşmanımın ailesinden olsaydın, küçük bir çocuk olsaydın yine seni kaçırırdım ama sen kraliçesin, seni nereye kaçırabilirim?"

"Sen bana birşey mi söylemek istiyorsun," diye güldüm.

"Bilmem artık sen bundan bir anlam çıkartıyorsan..." dedi.

Ertesi sabah onu istasyonda uğurlayıp eve döndüğüm zaman kendimi bir garip hissettim. Nedense onun evlenecek olması bana bazı şeylerin artık hiç geriye dönülemeyecek şekilde bitmesi gibi geliyordu.

Geldim, çayımı alıp pencerenin kenarındaki koltuğa oturdum. Biraz dergileri karıştırdım. Şu sevimli maymunlar uzay yolculuğuna hazırlanıyordu. Yanlarında da (başka birşey bulamamış gibi) deniz kirpisi yumurtası, soğan ve böcek kozaları götüreceklerdi. Zavallıları plastik minderlere bağlayacaklar ve onlardan gelen sinyalleri dinleyeceklerdi. Hiç kıpırdayamadan, başlarına geleni anlayamadan öylece uzaya fırlatılacaklardı. Kendimi bir an onların yerinde düşündüm, içim sıkıldı. Ayaklarıma sürtünüp, her yere kuyruk gibi peşimden gelen, ben onunla ilgilenmedikçe de kendi kendine söylenip duran Leylak'a, "Otur kalk, haline şükret," dedim, "böyle roketin içinde sonunu bilmediğin bir yerlere de gidebilirdin..."

Tam ben onunla konuşurken kapı çalındı. Bu saatte Saadet hanımdan başka kim olacak. Elimdeki dergiyi bıraktım, masanın üstünü biraz toparladım, gidip kapıyı açtım.

Açtım ve orada donup kaldım.

Sade ama şık bir tayyör, kolunda küçük, kahverengi bir çanta, elinde taşıdığı eldivenler, başında da tüylü bir şapkayla karşımda öylece duruyordu.

Evet, karşımda duruyordu. Maide hanım... Bu üçüncü karşılaşmamızdı ve ilk kez ikimiz yalnızdık.

Yer yarılsa içine girsem diye düşündüğüm andır o.

Şaşkınlıktan ne birşey söyleyebildim ne yapabildim. Öyle birkaç saniye ama bana saatler gibi geldi, karşılıklı durduk kapının önünde.

Sonunda, "Herhalde doğru geldim," dedi.

"Buyurun," deyip kenara çekildim.

İçeri girdi. O anda, gözucuyla girişteki vestiyere baktığını gördüm ama geç kalmıştım. Fuat'ın şapkası, paltosu, şemsiyesi duruyordu orada. Elbette tanımıştı.

Şimdi ikimiz de ne yapacağımızı bilemezmiş gibi ayakta duruyorduk. Elim ayağıma dolaşmış, suçlu çocuklar gibi titriyordum. Yüzünde ne öfke, ne acı, ne nefret vardı. Sakin, belki biraz bezgin görünüyordu. Acaba ne söyleyecekti? Neler olacaktı? Sakin olmaya, heyecanımı, korkumu belli etmemeye çalışıyordum. Hiç aklımda yokken yakalanmıştım. Öylece durup etrafa baktı.

Neden sonra, "Oturmaz mısınız?" diyebildim.

Gözlerimin içine bakarak, "Hayır," dedi, "ben yalnız burayı görmeye geldim, şimdi gördüm, gidebilirim..."

Öylece döndü, çıkıp gitti.

Hepsi bu kadar.

Oturup benimle konuşsaydı, bana kızsaydı, bir tokat atsaydı, belki unuturdum. Ama yalnızca o cümleyi söyledi. Onun için o cümleyi ömrüm boyunca unutamadım:

"Ben yalnız burayı görmeye geldim, şimdi gördüm, gidebilirim."

Bu beklenmedik misafiri ona söylemedim. Aslında kimseye de söylemedim. O bunu öğrendi mi, öğrendi de benim susmamı anlayıp gizledi mi, onu da bilmiyorum.

Ben o gece kendi başıma kaldım. Bu garip ziyareti belki binlerce kez aklımda yeniden yaşadım, yeniden ürperdim, heyecanlandım, yeniden o sahneyi başka nasıl oynayabileceğimi düşündüm.

Bunu neden yapmıştı acaba? Bana gözdağı vermek için mi? Utanmazlığımı artık anlamam ve çekip gitmem için mi? Yoksa aslında aklında benimle konuşmak vardı da beni görünce birden vaz mı geçmişti?

Kimbilir belki de gerçekten söylediği gibi yalnızca bu evi görmek istemişti. Birlikte oturduğumuz, konuştuğumuz, yemek yediğimiz yeri...

Bana kötü sözler söyleseydi, yüzüme bir tokat atsaydı (doğrusu o anda bunu bekledim), hakaret etseydi belki bu kadar gücüme gitmezdi.

Yalnızca karşımda durup sonra da çekip gitmesi, şimdi bile böylesine kibar olabilmesi içimi iyice acıtmıştı.

Kimbilir belki kibarlıktan değildi. Belki de burayı böyle görünce, onun eşyalarını, birlikte yemek yediğimiz, geceleri oturduğumuz yeri görünce bir anda kendisini çaresiz hissetmişti.

Kendimi bir an için onun yerine koyuyor ve öylesine büyük bir acı duyuyordum ki bundan hemen vazgeçiyordum.

Fuat, ertesi akşam geldiğinde uzun zaman sonra ilk kez keyifli görünüyordu. Gözlerinden anlamaya çalıştım ama anlayamadım. Bana bilmiyormuş gibi geldi. Sormadım.

Elinde yine çiçekler vardı. Onları bir vazoya yerleştirirken gelip arkamdan sarıldı, beni öpmeye başladı. Elinden kurtuldum, masayı hazırladım. Böyle keyfi yerinde olunca bol bol iltifat eder, benim güzelliğimden, yaptığım yemeklerin eşsizliğine kadar ne varsa abartırdı.

Ankara'da o zamanlar bir tek yerde yaptıkları, benim çok sevdiğim bir elma tatlısı vardı. Ondan bulmuş gelirken. Yemeği bitirip tatlımızı yerken, birdenbire, "İzmir'e yakın çok güzel bir yer var," dedi, "gidelim birkaç gün orada kalalım, ister misin?"

Şaşırdım. Birden yine kuşkuya düştüm. Acaba evde kavga çıkmış, olan biteni öğrenmiş, onun için mi böyle davranıyordu. Ama öyle olsa saklayamaz, yüzünden belli olur.

"Nereden çıktı şimdi," diye sordum.

"Hadi bana bir kahve yap," dedi.

Sade kahvesini getirdim. Yanına oturdum. Sigarasını yaktı.

"Yazın bir yere gitmemiz zor," dedi, "şimdi hazır kimseler yokken gidelim, bir arkadaşımın yeri var, bugün onu gördüm, oradan aklıma geldi, hem hava çok güzelmiş, biraz dinleniriz, burada sen de bunaldın evin içinde..."

"Olur," dedim, "bana da iyi gelir..."

"Yoksa sevinmedin mi?" dedi, "Biraz yorgun musun bugün, yüzün gülmüyor..."

Ne olursa olsun onu görünce yüzüm gülerdi sahiden de...

"Sevinmez olur muyum," dedim, "biraz içim sıkılıyordu, şaşırdım, ondandır..."

Artık burada kalmam olmayacaktı. Bir gece önce aslında İstanbul'a geri dönmeye karar vermiştim ama bunu ona söylemedim. Bu oyun böylece sürüp gidecekti, nereye kadar giderse...

Ertesi haftasonu arabayla yola çıktık.

Maymunların uzaya fırlatıldığı gün biz Çeşme'de, üstü tenteli eşek arabasıyla akşam sefası yapıyorduk. Mevsim başlamadığı için yazlık köşklere henüz kimse gelmemiş, oteller, pansiyonlar dolmamıştı. Ta Yunanistan'dan gelen birkaç turist vardı.

Oralı bir tanıdığın evini tutmuştu. Evin emektarı karıkoca bize balıklar hazırladı, onun en sevdiği çizgili karideslerden yaptı.

Ben ellerimle rokalar, domatesler topladım. Şifalı sulara girdik, akşamları karanlık olunca çıkıp kordonda yürüdük... Böyle el ele ay ışığının altında yürürken bütün bir hikâyeyi yeniden hatırladık. İlk dansımızı, ilk el ele tutuştuğumuz günü, bana ilk sarılmasını, ilk öpüşmenin o ürpertisini, uzaktaki adayı, sular kentindeki şaşırtıcı karşılaşmayı...

Herşeyi yeniden hatırladık, güldük, heyecanla ürperdik, korktuk, o anları yeniden yaşadık ve yeniden sanki âşık olduk.

Kısacık bir zamanda –insan ömründe birkaç yıl nedir ki?– gizlenip saklanırken, küçük odalara kapanırken aslında ne çok şey yaşadığımızı anladık. Öylesine hızlı geçmişti ki birçoğunu unutmuştuk bile...

Paçalarımızı kıvırıp yalınayak sahilde yürüdük geceleri. Kumların üstünde oturup ayaklarımıza dokunan denizin kokusunu içimize çektik, uzaklarda bir yerde yanıp sönen fenerin bize göz kırptığını düşündük, sessizce şarkılar söyledik, üstümüz başımız kum içinde kalana kadar öpüştük.

Çalıların arasında kıpırdayan ama ne olduğunu bilmediğimiz küçük yaratıkların sesini duyuyorduk. Sonra uzun, sanki bütün dünya çok önemli birşeyi beklermiş gibi uzun bir sessizlik...

"Şimdi," dedi "buradan başka bir yerde olmak ister miydin?"

"Hayır," dedim, "istemezdim, ama senin yanında olduktan sonra nerede olduğumun hiç önemi yok."

"Ben hayatımda hiç kimseyi böyle sevmedim," dedi, "hayatta hiçbirşey istemem, bir tek on yıl genç olmayı, seninle de on yıl önce karşılaşmayı isterdim."

O kış çok sert geçmişti. Birbirimizi aslında o zaman daha çok tanımıştık. Birlikte uzun saatler geçirmiş, birlikte uyumuş, birlikte uyanmış, öylesine oturup boş boş konuşmuş, yan yana konuşmadan kitap okumuş, bezik oynamış, radyodaki şarkılara eşlik etmiş, Leylak'la eğlenmiştik.

Onun uykusunda konuştuğu, benim bir kâbus görüp sıçradığım geceleri, içinden atamadığı sıkıntıyla bazen saatlerce susup oturduğu akşamları yaşamıştık.

Sanki bir düzen kurulmuş, sanki evlenmişiz gibi, her gece olmasa bile benimle kalmış, yemekler, alışveriş, gece abur cubur yiyip radyo dinlemeler ama en çok da ne buluyorsak konuşup durmalarımızla aylar geçmişti.

İşte bu son olay olmasa belki de yavaş yavaş bu sahte düzene alışıyordum.

Belki de bu rastlantılar, bu deniz kıyıları, bu bahçeler, bu sessizlikler, bu akşam alacası, bu gökyüzünü yalnız kalmasın diye aydınlatan yıldızlar bize birşey anlatmaya çalışıyordu.

Sürüp giden keşmekeşin içinden çıkıp bu kokuları

duymamızı, bu eşsiz yiyeceklerden yememizi, toprağa, suya, otlara dokunmamızı, hanımellerinin içinden geçerken başka, güllerin arasından geçerken başka bir hülyaya kapılıp gitmemizi, uzaklardan geçen bir gemiye bakıp hayaller kurmamızı, akşamları yattığımız zaman açık kalan pencereden ürpertici bir dokunuş gibi gelen meltemle huzurlu bir âleme dalmamızı söylüyordu.

Kendimiz için kurmaya çalıştığımız ama birşeye benzemeyen dünyanın yanında kendi eşsizliğini bize göstermek istiyordu belki de.

Anlar ve görüntüler.

Hayatımı belki de hiç farkında bile olmadan üzerine kurduğum şey bunlardı işte...

Şimdi geriye dönüp bakınca anlıyorum ki yalnızca o karşı konulmaz rüzgârın önünde sürüklenip gitmişim.

Kendimce direnmeye, vazgeçmeye, değiştirmeye çalıştığım, en azından düşündüğüm hiçbirşeyi yapamamışım.

Bunca zaman sonra, bir salı gününü alıp bir başka perşembeyle değiştirebilseydim, bir cümlenin yerine bir başkasını söyleseydim, bazen susmak yerine gerçekte ne istediğimi ona anlatabilseydim başka türlü olur muydu diye üzülmek neye yarar?

Hem ne istiyordum ki?

Tek bildiğim, yaşadığım her mutluluğun, kendimi bulutların üstünde yürür gibi hissettiğim her an'ın belli belirsiz, giderek beraber yaşamaya alıştığınız bir ağrı gibi derin bir sıkıntıyla, tedirginlikle, endişeyle gölgelendiğiydi.

Sanki herşey yarım kalıyordu. Herşey kırılıyordu.

Tam resmi bitirirken yanlış bir fırça darbesi herşeyi karmakarışık ediyor, o özenli bütünlüğü bozuyordu.

Yıllar sonra bir gün yine o müzeye gittim.

Birlikte melekleri gördüğümüz, ilk kez yaralandığım, ilk kez o dayanılmaz mutluluğu ve korkuyu birarada duyduğum yere...

O ünlü İspanyol ressamın sergisi vardı.

Büyük bir duvara konulmuş tek bir resmin önünde durdum.

Bir kadın portresiydi bu.

Başında kırmızı, çiçekli bir şapka vardı. Gözleri sanki yerlerinden çıkmış gibiydi. Ağzı, burnu olması gerekenden başka yerlerdeydi.

Bu resmi daha önce görmüştüm. Ben eski, bir fotoğraf gibi, gerçeği anlatan resimleri severim. Onun için bu kadının neden böyle çirkin olduğunu hiç anlamamış ve o resmi sevmemiştim.

Ama sonra o gün orada, o resimle yeniden karşı karşıya gelince birden anladım.

Resmin adı, *"Ağlayan Kadın"*dı. Ve o resimdeki kadın öylesine tarifsiz bir acıyla, öylesine bir parçalanmışlıkla ağlıyordu ki, içinden geçenleri, böyle bir anda yüzümüze gerçekte yansımayan acıyı bir tuvalin üstünde anlatmanın başka hiçbir yolu bulunamazdı.

O paramparça, gözlerinin, ağzının, burnunun yeri değişmiş, renkler birbirine karışmış, çocukların çizdiği acemi resimlere benzer kadın yüzünün karşısında bir anda içimdeki parçalanmayı gördüm.

Hayatı oluşturan, bizi güçlü, huzurlu, mutlu kılan bir bütünlük var mı gerçekten? Eğer varsa ben onu hiçbir zaman bulamadım.

Yalnızca anlarla, kısa, gelip geçen, hızla uzaklaşan zaman parçalarıyla doluydu hayatım.

O güzel anların birinden ötekine giderken geçen "aradaki zaman" parçaları bölüyordu.

Herşey kendiliğinden o nadir anlara göre biçimlenmişti.

Garip belki ama şikâyetçi değildim.

Bazen herkes gibi bunun böyle nereye kadar gidebileceğini düşünüyor, sonra, neden olmasın, diyordum.

Hayatın yalnız bir tek biçimi yok ki!

Yalnızca bir sandalyede oturup günün bitmesini bekleyerek de hayat geçer, yalnızca çok sevilmiş biri için de ömür tüketilir, oradan oraya maceraların peşine de gidilebilir.

Pek çok insan yalnızca bütün gün çalışarak geçirmiyor muydu hayatını?

Ya seçimler yapamayanlar? Ya bütün ömrünü bir hücrede geçirmek zorunda kalanlar? Bir koltuğa, bir yatağa mahkûm olanlar?

Ya bir başkası için bütün hayatlarından vazgeçmek zorunda kalanlar?

Ne çok insan bütün bu duyguları, bu körleşmeyi, bu kendisini alıp götüren coşkuyu bir kez bile tanımadan ölüp gidiyordu.

Bunları düşünürdüm ve belki şimdiki gibi açıklıkla anlayamasam bile yaşadıklarımın olağanüstülüğüne şükrederdim.

Derdim ki kendi kendime, eğer bir gün onun anlattığı gibi bir evimiz olsa, çocuklarımız bahçede koşuştursa ve bütün anları birlikte geçireceğimizi bilsek ama bu duygu, onu gördüğüm an bütün bedenimi kaplayan şu ürperme kaybolup gitse daha mı iyi olacak?

Hayır. Ben bunu istemiyordum.

Hepimiz, fırtınaların içinde korku ve heyecanla yolculuk etmeyi severiz ama eğer sonunda bir limana sığınabileceğimizi biliyorsak...

Ama orada geri kalan bütün hayatımı o fırtınalı yolculuğun anılarıyla, o günleri başkalarına anlatarak, kimi zaman uzaklara bakıp o anların coşkusunu duymaya çalışarak geçiren, geçip gitmiş zamanın yasını tutan biri olmak istemezdim.

Kimbilir belki de hep dalgaların üzerinde yükselip alçaldığımız için, içimdeki o heyecan, karnımdaki o kasılma bir türlü geçmiyordu.

Beni belki böylesine gelgitlerin içinde mutlu eden, bir başka hayat biçimini seçmemi, bir başka karar vermemi engelleyen de buydu.

Saatleri kendi dilediğin gibi düzenleyebilmek... Başkalarının kurallarını hiçe saymak... Kaybedeceğini düşünerek korkan insanlardan biri olmamak... Kaybetmek ve umursamamak... Sanki herşeyin üzerinden uçup gidermiş gibi, dışındaymış gibi yaşamak... Anlar... Anların peşinden gitmek... Sonu ne olacak diye merak edilen romanlara değil de, bir dizesi okunup kaldırılan ve her keresinde başka birşey anlatabilen şiirlere benzeyen anlar...

Belki de ilk kez, bunca yıl sonra, o günleri yeniden hatırlarken, kendimi, sevdiğim sakin, durgun, hayatı öylesine kabullenmiş bakışlarıyla bize (ya da ressama) bakan kadın yüzlerinden birine değil de işte o paramparça portreye benzetiyorum.

Ve biliyorum ki hayat hep dağılır. Biz onu ne kadar bir düzen içine sokmaya çalışsak, kendimize göre yeniden oluşturmayı denesek de...

O kısa tatilden sonra İstanbul'a gitmek istiyordum ama yine dayanamayıp onunla birlikte Ankara'ya döndüm. Herşey o kadar güzeldi ki yeniden bozmak istemedim.

Birkaç gün evde yalnız kaldım. Meclis yine birbirine girmişti. Bir yandan dış geziler, bir yandan gelen giden konuklar, bir yandan bitmek bilmeyen tartışmalar...

Kimi zaman telefon etmeyi bile unutuyordu artık.

Bir akşam yemek masasında oturup onu beklerken birdenbire ağlamaya başladım.

Giyinip süslenmiş, yemekler hazırlamış, masaya mumlar koymuştum ve saatlerdir yapayalnız burada böyle oturuyordum.

Radyoda müzik saati vardı. Şükran Özer, elli yaşlarında, bir okul balosunda hayatının aşkına rastlayan öğretmenin yazdığı *"Bir Bahar Akşamı"*nı okuyordu. Öğretmen on beş, on altı yaşlarındaki öğrenci kıza bir görüşte vurulmuş ama artık herşey için çok geç olduğunu düşünerek, *"boynunu büküp"* sormuştu, *"daha önceleri neredeydiniz?"*

Nedense orada, masanın başında öylece oturmuş tek başıma bu acıklı hikâyeyi, bu hüzünlü şarkıyı dinlerken birden, "Ne yapıyorum ben," dedim.

Kalktım, mumları söndürdüm, masayı topladım.

İçeri gidip üstümü değiştirdim. Çantama birşeyler koydum, kediyi aldım ve bir taksi çağırdım. Küçük bir kâğıda, annemin hastalandığını, acele gitmem gerektiğini yazıp masanın üstüne bıraktım. İlk bulduğum otobüse binip İstanbul'a geldim.

Beni sabahın köründe karşısında görünce annem şaşırdı, sarıldık, aramızdaki soğukluğu unuttuk.

Böyle çok fazla düşünmeden verdiğim bir karardı işte. Bütün kararlarım gibi...

Ankara'daki evi bir daha hiç görmeyecektim.

Ama bunu henüz o da bilmiyordu.

Bu hastalık yalanı uzadı. Sonra Ayla'nın, damat adayını bize tanıştırmaya getireceğini söyledim.

O kadar işi vardı ki kaçıp İstanbul'a gelemiyor, telefonda benim konuşmalarımdan birşey anlayamıyor, öfkeli, sıkışmış, çaresiz bir halde homurdanıp duruyordu.

Öylece zaman geçti. Karanlık, yağmurlu bir sonbahar. Arkasından sıkıntılı bir kış.

Deli gibi göklerin gürlediği, yağmurun bardaktan boşanırcasına yağdığı günlerin birinde yine bir dış geziye gitmeden önce geldi. Birkaç saat görüştük. Bana sarıldı, "Geri gelmeyeceğini biliyorum, anladım, sana söyleyecek sözüm yok ama çok az kaldı, göreceksin, herşey değişecek, gelip seni alacağım..." dedi.

"Ben sana bir söz verdim," dedim, "merak etme, bekleyeceğim..."

Ayla bizim tarihi aşk hikâyesini sonunda bitirmişti. Gerçi okunamayan, anlaşılamayan yerleri çoktu ama halk, çok sevdiği kraliçenin meydanda ahlaksızlıkla suçlanıp taşlanmasına ve sonra sevgilisiyle birlikte yakılmasına karşı çıkıyor, kral onları bırakmak zorunda kalıyordu. Kraliçe tacını, sarayını terk ediyor, savaşçıyla birlikte uzak bir köyde, sıradan bir hayata başlıyordu.

Belki de o günlerde bu hikâyeyle bizimki arasında bir bağ kuruyordum. Böyle mutlu sonla bitmesine öyle sevindim ki, Ayla'nın dünya çapında bir iş başardığını, böyle bir metnin tam olarak yayımlanmasının tarihe geçecek bir olay olduğunu bile unuttum.

Sevgili arkadaşımın nikâhı aile arasında yapıldı. Hocalarıyla birkaç aile dostu da geldi. O eski uygarlıkların gelinleri gibi, bembeyaz düz bir elbise giymiş, başına da yalnızca çiçekler takmıştı. Boynunda kocaman taşlardan yapılma rengârenk bir kolye vardı. Çıplak ayak yürüyeceğim diye tutturmuş, ne yaptıysak vazgeçirememiştik. Öyle güzel olmuştu ki, gelinlik giymedi diye söylenip duran annesi bile görünce hayran kalmıştı. Ama damat bu âdetlerle pek ilgili görünmüyordu. Siyah, çok şık bir smokin giymiş, kocaman beyaz bir papyon takmıştı. Sıra gelini öpmeye geldiği zaman öpmekle kalmayıp onu kucağına almış herkesin şaşkın bakışları arasında kucağında bizim deli kızla dönmeye başlamıştı.

Buradaki evleri düşündükleri zamanda bitmemişti. Onlar da birkaç ayı Eric'in Paris'in dışındaki evinde geçirmeye karar vermişlerdi.

Onları gönderdik. Benim yalnızlığım yine çoğaldı. Sonra nisana doğru mutlu haber geldi. Bizim kız anne olmaya hazırlanıyordu. Bunu duyunca deliye döndüm. Öyle sevindim ki, anlatamam.

Fuat'la birkaç kez buluştuk. Oradan oraya giderken İstanbul'dan geçiyor, hiç değilse bir gün kalmaya çalışıyor, yine çalınmış saatlerde, oteldeki küçük odamıza sığınıyorduk.

Ben de sıkıntılıydım, yorgundum ama onun için daha çok korkuyordum. Onu çok telaşlı, öfkeli, sürekli bağırıp çağıran, oturduğu yerde duramaz bir halde görüyordum.

Belki söylemedim ama onca zaman onunla hiç kavga etmemiştik. Hiç tartışmamıştık. Bana bir kere bile sesini yükseltmemiş, tek bir kötü söz söylememişti.

Benim yaptığım eleştirilere, belki bir anlamda uyarılarıma çoğu zaman gülerek karşılık veriyor, "Yok, ben farkında olmadan koynumda yılan besliyorum," diye eğleniyordu.

Bu son buluşmaların birinde yanımdan telefonla konuşuyordu. Karşısındakine muhalefetten dert yanıyor, haksızlığa uğradıklarını söylüyor, herkesi suçluyordu. Belli ki karşısındaki de ya sesini çıkartamıyor, onun bu kızgın halinden çekiniyor ya da çevresindeki pek çokları gibi o da bunlara inanmak istiyordu.

Konuşmayı dinlerken içimden gittikçe daha çok kızıyordum.

Sanki bütün bu saçmalıkların onu benden uzaklaştırdığı yetmiyormuş gibi bir de iyice kendini kaptırmış, büyük bir hızla gittikleri felaketi göremez olmuştu.

Telefonu kapatınca dayanamadım, sert bir sesle, "Fuat sen bunlara kendin inanıyor musun, olan biteni görmüyor musun?" dedim.

Şaşırmış gibi yüzüme baktı.

"Ne oluyormuş küçükhanım, bir de sizden dinleyelim," dedi.

"Daha ne olsun," dedim, "siz kendi içinize kapanmışsınız, dünyadan haberiniz yok, yağcılardan başka kimseyi dinlemiyorsunuz, herkes şikâyetçi, herkes kızgın..."

"Kim kızgınmış," diye ayağa fırladı, "kime kızgınlar, bana mı, ben ne yaptım?"

"Sana değil, hepinize," dedim, "insan böyle her söyleneni düşmanlık sanmaya, her söyleyeni düşman saymaya başlarsa sonu fena olur..."

Bir an sustu. Yüzünden ilk kez böylesine kızdığını anladım ama artık çok geçti.

"Demek sen de böyle düşünüyorsun," dedi, "bize hakaret edenleri, küfredenleri, müfterileri haklı buluyorsun..."

"Ben kimseyi haklı bulmuyorum ama bu gidiş iyi değil, onu söylüyorum..."

Birden bağırmaya başladı.

"Gidiş iyi değil, gidiş iyi değil... Yeter artık, duymak istemiyorum bu aptallıkları, bari sen söyleme..."

Bunu duyunca ben de öfkelendim.

"Ben senin bunlara inanmadığını biliyorum, sen böyle körleşmiş olamazsın, böyle diktatörlükle bir yere varılmayacağını en iyi sen bilirsin, bana da mı rol yapıyorsun?" dedim.

Diktatörlük sözünü duyunca iyice çileden çıktı.

"Ben seni benim yanımdasın sanıyordum, meğer sen karşımdaymışsın, beklerdim ki böyle bir zamanda beni koru, beni savun, sen onları savunuyorsun. Yazıklar olsun! Herkesten beklerdim de senden beklemezdim..." dedi.

Derin bir nefes aldım. Öfkeden kıpkırmızı olmuştum. Artık herşeyi biz ve onlar diye bir ikilik içinde görüyor, kendisi gibi düşünmeyen herkesi düşman sayıyordu. İçimden kalkıp ona bir tokat atmak, sarsmak geliyordu. Bir an ne yapacağımı bilemeden dişlerimi, yumruklarımı sıkmış öylece kaldım. Sonra kalktım, çantamı, ceketimi aldım, çekip çıktım.

Bunca zaman kendimizle ilgili bunca şeyde kavga etmemiştik de hiç beklenmedik bir anda bambaşka bir nedenle bana bağırmıştı.

O "yazıklar olsun!" sözü öyle ağırıma gitmişti ki takside gözlerimden yaşlar akıyordu.

Ertesi gün yine bir geziye çıkacaktı. Böyle geziden önce onunla konuşmadan, küs ayrılmak istemiyordum ama eve döndükten sonra beni aramadı, ben de onu...

Ama çok öfkeliydim. Herkese, herşeye kızıyordum.

Çok fazla düşünmeden birden bir karar verdim.

Ayla'yla konuştum, biletimi aldım, bir süre onun yanına gitmek için hazırlık yaptım.

Herhalde tam gideceğim gündü, sabah kahvaltıda Nihat gelip, kulaktan kulağa duyulan Meclis tartışmalarını anlattı. İsmet Paşa Meclis'te konuşmuş, işte o ünlü, "Sizi ben bile kurtaramam," lafını söylemişti. Ama ben asıl, "İhtilal artık meşrudur," gibi bir sözüne takılmıştım.

"Sahiden böyle mi söylemiş?" diye sordum.

"Evet," dedi, "aynen böyle söylemiş, yasak getirmişler gazetelere ama dünden beri herkes bunu konuşuyor..."

"Neler oluyor Nihat?" dedim.

"Bilmiyorum ama bunun sonu kötü, şimdi onlar da sertleşecek, iyi ki gidiyorsun, biraz kafanı dinle, bunlardan uzak kal, iyi gelir," dedi.

Gitmeden önce Sami beyi aradım, gittiğimi haber verdim.

"Ne kadar kalacaksınız, beyefendi sorarsa ne söyleyeyim," dedi.

"Bir hafta, on gün herhalde," dedim, "oradan ararım, merak etmesin..."

"Emredersiniz," dedi, "iyi yolculuklar, ben hemen haber veririm... Yalnız bilirsiniz sizi bulamazsa..."

"Peki," dedim, "gider gitmez ararım..."

Aklımda birşey yoktu. Bir hafta, bilemediniz on beş gün kalır, dönerim diye düşünüyordum. Zaten yanıma bir tek küçük bavul almıştım.

Nereden bilirdim?

İçimde anlatılmaz bir sıkıntı, bir türlü geçmeyen bir endişe vardı ama nedenini bilemiyordum. Son kavgamıza, küs oluşumuza bağlıyordum.

Ayla'yla Eric gelip beni alandan aldılar. Hemen karnına baktım ama henüz görünürde birşey yoktu. Ayla'yı görünce, kentin dışına, ağaçların, çayırların arasına çıkınca biraz keyfim yerine geldi. Arabada ben ona yeni hayatını anlattırmaya çalışıyordum, o da sürekli bana sorular soruyordu.

Zaten ne zaman başım sıkışsa, içinden çıkamadığım bir duruma düşsem, geceleri yatakta dönüp durmaya başlasam bir yerlere gitmek isterim. Neresi olduğu çok fark etmez. O an içinde bulunduğum hücreden çıkıp kurtulmuş gibi olurum belki. Başka insanlar, başka hayatlar, başka görüntüler sıkıntımı biraz olsun dağıtır.

Gider gitmez Sami beyi arayıp haber verdim. Bana ayırdıkları tavan arasına yerleştim. Ormanların arasında, eski taş evlerle dolu sevimli bir kasabaydı burası. Büyükçe bir kilisesi, birkaç ortaçağ şatosu vardı. Çaylarımızı içip üzümlü çörekler yedik, sohbet ettik. Birkaç saat sonra biz dışarı çıkmaya hazırlanırken telefon çaldı. Fuat arıyordu. Ayla telefonu uzattı. Aldım, "Senin orada ne işin var?" diye bağırdı.

Korkmuş çocuklar gibi bir an sustum, kızardım, alçak sesle, "Ayla çok çağırdı, dayanamayıp geldim..." dedim.

Gülmeye başladı, "Şaka yaptım," dedi, "kaç gündür

üzüntüden uyku uyumuyorum, bana kızdığını biliyorum, çok sinirliydim, ne dediğimi bilmiyordum, affettin mi beni?"

Rahatladım.

"Biliyorum," dedim sesimi alçaltarak, "ben de gereksiz konuştum biraz, şimdi sesini duyunca iyileştim..."

"Ben de..." dedi, "zaten Tahran'a gidiyorum, sen de biraz dinlen, değişiklik iyi olur, bakarsın ben o tarafa gelirim sonra, olur mu? Ne kadar kalacaksın?"

"Bilmiyorum ki, herhalde bir hafta, konuşuruz," dedim.

Telefonu kapadım, baktım ki Ayla ellerini beline koymuş, "Başlatma şimdi bir haftandan," dedi, "gelir gelmez yine dönme lafına başladın..."

"A, şimdi de telefon mu dinliyorsun?" dedim.

"Bir haftada çevreyi bile gezemeyiz, şehre inilecek, konserler var, oyunlar var, sergiler var, hiç boşuna heveslenme..."

Nasıl olsa Eric anlamıyor diye, "Yeni evlilerin yanında fazla kalınmaz kızım," dedim, "adam beni tefe koyar sonra..."

Ama o kendisinden sözettiğimizi anlamış gibi bize baktı, güldü.

Yakışıklı, çapkın bakışlı ama aslında tanıdıkça sevimli, rahat biriydi. O kadar çok yere gidip gelmişti ki her zaman anlatacak hikâyeleri vardı. Okuduklarıyla yaşadıklarını böylesine kolayca biraraya getirebilen insan azdır. Gerçekten de onun yanında sıkılmak imkânsızdı. Birkaç dil konuşuyordu. Şimdi artık Türkçe öğrenmeye de başlamış, bizim aramızdaki konuşmalarımızdan birkaç kelime yakalayıp seviniyordu.

Ayla'nın sayesinde, sanki resmi geziye gelmiş gibi tek tek görülecek, gidilecek yerlere yetişiyor, yorgun argın döndüğümüz akşamlar da geç saatlere kadar oturup konuşuyorduk.

Ben böyle yarın dönerim, haftaya dönerim diye bir yandan da Fuat'ın gelmesini beklerken o bir hafta uzadı. Bir ay'ı geçti. Zaten ne zaman gitme lafı etsem Ayla sözü ağzıma tıkıyor, gerçekten de onunla kalmamı çok istediğini belli ediyordu.

Türkiye'de üniversitelerde yine olaylar başlamıştı. Ankara'da büyük bir yürüyüş olduğunu, askerlerin de katıldığını, Başvekil'in hırpalandığını orada bile haberlerde verdiler.

Yüzüm asıktı. Ama onlara belli etmemeye çalışıyor, bu keyifli günlerinde sıkmak istemiyordum.

Ayla beni eğlendirmek için sürekli birşeyler buluyor, yemeklere, konserlere, sinemalara gidip duruyorduk. O sıralarda yeni çıkan beyaz, küçücük bir arabaları vardı. Eric sürekli gülüyor, bize sorular soruyor, çocukluğumuzu, arkadaşlığımızı, Türkiye'yi anlattırıp duruyordu.

"Bugüne kadar çok gezdim, meğerse hayatımın kadınını arıyormuşum, işte sonunda buldum, şimdi sıra çocuklarda, bu doğsun arkasından birkaç tane daha gelir..." diyor, Ayla'yı kızdırıyordu.

"Sen beni aşkından mı aldın yoksa çocuk bakıcısı diye mi, ben öyle on tane çocuk doğuramam, yapacak bir sürü işim var," diye sinirleniyordu bizimki.

Eric geceleri geç saatlerde çalışıyor, kitabını yazıyor, gündüzleri de bizi alıp çevredeki küçük, tarihi kasabalara, terk edilmiş ortaçağ şatolarına götürüyordu.

İnsanı rahatlatan, konuştuğunuz an içinize huzur gelen insanlardan biriydi. Şimdiden, çocuğun ismi ne olacak diye düşünüyor, garip garip tarihi isimler bulup geliyor, kız olursa şunu, oğlan olursa bunu koyalım diyordu.

Küçük, bahçe içinde, merdivenlerinden tek başınıza

bile zor sığdığınız iki katlı bir evleri vardı. Eşyalar eskiden, ailesinden kalma, ağır, kaba ahşap ve toprak renkleri kumaşlarla kaplıydı.

Onların mutluluğuna bakıp seviniyordum. Nedense o güne kadar hep Ayla'nın yalnız kalacağını, evlenemeyeceğini düşünmüştüm. Şimdi onu böyle pek de beceremediği ev işlerini yapmaya çalışırken, çocuk için şimdiden hazırlıklar yaparken, hiç alışık olmadığım biçimde kocasının kolunda gördükçe hem şaşırıyor hem gülüyordum.

"Herhalde senin yemekleri yememek için her akşam bizi bir yere götürüyor zavallı adamcağız," diye takılıyordum ona.

"Güya yabancı koca bulduk ama bu da bizim padişah torunu erkeklerden farklı değil, yumurta kırmasını bile bilmiyor, işin yoksa bir de yemek öğren şimdi," diye söyleniyordu.

Sonra bir akşam Fuat aradı, "Yarın geliyorum, heyet var, ancak akşam görüşebiliriz, otelde yer ayırttım, sen istediğin zaman gidebilirsin, ben de kurtulur kurtulmaz gelirim, ne olur gel," dedi.

Sokağın karşısındaki mücevher dükkânı gürültüyle kepenklerini kapattı. Evlerin ışıkları tek tük yanmaya başladı. Otelin kapısına bakan cafe'de, kaldırıma konulmuş küçük bir masada oturmuş, düşünüyordum. Başlangıçları, bekleyişleri, mutluluktan uçtuğum saatleri... Kulağımda, sanki akordiyoncu hâlâ oradaymış gibi, o şarkı... Ne çok zaman geçmişti. Bana göz kırpmak kadar kısa gelen yıllar... İşte herşey o ilk karşılaşma an'ına benzemiyor muydu? Bisikletle çılgınca gelip, ayaklarının önüne yuvarlanmıştım. Yokuştan aşağı hızla inerken duyduğum heyecan, düştüğüm andaki korku, heyecan, utanma bunca zamandır hep öylece sürüp gitmişti sanki.

Hayatın içindeki gizli bir koridorda... Küçük kırmızı lambanın yandığı karanlık odada... Bir bilinmezin, hayır, bir düşün peşinden giden masal çocukları gibi...Geç olduğuna aldırmadan, bize öğretilmiş olanları umursamadan, düşlerin bizim beklemediğimiz bir anda bitiverdiğini, bir düşün içinde olup bitenleri asla bilemeyeceğimizi unutarak... Rüyamda bir çocuk mu görüyorum yoksa bir çocuğun rüyasını mı görüyorum bilmeden... Kalbimde tanımsız bir sancıyla... Kimsenin bilmediği buluşmalar... Sürdürülen ama bir sırla kaplanmış hayatlar... Herşeyi oluruna bırak diyenler... Yalnızca kendi hayatını seç, kendi hayatını seçmeyi çok zaman önce hakettin diyenler... Bir gizi taşımanın ne demek olduğunu bilmeyenler... Dünyanın en güzel gözlerine bakarak geçen saatler...

İşte yine onu bekliyordum, kimbilir kaçıncı kez ama yine de kalbimde o istemsiz çarpıntı vardı. Hep o, "içimde birşey yükseliyormuş" duygusu...

Kahvemi içerken kendi kendime güldüm, "Ne çok bekledim seni," dedim. Hayır, şikâyetçi değildim. Bütün o bekleyişleri hatırlıyordum. Hatırlamıyordum da belki bütün o görüntüler, bütün o farklı yerler, zamanlar, duygular orada, o akşam birbirine karışmış, belleğime yağıyordu.

Ne çok savrulmuştum ama her keresinde yine o çekim alanına girip geri dönmüştüm.

Hafif bir rüzgâr esiyordu. Tek başıma oturmuş kahvemi içerken aklımda kuşkular, kaygılar, gelecek yoktu. Yalnızca o an ve biraz sonra onunla birbirimize sarılıp dünyayı unutacağımız düşüncesi vardı.

Birden fark ettim ki gerçeği, bütün kötü yanlarıyla gerçeği silebilen bir duygu bu. Yalnızca onu gördüğüm anda, gözlerine baktığım anda, elimi tuttuğu, bana sarıldığı, beni öptüğü, beni ne kadar çok özlediğini söylediği anda...

İnanılır şey miydi bu!

Gecikti. Ancak akşam yemeğinden sonra kaçıp gelebildi. Onun, otelin önünde arabadan inişini seyrettim, kapıdan girmeden seslendim. Kaldırımda gelip geçenlere aldırış etmeden sarıldık.

"Yorgun görünüyorsun," dedim.

"Evet ama seni görünce hepsi geçti," dedi, "bir de sen olmasan ben ne yapardım?"

"Yine çok az zamanımız var değil mi?" dedim yüzümü çocuk gibi asarak.

"Olur mu," dedi gülerek, "sabaha kadar beraberiz..."

O akşam sanki birşey kutlanıyormuş gibi herkes sokaklardaydı. Sanki bayram gibi, iğne atsanız yere düşmez. Nehir kıyısında gençler sarmaş dolaş...

"Öğrencilik yıllarımı nasıl özlediğimi sana anlatamam," dedi, "hiç kıymetini bilmemişiz, şimdi onların yerinde olmak için neler vermezdim..."

"Ne güzel olurdu şimdi burada yeniden öğrenci olsak..." dedim.

Turistlerin bindiği bir tekneye kendimizi son anda attık. Nehirde ay ışığının altında kenti seyrettik.

"O zamanlar bugünü hiç düşünebilir miydin?" diye sordum.

"Bilmem," dedi, "ben aslında hiç böyle bir hayat düşünmezdim kendime, havai, rahat bir hayat süreceğimi düşünürdüm. Hele politika hiç aklımın ucundan geçmezdi..."

Sonra iki eliyle yüzümü tuttu, gözlerime bakıp, "Asıl günün birinde sana rastlayacağımı, böyle yıllar sonra, hayatım artık kurulmuş, bitmiş sanırken karşıma böyle birinin çıkacağını herhalde rüyamda görsem inanmazdım..." dedi.

İçimden diyordum ki, eğer bu inanılmaz gibi görünen rastlantı gerçekleştiyse, biz olmayacak bir aşkı yaşadıysak, biraraya geldiysek, bunca zaman hep ertelemelerle, birbirimizden uzak olsak bile o duygu hiç eksilmediyse bunun herhalde bir anlamı vardır. Herhalde bu böyle, gelip geçecek birşey olamaz.

Yıllar geçmişti. Nereden nereye geldiğimizi düşündüm.

Gizli saklı telefon konuşmalarından, küçük notlardan, anlaşılmaz mektuplardan çıkıp aynı evi paylaşmaya, gecelerimizi birlikte geçirmeye, uzak adalara gitmeye, sarmaş dolaş sokaklarda yürümeye...

Aslında hep olmuştu istediklerim, belki yavaş, belki sıkıntılı ama sonunda olmuştu işte.

Önce tek bir gece istemiştim. Başbaşa tek bir gece... Sonra ay ışığında, sokaklarda el ele yürüyebilmek... Sonra hiçbirşey düşünmeden, saatleri saymadan, korkmadan öylesine oturup çene çalmak... Beraber uyumak, beraber uyanmak...

Hepsi olmuştu işte.

Yıllar önce bir keresinde bana, "Ne istiyorsun," diye sormuştu, "Daha yakın olmak istiyorum," demiştim.

İşte şimdi düşündüğümden, istediğimden çok daha yakındım.

"Ne düşünüyorsun?" diye sordu.

"Londra'daki otele gelip beni aradığın o gün tam üç yıl önceydi, biliyor musun?" dedim.

Bir an bunca zaman geçmiş olmasına şaşırdı.

"Her yıl oraya gideceğimize söz vermiştik değil mi?" dedi, "Ama gidemedik..."

Hüzünlendiğini anladım.

"Ama yine de her yıl buluştuk, iki yıl önce de burada, aynı otelde, yoksa unuttun mu?" dedim.

"Hiç unutur muyum," dedi, "seni her görüşümde herşey yeniden başlıyor, belki de onun için bunca yıl geçtiğini anlayamıyorum..."

Tekneden indik. Serseri âşıklar gibi sarmaş dolaş yollarda yürüdük. İçimden ona, "Burada kal, bir daha hiç gitme, burada yeni bir hayata başlayalım," demek geçiyordu yalnızca. Öyle mutluydum ki...

Sanki içimden geçeni okurmuş gibi,

"Biliyorum," dedi, "çok korkuyorsun, meraklanıyorsun benim için ama korkma, çok düşündüm, senden ayrı olduğum zamanlar hep aklımdaydın, kararımı verdim, artık bu seçimlerde ben yokum, bırakıyorum, kız da artık büyüdü, anlayacak yaşa geldi, sana söylediğim gibi yapacağım, göreceksin..."

Elimle dudaklarını kapattım. Ama elimi çekti.

"Evet," dedi, "kimbilir kaç kere dinledin bunları ama zamanı değildi. Şimdi zamanı geldi, kimse ne korktu, ne kaçtı diyemez, benden buraya kadar diyeceğim, ondan sonra ne istersen yaparız, nereye istersen gideriz..."

Gerçekten de öyle değil miydi? Her keresinde yeniden başlamıyor muydu?

"Bunlar sahiden olacak mı Fuat?" diye sordum bir sokak lambasının altında.

"Hepsi olacak," dedi, "hem sana bir sürprizim var, gelince göreceksin..."

"Şimdi söyle," diye tutturdum, çocukluk ettim ama söylemedi.

"Biliyor musun," dedim sonra, "benim hiçbirşey umurumda değil, bütün hayatım böyle geçse yine de vız gelir..."

O zaman bana sarılıp sokağın ortasında deli gibi öpmeye başladı. Elinden zor kurtuldum.

Sabaha karşı uyuduk. Uykusunun arasında sayıkladı, anlaşılmaz şeyler anlattı, bağırdı, dişlerini gıcırdattı, sıçradı. Uyandırmaya çalıştım, uyanmadı. Böyle yarım yamalak, birkaç saatlik bir uykuyla kalktık, arabaya bindik, alana gittik.

Sanki birşeyler olacağını bilirmiş gibi içim içimi yiyordu. Biz alana yaklaştıkça, ne yapsam da onu bırakmasam diye çırpınıyordum.

Keşke, diyordum, birşey olsa, bir kaza geçirsek ama ölmesek, dönemeyip burada kalsa...

"Ne bu surat böyle küçükhanım," dedi, "dokunsam

ağlayacaksın, sen böyle yaparsan ben nasıl giderim, aklım yine burada kalacak..."

Aklımdan geçeni olduğu gibi söyledim.

Güldü, elimi tuttu, öptü, "Dur, ne oluyorsun?" dedi, "Savaşa mı gidiyorum? Sen merak etme, hepsi düzelir, bana birşey olmaz, ucunda ölüm yok ya..."

İşte öylece gitti. Meydanın kapısından girerken bir an dönüp bana baktı, arabanın penceresini açıp el salladım, güldü, kalabalığa karıştı.

İçimde büyük bir sıkıntıyla geri döndüm. Ayla kapıda karşıladı. "Ah!" dedim, bir anda, "Arkasından su dökmeyi unuttum."

Bu öyle bir duyguydu ki, anlatmam zor.

Ben onu hep özlüyordum. Yanımda olsa da olmasa da... Sanki bütün hayatımız birlikte geçecek olsa, bütün gün aynı evde otursak, her gece beraber uyusak yine de özlem geçmeyecek gibi geliyordu bana...

O gelişinde çok eski, üzeri mineli, mavili, yeşilli küçük bir müzik kutusu getirmişti bana. Öyle güzeldi ki... (İşte şurada duruyor, başucumda, her gece uyumadan önce, bunca yıldır, kapağını açınca o güzel şarkıyı çalıyor.)

Onu öptüm.

"Hep böyle herşeyin en güzelini, en incesini düşünürsün," dedim.

"Senin için ne yapsam yetmez," dedi, "gördüğüm ne varsa sana yakışır mı, sende nasıl durur diye düşünüyorum ama hiçbirini sana yakıştıramıyorum..."

Bak şimdi aklıma geldi. O bana onca şey almıştı da benim ona bütün bu zamanda ufak tefek şeyler dışında aldığım tek şey mavi işlemeli, köstekli bir saat olmuştu. Londra'da bir eskicide bulmuştum onu. Kadranında bir ay ve yıldız vardı. O saati o kadar sevdi ki bir daha yanından hiç ayırmadı.

"Senin yüzünden ha bire saate bakar oldum, herkes bir yere mi yetişeceksiniz diye sorup duruyor," der, gülerdi.

Öyle yorgundum ki, o gün eve döndükten sonra yatıp uyudum. Rüyamda, çok garip bir yer gördüm. Bir nehrin kıyısında duruyordum. Karşımda yavaş yavaş çözülen bulutların arkasında lacivert taşı dağları, renkli ağaçları olan bir yer vardı. Dilsiz bir kayıkçıya beni oraya götürmesi için yalvarıyordum. Sonunda kayığa binip oraya doğru yola çıkıyorduk ama kayıkçı sanki oraya gitmek istemezmiş gibi hep başka yerlere sürüyor, ben de ona kızıyordum. İnanılmaz güzellikte, gördüğüm hiçbir yere benzemeyen bir manzara vardı önümde ama öyle eşsizdi ki insanda bir korku uyandırıyordu. Tam oraya vardığımızı sandığım anda birden bütün o karşı kıyı alçaldı, bizim çok altımızda bir yerde kaldı ve biz dev bir şelaleden aşağı düşmeye başladık.

Bağırarak uyandım. Ayla koşup geldi. Anlattım. Gülerek, "Tamam, tamam," dedi, "anlaşıldı, seni hemen göndereceğiz, merak etme..."

"Doğuma yine gelirim," diye onu kandırmaya çalıştım. Bir gece önceyi, bana söylediklerini anlattım. Sevindi, "Nihayet," dedi, "kusura bakma ama ne zaman söyleyecek diye bekliyordum..."

Çaylarımızı içerken bile rüyanın etkisinden hâlâ kurtulamamıştım.

"Biliyor musun," dedim, "ben beklemiyordum, hâlâ da beklemiyorum, bütün bunların gerçek olacağına bir türlü inanamıyorum..."

"Olur mu öyle şey?" dedi, "Herhalde bunun bir sonu olacak, böyle bütün ömür geçer mi?"

Ona baktım.

"Niye geçmesin ki..." dedim.

"Senin sahiden aklından zorun var," dedi.

Çaylarımızı içtik, çıkıp biraz dolaştık. Yemek için küçük kasaba pazarından alışveriş yaptık. Eve gelip yemek hazırladık. Ben ondan haber beklediğim için bir yere gitmek istemedim.

Akşam telefon etti. Benim iyice endişelendiğimi, korktuğumu anlamıştı. Hep beni rahatlatacak şeyler anlattı. "Seni gördüm ya, keyfim yerine geldi," diyordu. Benim aklım fikrim hep seçimlerdeydi. Sordum. "Merak etme, o iş yakın, sonbahara olabilir," dedi.

Şurada ne kalmıştı ki? Bir yaz. Bunca mevsimden sonra, bunca yağmurdan, fırtınadan, kardan, ılık deniz esintilerinden, sıcak rüzgârlardan sonra yalnızca bir yaz daha... Göz açıp kapayıncaya kadar geçerdi.

Önümüzdeki kış bizim kışımız olacaktı. Kalın kazaklarımızı, paltolarımızı, şapkalarımızı giyip karların içinde yuvarlanacağımız bir yerlere giderdik belki. Bütün bu günleri uzun uzun konuşup yeniden hatırlardık. Birbirimize söylenmemiş bölümleri, ikimizin de aklında kalan boşlukları anlatıp bu eşsiz hikâyeyi tamamlardık.

O gece Eric erkenden yattı. Biz oturup yine geç saatlere kadar bunları konuştuk, kendi kendimize yolculuklar planladık. Ayla, hep beraber oralarda bir yerde mi yaşasak diye hayaller kurmaya bile başladı.

Ertesi gün gidip biletimi ayarladık, birkaç gün sonrasına dönmek için hazırlandım, alışveriş yaptım. Bu uzaklaşma bana iyi gelmişti ama İstanbul'u, annemleri, kedimi çok özlemiştim.

Sanki herşey birdenbire yoluna girmiş gibi çok mutluydum o günlerde...

Ayla da aslında kararsız kalmıştı. Doğumu burada mı yapsın yoksa oraya mı gelsin bilemiyordu.

Yine serin, güzel bir havada şehre inip yemek yemeye çıkıyorduk ki telefon çaldı. Ayla açtı, hal hatır sorduktan sonra bana uzattı. Fuat'tı. Sesi yankılı geliyordu.

"Hâlâ çalışıyorum, dairedeyim, çok yorgunum, sesini duymak istedim," dedi.

Bezgin bir hali vardı. Neşelendirmek için, "Bu kadar yorma kendini," dedim, "bana lazımsın, ihtiyar adam istemem ben, ona göre..."

"Bak eğer bunadığım zaman beni bırakacaksan bileyim," diye güldü.

Kıyamadım.

"Aman sana birşey olmaz," dedim, "hem olsa da hiç merak etme, ben sana bakarım..."

"Ölsem bile senden ayrılmam..." dedi.

"Ağzından yel alsın, o ne biçim laf öyle..." diye kızdım.

Dönüş tarihimi sordu.

"Yarın sabah konuşuruz," dedi.

"Sabah konuşuruz," dedim.

Kapattık.

Ertesi sabah konuşmak üzere telefonu kapattık. Ama ertesi sabah onun telefonuyla değil, Ayla'nın karmakarışık yüzüyle uyandım.

"İhtilal olmuş," dedi, "asker idareye el koymuş..."

Yataktan nasıl fırladım, nasıl hemen giyindim, nasıl kendime geldim bilmiyorum.

Ne yapacağımızı, nereyi arayacağımızı şaşırmıştık.

Telefonlar düşmüyordu.

Uçuşlar iptal edilmişti.

Ama yürüyerek bile olsa gitmek istiyordum. Ayla, "Biraz bekleyelim, ne olduğunu bir anlayalım, ölü, yaralı yokmuş, önemli birşey olsa mutlaka söylerlerdi..." diyor ama yüzünden nasıl kaygılandığını açıkça görebiliyordum.

O da benim gibi evin içinde dört dönüyor, çaresiz radyoyu dinliyor ama sunucunun önüne konmuş birkaç satırlık haber dışında hiçbirşey öğrenemiyorduk. Söylediklerine göre, meydanlarda tanklar görünüyordu ama halk sakin hatta sevinçliydi. Tutuklamalar olmuştu ama henüz kimse neler olduğunu bilmiyordu.

Eric de o gün evde kalmış, ikisi kendilerince beni sakinleştirmek için birşeyler uydurup duruyorlar, askerlerin bütün dünyayı karşısına alamayacaklarını, onlara dokunamayacaklarını söylüyorlardı.

O anda, onun sesini duymaktan başka hiçbirşey beni sakinleştiremez, kimse beni onun iyi olduğuna inandıramazdı.

Sonunda yine imdadıma Sami bey yetişti. Elçiliğe ulaşmış, oradan bir tanıdığına bilgi vermişti. Telefon çalınca hepimiz yerimizden fırladık. Adamcağız benim deli gibi üstüste sorduğum sorulardan şaşkına döndü. Yalnızca, "Beyefendi iyiymiş, güvendeymiş, merak etmeyecekmişsiniz, yerinizde kalmanızı istiyormuş, bana verilen bilgi bu kadar," diyordu.

O günü ve geceyi nasıl geçirdiğimi sormayın.

Ertesi gün orada görevli yakın bir dostu beni aradı. Onunla kentte buluştuk. Ayla'yla Eric birkaç masa ötede oturup bizi yalnız bıraktılar.

Herhangi bir görevi yerine getiren diplomatların renk vermeyen yüzüyle kahvesini içiyordu.

"Size herşeyi olduğu gibi söylemek isterim," dedi.

"Neler oluyor, nerede, haber aldınız mı, konuştunuz mu?"

"Hayır, kimseyle görüştürmüyorlar, tutuklu."

Biraz sakinleşmeye çalışıyordum ama imkânsız.

"Ne olacak, ne yapacaklar, bana söyleyin, bilmek istiyorum..."

Ellerini iki yana açtı.

"Şu anda kimse bilmiyor," dedi, "ama bana sorarsanız onlara birşey yapmayacaklardır, en azından şimdilik..."

Yüzü asıktı, üzgün görünüyordu ama heyecanlı değildi. Olup bitenlere şaşırmadığı belliydi. Zaten hepimiz beklemiyor muyduk? Böyle olacağını bilmiyor muyduk? Kimbilir kaç kez konuşmamış mıydık?

"Hiç haber alamadınız mı?" diye üsteledim.

"Birçok şey söyleniyor, böyle zamanlarda söylentilerle gerçekleri birbirinden ayırmak zordur. Sizi anlıyorum ama yazık ki birkaç gün beklemek lazım. Cumhurreisi intihara kalkışmış, engellemişler, Başvekil'i Eskişehir'den alıp getirmişler. Ama sokakta bir direniş, bir olay yok."

"Sizce ne yapacaklar?"

"Herhalde mahkemeye çıkartacaklar, öyle sanıyorum..." dedi.

"Başka birşey olmaz değil mi?" dedim.

"Zannetmiyorum," dedi, "yapacak olsalar şimdiye kadar yaparlardı..."

"Umarım öyle olur," dedim.

"Benim size, buraya gelmemin nedeni başka," dedi.

Ne söyleyeceğini bekledim.

"Her ne olursa olsun dönmeyin, eğer dönerseniz sizi de bu işin içine sokarlar..." dedi.

"Olsun," dedim, "ben korkmam böyle şeylerden, vız gelir bana..."

Söylemekte zorlanırmış gibi önüne bakarak, sesini biraz alçaltıp, "Belki," dedi, "ama bu sizden çok onun için kötü olur..."

O zaman ne demek istediğini anladım.

Ertesi gün geri dönecekti. Ona bir mektup yazsam ulaştırabilir miydi?

"Elbette," dedi, "elimden gelirse ulaştırırım..."

Orada, masanın üzerinde bulduğum ilk kâğıt parçasına aceleyle, *"Herşey geçer, yeter ki sen yaşamaya bak,"* yazdım, çantasından bir zarf çıkartıp verdi, onun içine koyup kapattım.

Giderken, "Ne olur size söylediklerimi unutmayın," dedi, "elimden geldiğince size haber ulaştırmaya çalışırım, merak etmeyin, zamanla herşey yoluna girer..."

Sonra elimi sıktı ve yürüyerek uzaklaştı.

Herşey öyle inanılmazdı ki...

Bir gece önce neler düşünüyordum, şimdi neredeydim?

Yalnızca bir gün önce onunla konuşup gülüyorduk

ve şimdi artık onun sesini ne zaman duyabileceğimi bile bilmiyordum.

Ayla'ya sarılıp çaresizlik içinde ağlamaya başladım.

Aslında herşeye anlam veren şey zamandır.

Eğer zamanı çabucak geçirebilmeyi ya da istediğimiz kadar uzatmayı başarabilseydik hayat eşsiz olurdu.

Bazıları bunu yaşadığı acılarla öğrenir.

Belki ben de orada öğrendim bunu, zamanı geçirebilmeyi...

Kısa bir tatile diye gitmiştim ama tatil uzamış, Ayla ben dönemediğim için orada kalmış, çocuğu orada doğurmaya karar vermişti.

Eric'in bir tanıdığı sayesinde enstitüde bir iş bulmuştum. Yarım gün oraya gidip geliyordum.

O günler şimdi bana soluk, yer yer silinmiş, renkleri, sesleri çözülmüş eski filmler gibi geliyor. Ama sonradan eskimedi, zaten öyleydi.

İşte orada, yıllar önce, ismini bilmediğim ağaçlarla çevrili küçük kasabada bir banka oturmuş tek başıma önümden akıp giden nehre bakıyorum ve kendimi böylesine eşsiz bir öykünün acıklı bir sonla bitemeyeceğine inandırmaya çalışıyorum.

Göz açıp kapayıncaya kadar geçeceğini sandığım o sıcak yaz bir türlü geçmek bilmiyor.

Ayla'nın karnı büyüyor. Çok sevimli görünüyor ama huyu değişti, sürekli söyleniyor, bunca ayın sıkıntısını kocasından çıkartıyor.

Geceleri (tıpkı şimdiki gibi) küçük odamda o müzik kutusunu, başucuma koyuyorum. O şarkıyı dinleyerek uyuyorum.

Böyle garip, yalnızca zamanın geçmesi için, onunla birlikte ben de tutsakmışım gibi günlerin üstüne çentik atarak beklediğim, hiçbirşey yapamadığım, sıkışıp kaldığım, olur olmaz gülüp ağladığım, tam bir konuşmanın orta yerinde dalıp gittiğim boğuntulu bir dönem.

İşe gidiyordum, akşamları yine çıkıyorduk, onların çevresinden tanıştığımız insanlarla görüşüyorduk, bütün işlerin arasında yine de ne yapıp edip fırsat yaratan arkadaşım sayesinde yeni filmleri, oyunları, sergileri kaçırmıyorduk. Hayat akıp gidiyordu ama ben bütün bunları bir görev gibi yapıyordum. Hiçbirinin içinde değildim. Sanki kendi dışıma çıkıp kendime uzaktan bakıyor ve benim yerime bütün bunları yapan, hâlâ yaşamayı sürdüren bu suretime şaşırıyordum.

Tek istediğim zamanın geçmesiydi.

Şimdi bunu söyleyince birden düşündüm de, ne garip, onu tanıdığım günden sonra hayatım hep bunu istemekle geçmiş: Zamanı aşabilmek ve durdurabilmek.

Bilmem ki gerçekten bunun bir yolu var mıdır?

Bunu hiç öğrenemedim.

Tek öğrenebildiğim, hayatımı küçük renklerle, beni biraz daha oyalayacak, biraz daha günün neresinde olduğumu (çünkü hâlâ erkendi, hep erkendi) unutturacak (kolumdaki saati o zaman çıkardım, bir daha da takmadım) birşeyler bulmaktı.

Hiç değilse yürüyüp konuşabileceği güne kadar öylece yatması gereken bebekleri hep o rengârenk, garip sesler çıkartan oyuncuklarla oyalamaya çalışmaz mıyız? Ben de işte orada, o bebek gibi zamanın geçmesini bekliyor ve beni oyalamak için getirilen, karşıma çıkan ne varsa minnet duyuyordum.

Günler geçtikçe insan herşeye alışıyor.

Hep bir haber bekliyordum ama benim istediğim haber bir türlü gelmiyordu.

Bana aslında hep yalan söyleyecek olan Sami beyden, Nihat'tan, birkaç tanıdıktan haber alıyor, gazetelerden neler olup bittiğini izliyorduk.

Zamanla biraz rahatlamıştım. Arkadaşlarıyla birarada olduklarını, mahkemeye çıkacaklarını biliyordum. Kimseyle görüştürmeseler de haberleri geliyordu. Orada kiminle konuşsak davaların bir sonucu olmayacağını, sonunda serbest kalacaklarını söylüyordu.

Öğrendik ki bir film yapmışlar, sinemalarda gösterilmiş, orada Fuat'ı da kitap okurken göstermişler. (Ben o filmi hiç görmedim ama sonradan anladım ki o filmi zorla çekmişler. Onlara böyle roller yaptırmışlar. Nedense pek çok şeyin içinde en çok bu ağırıma gider. Böyle bir zamanda onlara böyle artist gibi rol yaptırmalarını hâlâ kabul edemem...)

Ama o sıralar gelen iyi haberlerin hepsine inanıyordum. İnanmak istiyordum.

Hatta zamanla bunun bir kader olduğunu, belki de bizim yeniden biraraya gelebilmemiz için bir fırsat olacağını bile düşünmeye başladım.

Ama yine de içim içimi yiyor, keşke buraya hiç gelmeseydim, orada kalmış olsaydım, diyordum. Ne zaman delirip geri dönmeye kalkışsam Ayla beni ikna edip oturtuyordu. "Ben varken hayatta gidemezsin, onun başına daha büyük iş açmaktan başka birşeye yaramaz, dur bakalım şu davalar bir başlasın..." diyordu.

Bazen Fuat'a, "Senin birşeye canın sıkılmış," derdim. "Evet, sıkılmıştı ama seni görünce geçti," diye gülerdi. "Niye bana hiçbir sıkıntını anlatmıyorsun?" diye sorunca da, "Ben seni iyi zamanlarda görmek istiyorum, iyi zamanları seninle geçirmek istiyorum, sıkıntıları, acı şeyleri buraya getirmek istemiyorum, senin yüzünün hep böyle gülmesini, gözlerine bakınca o gülüşün beni de sarmasını istiyorum," derdi.

İşte şimdi kötü zamanlardı ve ben yanında yoktum. Belki de onun istediği gibiydi. Biliyorum ki eğer ona sorabilseydim kesinlikle yanında olmamı, elleri kelepçeli, başında askerler, gömleğinin yakası bozuk, tıraşı uzamış, belki de itilip kakılırken onu görmemi istemezdi.

Hayır, hiç istemezdi.

Yine de ne olursa olsun, herşeyi göze alıp gitsem, birilerini bulsam, onların karşısına çıkıp yalvarsam...

Peki sormayacaklar mıydı, sen kimsin, diye?

Ne diyecektim onlara?

O zaman anladım ki ben aslında onun hayatında yalnızca bir söylentiyim. Bana en çok ihtiyacı olduğu zaman bile istesem de onun yanında olamam.

Bunları düşündükçe içim acıyordu. Burada sürgündeydim sanki ve hep yakın bir zamanda bütün bunların geçeceğini, herşeyin yeniden, hep konuştuğumuz gibi bambaşka bir şekilde başlayacağını kuruyordum.

Bir tek bu hayal beni sakinleştiriyor, hayatı bir gün daha, bir gün daha taşımamı sağlıyordu.

Evet o sıcak yaz sonunda bitti. Yapraklar kırmızıya, sarıya döndü. Bitmek bilmez yağmurlar başladı. Dünya güzeli bir bebeğimiz oldu. Sonradan, üstü açık bir arabada giderken vurulacak olan yakışıklı adamın başkan seçildiği gün. Bebeğimiz diyorum çünkü ona benim adımı verdiler ve Ayla'yla birlikte ben de anne oldum. O güzel bebek benim yeni ışığım oldu. Masmavi gözleriyle bana baktığı sabahlarda, yaşamak için her zaman bir neden olduğunu anladım.

Hastaneden çıkıp eve geldikten hemen sonraydı, yine aynı adam aradı. Bana bir mektup getirdiğini söyledi. Şehre indim. Gidip mektubu aldım, sokağın ortasında, bir duvar dibine oturup ellerim titreyerek açtım. Diyordu ki,

"Benim ışığım, sabahlarım, Boğaziçim, sevdiğim,

Bilmem bu mektup sana ulaşacak mı? Keşke bir telefonla konuşabilsek de sana, beni merak etme diyebilseydim. Bütün bir hayat elimden alınsa bile senin hayalin burada yanıbaşımda. Ne olursa olsun onu benden kimse alamaz. Senin orada beni düşündüğünü buradan hissedebiliyorum. Ama unutma ki sen uykusuz kalırsan ben de uyumuyorum, sen ağlarsan ben de ağlıyorum. Sonra demezler mi koskoca adam utanmıyor diye... Sabahları spora başladım. Bol bol kitap okuyorum. Yemeğimiz güzel. Beni gördüğün zaman tığ gibi delikanlı olacağım. Tarih böyle yazılmış. Herhalde gerçek bir gün ortaya çıkar, herşey doğru yerini bulur. Sen sakın benim için üzülme, ben burada iyiyim. O güzel yanaklarını sıkar, gözlerinden öperim."

Bu kadarcık.

Orada, bir duvarın dibine oturmuş mektubu okuyordum ve gözlerimden yaşlar kendiliğinden akıyordu. İşte oradaydı, yaşıyordu, bana mektup yazabilmişti, ağlayacağıma sevinmeliydim.

Ayağa kalktım, gözlerimi sildim, başım döndü, mektubu paltomun cebine koydum. Sonra dönerken otobüste yol boyunca tekrar tekrar okudum, ezberledim.

Bazen en büyük düşler gerçek olur.

Ben bir düş kurmuştum. Küçük bir kızken, hayatın nasıl birşey olduğunu, neye benzediğini henüz hiç bilmezken (şimdi biliyor muyum?), gerçek korkulardan haberim bile yokken bir düş görmüştüm ve o düş gerçek olmuştu.

Bir oyun bahçesinde sessiz bir öğledensonra kendi başına gezinirken gizli bir geçit bulan masal çocukları gibi o düşün kapısını açıp gerçeğe çıkmıştım ve herşey orada da devam etmişti.

Herhalde pek az insan hayatın içinde rüyayı yaşayabilir.

İnsanların bir gün büyüyüp düşlerini unuttukları ve artık onları çocuklara ait şeyler sandığı bir dünya hiç de yaşanmaya değer bir yer değil.

Onun için bunca yıkımla dolu ya zaten!

Evet bazen en büyük düşler gerçekleşir.

Ama bazen de aynı anda en büyük düş kırıklıkları gelir.

Mevsimler geçti, küçük kız bize gülücükler yapmaya, biz anlamasak da kendi dilinde konuşmaya bile başladı.

Artık davaların sonuna geldiğini, çok yakında karar

çıkacağını söylüyorlardı. Bavullarımı toplamaya başlamıştım. Zaten artık onların da dönmesi yakındı. O günlerde küçük bebeği göğsüme bastırıp daha çok kokluyordum sanki.

Paris'e sonbahar gelmişti artık. Yapraklar dökülüyor, yağmur çiseliyor, çalıştığım binadan bakınca, sokaklarda dalgalanarak yürüyen şemsiyelerden bir örtü görülüyordu.

Eric iki günlüğüne bir yere gitmişti.

O sabah küçük bir türlü susmak bilmiyordu. Ne yaptıysak ağlaması kesilmiyor, zavallı kıpkırmızı kesilmiş, avazı çıktığı kadar bağırıyordu.

"Ne oldu bu çocuğa," diyordu Ayla, "babasının gittiğini mi anladı, hiç böyle ağlamamıştı..."

Ne yapacağımızı bir türlü bulamadık. Sonunda bir battaniyenin içine yatırıp karşılıklı sallamaya başladık ama boşuna...

Radyoda bir adam hüzünlü bir şarkı söylüyor, sürgün edildiği ülkesini anlatıyordu.

Çılgın gibi bir sağanak başlamış, camları dövüyordu.

Bir yandan bebek, bir yandan şarkı, bir yandan camlara çarpan yağmur derken bir de telefon çalmaya başlayınca bir an birbirimize baktık ve güldük. Bebeği yatağa yatırdık. O gidip radyoyu kıstı, ben de telefonu açtım.

Nihat'ın sesini duydum. Bebek öyle çok ağlıyordu ki zar zor duyabiliyordum, "Biraz yüksek sesle konuş, kız burada dünyayı yıkıyor, sabahtan beri onunla uğraşıyoruz, bir türlü susturamadık, iki kadın bir bebekle başa çıkamıyoruz," diye anlatmaya başladım.

Ben öyle makinalı tüfek gibi konuşurken onun hiç sesi çıkmıyordu.

"Nasılsınız, annem iyi mi, Leylak ne yapıyor?" Ben yine konuşuyordum ama ondan ses gelmiyordu.

"Orada mısın? Hat mı kesildi?" diye sordum.

"Buradayım," dedi,

Bir an durdum.

"Ne oldu?" dedim. Ayla tam karşımda öylece durmuş bana bakıyordu.

"Sana ben söylemek istemezdim ama..." dedi.

Bir an başım döndü, sustum, telefona neredeyse yapışmıştım.

"Ne oldu, ne oldu Nihat, çabuk söyle..." diye bağırdığımı, Ayla'nın yüzünün bir anda bembeyaz olduğunu, bir yere tutunmaya çalıştığını hatırlıyorum.

Boğuk bir sesle, "İdam ettiler," dedi, "bitti, daha çok sorma artık..."

Telefonu bıraktım, oraya yığıldım. *"Ülkemin güneşinden, çocukluğumun bahçelerinden, senin güzel yüzünden sürgünüm,"* diyen bir şarkı çalıyordu.

Sanki camdan bir dünyada yaşıyordum ve bütün gök kubbe kırılmış, camlar üstüme yağıyordu. Kulaklarımda öyle garip bir ses büyüdükçe büyüdü, artık şarkıyı, konuşmaları, bebeğin nedensiz ağlayışını, gökler delinmiş gibi yağan yağmuru duyamayacak kadar büyüdü.

Bir cumartesi sabahıydı.

İşte o hayal fenerinden duvara yansıyan görüntüler bunlar.

Çok zaman buraya gelemedim. Ne bir haber duymak istedim, ne bir resim görmek... Ne yazılanları, ne söylenenleri duymadım. Duymak da istemem. Dedim ya, oldum olası gerçekleri sevmedim. Hayatın gerçeği. Başkalarının gerçeği. Ama benim değil.

Anıları biriktirmekten de hoşlanmadım. Ne kimse bana birşey sordu ne de ben kimseye anlattım.

Hem zaten anılar neye yarar ki? Yaşanmış şeylerin artık bittiğini, bir daha yaşanmayacağını, zamanın bir yerinde, ulaşılmaz bir parçasında kaldığını anlamaya mı?

İlk zamanlar onunla gittiğimiz yerlere, o müzeye, beni kapıda melon şapkayla karşıladığı otele, her an bizi birisi tanıyacakmış gibi yakalarımızı kaldırıp önümüze bakarak hızla yağmurun altında yürüdüğümüz yabancı sokaklara, sanki kaybolmuş gibi bir daha o kentte hiç rastlamadığım kör şarkıcının akordiyon çalarak beni uyandırdığı odaya, sabaha karşı ay ığışında göğsüne yaslandığım nehir kıyısındaki sıraya, bir masaya kazınmış şiiri okuduğum o bara tek başıma gittim.

Her zaman öyle olmaz mıydı?

Bir yerden çıkıp gelmez miydi?

En beklenmedik anda, en şaşırtıcı biçimde bir masal kahramanı gibi çıkıvermez miydi?

İnanması zor ama bugün bile kimi sabahlar uyanıp çiçekleri sularken, kimi zaman bir yolda yürürken, bir konser salonunda uzaktan ona benzer birini gördüğümde, telefonun sesiyle, bir şarkı çaldığında, kendiliğinden bir hareketle başımı çevirir bakarım.

Birbirimize yazdığımız o mektuplar yalnızca belleğimde kaldı. Onu götürdükleri gün bütün eşyalar gibi o mektupları da alıp götürmüşler.

Çok sonra öğrendim ki, bana söylediği sürpriz, bir gün önünden geçtiğimiz, perdeleri sıkı sıkı kapalı, yaban otlarının, ağaçların arasına gizlenmiş, benim çok sevdiğim o evmiş.

Ne çok severdi böyle şeyleri.

Bir keresinde, "Günün birinde sana dünyanın en güzel evini alacağım, orada beraber oturacağız," dememiş miydi?

O evi yeniden göremediğimden, orada oturamadığımdan değil, dönüşümde beni alıp doğruca oraya götürmeyi, beni şaşırtmayı nasıl keyifle hayal ettiğini düşündüğüm için üzülürüm daha çok.

Bunca yıl, onunla yapamadıklarımız için acı duymadım, birlikte geçirdiğimiz o inanılmaz saatlerin heyecanını duydum. Hayatıma sıradan bir rastlantı gibi geldiği o sabah olmasa bugün, bu yaşımda bile gözlerimde şu an sizin göremediğiniz bu parıltı, bunca yılda hiç yitirmediğim içimdeki bu eski çarpıntı olmayacaktı.

Bir an, uzaktan gelen çocuk seslerinin, martı çığlıklarının, buradan bakınca ağaçların arasına serpiştirilmiş kiremit damlı eski evlerin arasından denizin kıyılarına doğru kendiliğinden yayılan bu masal kentinde, biraz yorgun, biraz uykulu, bu akşamüstü bir an kendimi bambaşka bir zamanda buluyorum.

Yine burada, bu bahçede, yıllar önce, küçük bir kızken, ağustosböceklerinin hiç susmadığı, herkesin uyuduğu tembel saatlerde ağaçların arasına gizlenmiş...

Ne zamandır unutmuşum bu görüntüyü. Ama nedense şimdi birdenbire sanki gerçekten bahçedeymişim, elimi uzatsam o küçük kızın omzuna dokunacakmışım, arkamı dönüp seslensem annem gelip yine her zamanki oyunu oynayacak, sanki beni arıyor da bulamıyormuş gibi şaşıracak...

Tembel, umursamaz, zamanın geçişine aldırmadan, zamanın henüz, her an, ne yaparsak yapalım kaybedilen ve bir daha asla geri getirilemeyen birşey olduğunun, dünyadaki en değerli şey olduğunun farkında bile değilken, hiçbirşeyi tasarlamaya, karar vermeye, düşünmeye, kaygılanmaya gerek yokken, akşam uykularının derin uyunduğu, gerçekle düşün henüz birbirinden ayrılmadığı, sabahları uyandığımızda bir bardak sıcak, taze sütün kokusunu duyduğumuz ve aynı o süte benzeyen denizin ışıklı örtüsüne baktığımız günler...

Ama belki de onun için, öyle bir çocuk olduğum için (yoksa bütün çocuklar mı öyledir?)yıllar sonra, şimdi, hayatımın çok büyük bir bölümü artık geride kalmışken hâlâ düşle gerçeği birbirine karıştırıyorum.

Evdeki büyük, ışıklı radyodan gelen o müzik, yıllardır hiç duymadığım, kimbilir kaç kez hatırlamaya çalışıp başaramadığım o müzik capcanlı duyuluyor şimdi, birdenbire, nereden çıkıp geldiyse geliyor.

Büyük bahçelerden sözeden masallar... Prensesler... Herkesten güzel olan, uzun saçlı, yeşil gözlü, yürüdüğü zaman giysileri hışırdayan genç kızlar... İyi kalpli şövalyeler... Mutlaka masalın bir yerinde birilerini bir başka şeye dönüştüren büyücüler... Buzdan saraylar... Konuşan hayvanlar... Dağların arkasındaki mutluluk çiçeği... Hep güç elde edilen ama çabuk yitirilen değerli taşlar, tılsımlar... Kapıları açan, mühürlenmiş dilleri çözen, uzaklıkları geçen şifreler... Gizli geçitler... Yüreklerdeki buzu eriten gözyaşları... Kimsenin bilmediği, kimsenin bulamadığı ama bir mağarada, bir ağaç kovuğunda beklenmedik bir anda karşınıza çıkıveren sihirli iksirler... Kimsenin çözemediği gizemli diller... Korku şatoları... Güzeller ve çirkinler... İyiler ve kötüler... Doğrular ve yanlışlar... Mutluluk ve mutsuzluk... Buluşma ve ayrılık... Unutulmayan öpücükler... Aşk...

Aşk mı?

Küçük bir çocuğa aşkı mı anlatıyordu anneanne?

Evet aslında bütün anlattığı buydu işte. İksirlerin, tılsımların, yol gösteren kuşların, yolları kapayan kötülerin, dumanların arasından görünen büyücülerin, sihirlerin, şifrelerin, göz kamaştıran zümrütlerin, yakutların anlattığı tek şey buydu...

Aşk ve onunla birlikte gelen serüvenler... Ne olacağı bilinmez yolculuklar, beklenmedik bir anda karşınıza çıkan insanlar, rastlantılar, kocaman dünyayla bile yetinmeyip düşleri, hayalleri, bilincin kuytularında gizlenen tasarımları biraraya getiren öyküler...

Ama hayat böyle değil.

Yoksa o masallardan çıkartmamız gereken dersleri çıkartamadık mı? Küçücük odalara, evlere, kaygılara, korkulara sıkıştırdığımız bir hayattan başka, bambaşka şeyler olduğunu anlatmamış mıydı bu masallar aslında?

Hayatın şu sıradan resimlerinin yerlerini değiştirip, süsleyip bize yeniden farklı bir biçimde göstermemiş miydi?

Evet, tahtadan bir kukla canlanabilir... Kurşun askerler yürüyebilir... Gökyüzünde evler, kentler kurulabilir... Karmaşık bir makina sayesinde zamanın ve mekânın içinde istediğiniz her yere gidebilir, kaybolmuş insanları, yitirilmiş anları yeniden bulabilirsiniz... Herşey sihirli bir değneğin dokunuşuyla bambaşka bir renge bürünebilir, sizi üzen, kaçmak istediğiniz, korktuğunuz görüntülerden uzaklaştırabilir. Gözlerinizden akan yaşları durduramadığınız o acı anlarda lambadan çıkan cin size istediğiniz ne varsa getirebilir.

Ama ne istediğinizi biliyorsanız, hayal edebiliyorsanız...

Ne tuhaf, bütün bunları ve unutulmuş bir şarkıyı ancak böyle yıllar sonra anlayabiliyorum.

Yel değirmenlerini dev, rahipleriyse prensesi kaçıran haydutlar sanan ama tümüyle kendine göre okuduğu bu dünyaya atılmaktan hiç korkmayan o şövalyenin cesaretini bulmak herkesin harcı değil...

Birden içim acıyor. Dönsem, seslensem, annem çıkıp gelmeyecek mi? Onunla birlikte beyaz çoraplarıyla seksek oynayan ve varolan herşeyin başka birşeye dönüşebileceğine, yalnızca istediğimiz, bizi o an için mutlu edecek biçimlere kavuşacağına duyduğumuz sonsuz inancı taşıyan o küçük kız çocuğu da çıkıp gelmeyecek mi bir yerlerden?

Yoksa kurabiyeler ve çay hazır değil mi?

Hayır. Yazık ki değil.

Ve ben şimdi buradayım, yine uzaklarda bir yerde, kurabiyelerle çaydan, o, dünyanın en güzel öğledensonralarından, o, insanda anlaşılmaz bir heyecan uyandıran şarkılardan, masallardan çok uzaktayım... Geri dönülemeyecek kadar uzakta...

Neden böyle değil? Neden, dünyanın her yerine, en uzak yolları geçerek gidebiliyoruz da zamanın içinde böyle bir yolculuğu ancak hayalimizde yapabiliyoruz?

Zaman da mekân gibi önümüzde böyle uzanıp gitse, biz de istediğimiz gibi onun içinde gidip gelsek olmaz mıydı?

Bütün o yitirdiğimiz güzel anları, yaşarken ellerimizin arasından kayıp gittiğini farkedemediğimiz günleri, unutulmaz seslenişleri, dokunuşları, öpüşleri, gençliğin vazgeçilmez ürpertisini, heyecanını, yürek çarpıntısını yeniden yaşayabilseydik... Kapıdan girdiğimizde burnumuza o aşina koku gelseydi...

Sormak isteyip de soramadıklarımızı, tam söyleyecekken vazgeçtiğimiz sözleri, bir başka zamana ertelediğimiz hayalleri, o an için bizi engelleyen birşey yüzünden hep pişmanlık duyduğumuz ne varsa yaşamak için bir şans daha verilseydi...

Hayatın bir yerinde verdiğimiz kararı değiştirip yeniden başlamak... Rastlantılar zincirini değiştirmek... Kendimizle birlikte etkilediğimiz insanların yaşamöyküsünü de yeniden kurmak.... Sanki dev, çözülmesi güç bir yapbozun garip biçimli parçalarını yeniden farklı bir resim oluşturacak şekilde biraraya getirmek...

Ah, hayır, biliyorum, o makinayı yapamadılar...

⇔

Kürşat Başar 1963'de İstanbul'da doğdu. İÜ Felsefe Bölümü'nü bitirdi. 1989 yılında yazdığı *"Kış İkindisinin Evinde"* adlı ilk öykü kitabıyla Haldun Taner Öykü Ödülü'nü kazandı. 1990'da *"Konuştuğumuz Gibi Uzaklara"*, 1992'de *"Sen olsaydın yapmazdın, biliyorum."*, 1996'da *"Aşkı Bulmanın ve Korumanın Yolları"* adlı romanları yayınlandı. Yazı ve denemelerinin bir bölümünü *"İğreti Yaşamlar"* adlı kitabında topladı. Son romanı 2003 yılında çıkan *"Başucumda Müzik"*... Hülya Aksular ve Sibel Sürel'in baş rollerini oynadığı *"Kozalak"* adlı modern baleyi yazdı. TRT3'de Caz Duygusu adlı programı 6 yıl sürdü. "Akşama Doğru", "Günlerle Gelen" (TRT), "Tempo" (Kanal 6), "Herşey Yolunda" (Star) adlı televizyon programlarını yaptı. Halen Power FM'de sabah yorumlarını sürdürüyor. Gazeteciliğe 1981 yılında Hürriyet Gösteri dergisinde başladı. Daha sonra Güneş gazetesi sanat editörlüğü, Aktüel dergisi editörlüğü ve Tempo dergisi genel yayın yönetmenliği gibi görevlerde bulundu. 1990 yılında Güneş gazetesinde köşe yazarlığına başlayan Kürşat Başar 1996'dan sonra Yeni Yüzyıl ve Star gazetelerinde yazarlığını sürdürdü.